La Comédie Humaine

人间喜剧

第二卷

[法]巴尔扎克 著 傅雷 译

欧也妮·葛朗台 / 于絮尔·弥罗埃

江苏凤凰文艺出版社
JIANGSU PHOENIX LITERATURE AND ART PUBLISHING

*本书插图由法国插画家夏尔·于阿（1874—1965）绘制。

CONTENTS

目 次

欧也妮·葛朗台
003

于絮尔·弥罗埃
207

La Comédie Humaine

人间喜剧 II

欧也妮·葛朗台
Eugénie Grandet

LA COMÉDIE HUMAINE

内容介绍

典型的守财奴葛朗台,"讲起理财的本领……是只老虎,是条巨蟒:他会躺在那里,蹲在那里,把俘房打量个半天再扑上去,张开血盆大口的钱袋,倒进大堆的金银……"他象征近代人的上帝,法力无边而铁面无情的财神,为挣大钱,他盘剥外人!为省小钱,他刻薄家人。临死最后一句话,是叫女儿看守财产,将来到另一个世界上去向他交账。然而他一生积蓄的二千万家私,并无补于女儿的命运。黄金的枷锁与不幸的爱情,反而促成了欧也妮·葛朗台双重的悲剧。在巴尔扎克小说中,这是一部结构最古典的作品。文章简洁精炼,淡雅自然,可算为最朴素的史诗。

1

中产阶级的面目

某些内地城市里面，有些屋子看上去像最阴沉的修道院，最荒凉的旷野，最凄凉的废墟，令人悒郁不欢。修道院的静寂，旷野的枯燥，和废墟的衰败零落，也许这类屋子都有一点。里面的生活起居是那么幽静，要不是街上一有陌生的脚声，窗口会突然探出一个脸孔像僧侣般的人，一动不动的，黯淡而冰冷的目光把生客瞪上一眼的话，外地客人可能把那些屋子当作没有人住的空屋。

索漠城里有一所住宅，外表就有这些凄凉的成分。一条起伏不平的街，直达城市高处的古堡，那所屋子便在街的尽头。现在已经不大有人来往的那条街，夏天热，冬天冷，有些地方暗得很，可是颇有些特点：小石子铺成的路面，传出清脆的回声，永远清洁，干燥；街面窄而多曲折；两旁的屋子非常幽静，坐落在城脚下，属于老城的部分。

上了三百年的屋子，虽是木造的，还很坚固，各种不同的格式别有风光，使索漠城的这一个区域特别引起考古家与艺术家的注意。你走过这些屋子，不能不欣赏那些粗大的梁木，两头雕出古怪的形象，盖在大多数的底层上面，成为一条黝黑的浮雕。

修道院的静寂，旷野的枯燥，和废墟的衰败零落，也许这类屋子都有一点。

有些地方,屋子的横木盖着石板,在不大结实的墙上勾勒出蓝色的图案,木料支架的屋顶,年深月久,往下弯了;日晒雨淋,椽子已经腐烂,翘曲。有些地方,露出破旧黝黑的窗槛,细巧的雕刻已经看不大清,穷苦的女工放上一盆石竹或蔷薇,窗槛似乎就承受不住那棕色的瓦盆。再往前走,有的门上钉着粗大的钉子,我们的祖先异想天开地刻上些奇形怪状的文字,意义是永远没法知道的了:或者是一个新教徒在此表明自己的信仰,或者是一个旧教徒为反对新教而诅咒亨利四世。也有一般布尔乔亚刻些徽号,表示他们是旧乡绅,掌握过当地的行政。这一切中间就有整部法兰西历史的影子。一边是墙壁粉得很粗糙的、摇摇欲坠的屋子,还是工匠卖弄手艺的遗物;贴邻便是一座乡绅的住宅,半圆形门框上的贵族徽号,受过了一七八九年以来历次革命的摧残,还看得出遗迹。

这条街上,做买卖的底层既不是小铺子,也不是大商店,喜欢中世纪文物的人,在此可以遇到一派朴素简陋的气象,完全像我们上代里的习艺工场[1]。宽大低矮的店堂,没有铺面,没有摆在廊下的货摊,没有橱窗,可是很深,黑洞洞的,里里外外没有一点儿装潢。满板的大门分作上下两截,简陋地钉了铁皮;上半截往里打开,下半截装有带弹簧的门铃,老是有人开进开出。门旁半人高的墙上,一排厚实的护窗板,白天卸落,夜晚装上,外加铁闩好落锁。这间地窖式的潮湿的屋子,就靠大门的上半截或者窗洞与屋顶之间的空间,透进一些空气与阳光。半人高的墙壁下面,是陈列商品的地方。招徕顾客的玩意,这儿是绝对没有的。货色的种类要看铺子的性质:或者摆着两三桶盐和鳕鱼,或者是几捆帆布与绳索,楼板的椽木上

---

[1] 当初教会设立来救济贫苦妇女的地方。

挂着黄铜索，靠墙放一排桶箍，再不然架上放些布匹。

你进门吧，一个年轻漂亮的姑娘，干干净净的，戴着白围巾，手臂通红，立刻放下编织物，叫唤她的父亲或母亲来招呼你，也许是两个铜子也许是两万法郎的买卖，对你或者冷淡，或者殷勤，或者傲慢，那得看店主的性格了。

你可看到一个做酒桶木材的商人，两只大拇指绕来绕去的，坐在门口跟邻居谈天。表面上他只有些起码的酒瓶架或两三捆薄板；但是安育地区所有的箍桶匠，都是向他码头上存货充足的工场购料的。他知道如果葡萄的收成好，他能卖掉多少桶板，估计的准确最多是一两块板上下。一天的好太阳教他发财，一场雨水教他亏本：酒桶的市价，一个上午可以从十一法郎跌到六法郎。

这个地方像都兰区域一样，市面是由天气做主的。种葡萄的、有田产的、木材商、箍桶匠、旅店主人、船夫，都眼巴巴地盼望太阳；晚上睡觉，就怕明朝起来听说隔夜结了冰；他们怕风，怕雨，怕旱，一忽儿要下雨水，一忽儿要天时转暖，一忽儿又要满天上云。在天公与尘世的利益之间，争执是没得完的。晴雨表能够轮流地教人愁，教人笑，教人高兴。

这条街从前是索漠城的大街，从这一头到那一头，"黄金一般的好天气"这句话，对每个人家都代表一个收入的数目。而且个个人会对邻居说："是啊，天上落金子下来了。"因为他们知道一道阳光和一场时雨带来多少利益。在天气美好的季节，到了星期六中午，就没法买到一个铜子的东西。做生意的人也有一个葡萄园，一方小园地，全要下乡去忙他两天。买进，卖出，赚头，一切都是预先计算好的，生意人尽可以花大半日的工夫打哈哈，说长道短，刺探旁人的私事。某家的主妇买了一只竹鸡，邻居就要问她的丈夫是否煮得恰到好处。一个年轻的姑娘从窗口探出头来，绝没有办法不让所有的闲人瞧见。因此大家的良心是露天的，那些无从窥测的、又暗又静的屋子，并藏不了什么秘密。

一般人差不多老在露天过活：每对夫妇坐在大门口，在那里吃中饭，吃晚饭，吵架拌嘴。街上的行人，没有一个不经过他们的研究。所以从前一个外乡人到内地，免不了到处给人家取笑。许多有趣的故事便是这样来的，安越人的爱寻开心也是这样出名的，因为编这一类的市井笑料是他们的拿手。

早先本地的乡绅全住在这条街上，街的高头都是古城里的老宅子，世道人心都还朴实的时代——这种古风现在是一天天地消灭了——的遗物。我们这个故事中的那所凄凉的屋子，就是其中之一。

古色古香的街上，连偶然遇到的小事都足以唤起你的回忆，全部的气息使你不由自主地沉入遐想。拐弯抹角地走过去，你可以看到一处黑魆魆的凹进去的地方，葛朗台府上的大门便藏在这凹坑中间。

在内地把一个人的家称作府上是有分量的；不知道葛朗台先生的身世，就没法掂出这称呼的分量。

葛朗台先生在索漠城的名望，自有它的前因后果，那是从没在内地耽留过的人不能完全了解的。葛朗台先生，有些人还称他作葛朗台老头，可是这样称呼他的老人越来越少了，他在一七八九年上是一个很富裕的箍桶匠，识得字，能写能算。共和政府在索漠地区标卖教会产业的时候，他正好四十岁，才娶了一个有钱的木板商的女儿。他拿自己的现款和女人的陪嫁，凑成两千金路易，跑到区公所。标卖监督官是一个强凶霸道的共和党人，葛朗台把丈人给的四百路易往他那里一送，就三钱不值两钱地，即使不能算正当,至少是合法地买到了区里最好的葡萄园、一座老修道院和几块分种田。

索漠的市民很少革命气息,在他们眼里,葛朗台老头是一个激烈的家伙,前进分子,共和党人,关切新潮流的人物;其实箍桶匠只关切葡萄园。上面派他当索漠区的行政委员,于是地方上的政治与商业都受到他温和的影响。

在政治方面,他包庇从前的贵族,想尽方法使流亡乡绅的产业不致被公家标卖;商业方面,他向革命军队承包了一二千桶白葡萄酒,代价是把某个女修道院上好的草原,本来留作最后一批标卖的产业,弄到了手。

拿破仑当执政的时代,好家伙葛朗台做了区长,把地方上的公事应付得很好,可是他葡萄的收获更好;拿破仑称帝的时候,他变了光杆儿的葛朗台先生。拿破仑不喜欢共和党人,另外派了一个乡绅兼大地主,一个后来晋封为男爵的人来代替葛朗台,因为他有红帽子嫌疑。葛朗台丢掉区长的荣衔,毫不惋惜。在他任内,为了本城的利益,已经造好几条出色的公路直达他的产业。他的房产与地产登记的时候,占了不少便宜,只完很轻的税。自从他各处的庄园登记之后,靠他不断的经营,他的葡萄园变成地方上的顶儿尖儿,这个专门的形容词是说这种园里的葡萄能够酿成极品的好酒。总而言之,他简直有资格得荣誉团的勋章。

免职的事发生在一八〇六年。那时葛朗台五十七岁,他的女人三十六,他们的独养女儿才十岁。

大概是老天看见他丢了官,想安慰安慰他吧,这一年上葛朗台接连得了三笔遗产,先是他丈母特·拉·古地尼埃太太的,接着是太太的外公特·拉·裴德里埃先生的,最后是葛朗台自己的外婆,香蒂埃太太的:这些遗产数目之大，没有一个人知道。三个老人爱钱如命，一生一世都在积聚金钱，以便私下里摩挲把玩。特·拉·裴德里埃老先生把放债叫作挥霍，觉得对黄金看上几眼比放高利贷还实惠。所以他们积蓄的多少，索漠人只能以看得见的收入估计。

于是葛朗台先生得了新的贵族头衔，那是尽管我们爱讲平等也消灭不了的，他成为一州里"纳税最多"的人物。他的葡萄园有一百阿尔邦[1]，收成好的年份可以出产七八百桶酒，他还有十三处分种田，一座老修道院，修道院的窗子、门洞、彩色玻璃，一齐给他从外面堵死了，既可不付捐税，又可保存那些东西。此外还有一百二十七阿尔邦的草原，上面的三千株白杨是一七九三年种下的。他住的屋子也是自己的产业。

这是他看得见的家私。至于他现金的数目，只有两个人知道一个大概。一个是公证人克罗旭，替葛朗台放债的，另外一个是台·格拉桑，索漠城中最有钱的银行家，葛朗台认为合适的时候跟他暗中合作一下，分些好处。在内地要得人信任，要挣家业，行事非机密不可；老克罗旭与台·格拉桑虽然机密透顶，仍免不了当众对葛朗台毕恭毕敬，使旁观的人看出前任区长的资力何等雄厚。

索漠城里个个人相信葛朗台家里有一个私库，一个堆满金路易的密窟，说他半夜里瞧着累累的黄金，快乐得无可形容。一般吝啬鬼认为这是千真万确的事，因为看见那好家伙连眼睛都是黄澄澄的，染上了金子的光彩。一个靠资金赚惯大利钱的人，像色鬼、赌徒或帮闲的清客一样，眼风自有那种说不出的神气，一派躲躲闪闪的、馋痨的神秘模样，决计瞒不过他的

---

[1] 每个阿尔邦约等于三十至五十一亩，视地域而定，每亩等于一百平方米。

同道。凡是对什么东西着了迷的人,这些暗号无异帮口里的切口。

葛朗台先生从来不欠人家什么;又是老箍桶匠,又是种葡萄的老手,什么时候需要为自己的收成准备一千只桶,什么时候只要五百只桶,他预算得像天文学家一样准确;投机事业从没失败过一次,酒桶的市价比酒还贵的时候,他老是有酒桶出卖,他能够把酒藏起来,等每桶涨到两百法郎才抛出去,一般小地主却早已在一百法郎的时候脱手了。这样一个人物当然博得大家的敬重。那有名的一八一一年的收成,他乖乖地囤在家里,一点一滴地慢慢卖出去,挣了二十四万多法郎。讲起理财的本领,葛朗台先生是只老虎,是条巨蟒:他会躺在那里,蹲在那里,把俘虏打量个半天再扑上去,张开血盆大口的钱袋,倒进大堆的金银,然后安安宁宁地去睡觉,好像一条蛇吃饱了东西,不动声色,冷静非凡,什么事情都按部就班的。

他走过的时候,没有一个人看见了不觉得又钦佩,又敬重,又害怕。索漠城中,不是个个人都给他钢铁般的利爪干净利落地抓过一下的吗?某人为了买田,从克罗旭那里弄到一笔借款,利率要一分一,某人拿期票向台·格拉桑贴现,给先扣了一大笔利息。市场上,或是夜晚的闲谈中间,不提到葛朗台先生大名的日子很少。有些人认为,这个种葡萄老头的财富简直是地方上的一宝,值得夸耀。不少做买卖的,开旅店的,得意洋洋地对外客说:

"嘿,先生,上百万的咱们有两三家;可是葛朗台先生哪,连他自己也不知道究竟有多少家私!"

一八一六年的时候,索漠城里顶会计算的人,估计那好家伙的地产大概值到四百万;但在一七九三年到一八一七年中间,平均每年的收入该有十万法郎,由此推算,他所有的现金大约和不动产的价值差不多。因此,打完了一场牌，或是谈了一会儿葡萄的情形，提到葛朗台的时候，一般自作聪明的人就说："葛朗台老头吗？……总该有五六百万吧。"要是克罗旭或台·格拉桑听到了，就会说：

"你好厉害，我倒从来不知道他的总数呢！"

遇到什么巴黎客人提到洛岂尔特或拉斐德那般大银行家，索漠人就要问，他们是不是跟葛朗台先生一样有钱。如果巴黎人付之一笑，回答说是的，他们便把脑袋一侧，互相瞪着眼，满脸不相信的神气。

偌大一笔财产把这个富翁的行为都镀了金。假使他的生活起居本来有什么可笑、给人家当话柄的地方，那些话柄也早已消灭得无形无踪了。葛朗台的一举一动都像是钦定的，到处行得通；他的说话、衣着、姿势、瞪眼睛，都是地方上的金科玉律；大家把他仔细研究，像自然科学家要把动物的本能研究出它的作用似的，终于发现他最琐屑的动作，也有深邃而不可言传的智慧。譬如，人家说：

"今年冬天一定很冷，葛朗台老头已经戴起皮手套了：咱们该收割葡萄了吧。"

或者说：

"葛朗台老头买了许多桶板，今年的酒一定不少的。"

葛朗台先生从来不买肉，不买面包。每个星期，那些佃户给他送来一份足够的食物：阉鸡、母鸡、鸡蛋、牛油、麦子，都是抵租的。他有一所磨坊租给人家，磨坊司务除了缴付租金以外，还得亲自来拿麦子去磨，再把面粉跟麸皮送回来。他的独一无二的老妈子，叫作长脚拿侬的，虽然上了年纪，还是每星期六替他做面包。房客之中有种菜的，葛朗台便派他们供应菜蔬。至于水果，收获之多，可以大部分出售。烧火炉用的木材，是把田地四周的篱垣或烂了一半的老树砍下来，由佃户锯成一段一段的，用小车装进城，他们还有心巴结，替他送进柴房，讨得几声谢。他的开支，据人家知道的，只有教堂里座椅的租费，圣餐费，太太和女儿的衣着，家里的灯烛，拿侬的工钱，锅子的镀锡，国家的赋税，庄园的修理，和种植的费用。他新近买了六百阿尔邦的一座树林，托一个近邻照顾，答应给一些津贴。自从他置了这个产业之后，他才吃野味。

这家伙动作非常简单，说话不多，发表意见总是用柔和的声音，简短的句子，搬弄一些老生常谈。从他出头露面的大革命时代起，逢到要长篇大论说一番，或者跟人家讨论什么，他便马上结结巴巴的，弄得对方头昏脑涨。这种口齿不清，理路不明，前言不对后语，以及废话连篇把他的思想弄糊涂了的情形，人家当作是他缺少教育，其实完全是假装的；等会儿故事中有些情节，就足以解释明白。而且逢到要应付，要解决什么生活上或买卖上的难题，他就搬出四句口诀，像代数公式一样准确，叫作："我不知道，我不能够，我不愿意，慢慢瞧吧。"

他从来不说一声是或不是，也从来不把黑笔落在白纸上。人家跟他说话，他冷冷地听着，右手托着下巴颏儿，肘子靠在左手背上；无论什么事，他一朝拿定了主意，就永远不变。一点点儿小生意，他也得盘算半天。经过一番钩心斗角的谈话之后，对方自以为心中的秘密保守得密不透风，其实早已吐出了真话。他却回答道：

"我没有跟太太商量过，什么都不能决定。"

给他压得像奴隶般的太太，却是他生意上最方便的挡箭牌。他从来不到别人家里去，不吃人家，也不请人家；他没有一点儿声响，似乎什么都要节省，连动作在内。因为没有一刻不尊重旁人的主权，他绝对不动人家的东西。

可是，尽管他声音柔和，态度持重，仍不免露出箍桶匠的谈吐与习惯，尤其在家里，不像在旁的地方那么顾忌。

至于体格，他身高五尺，臃肿，横阔，腿肚子的圆周有一尺，多节的膝盖骨，宽大的肩膀；脸是圆的，乌油油的，有痘瘢；下巴笔直，嘴唇没有一点儿曲线，牙齿雪白，冷静的眼睛好像要吃人，是一般所谓的蛇眼；脑门上布满皱纹，一块块隆起的肉颇有些奥妙；青年人不知轻重，背后开葛朗台先生玩笑，把他黄而灰白的头发叫作金子里掺白银。鼻尖肥大，顶着一颗满着血筋的肉瘤，一般人不无理由地说，这颗瘤里全是刁钻促狭的玩意儿。这副脸相显出他那种阴险的狡猾，显出他有计划的诚实，显出他的自私自利，所有的感情都集中在吝啬的乐趣，和他唯一真正关切的独养女儿欧也妮身上。而且姿势，举动，走路的功架，他身上的一切都表示他只相信自己，这是生意上左右逢源养成的习惯。所以表面上虽然性情和易，很好对付，骨子里他却硬似铁石。

他老是同样的装束，从一七九一年以来始终是那身打扮。笨重的鞋子，鞋带也是皮做的；四季都穿一双呢袜、一条栗色的粗呢短裤，用银箍在膝盖下面扣紧，上身穿一件方襟的闪光丝绒背心，颜色一忽儿黄一忽儿古铜色，外面罩一件衣裾宽大的栗色外套，戴一条黑领带、一顶阔边帽子。他的手套跟警察的一样结实，要用到一年零八个月，为保持清洁起见，他有一个一定的手势，把手套放在帽子边缘上一定的地位。

关于这个人物，索漠人所知道的不过这一些。

城里的居民有资格在他家出入的只有六个。前三个中顶重要的是克罗旭先生的侄子。这个年轻人，自从当了索漠初级裁判所所长之后，在本姓克罗旭之上又加了一个篷风的姓氏，并且极力想叫篷风出名。他的签名已经变作克·特·篷风了。倘使有什么冒失的律师仍旧称他"克罗旭先生"，包管在出庭的时候要后悔他的糊涂。凡是称"所长先生"的，就可博得法官的庇护。对于称他"特·篷风先生"的马屁鬼，他更不惜满面春风地报以微笑。所长先生三十三岁，有一处名叫篷风的田庄，每年有七千法郎进款；他还在那里等两个叔父的遗产，一个是克罗旭公证人，一个是克罗旭神甫，属于都尔城圣马丁大寺的教士会的；据说这两人都相当有钱。三位克罗旭，房族既多，城里的亲戚也有一二十家，俨然结成一个党，好像从前翡冷翠的那些美第奇一样；而且正如美第奇有巴齐一族跟他们对垒似的，克罗旭也有他们的敌党。

台·格拉桑太太有一个二十三岁的儿子，她很热心地来陪葛朗台太太打牌，希望她亲爱的阿道夫能够和欧也妮结婚。银行家台·格拉桑先生，拿出全副精神从旁协助，对吝啬的老头儿不断地暗中帮忙，逢到攸关大局的紧要关头，从来不落人后。这三位台·格拉桑也有他们的帮手、房族和忠实的盟友。

在克罗旭方面，神甫是智囊，加上那个当公证人的兄弟做后援，他竭力跟银行家太太竞争，想把葛朗台的大笔遗产留给自己的侄儿。克罗旭和台·格拉桑两家暗中为争夺欧也妮的斗法，成为索漠城中大家小户热心关切的题目。葛朗台小姐将来嫁给谁呢？所长先生呢，还是阿道夫·台·格拉桑？

对于这个问题，有的人的答案是两个都不会到手。据他们说，老箍桶匠野心勃勃，想找一个贵族院议员做女婿，凭他岁收三十万法郎的陪嫁，谁还计较葛朗台过去、现在、将来的那些酒桶？另外一批人却回答说，台·格拉桑是世家，极有钱，阿道夫又是一个俊俏后生，这样一门亲事，一定能教出身低微，索漠城里都眼见拿过斧头凿子，而且还当过革命党的人心满意足，除非他夹袋里有什么教皇的侄子之流。可是老于世故的人提醒你说，克罗旭·特·篷风先生随时可以在葛朗台家进出，而他的敌手只能在星期日受招待。有的认为，台·格拉桑太太跟葛朗台家的女太太们，比克罗旭一家接近得多，久而久之，一定能说动她们，达到她的目的。有的却认为克罗旭神甫的花言巧语是天下第一，拿女人跟出家人对抗，正好势均力敌。所以索漠城中有一个才子说：

"他们正是旗鼓相当，各有一手。"

据地方上熟知内幕的老辈看法，像葛朗台那么精明的人家，绝不肯把家私落在外人手里。索漠的葛朗台还有一个兄弟在巴黎，非常有钱的酒商；欧也妮将来是嫁给巴黎葛朗台的儿子的。对这种意见，克罗旭和台·格拉桑两家的羽党都表示异议，说：

"一则两兄弟三十年来没有见过两次面；二则巴黎的葛朗台先生对儿子的期望大得很。他自己是巴黎某区的区长，兼国会议员，禁卫军旅长，商事裁判所推事，自称跟拿破仑提拔的某公爵有姻亲，早已不承认索漠的葛朗台是本家。"

周围七八十里，甚至在安越到勃洛阿的驿车里，都在谈到这个有钱的独养女儿，七嘴八舌，议论纷纷，当然是应有之事。

一八一七年初，有一桩事情使克罗旭党彰明较著地占了台·格拉桑党上风。法劳丰田产素来以美丽的别庄、园亭、小溪、池塘、森林出名，值到三百万法郎。年青的法劳丰侯爵急需现款，不得不把这所产业出卖。克罗旭公证人、克罗旭所长、克罗旭神甫，再加上他们的羽党，居然把侯爵分段出售的意思打消了。公证人告诉他，分成小块地标卖，势必要跟投标落选的人打不知多少场官司，才能拿到田价；还不如整块儿让给葛朗台先生，既买得起，又能付现钱。公证人这番话把卖主说服了，做成一桩特别便宜的好买卖。侯爵的那块良田美产，就这样地给张罗着送到了葛朗台嘴里。他出乎索漠人意料之外，竟打了些折扣当场把田价付清。这件新闻一直传播到南特与奥莱昂。

葛朗台先生搭着人家回乡的小车，到别庄上视察。以主人的身份对产业瞥了一眼，回到城里，觉得这一次的投资足足有五厘利，他又马上得了一个好主意，预备把全部的田产并在法劳丰一起。随后，他要把差不多出空了的金库重新填满，决意把他的树木，森林，一齐砍下，再把草原上的白杨也出卖。

葛朗台先生的府上这个称呼，现在你们该明白它的分量了吧。那是一所灰暗、阴森、静寂的屋子，坐落在城区上部，靠着坍毁的城脚。

门框的穹隆与两根支柱，像正屋一样用的混凝土，卢瓦尔河岸特产的一种白石，质地松软，用不到两百年以上的。寒暑的酷烈，把柱头、门洞、门顶，都磨出无数古怪的洞眼，像法国建筑的那种虫蛀样儿，也有几分像监狱的大门。门顶上面，有一长条硬石刻成的浮雕，代表四季的形象已经剥蚀，变黑。浮雕的础石突出在外面，横七竖八地长着野草，黄色的苦菊、五爪龙、旋覆花、车前草，一株小小的樱桃树已经长得很高了。

褐色的大门是独幅的橡木做的，没有油水，到处开裂，看上去很单薄，其实很坚固，因为有一排对花的钉子支持。一边的门上有扇小门，中间开一个小方洞，装上铁栅，排得很密的铁梗锈得发红，铁栅上挂着一个环，上面吊一个敲门用的铁锤，正好敲在一颗奇形怪状的大钉子上。铁锤是长方形的,像古时的钟锤,又像一个肥大的惊叹号;一个玩古董的人仔细打量之下,可以发现锤子当初是一个小丑的形状,但是年深月久,已经磨平了。

那个小铁栅,当初在宗教战争的年代,原是预备给屋内的人探望来客的。现在喜欢东张西望的人,可以从铁栅中间望到黑魆魆的半绿不绿的环洞,环洞底下有几级七零八落的磴级,通上花园:厚实而潮湿的围墙,到处渗出水迹,生满垂头丧气的杂树,倒也另有一番景致。这片墙原是城墙的一部分,邻近人家都利用它布置花园。

楼下最重要的房间是那间"堂屋",从大门内的环洞进出的。在安育、都兰、裴里各地的小城中间,一间堂屋的重要,外方人是不大懂得的。它同时是穿堂、客厅、书房、上房、饭厅;它是日常生活的中心,全家公用的起居室。本区的理发匠,替葛朗台先生一年理两次发是在这里,佃户、教士、县长、磨坊伙计上门的时候,也是在这间屋里。室内有两扇临街的窗,铺着地板;古式嵌线的灰色护壁板从上铺到下,顶上的梁木都露在外面,也漆成灰色;梁木中间的楼板涂着白粉,已经发黄了。

壁炉架上面挂着一面耀出青光的镜子,两旁的边划成斜面,显出玻璃的厚度,一丝丝的闪光照在哥特式的镂花钢框上。壁炉架是粗糙的白石面子,摆着一座黄铜的老钟,壳子上有螺钿嵌成的图案。左右放两盏黄铜的两用烛台,座子是铜镶边的蓝色大理石,矗立着好几支玫瑰花瓣形的灯芯盘;把这些盘子拿掉,座子又可成为一个单独的烛台,在平常日子应用。

古式的座椅,花绸面子上织着拉封丹的寓言,但不是博学之士,休想认出它们的内容:颜色褪尽,到处是补丁,人物已经看不清楚。四边壁角里放着三角形的酒橱,顶上有几格放零星小件的搁板,全是油腻。两扇窗子中间的板壁下面，有一张嵌木细工的旧牌桌，桌面上画着棋盘。牌桌后面的壁上挂一只椭圆形晴雨表，黑框子四周有金漆的丝带形花边，苍蝇肆无忌惮地钉在上面张牙舞爪，恐怕不会有多少金漆留下的了。

壁炉架对面的壁上，挂两幅水粉画的肖像，据说一个是葛朗台太太的外公，特·拉·裴德里埃老人，穿着王家禁卫军连长的制服；一个是故香蒂埃太太，绾着一个古式的髻。窗帘用的是都尔红绸，两旁用系有大坠子的丝带吊起。这种奢华的装饰，跟葛朗台一家的习惯很不调和，原来是买进这所屋子的时候就有的，连镜框、座钟、花绸面的家具、红木酒橱等等都是。

靠门的窗洞下面，一张草坐垫的椅子放在一个木座上，使葛朗台太太坐了可以望见街上的行人。另外一张褪色樱桃木的女红台，把窗洞的空间填满了，近旁还有欧也妮的小靠椅。

十五年以来，从四月到十一月，母女俩就在这个位置上安安静静地消磨日子，手里永远拿着活计。十一月初一，她们可以搬到壁炉旁边过冬了。只有到那一天，葛朗台才答应在堂屋里生火，到三月三十一日就得熄掉，不管春寒也不管早秋的凉意。四月和十月里最冷的日子，长脚拿侬想法从厨房里腾出些柴炭，安排一只脚炉，给太太和小姐挡挡早晚的寒气。

全家的内衣被服都归母女俩负责，她们专心一意，像女工一样整天劳作，甚至欧也妮想替母亲绣一方挑花领，也只能腾出睡眠的时间来做，还得想出借口来骗取父亲的蜡烛。多年来女儿与拿侬用的蜡烛，各啬鬼总是亲自分发的，正如每天早上分发面包和别的食物一样。

也许只有长脚拿侬受得了她主人的那种专制。索漠城里都羡慕葛朗台夫妇有这样一个老妈子。大家叫她长脚拿侬，因为她身高五尺八寸。她在葛朗台家已经做了三十五年。虽然一年的工薪只有六十法郎，大家已经认为她是城里最有钱的女仆了。一年六十法郎，积了三十五年，最近居然有四千法郎存在公证人克罗旭那儿做终身年金。这笔长期不断的积蓄，似乎是一个了不得的数目。每个女佣看见这个上了六十岁的老妈子有了老年的口粮，都十分眼热，却没有想到这份口粮是辛辛苦苦做牛马换来的。

二十二岁的时候，这可怜的姑娘到处没有人要，她的脸丑得叫人害怕；其实这么说是过分的，把她的脸放在一个掷弹兵的脖子上，还可受到人家称赞哩；可是据说什么东西都要相称。她先是替农家放牛，农家遭了火灾，她就凭着天不怕地不怕的勇气，进城来找事。

那时葛朗台正想自立门户，预备娶亲。他瞥见了这到处碰壁的女孩子。以箍桶匠的眼光判断一个人的体力是准没有错的：她体格像大力士，站在那儿仿佛一株六十年的橡树，根牢固实，粗大的腰围，四方的背脊，一双手像个赶车的，诚实不欺的德性，正如她的贞操一般纯洁无瑕；在这样一个女人身上可以榨取多少利益，他算得清清楚楚。雄赳赳的脸上生满了疣，紫糖糖的皮色，青筋隆起的胳膊，褴褛的衣衫，拿侬这些外表并没吓退箍桶匠，虽然他那时还在能够动心的年纪。他给这个可怜的姑娘衣着、鞋袜、膳宿，出了工钱雇用她，也不过分的虐待、糟蹋。

长脚拿侬受到这样的待遇暗中快活得哭了，就一片忠心地服侍箍桶匠。而箍桶匠当她家奴一般利用。拿侬包办一切：煮饭，蒸洗东西，拿衣服到卢瓦尔河边去洗，担在肩上回来；天一亮就起身，深夜才睡觉；收成时节，所有短工的饭食都归她料理，还不让人家捡取掉在地下的葡萄；她像一条忠心的狗一样保护主人的财产。总之，她对他信服得五体投地，无论

长脚拿侬

他什么想入非非的念头,她都不哼一声地服从。一八一一那有名的一年[1]收获季节特别辛苦,这时拿侬已经服务了二十年,葛朗台才发狠赏了她一只旧表,那是她到手的唯一礼物。固然他一向把穿旧的鞋子给她(她正好穿得上),但是每隔三个月得来的鞋子,已经那么破烂,不能叫作礼物了。可怜的姑娘因为一无所有,变得吝啬不堪,终于使葛朗台像喜欢一条狗一样地喜欢她,而拿侬也甘心情愿让人家把链条套上脖子,链条上的刺,她已经不觉得痛了。

要是葛朗台把面包割得过分小气了一点,她绝不抱怨;这个人家饮食严格,从来没有人闹病,拿侬也乐于接受这卫生的好处。而且她跟主人家已经打成一片:葛朗台笑,她也笑;葛朗台发愁,挨冷,取暖,工作,她也跟着发愁,挨冷,取暖,工作。这样不分彼此的平等,还不算甜蜜的安慰吗?她在树底下吃些杏子、桃子、枣子,主人从来不埋怨。

有些年份的果子把树枝都压弯了,佃户们拿去喂猪,于是葛朗台对拿侬说:"吃呀,拿侬,尽吃。"

这个穷苦的乡下女人,从小只受到虐待,人家为了善心才把她收留下来;对于她,葛朗台老头那种教人猜不透意思的笑,真像一道阳光似的。而且拿侬单纯的心,简单的头脑,只容得下一种感情,一个念头。三十五年如一日,她老是看到自己站在葛朗台先生的工场前面,赤着脚,穿着破烂衣衫,听见箍桶匠对她说:"你要什么呀,好孩子?"她心中的感激永远是那么新鲜。

---

[1] 该年制成的酒为法国史上有名的佳酿;是年有彗星出现,经济恐慌,工商业破产者累累。所谓有名的一年是总括上列各项事故而言。

有时候，葛朗台想到这个可怜虫从没听见一句奉承的话，完全不懂女人所能获得的那些温情；将来站在上帝前面受审，她比圣母马利亚还要贞洁。葛朗台想到这些，不禁动了怜悯，望着她说：

"可怜的拿侬！"

老用人听了，总是用一道难以形容的目光瞧他一下。时常挂在嘴边的这句感叹，久已成为他们之间不断的友谊的链锁，而每说一遍，链锁总多加上一环。出诸葛朗台的心坎，而使老姑娘感激的这种怜悯，不知怎样总有一点儿可怕的气息。这种吝啬鬼的残酷的怜悯，在老箍桶匠是因为想起在用人身上刮到了多少好处而得意，在拿侬却是全部的快乐。"可怜的拿侬！"这样的话谁不会说？但是说话的音调，语气之间莫测高深的惋惜，可以使上帝认出谁才是真正的慈悲。

索漠有许多家庭待用人好得多，用人却仍然对主人不满意。于是又有这样的话流传了：

"葛朗台他们对长脚拿侬怎么的，她会这样地忠心？简直肯替他们拼命！"

厨房临着院子，窗上装有铁栅，老是干净、整齐、冷冰冰的，真是守财奴的灶屋，没有一点儿糟蹋的东西。拿侬晚上洗过碗盏，收起剩菜，熄了灶火，便到跟厨房隔着一条过道的堂屋里绩麻，跟主人们在一块儿。这样，一个黄昏全家只消点一支蜡烛了。老妈子睡的是过道底上的一个小房间，只消有一个墙洞漏进一些日光；躺在这样一个窝里，她结实的身体居然毫无亏损，她可以听见日夜都静悄悄的屋子里的任何响动。像一条看家狗似的，她竖着耳朵睡觉，一边休息一边守夜。

屋子其余的部分，等故事发展下去的时候再来描写；但全家精华所在的堂屋的景象，已可令人想见楼上的寒碜了。

一八一九年，秋季的天气特别好；到十一月中旬某一天傍晚时分，长脚拿侬才第一次生火。那一天是克罗旭与台·格拉桑两家记得清清楚楚的节日。双方六位人马，预备全副武装，到堂屋里交一交手，比一比谁表示得更亲热。

早上，索漠的人看见葛朗台太太和葛朗台小姐，后边跟着拿侬，到教堂去望弥撒，于是大家记起了这一天是欧也妮的生日。克罗旭公证人、克罗旭神甫、克·特·篷风先生，算准了葛朗台家该吃完晚饭的时候，急急忙忙赶来，要抢在台·格拉桑一家之前，向葛朗台小姐拜寿。三个人都捧着从小花坛中摘来的大束的花。所长那束，花梗上很巧妙地裹着金色穗子的白缎带。

每逢欧也妮的生日和本名节日[1]，照例葛朗台清早就直闯到女儿床边，郑重其事地把他为父的礼物亲手交代，十三年来的老规矩，都是一枚稀罕的金洋。

葛朗台太太总给女儿一件衣衫，或是冬天穿的，或是夏天穿的，看什么节而定。这两件衣衫，加上父亲在元旦跟她自己的节日所赏赐的金洋，她每年小小的收入大概有五六百法郎，葛朗台很高兴地看她慢慢地积起来。这不过是把自己的钱换一只口袋罢了，而且可以从小培养女儿的吝啬。他不时盘问一下她财产的数目——其中一部分是从葛朗台太太的外婆那里来的，一盘问的时候总说：

"这是你陪嫁的压箱钱呀。"

---

[1] 西俗教徒皆以圣者之名命名。凡自己取名的圣者的纪念日，称为本名节日。

所谓压箱钱是一种古老的风俗，法国中部有些地方至今还很郑重地保存在那里。裴里、安育那一带，一个姑娘出嫁的时候，不是娘家便是婆家，总得给她一笔金洋或银洋，或是十二枚，或是一百四十四枚，或是一千二百枚，看家境而定。最穷的牧羊女出嫁，压箱钱也非有不可，就是拿大铜钱充数也是好的。伊苏屯地方，至今还谈论曾经有一个有钱的独养女儿，压箱钱是一百四十四枚葡萄牙金洋。凯塞琳·特·美第奇嫁给亨利二世，她的叔叔教皇克雷门七世送给她一套古代的金勋章，价值连城。

吃晚饭的时候，父亲看见女儿穿了新衣衫格外漂亮，便喜欢得什么似的，嚷道：

"既然是欧也妮的生日，咱们生起火来，取个吉利吧！"

长脚拿侬撤下饭桌上吃剩的鹅，箍桶匠家里的珍品，一边说：

"小姐今年一定要大喜了。"

"索漠城里没有合适的人家喔。"葛朗台太太接口道，她一眼望着丈夫的那种胆怯的神气，以她的年龄而论，活现出可怜的女人是一向对丈夫服从惯的。

葛朗台端详着女儿，快活地叫道：

"今天她刚好二十三了，这孩子。是咱们操心的时候了。"

欧也妮和她的母亲心照不宣地彼此瞧了一眼。

葛朗台太太是一个干枯的瘦女人，皮色黄黄的像木瓜，举动迟缓，笨拙，就像那些生来受磨折的女人。大骨骼，大鼻子，大额角，大眼睛，一眼望去，好像既无味道又无汁水的干瘪果子。黯黑的牙齿已经不多几颗，嘴巴全是皱纹，长长的下巴颏儿往上钩起，像只木底靴。可是她为人极好，真有裴德里埃家风。克罗旭神甫常常有心借机会告诉她，说她当初并不怎样难看，她居然会相信。性情柔和得像天使，忍耐功夫不下于给孩子们捉弄的虫蚁，少有的虔诚，平静的心境绝对不会骚乱，一片好心，个个人可怜她，敬重她。

丈夫给她的零用，每次从不超过六法郎。虽然相貌奇丑，她的陪嫁与承继的遗产，给葛朗台先生带来三十多万法郎。然而她始终诚惶诚恐，仿佛寄人篱下似的；天性的柔和，使她摆脱不了这种奴性，她既没要求过一个钱，也没对克罗旭公证人教她签字的文件表示过异议。支配这个女人的，只有闷在肚里的那股愚不可及的傲气，以及葛朗台非但不了解还要加以伤害的慷慨的心胸。

葛朗台太太永远穿一件淡绿绸衫，照例得穿上一年；戴一条棉料的白围巾，头上一顶草帽，差不多永远系一条黑纱围身。难得出门，鞋子很省。总之，她自己从来不想要一点儿什么。

有时，葛朗台想起自从上次给了她六法郎以后已经有好久，觉得过意不去，便在出售当年收成的契约上添注一笔，要买主掏出些佣金给他太太。向葛朗台买酒的荷兰商人或比利时商人，总得破费上百法郎，这就是葛朗台太太一年之中最可观的进款。

可是，她一朝拿到了上百法郎，丈夫往往对她说，仿佛他们用的钱一向是公账似的："借几个子儿给我，好不好？"可怜的女人，老是听到忏悔师说男人是她的夫君是她的主人，所以觉得能够帮他忙是最快活不过的，一个冬天也就还了他好些佣金。

葛朗台掏出了做零用、买针线、付女儿衣着的六法郎月费，把钱袋扣上之后，总不忘了向他女人问一声：

"喂，妈妈，你想要一点儿什么吗？"

"哦，那个，慢慢再说吧。"葛朗台太太回答，她觉得做母亲的应该保持她的尊严。

这种伟大真是白费！葛朗台自以为对太太慷慨得很呢。像拿侬、葛朗台太太、欧也妮这等人物，倘使给哲学家碰到了，不是很有理由觉得上帝的本性是喜欢跟人开玩笑吗？

在初次提到欧也妮婚事的那餐晚饭之后，拿侬到楼上葛朗台先生房里拿一瓶果子酒，下来的时候几乎摔了一跤。

"蠢东西，"葛朗台先生叫道，"你也会栽筋斗吗，你？"

"哎哟，先生，那是你的楼梯不行呀。"

"不错，"葛朗台太太接口，"你早该修理了，昨天晚上，欧也妮也险些儿扭坏了脚。"

葛朗台看见拿侬脸色发白，便说：

"好，既然是欧也妮的生日，你又几乎摔跤，就请你喝一杯果子酒压压惊吧。"

"真是，这杯酒是我把命拼来的喔。换了别人，瓶子早已摔掉了；我哪怕碰断肘子，也要把酒瓶擎得老高，不让它砸破呢。"

"可怜的拿侬！"葛朗台一边说一边替她斟酒。

"跌痛没有？"欧也妮很关切地望着她问。

"没有，我挺一挺腰就站住了。"

"得啦，既然是欧也妮的生日，"葛朗台说，"我就去替你们修理踏级吧。你们这般人，就不会拣结实的地方落脚。"

葛朗台拿了烛台，走到烤面包的房里去拿木板、钉子和工具，让太太、女儿、用人坐在暗里，除了壁炉的活泼的火焰之外，没有一点儿光亮。拿

侬听见他在楼梯上敲击的声音,便问:

"要不要帮忙?"

"不用,不用!我会对付。"老箍桶匠回答。

葛朗台一边修理虫蛀的楼梯,一边想起少年时代的事情,直着喉咙打呼哨。这时候,三位克罗旭来敲门了。

"是你吗,克罗旭先生?"拿侬凑在铁栅上望了望。

"是的。"所长回答。

拿侬打开大门,壁炉的火光照在环洞里,三位克罗旭才看清了堂屋的门口。拿侬闻到花香,便说:

"啊!你们是来拜寿的。"

"对不起,诸位,"葛朗台听出了客人的声音,嚷道,"我马上就来!不瞒你们说,楼梯的踏级坏了,我自己在修呢。"

"不招呼,不招呼!葛朗台先生。区区煤炭匠,在家也好当市长。"所长引经据典地说完,独自笑开了,却没有人懂得他把成语改头换面,影射葛朗台当过区长。

葛朗台母女俩站了起来。所长趁堂屋里没有灯光,便对欧也妮说道:

"小姐,今天是你的生日,我祝贺你年年快乐,岁岁康强!"

说着他献上一大束索漠城里少有的鲜花;然后抓着独养女儿的肘子,把她脖子两边亲了一下,那副得意的神气把欧也妮羞得什么似的。所长,像一口生锈的大铁钉,自以为这样就是追求女人。

"所长先生,不用拘束啊,"葛朗台走进来说,"过节的日子,照例得痛快一下。"

克罗旭神甫也捧着他的一束花,接口说:

"跟令爱在一块儿，舍侄觉得天天都是过节呢。"

说完话，神甫吻了吻欧也妮的手。公证人克罗旭却老实不客气亲了她的腮帮，说：

"哎，哎，岁月催人，又是一年了。"

葛朗台有了一句笑话，轻易不肯放弃，只要自己觉得好玩，会三番四复地说个不休；他把烛台往座钟前面一放，说道：

"既然是欧也妮的生日，咱们就大放光明吧！"

他很小心地摘下灯台上的管子，每根安上了灯芯盘，从拿侬手里接过一根纸卷的新蜡烛，放入洞眼，插妥了，点上了，然后走去坐在太太旁边，把客人、女儿和两支蜡烛，轮流打量过来。

克罗旭神甫矮小肥胖，浑身是肉，茶红的假头发，像是压扁了的，脸孔像个爱开玩笑的老太婆，套一双银搭扣的结实的鞋子，他把脚一伸，问道：

"台·格拉桑他们没有来吗？"

"还没有。"葛朗台回答。

"他们会来吗？"老公证人扭动着那张脚炉盖似的脸，问。

"我想会来的。"葛朗台太太回答。

"府上的葡萄收割完了吗？"特·篷风所长打听葛朗台。

"统统完了！"葛朗台老头说着，站起身来在堂屋里踱步，他把胸脯一挺的那股劲儿，跟"统统完了"四个字一样骄傲。

长脚拿侬不敢闯入过节的场面，便在厨房内点起蜡烛，坐在灶旁预备绩麻。葛朗台从过道的门里瞥见了，踱过去嚷道：

"拿侬，你能不能灭了灶火，熄了蜡烛，上我们这儿来？嘿！这里地方大得很，怕挤不下吗？"

"可是先生，你们那里有贵客哪。"

"怕什么？他们不跟你一样是上帝造的吗？"

葛朗台说完又走过来问所长：

"府上的收成脱手没有？"

"没有。老实说，我不想卖。现在的酒固然好，过两年更好。你知道，地主都发誓要坚持公议的价格。那些比利时人这次休想占便宜了。他们这回不买，下回还是要来的。"

"不错，可是咱们要齐心啊。"葛朗台的语调，教所长打了一个寒噤。

"他会不会跟他们暗中谈判呢？"克罗旭心里想。

这时大门上锤子响了一下，报告台·格拉桑一家来了。葛朗台太太和克罗旭神甫才开始的话题，只得搁过一边。

台·格拉桑太太是那种矮小活泼的女人，身材肥胖，皮肤白里泛红，过着修道院式的内地生活，律身谨严，所以在四十岁上还显得年轻。这等女子仿佛过时的最后几朵蔷薇，教人看了舒服，但它们的花瓣有种说不出的冰冷的感觉，香气也淡薄得很了。她穿着相当讲究，行头都从巴黎带来，索漠的时装就把她做标准，而且家里经常举行晚会。

她的丈夫在拿破仑的禁卫军中当过连长，在奥斯特里茨一役受了重伤，退伍了，对葛朗台虽然尊敬，但是爽直非凡，不失军人本色。

"你好，葛朗台。"他说着向葡萄园主伸出手来，一副俨然的气派是他一向用来压倒克罗旭的。向葛朗台太太行过礼，他又对欧也妮说："小姐，你老是这样美，这样贤惠，简直想不出祝贺你的话。"

然后他从跟班手里接过一口匣子递过去，里面装着一株好望角的铁树，这种花还是最近带到欧洲而极少见的。

台·格拉桑太太非常亲热地拥抱了欧也妮，握着她的手说：

"我的一点小意思，教阿道夫代献吧。"

一个头发金黄、个子高大的青年，苍白，娇弱，举动相当文雅，外表很羞怯，可是最近到巴黎念法律，膳宿之外，居然花掉上万法郎。这时他走到欧也妮前面，亲了亲她的腮帮，献上一个针线匣子，所有的零件都是镀金的；匣面上哥特式的花体字，把欧也妮姓名的缩写刻得不坏，好似做工很精巧，其实全部是骗人的起码货。

欧也妮揭开匣子，感到一种出乎意料的快乐，那是使所有的少女脸红、寒战、高兴得发抖的快乐。她望着父亲，似乎问他可不可以接受。葛朗台说一声："收下吧，孩子！"那强劲有力的音调竟可以使一个角儿成名呢。

这样贵重的礼物，独养女儿还是第一遭看见，她的快活与兴奋的目光，使劲盯住了阿道夫·台·格拉桑，把三位克罗旭看呆了。台·格拉桑先生掏出鼻烟壶，让了一下主人，自己闻了一下，把蓝外套纽孔上"荣誉团"丝带上的烟末，抖干净了，旋过头去望着几位克罗旭，神气之间仿佛说："嘿，瞧我这一手！"

台·格拉桑太太就像一个喜欢讥笑人家的女子，装作特意寻找克罗旭他们的礼物，把蓝瓶里的鲜花瞅了一眼。在这番微妙的比赛中，大家围坐在壁炉前面；克罗旭神甫却丢下众人，径自和葛朗台踱到堂屋那一头，离台·格拉桑最远的窗洞旁边，咬着守财奴的耳朵说：

"这些人简直把钱往窗外扔。"

"没有关系，反正是扔在我的地窖里。"葛朗台回答。

"你给女儿打把金剪刀也打得起呢。"神甫又道。

"金剪刀有什么稀罕,我给她的东西名贵得多哩。"

克罗旭所长那猪肝色的脸本来就不体面,加上乱蓬蓬的头发,愈显得难看了。神甫望着他,心里想:

"这位老侄真是一个傻瓜,一点讨人喜欢的小玩意儿都想不出来!"

这时台·格拉桑太太嚷道:

"咱们陪你玩一会儿牌吧,葛朗台太太。"

"这么多人,好来两局呢……"

"既然是欧也妮的生日,你们不妨来个摸彩的玩意,让两个孩子也参加。"老箍桶匠一边说一边指着欧也妮和阿道夫,他自己是对什么游戏都从不参加的。

"来,拿侬,摆桌子。"

"我们来帮忙,拿侬。"台·格拉桑太太很高兴地说,她因为得了欧也妮的欢心,快活得不得了。那位独养女儿对她说:

"我一辈子都没有这么快乐过,我从没见过这样漂亮的东西。"

台·格拉桑太太便咬着她的耳朵:

"那是阿道夫从巴黎捎来的,他亲自挑的呢。"

"好,好,你去灌迷汤吧,刁钻促狭的鬼女人!"所长心里想,"一朝你家有什么官司落在我手中,不管是你的还是你丈夫的,哼,看你有好结果吧。"

公证人坐在一旁,神色泰然地望着神甫,想道:

"台·格拉桑他们是白费心的。我的家私,我兄弟的,侄子的,合在一起有一百一十万。台·格拉桑最多也不过抵得一半,何况他们还有一个女儿要嫁!好吧,他们爱送礼就送吧!终有一天,独养女儿跟他们的礼物，会一股脑儿落在咱们手里的。"

八点半，两张牌桌端整好了。俊俏的台·格拉桑太太居然能够把儿子安排在欧也妮旁边。各人拿着一块有数目字与格子的纸板，抓着蓝玻璃的码子，开始玩了。这聚精会神的一幕，虽然表面上平淡无奇，所有的角儿装作听着老公证人的笑话——他摸一颗码子，念一个数目，总要开一次玩笑——其实都念念不忘地想着葛朗台的几百万家私。

老箍桶匠踌躇满志地把台·格拉桑太太时髦的打扮、粉红的帽饰，银行家威武的脸相，还有阿道夫、所长、神甫、公证人的脑袋，一个个地打量过来，暗自想道：

"他们都看中我的钱，为了我女儿到这儿来受罪。哼！我的女儿，休想；我就利用这般人替我钓鱼！"

灰色的老客厅里，黑魆魆的只点两支蜡烛，居然也有家庭的欢乐；拿侬的纺车声，替众人的笑声当着伴奏，可是只有欧也妮和她母亲的笑才是真心的；小人的心胸都在关切重大的利益；这位姑娘受到奉承、包围，以为他们的友谊都是真情实意，仿佛一只小鸟全不知道给人家标着高价作为赌注。这种种使那天晚上的情景显得又可笑又可叹。这原是古往今来到处在搬演的活剧，这儿不过表现得最简单罢了。利用两家的假殷勤而占足便宜的葛朗台，是这一幕的主角，有了他，这一幕才有意义。单凭这个人的脸，不是就象征了法力无边的财神，现代人的上帝吗？

人生的温情在此只居于次要地位；它只能激动拿侬、欧也妮和她母亲三颗纯洁的心。而且她们能有这么一点天真，还是因为她们蒙在鼓里，一无所知！葛朗台的财富，母女俩全不知道；她们对人生的看法，只凭一些渺茫的观念，对金钱既不看重也不看轻，她们一向就用不到它。她们的情感虽然无形中受了伤害，依旧很强烈，而且是她们生命的真谛，使她们在这一群唯利是图的人中间别具一格。人类的处境就是这一点可怕！没有一宗幸福不是靠糊涂得来的。

葛朗台太太中了十六个铜子的彩，在这儿是破天荒第一遭的大彩；长脚拿侬看见太太有这许多钱上袋，快活得笑了。正在这时候，大门上砰的一声，锤子敲得那么响，把太太们吓得从椅子里直跳起来。

"这种敲门的气派绝不是本地人。"公证人说。

"哪有这样敲法的！"拿侬说，"难道想砸破大门吗？"

"哪个混账东西！"葛朗台咕哝着。

拿侬在两支蜡烛中拿了一支去开门，葛朗台跟着她。

"葛朗台！葛朗台！"他太太莫名其妙地害怕起来，往堂屋门口追上去叫。

牌桌上的人都面面相觑。

"咱们一块儿去怎么样？"台·格拉桑说，"这种敲门有点儿来意不善。"

台·格拉桑才看见一个青年人的模样，后面跟着驿站上的脚夫，扛了两口大箱子，拖了几个铺盖卷，葛朗台便突然转过身来对太太说：

"玩你们的，太太，让我来招呼客人。"

说着他把客厅的门使劲一拉。那些骚动的客人都归了原位，却并没玩下去。台·格拉桑太太问她的丈夫：

"是不是索漠城里的人？"

"不，外地来的。"

"一定是巴黎来的了。"

公证人掏出一只两指厚的老表，形式像荷兰战舰，瞧了瞧说：

La Comédie Humaine

灰色的老客厅里,黑魆魆的只点两支蜡烛。

"不错，正九点。该死，驿车倒从来不脱班。"

"客人还年轻吗？"克罗旭神甫问。

"年轻，"台·格拉桑答道，"带来的行李至少有三百斤。"

"拿侬还不进来。"欧也妮说。

"大概是府上的亲戚吧。"所长插了句嘴。

"咱们下注吧，"葛朗台太太轻声轻气地叫道，"听葛朗台的声音，他很不高兴；也许他不愿意我们谈论他的事。"

"小姐，"阿道夫对坐在隔壁的欧也妮说，"一定是你的堂兄弟葛朗台，一个挺漂亮的青年，我在纽沁根先生家的跳舞会上见过的。"

阿道夫停住不说了，他给母亲踩了一脚；她高声叫他拿出两个铜子来押，又咬着他的耳朵：

"别多嘴，你这个傻瓜！"

这时大家听见拿侬和脚夫走上楼梯的声音；葛朗台带着客人进了堂屋。几分钟以来，个个人都给不速之客提足了精神，好奇得不得了，所以他的到场，他的出现，在这些人中间，犹如蜂房里掉进了一只蜗牛，或是乡下黝黑的鸡场里闯进了一只孔雀。

"到壁炉这边来坐吧。"葛朗台招呼他。

年轻的陌生人就座之前，对众人客客气气鞠了一躬。男客都起身还礼，太太们都深深地福了一福。

"你冷了吧，先生？"葛朗台太太说，"你大概从……"

葛朗台捧着一封信在念，马上停下来截住了太太的话：

"嘿！娘儿腔！不用烦，让他歇歇再说。"

"可是父亲，也许客人需要什么呢。"欧也妮说。

"他会开口的。"老头儿厉声回答。

这种情形只有那位生客觉得奇怪。其余的人都看惯了这个家伙的霸道。客人听了这两句问答,不禁站起身子,背对着壁炉,提起一只脚烘烤靴底,一面对欧也妮说:

"大姊,谢谢你,我在都尔吃过晚饭了。"他又望着葛朗台说,"什么都不用费心,我也一点儿不觉得累。"

"你先生是从京里来的吧?"台·格拉桑太太问。

查理(这是巴黎葛朗台的儿子的名字)听见有人插嘴,便拈起用金链挂在项下的小小的手眼镜,凑在右眼上瞧了瞧桌上的东西和周围的人物,非常放肆地把眼镜向台·格拉桑太太一照,他把一切都看清楚了,才回答说:

"是的,太太。"他又回头对葛朗台太太说,"哦,你们在摸彩,伯母。请呀,请呀,玩下去吧,多有趣的玩意儿,怎么好歇手呢!……"

"我早知道他就是那个堂兄弟。"台·格拉桑太太对他做着媚眼,心里想。

"四十七,"老神甫嚷道,"哎,台·格拉桑太太,放呀,这不是你的号数吗?"

台·格拉桑先生抓起一个码子替太太放上了纸板。她却觉得预兆不好,一忽儿望望巴黎来的堂兄弟,一忽儿望望欧也妮,想不起摸彩的事了。年轻的独养女儿不时对堂兄弟瞟上几眼,银行家太太不难看出她越来越惊讶、越来越好奇的情绪。

2

巴黎的堂兄弟

查理·葛朗台，二十二岁的俊俏后生，跟那些老实的内地人正好成为古怪的对照；人家看了他贵族式的举动态度已经心中有气，而且还在加以研究，以便大大地讪笑他一番。这缘故需要说明一下。

在二十二岁上，青年人还很接近童年，免不了孩子气。一百个中间，说不定九十九个都会像查理·葛朗台一样地行事。那天晚上的前几日，父亲吩咐他到索漠的伯父那里住几个月。也许巴黎的葛朗台念头转到欧也妮。初次跑到内地的查理，便想拿出一个时髦青年的骠劲，在州县里摆阔，在地方上开风气，带一些巴黎社会的新玩意来。总之，一句话说尽，他要在索漠比在巴黎花更多的时间刷指甲，对衣着特别出神入化，下一番苦功，不比有些时候一个风流年少的人倒故意地不修边幅，要显得潇洒。

因此，查理带了巴黎最漂亮的猎装，最漂亮的猎枪，最漂亮的刀子，最漂亮的刀鞘。他也带了全套最新奇的背心：灰的，白的，黑的，金壳虫色的，闪金光的，嵌水钻的，五色条纹的，双叠襟的，高领口的，直领口的，翻领的，纽扣一直扣到脖子的，金纽扣的。还有当时风行的各式硬领与领带，名裁缝蒲伊松做的两套服装，最讲究的内衣。母亲给的一套华丽的纯金梳妆用具也随身带了。凡是花花公子的玩意儿,都已带全;一只玲珑可爱的小文具盒也没有忘记。这是一个最可爱的——至少在他心目中——他叫作阿纳德的阔太太送的礼物。她此刻正在苏格兰陪着丈夫游历,烦闷不堪,可是为了某些谣言不得不暂时牺牲一下幸福。他也带了非常华丽的信笺,预备每半个月和她通一次信。巴黎浮华生活的行头,简直应有尽有,从决斗开场时用的马鞭起,直到决斗结束时用的镂工细巧的手枪为止,一个游手好闲的青年出门打天下的随身家伙,都包括尽了。父亲盼咐他一个人上路,切勿浪费,所以他包了驿车的前厢,很高兴那辆特地定造、预备六月里坐到巴登温泉与贵族太太阿纳德相会的轻巧可爱的轿车,不致在这次旅行中糟蹋。

查理预备在伯父家里碰到上百客人,一心想到他森林中去围猎,过一下宫堡生活。他想不到伯父就在索漠;车子到的时候,他打听去法劳丰的路;等到知道伯父在城里,便以为他住的必是高堂大厦。索漠也罢,法劳丰也罢,初次在伯父家露面非体体面面不行,所以他的旅行装束是最漂亮的,最大方的,用当时形容一个人一件东西美到极点的口语说,是最可爱的。利用在都尔打尖的时间,他叫了一个理发匠把美丽的栗色头发重新烫过;衬衫也换过一件,戴一条黑缎子领带,配上圆领,使那张满面春风的小白脸愈加显得可爱了。一袭小腰身的旅行外套,纽扣只扣了一半,露出一件高领羊毛背心,里面还有第二件白背心。他的表随便纳在一只袋里,短短的金链系在纽孔上。灰色裤子,纽扣都在两旁,加上黑丝线绣成的图案,式样更美观了。他极有风趣地挥动手杖,雕刻精工的黄金柄,并没夺去灰色手套的光泽。最后,他的便帽也是很大方的。

只有巴黎人,一个第一流的巴黎人,才能这样打扮而不至于俗气,才有本领使那些无聊的装饰显得调和；给这些行头做支援的，还有一股骠劲，表示他有的是漂亮的手枪，百发百中的功夫，和那位贵族太太阿纳德。

因此，要了解索漠人与年轻的巴黎人彼此的惊讶，要在堂屋与构成这幅家庭小景的灰暗的阴影中，把来客风流典雅的光彩看个真切的话，就得把几位克罗旭的模样悬想一番。三个人都吸鼻烟，既淌鼻水，又把黄里带红、衣领打皱、褶裥发黄的衬衫胸饰沾满了小黑点：他们久已不在乎这些。软绵绵的领带，一扣上去就缩成一根绳子。衬衫内衣之多，一年只要洗两次，在衣柜底上成年累月地放旧了，颜色也灰了。邋遢与衰老在他们身上合而为一。跟破烂衣服一样地衰败，跟裤子一样地打皱，他们的面貌显得憔悴，硬化，嘴脸都扭作一团。

其余的人也是衣冠不整，七零八落，没有一点儿新鲜气象，跟克罗旭他们的落拓半斤八两。内地的装束大概都是如此，大家不知不觉地只关心一副手套的价钱，而不想打扮给人家看了。只有讨厌时装这一点，台·格拉桑与克罗旭两派的意见是一致的。巴黎客人一拿起手眼镜，打量堂屋里古怪的陈设，楼板的梁木，护壁板的色调，护壁板上数量多得可以标点《日用百科全书》与《政府公报》的苍蝇屎的时候，那些玩摸彩戏的人便立刻扬起鼻子打量他，好奇的神情似乎在看一头长颈鹿。台·格拉桑父子虽然见识过时髦人物，也跟在座的人一样惊讶，或许是众人的情绪有股说不出的力量把他们感染了，或许他们表示赞成，所以含讥带讽地对大家挤眉弄眼，仿佛说："你们瞧，巴黎人就是这副腔派。"

并且他们尽可从从容容地端详查理，不用怕得罪主人。葛朗台全副精神在对付手里的一封长信，为了看信，他把牌桌上唯一的蜡烛拿开了，既不顾到客人，也不顾到他们的兴致。欧也妮从来没见过这样美满的装束与

"你们瞧,巴黎人就是这副腔派。"

人品，以为堂兄弟是什么天上掉下来的妙人儿。光亮而拳曲有致的头发散出一阵阵的香气，她尽量地闻着，嗅着，觉得飘飘然。漂亮精美的手套，她恨不得把那光滑的皮去摸一下。她羡慕查理的小手，皮色，面貌的娇嫩与清秀。这可以说是把风流公子给她的印象作了一个概括的叙述。可是一个没有见过世面的姑娘，只知道缝袜子，替父亲补衣裳，在满壁油腻的屋子里讨生活的——冷清的街上一小时难得看到一个行人——这样一个女子一见这位堂兄弟，自然要神魂颠倒，好像一个青年在英国圣诞画册上看到了那些奇妙的女人，镂刻得精巧，仿佛吹一口气就会把天仙似的美女从纸上吹走了似的。

查理掏出一条手帕，是在苏格兰游历的阔太太绣的，美丽的绣作正是热恋中怀着满腔爱情做成的；欧也妮望着堂兄弟，看他是否当真拿来用。查理的举动，态度，拿手眼镜的姿势，故意的放肆，还有对富家闺女刚才多么喜欢的那个针线匣，他认为毫无价值或俗不可耐而一脸瞧不起的神气，总之，查理的一切，凡是克罗旭与台·格拉桑他们看了刺眼的，欧也妮都觉得赏心悦目，使她当晚在床上老想着那个了不起的堂兄弟，睡不着觉。

摸彩摸得很慢，不久也就歇了。因为长脚拿依进来高声地说：

"太太，得找被单替客人铺床啦。"

葛朗台太太跟着拿依走了。台·格拉桑太太便轻轻地说："我们把钱收起来，歇了吧。"

各人从缺角的旧碟子内把两个铜子的赌注收起，一齐走到壁炉前面，谈一会儿天。

"你们完了吗？"葛朗台说着，照样念他的信。

"完了，完了。"台·格拉桑太太答着话，挨着查理坐下。欧也妮，像一般初次动心的少女一样，忽然想起了一个念头，离开堂屋，给母亲和拿侬帮忙去了。要是一个手腕高明的忏悔师盘问她，她一定会承认那时既没想到母亲，也没想到拿侬，而是非常急切地要看看堂兄弟的卧房，替他张罗一下，放点儿东西进去，唯恐人家有什么遗漏，样样要想个周到，使他的卧房尽可能地显得漂亮，干净。欧也妮已经认为只有她才懂得堂兄弟的口味与心思。

母亲与拿侬以为一切安排定当，预备下楼了，她却正好赶上，指点给她们看，什么都不行。她提醒拿侬捡一些炭火，弄个脚炉烘被单；她亲手把旧桌子铺上一方小台布，吩咐拿侬这块台布每天早上都得更换。她说服母亲，壁炉内非好好地生一个火不可，又逼着拿侬瞒了父亲搬一大堆木柴放在走廊里。特·拉·裴德里埃老先生的遗产里面，有一个古漆盘子放在堂屋的三角橱上，还有一只六角水晶杯，一只镀金褪尽的小羹匙，一个刻着爱神的古瓶：欧也妮一齐搬了来，得意洋洋地摆在壁炉架上。她这一忽儿的念头，比她出世以来所有的念头还要多。

"妈妈，"她说，"蜡油的气味，弟弟一定受不了。去买一支白烛怎么样？……"说着她像小鸟一般轻盈地跑去，从钱袋里掏出她的月费，一块五法郎的银币，说：

"喂，拿侬，快点儿去。"

她又拿了一个糖壶，塞弗勒窑烧的旧瓷器，是葛朗台从法劳丰别庄拿来的。葛朗台太太一看到就严重地警告说：

"哎，父亲看了还得了！……再说哪儿来的糖呢？你疯了吗？"

"妈妈，跟白烛一样好叫拿侬去买啊。"

"可是你父亲要怎么说呢？"

"他的侄儿连一杯糖水都没得喝,成什么话?而且他不会留意的。"

"嘿,什么都逃不过他的眼睛。"葛朗台太太侧了侧脑袋。

拿侬犹疑不决,她知道主人的脾气。

"去呀,拿侬,既然今天是我的生日!"

拿侬听见小姐第一次说笑话,不禁哈哈大笑,照她的吩咐去办了。

正当欧也妮跟母亲想法把葛朗台派给侄儿住的卧房装饰得漂亮一些的时候,查理却成为台·格拉桑太太大献殷勤、百般挑引的目标。

"你真有勇气呀,先生,"她对他说,"居然肯丢下巴黎冬天的娱乐,住到索漠来。不过,要是你不觉得我们太可怕的话,你慢慢会看到,这里一样可以玩儿的。"

接着她做了一个十足内地式的媚眼。内地女子的眼风,因为平常矜持到极点,谨慎到极点,反而有一种馋涎欲滴的神气,那是把一切欢娱当作窃盗或罪过的教士特有的眼风。

查理在堂屋里迷惘到万分,意想之中伯父的别庄与豪华的生活,跟眼前种种差得太远了,所以他把台·格拉桑太太仔细瞧过之后,觉得她淡淡的还有一点儿巴黎妇女的影子。她上面那段话,对他好似一种邀请,他便客客气气地接受了,很自然地和她攀谈起来。台·格拉桑太太把嗓子逐渐放低,跟她说的体己话的内容配合。她和查理都觉得需要密谈一下。所以时而调情说笑,时而一本正经地闲扯了一会儿之后,那位手段巧妙的内地女子,趁其余的人谈论当时全索漠最关心的酒市行情而不注意她的时候,说道:

"先生,要是你肯赏光到舍间来,外子一定跟我一样的高兴。索漠城中,只有在舍间才能同时碰到商界巨头跟阀阅世家。在这两个社会里,我们都有份；他们也只愿意在我们家里见面，因为玩得痛快。我敢骄傲地说一句，旧家跟商界都很敬重我的丈夫。我们一定得给你解解闷。要是你老待在葛朗台先生家里，哎，天哪！不知你要烦成什么样呢！你的老伯是一个守财奴，一心只想他的葡萄秧；你的伯母是一个理路不清的老虔婆；你的堂姊，不痴不癫，没有教育，没有陪嫁，俗不可耐，整天只晓得缝抹布。"

"她很不错呢，这位太太。"查理这样想着，就跟台·格拉桑太太的装腔作势呼应起来。

"我看，太太，你大有把这位先生包办的意思。"又胖又高的银行家笑着插嘴。

听到这一句，公证人与所长都说了些俏皮话；可是神甫很狡猾地望着他们，吸了一撮鼻烟，拿烟壶向大家让了一阵，把众人的思想归纳起来说：

"除了太太，还有谁能给这位先生在索漠当向导呢？"

"啊，啊！神甫，你这句话是什么意思？"台·格拉桑先生问。

"我这句话，先生，对你，对尊夫人，对索漠城，对这位贵客，都表示最大的好意。"奸猾的老头儿说到末了，转身望着查理。

克罗旭神甫装作全没注意查理和台·格拉桑太太的谈话，其实早已猜透了。

"先生，"阿道夫终于装作随便的样子，对查理说，"不知道你还记得我吗，在纽沁根男爵府上，跳四组舞的时候我曾经跟你照过一面[1]，并且……"

"啊，不错，先生，不错。"查理回答，他很诧异地发觉个个人都在巴结他。

---

[1] 四组舞的格式，两对舞伴在某种姿势中必须互相照面。

"这一位是你家的世兄吗？"他问台·格拉桑太太。

神甫狡猾地瞅了她一眼。

"是的，先生。"她说。

"那么你很年轻就上巴黎去了？"查理又转身问阿道夫。

"当然喽，先生，"神甫插嘴道，"他们断了奶，咱们就打发他们进京看花花世界了。"

台·格拉桑太太极有深意地把神甫瞪了一眼，表示质问。他却紧跟着说：

"只有在内地，才能看到像太太这样三十多岁的女子，儿子都快要法科毕业了，还是这么娇嫩。"他又转身对着台·格拉桑太太，"当年跳舞会里，男男女女站在椅子上争着看你跳舞的光景，还清清楚楚在我眼前呢。你红极一时的盛况仿佛是昨天的事。"

"噢！这个老混蛋！"台·格拉桑太太心里想，"难道他猜到了我的心事吗？"

"看来我在索漠可以大大地走红呢。"查理一边想一边解开上衣的纽扣，把一只手按在背心上，眼睛望着空中，仿英国雕刻家凯脱莱塑的拜伦的姿势。

葛朗台老头的不理会众人，或者不如说他聚精会神看信的神气，逃不过公证人和所长的眼睛。葛朗台的脸这时给烛光照得格外分明，他们想从他微妙的表情中间揣摩书信的内容。老头儿的神色，很不容易保持平日的镇静。并且像下面这样一封悲惨的信，他念的时候会装作怎样的表情，谁都可以想象得到：

  大哥，我们分别快二十三年了。最后一次会面是我结婚的时候，那次我们是高高兴兴分手的。当然，我想不到有这么一天，要你独力支撑家庭。你当时为了家业兴隆多么快活。可是这封信到你手里的时候，我已经不在世界上了。以我的地位，我不愿在破产的羞辱之后觍颜偷生。我在深渊边上挣扎到最后一刻，希望能突破难关。可是非倒不可。我的经纪人以及公证人洛庚，他们的破产，把我最后一些资本也弄光了。我欠了近四百万的债，资产只有一百万。囤积的酒，此刻正碰到市价惨跌，因为你们今年丰收，酒质又好。三天之后，全巴黎的人都要说：'葛朗台原来是个骗子！'我一生清白，想不到死后要受人唾骂。我既玷污了儿子的姓氏，又侵占了他母亲的一份财产。他还一点儿没有知道呢，我疼爱的这个可怜的孩子！我和他分手的时候，彼此依依不舍。幸而他不知道这次的诀别是我最后一次的发泄热情。将来他会不会咒我呢？大哥，大哥，儿女的诅咒是最可怕的！儿女得罪了我们，可以求告，讨饶；我们得罪了儿女，却永远挽回不了。葛朗台，你是我的兄长，应当保护我：不要让查理在我的坟墓上说一句狠毒的话！大哥，即使我用血泪写这封信，也不至于这样痛苦；因为我可以痛哭，可以流血，可以死，可以没有知觉；但我现在只觉得痛苦，而且眼看着死，一滴眼泪都没有。你如今是查理的父亲了，他没有外婆家的亲戚，你知道为什么。唉，为什么我当时不听从社会的成见呢？为什么我向爱情低头呢？为什么我娶了一个贵人的私生女儿？查理无家可归了。可怜的孩子！孩子！你得知道，葛朗台，我并不为了自己求你；并且你的家产也许还押不到三百万；我求你是为我的儿子呀！告诉你，大哥，我想到你的时候是合着双手哀求的。葛朗台，我临死之前把查理付托给你了。现在我望着手枪不觉得痛苦了，因为想到有你担起为父的责任。查理对我很孝顺，我对他那么慈爱，从来不违拗他，他不会恨我的。并且你慢慢可以看到：他性情和顺像他母亲，绝不会有什么事教你难堪。可怜的孩子！他是享福惯的。你我小时候吃着不全的苦处，他完全不知道……而他现在倾家荡产，只有一个人了！一定的，所有的朋友都要回避他，而他的羞辱是我造成的。啊！我恨不得把他一手带上天国，放在他母亲身边，唉，我简直疯了！我还得讲我的苦难，查理的苦难。我打发他到你那儿，让你把我的死讯和他将来的命运婉转地告诉他。希望你做他的父亲，慈爱的父亲。切勿一下子逼他戒绝悠闲的生活，那他会送命的。我愿意跪下来，求他抛弃母亲的遗产，而不要站在我的债权人的地位。可是不必，他有傲气，一定知道他不该和我的债主站在一起。你得教他趁早抛弃我的遗产[1]。我替他造成的艰苦的处境，你得仔细解释给他听；如果他对我的孝心不变，那么替我告诉他，前途并不绝望。咱们俩当初都是靠工作翻身的，将来他也可以靠了工作把我败掉的家业挣回来。如果他肯听我为父的话——为了他，我简直想从坟墓里爬起来——他应该出国，到印度去[2]！大哥，查理是一个勇敢正直的青年，你给他一批出口货让他经营，他死也不会赖掉你给他的第一笔资本的！你一定得供给他，葛朗台！否则你将来要受良心责备的。啊！要是你对我的孩子不肯帮忙，不加怜爱，我要永久求上帝惩罚你的无情无义。我很想能抢救出一部分财产，因为我有权在他母亲的财产里面留一笔给他，可是月底

---

[1] 法律规定，抛弃遗产即不负前人债务的责任。

[2] 本书所称印度系泛指东印度（即荷属南洋群岛）与西印度（即美洲）。

的开支把我全部的资源分配完了。不知道孩子将来的命运，我是死不瞑目的；我真想握着你温暖的手，听到你神圣的诺言；但是来不及了。在查理赶路的时间，我要把资产负债表造起。我要以业务的规矩诚实，证明我这次的失败既没有过失也没有私弊，这不是为了查理吗！——别了，大哥。我付托给你的监护权，我相信你一定会慷慨地接受，愿上帝为此赐福给你。在彼世界上，永久有一个声音在为你祈祷。那儿我们早晚都要去的，而我已经在那里了。

维克多－安越－琪奥默·葛朗台

"嗯，你们在谈天吗？"葛朗台把信照原来的折痕折好，放在背心袋里。

他因为心绪不宁，做着种种盘算，便故意装出谦卑而胆怯的神气望着侄儿说：

"烤了火，暖和了吗？"

"舒服得很，伯父。"

"哎，娘儿们到哪里去了？"

他已经忘了侄儿是要住在他家里的。

这时欧也妮和葛朗台太太正好回到堂屋。

"楼上什么都端整好了吧？"老头儿的心又定了下来。

"端整好了，父亲。"

"好吧，查理，你觉得累，就教拿侬带你上去。我的妈，那可不是漂亮哥儿住的房间喔！原谅我们种葡萄的穷人，都给捐税刮光了。"

"我们不打搅了，葛朗台。"银行家插嘴道，"你跟令侄一定有话谈。我们走了。明儿见。"

一听这几句话，大家站起身来告别，各人照着各人的派头行礼。老公证人到门口找出灯笼点了，提议先送台·格拉桑一家回去。台·格拉桑太太没料到中途出了事，散得这么早，家里的当差还没有来接。

"太太，肯不肯赏脸，让我搀着你走？"克罗旭神甫对台·格拉桑太太说。

"谢谢你，神甫，有孩子招呼我呢。"她冷冷地回答。

"太太们跟我一块儿走是没有嫌疑的。"神甫说。

"喂，就让克罗旭先生搀着吧。"她的丈夫接口说。

神甫搀着美丽的太太，故意轻快地走在众人前面。

"这青年很不错啊，太太。"他紧紧抓着她的胳膊说，"葡萄割完，篮子没用了！事情吹啦。你休想葛朗台小姐了，欧也妮是给那个巴黎人的啰。除非这个堂兄弟爱上什么巴黎女子，令郎阿道夫遇到了一个最……的敌手……"

"别这么说，神甫。回头他就会发觉欧也妮是一个傻姑娘，一点儿娇嫩都谈不上。你把她打量过没有？今晚上她脸孔黄得像木瓜。"

"这一点也许你已经提醒堂兄弟了？"

"老实不客气……"

"太太，你以后永远坐在欧也妮旁边，那么不用对那个青年人多说他堂姊的坏话，他自己会比较，而且对……"

"他已经答应后天上我们家吃晚饭。"

"啊！要是你愿意的话，太太……"神甫说。

"愿意什么，神甫？是不是想教坏我？天哪，我一生清白，活到了三十九岁，总不成再来糟蹋自己的声名，哪怕是为了得蒙古大皇帝的天下！你我在这个年纪上都知道说话应该有个分寸。以你教士的身份，你的念头真是太不像话了。呸！倒像《福勃拉》[1]书中的……"

"那么你念过《福勃拉》了？"

"不，神甫，我是说《危险的关系》那部小说。"

"啊！这部书正经多了。"神甫笑道，"你把我当作像现在的青年一样坏！我不过想劝你……"

"你敢说你不是想替我出坏主意吗？事情还不明白？这青年人固然不错，我承认，要是他追求我，他当然不会想到他的堂姊了。在巴黎，我知道，有一般好妈妈为了儿女的幸福跟财产，不惜来这么一手；可是咱们是在内地呀，神甫。"

"对，太太。"

"并且……"她又说，"哪怕是一万万的家私，我也不愿意用这种代价去换，阿道夫也不愿意。"

"太太，我没有说什么一万万。诱惑来的时候，恐怕你我都抵抗不了。不过我认为一个清白的女子，只要用意不差，无伤大雅的调调情也未始不可，交际场中，这也是女人的一种责任……"

"真的吗？"

"太太，我们不是都应当讨人喜欢吗？……对不起，我要擤一下鼻子。真的，太太，"他接下去说，"他拿手眼镜照你，比他照我的时候，神气似乎要来得亲热一些；自然，我原谅他爱美甚于敬老……"

"显而易见，"所长在后面用他粗嘎而洪大的声音说，"巴黎的葛朗台

---

[1]《福勃拉》为描写十八世纪轻狂淫逸的风气的小说。

打发儿子到索漠来，完全是为了亲事……"

"那么堂兄弟就不至于来得这么突兀了。"公证人回答。

"那倒不一定，"台·格拉桑先生表示意见，"那家伙一向喜欢藏头露尾的。"

"喂，台·格拉桑，"他太太插嘴道，"我已经请他来吃晚饭了，那小伙子。你再去邀上拉索尼埃夫妇，杜·奥多阿一家，还有那美丽的杜·奥多阿小姐；噢，但愿她那一天穿得像个样子！她母亲真会忌妒，老把她装扮得那么丑！"她又停下脚步对三位克罗旭说，"希望你们也赏光。"

"你们到了，太太。"公证人说。

三位克罗旭别了三位台·格拉桑回家，一路上拿出内地人长于分析的本领，把当晚那件大事从各方面推敲了一番。为了这件事，克罗旭和台·格拉桑两家的关系有了变化。支配这些大策略家行事的世故，使双方懂得暂时有联合对付共同敌人的必要。他们不是应该协力同心阻止欧也妮爱上堂兄弟，阻止查理想到堂姊吗？他们要用花言巧语去阴损人家，表面上恭维，骨子里诋毁，时时刻刻说些似乎天真而别有用心的话：那巴黎人是否能够抵抗这些手段，不上他们的当呢？

赶到堂屋里只剩下四个家属的时候，葛朗台对侄儿说道：

"该睡觉了。夜深了，你到这儿来的事不能再谈了；明天再挑个合适的时间吧。我们八点吃早饭；中午随便吃一点水果跟面包，喝一杯白葡萄酒；五点吃晚饭，像巴黎人一样。这是我们的规矩。你想到城里城外去玩儿吧，尽管自便。原谅我很忙，没有工夫老是陪你。说不定你会到处听见人家说我有钱：这里是葛朗台先生的，那里又是葛朗台先生的。我让他们说，这些废话不会破坏我的信用。可是我实在没有钱，到了这个年纪，还像做伙计的一样，全部家当只有一双手和一只蹩脚刨子。你不久或者自己会明白，要流着汗去挣一个钱是多么辛苦。喂，拿侬，把蜡烛拿来。"

"侄儿，我想你屋子里用的东西大概都齐了，"葛朗台太太说，"缺少什么，尽管吩咐拿侬。"

"不会吧，伯母，我什么都带齐的！希望你跟大姊都睡得好。"

查理从拿侬手里接过一支点着的白烛，安育城里的货色，铺子里放久了，颜色发黄，初看跟蜡烛差不多；葛朗台根本想不到家里有白烛，也就不曾发觉这件奢侈品。

"我来带路。"他说。

照例应当从大门里边的环洞中出去，葛朗台却郑重其事地走堂屋与厨房之间的过道上楼。过道与楼梯中间隔着一扇门，嵌着椭圆形的大玻璃，挡一下楼梯洞里的冷气。但是到了冬天，虽然堂屋的门上下四周都钉着绒布条子，照样有尖利的冷风钻进来，使里面不容易保持相当的温度。

拿侬把大门上锁，关起堂屋，到马房里放出那条声音老是发嗄、仿佛害什么喉头炎似的狼狗。这畜生凶猛无比，只认得拿侬一人。他们都是乡下出身，所以彼此了解。查理看到楼梯间墙壁发黄，到处是烟熏的痕迹，扶手全给虫蛀了的楼梯，在伯父沉重的脚下颤抖，他的美梦更加吹得无影无踪了；他疑心走进了一座鸡棚，不由得转身望望他的伯母与堂姊；她们却是走惯这座楼梯的，根本没有猜到他为什么惊讶，还以为他表示亲热，便对他很愉快地一笑，越发把他气坏了。

"父亲送我到这儿来见什么鬼呀！"他心里想。

到了楼上，他看见三扇土红色的门，没有门框子，嵌在剥落的墙壁里，钉着两头作火舌形的铁条，就像长长的锁眼两端的花纹。正对楼梯的那扇门，一望而知是堵死了的。这间屋正好在厨房上面，只能从葛朗台的卧房进去，是他办事的密室，独一无二的窗洞临着院子，装着粗大的铁栅。

这间房，不用说别人，连葛朗台太太都不准进去，他要独自守在里面，好似炼丹师守护丹炉一般。这儿，他准是很巧妙地安排下什么密窟，藏着田契屋契之类，挂着称金路易的天平，更深夜静地躲在这里写凭据、收条，做种种计算；所以一般生意人永远看到葛朗台样样都有准备，以为他有什么鬼使神差供他驱遣似的。当拿侬打鼾的声音震动楼板，狼狗在院中巡逻、打呵欠，欧也妮母女俩沉沉酣睡的时候，老箍桶匠一定在这儿眯着眼睛观赏黄金，摩挲把玩，装入桶内，加上箍套。密室的墙壁既厚实，护窗也严密。钥匙只有他一个人有。据说他还在这儿研究图样，上面连果树都注明的，他核算他的出产，数字的误差至多是一根葡萄秧一捆柴的上下。

这扇堵死的门对面是欧也妮的房门。楼梯道的尽头是老夫妇俩的卧室，占据了整个前楼的地位。葛朗台太太和女儿的屋子是相连的，中间隔一扇玻璃门。葛朗台和太太的两间卧室，有板壁分隔，密室与他的卧室之间是厚实的墙。

葛朗台老头把侄儿安置在三楼上，那间高爽的顶楼正好在他的卧室上面，如果侄儿高兴起来在房内走动，他可以听得清清楚楚。

欧也妮和母亲走到楼梯道中间，互相拥抱道别；她又对查理说了几句告别的话，在嘴上很冷淡，在姑娘的心里一定是很热的；然后她们各自进房。

"这是你的卧房了，侄儿，"葛朗台一边开门一边说，"要出去，先叫拿侬。没有她，对不起！咱们的狗会一声不响把你吃掉。好好睡吧。——再见。嗨！嗨！娘儿们给你生了火啦。"

"这是你的卧房了,侄儿。"

这时长脚拿侬提着脚炉进来了。

"哦,又是一个!"葛朗台说,"你把我侄儿当作临产的女人吗?把脚炉拿下去,拿侬!"

"先生,被单还潮呢,再说,侄少爷真是娇嫩得像女人一样。"

"也罢,既然你存心讨好他,"葛朗台把她肩膀一推,"可是留神,别失火。"

吝啬鬼一路下楼,不知嘟囔些什么。

查理站在行李堆中愣住了。这间顶楼上的卧房,那种黄地小花球的糊壁纸,像小酒店里用的;粉石的壁炉架,线条像沟槽一般,望上一眼就教你发冷;黄椅子的草坐垫涂过油,似乎不止有四只角;床几的大肚子打开着,容得下一个轻骑兵;稀薄的脚毯上边是一张有顶的床,满是蛀洞的帐幔摇摇欲坠。查理一件件地看过了,又一本正经地望着长脚拿侬,说道:

"嗨!嗨!好嫂子,这当真是葛朗台先生的府上吗,当过索漠区长,巴黎葛朗台先生的哥哥吗?"

"对呀,先生,一个多可爱、多和气、多好的老爷哪。要不要帮你打开箱子?"

"好啊,怎么不要呢,我的兵大爷!你没有在御林军中当过水手吗?"

"噢!噢!噢!"拿侬叫道,"什么?御林军的水手?淡的还是咸的?走水路的吗?"

"来,把钥匙拿去,在这口提箱里替我把睡衣找出来。"

一件金线绣花古式图案的绿绸睡衣,把拿侬看呆了。

"你穿了这个睡觉吗?"

"是呀。"

"哎哟！圣母马利亚！披在祭坛上做桌围才合适呢。我的好少爷，把它捐给教堂吧，包你上天堂，要不然你的灵魂就没有救啦。噢！你穿了多好看。我要叫小姐来瞧一瞧。"

"喂，拿侬，别嚷，好不好？让我睡觉，我明儿再来整东西；你看中我的睡衣，就让你拿去救你的灵魂吧。我是诚心的基督徒，临走一定留下来，你爱怎么办就怎么办吧。"

拿侬呆呆地站在那里，端详着查理，不敢相信他的话。

"把这件漂亮衣衫给我？"她一边走一边说，"他已经在说梦话了，这位少爷。明儿见。"

"明儿见，拿侬。"

查理入睡之前又想："我到这儿来干什么呢？父亲不是一个呆子，教我来必有目的。好吧，正经事，明儿想，不知哪个希腊的笨伯说的。"

欧也妮祈祷的时候忽然停下来想道："圣母马利亚，多漂亮呀，这位堂兄弟！"这天晚上她的祷告就没有做完。

葛朗台太太临睡的时候一点念头都没有。从板壁正中的小门中间，她听见老头儿在房内踱来踱去。像所有胆小的女人一样，她早已识得老爷的脾气。海鸥预知雷雨，她也能从微妙莫测的征兆上面，预感到葛朗台心中的风暴，于是就像她自己所说的，她装着假死。

葛朗台望着那扇里边有铁板的密室的门，想：

"亏我兄弟想得出，把儿子送给我！嘿，这笔遗产才有趣哩！我可是没有一百法郎给他。而且一百法郎对这个花花公子中什么用？他拿手眼镜照我晴雨表的气概，就像要放一把火把它烧掉似的。"

葛朗台想着那份痛苦的遗嘱可能发生的后果，心绪也许比兄弟写的时候还要乱。

"我真的会到手这件金线衣衫吗？……"拿侬自言自语地说。她睡熟的时候，已经穿上了祭坛的桌围，破天荒第一遭地梦见许多鲜花、地毯、绫罗绸缎，正如欧也妮破天荒第一遭地梦见爱情。

3

内地的爱情

少女们纯洁而单调的生活中,必有一个美妙的时间,阳光会流入她们的心坎,花会对她们说话,心的跳动会把热烈的生机传给头脑,把意念融为一种渺茫的欲望;真是哀而不怨、乐而忘返的境界!儿童睁眼看到世界就笑,少女在大自然中发现感情就笑,像她儿时一样地笑。要是光明算得人生第一个恋爱对象,那么恋爱不就是心的光明吗?欧也妮终于到了把世界上的东西看明白的时候了。

跟所有内地姑娘一样,她起身很早,祷告完毕,开始梳妆,从今以后梳妆是一件有意义的事情了。她先把栗色的头发梳光,很仔细地把粗大的辫子盘上头顶,不让零星短发从辫子里散出来,发髻的式样改成对称,越发烘托出她一脸的天真与娇羞;头饰的简朴与面部线条的单纯配得很调和。拿清水洗了好几次手,那是平日早已浸得通红,皮肤也变得粗糙了的,她望着一双滚圆的胳膊,私忖堂兄弟怎么能把手养得又软又白,指甲修得那么好看。她换上新袜,套上最体面的鞋子;一口气束好了胸,一个眼子都没有跳过。总之,她有生以来第一次希望自己显得漂亮,第一次懂得有一件裁剪合身、使她惹人注目的新衣衫的乐趣。

穿扮完了,她听见教堂的钟声,很奇怪地只数到七下,因为想要有充分的时间梳妆,不觉起得太早了。她既然不懂一卷头发可以做上十来次,来研究它的效果,就只能老老实实抱着手臂,坐在窗下望着院子,小园,和城墙上居高临下的平台;一派凄凉的景色,也望不到远处,但也不无那种神秘的美,为冷静的地方或荒凉的野外所特有的。

厨房旁边有口井,围着井栏,辘轳吊在一个弯弯的铁杆上。绕着铁杆有一株葡萄藤,那时枝条已经枯萎,变红;蜿蜒曲折的蔓藤从这儿爬上墙,沿着屋子,一直伸展到柴房顶上。堆在那里的木柴,跟藏书家的图书一样整齐。院子里因为长着青苔、野草,无人走动,日子久了,石板都是黑黝黝的。厚实的墙上披着绿荫,波浪似的挂着长长的褐色枝条。院子底上,通到花园门有八级向上的石磴,东倒西歪,给高大的植物掩没了,好似十字军时代一个寡妇埋葬她骑士的古墓。剥落的石基上面,竖着一排腐烂的木栅,一半已经毁了,却还布满各种藤萝,乱七八糟地扭作一团。栅门两旁,伸出两株瘦小的苹果树丫枝。园中有三条平行的小径,铺有细砂;小径之间是花坛,四周种了黄杨,借此堵住花坛的泥土;园子底上是一片菩提树荫,靠在平台脚下。一头是些杨梅树,另一头是一株高大无比的胡桃树,树枝一直伸到箍桶匠的密室外面。那日正是晴朗的天气,碰上卢瓦尔河畔秋天常有的好太阳,使铺在幽美的景物、墙垣、院子和花园里树木上的初霜,开始融化。

欧也妮对那些素来觉得平淡无奇的景色,忽而体会到一种新鲜的情趣。千思百念,渺渺茫茫地在心头涌起,外界的阳光一点点地照开去,胸中的思绪也越来越多。她终于感到一阵模糊的、说不出的愉快把精神包围了,犹如外界的物体给云雾包围了一样。她的思绪,跟这奇特的风景连细枝小节都配合上了，心中的和谐与自然界的融成一片。

一堵墙上挂着浓密的凤尾草，草叶的颜色像鸽子的颈项一般时刻变化。阳光照到这堵墙上的时候，仿佛天国的光明照出了欧也妮将来的希望。从此她就爱这堵墙，爱看墙上的枯草，褪色的花，蓝的灯笼花，因为其中有她甜蜜的回忆，跟童年往事一样。有回声的院子里，每逢她心中暗暗发问的时候，枝条上每张落叶的声响就是回答。她可能整天待在这儿，不觉得时光飞逝。

然后她又心中乱糟糟地骚动起来，不时站起身子，走过去照镜子，好比一个有良心的作家打量自己的作品，想吹毛求疵地挑剔一番。

"我的相貌配不上他！"

这是欧也妮的念头，又谦卑又痛苦的念头。可怜的姑娘太瞧不起自己了；可是谦虚，或者不如说惧怕，的确是爱情的主要德性之一。像欧也妮那样的小布尔乔亚，都是身体结实，美得有点儿俗气的；可是她虽然跟米洛岛上的爱神[1]相仿，却有一股隽永的基督徒气息，把她的外貌变得高雅，净化，有点儿灵秀之气，为古代雕刻家没有见识过的。她的脑袋很大，前额带点儿男相，可是很清秀，像斐狄阿斯[2]的朱庇特雕像；贞洁的生活使她灰色的眼睛光芒四射。圆脸上娇嫩红润的线条，生过天花之后变得粗糙了，幸而没有留下痘瘢，只去掉了皮肤上绒样的那一层，但依旧那么柔软细腻，会被妈妈的亲吻留下一道红印。她的鼻子大了一点，可是配上朱红的嘴巴倒很合适；满是纹绉的嘴唇，显出无限的深情与善意。脖子是滚圆

---

[1] 米洛岛的爱神为希腊许多爱神雕像之一，特点在于体格健美，表情宁谧。

[2] 公元前五世纪希腊大雕刻家。

的。遮得密不透风的饱满的胸部，惹起人家的注意与幻想。当然她因为装束的关系，缺少一点儿妩媚；但在鉴赏家心目中，那个不甚灵活的姿态也别有风韵。所以，高大壮健的欧也妮并没有一般人喜欢的那种漂亮，但她的美是一望而知的，只有艺术家才会倾倒的。有的画家希望在尘世找到圣洁如马利亚那样的典型：眼神要像拉斐尔所揣摩到的那么不亢不卑；而理想中的线条，又往往是天生的，只有基督徒贞洁的生活才能培养，保持。醉心于这种模型的画家，会发现欧也妮脸上就有种天生的高贵，连她自己都不曾觉察的：安静的额角下面，藏着整个的爱情世界；眼睛的模样，眼皮的动作，有股说不出的神明的气息。她的线条，面部的轮廓，从没有为了快乐的表情而有所改变，而显得疲倦，仿佛平静的湖边，水天相接之处那些柔和的线条。恬静、红润的脸色，光彩像一朵盛开的花，使你心神安定，感觉到它那股精神的魅力，不由凝眸注视。

欧也妮还在人生的边上给儿童的幻象点缀得花团锦簇，还在天真烂漫的、采朵雏菊占卜爱情的阶段。她并没知道什么叫作爱情，只照着镜子想："我太丑了，他看不上我的！"

随后她打开正对楼梯的房门，探着脖子听屋子里的声音。她听见拿侬早上例有的咳嗽，走来走去，打扫堂屋，生火，缚住狼狗，在牛房里对牲口说话。她想：

"他还没有起来呢。"

她立刻下楼，跑到正在挤牛奶的拿侬前面。

"拿侬，好拿侬，做些乳酪给堂兄弟喝咖啡吧。"

"哎，小姐，那是要隔天做起来的，"拿侬大笑着说，"今天我没法做乳酪了。哎，你的堂兄弟生得标致，标致，真标致。你没瞧见他穿了那件金线纺绸睡衣的模样呢。嗯，我瞧见了。他细洁的衬衫跟本堂神甫披的白祭衣一样。"

"拿侬，那么咱们弄些千层饼吧。"

"烤炉用的木柴谁给呢？还有面包，还有牛油？"拿侬说。她以葛朗台先生的总管资格，有时在欧也妮母女的心目中特别显得有权有势。"总不成为了款待你的堂兄弟，偷老爷的东西。你可以问他要牛奶、面粉、木柴，他是你的爸爸，会给你的。哦，他下楼招呼食粮来啦……"

欧也妮听见楼梯在父亲脚下震动，吓得往花园里溜了。一个人快乐到极点的时候，往往——也许不无理由——以为自己的心思全摆在脸上，给人家一眼就会看透；这种过分的羞怯与心虚，对欧也妮已经发生作用。可怜的姑娘终于发觉了自己的屋子冷冰冰的一无所有，怎么也配不上堂兄弟的风雅，觉得很气恼。她很热烈地感到非给他做一点儿什么不可；做什么呢？不知道。天真，老实，她听凭纯朴的天性自由发挥，并没对自己的印象和情感有所顾虑。一看见堂兄弟，女性的倾向就在她心中觉醒了，而且来势特别猛烈，因为到了二十三岁，她的智力与欲望都已经达到高峰。她第一次见了父亲害怕，悟出自己的命运原来操在他的手里，认为有些心事瞒着他是一桩罪过。她脚步匆忙地在那儿走，很奇怪地觉得空气比平时新鲜，阳光比平时更有生气，给她精神上添了些暖意，给了她新生命。

她正在想用什么计策弄到千层饼，长脚拿侬和葛朗台却斗起嘴来。他们之间的吵架是像冬天的燕子一样少有的。老头儿拿了钥匙预备分配当天的食物，问拿侬：

"昨天的面包还有得剩吗！"

"连小屑子儿都没有了，先生。"

葛朗台从那只安育地方做面包用的平底篮里,拿出一个糊满干面的大圆面包,正要动手去切,拿侬说:

"咱们今儿是五个人吃饭呢,先生。"

"不错,"葛朗台回答,"可是这个面包有六磅重,还有得剩呢。这些巴黎人简直不吃面包,你等会儿瞧吧。"

"他们只吃馅子吗?"拿侬问。

在安育一带,俗语所说的馅子,是指涂在面包上的东西,包括最普通的牛油到最贵族化的桃子酱。凡是小时候舐光了馅子把面包剩下来的人,准懂得上面那句话的意思。

"不,"葛朗台回答,"他们既不吃馅子,也不吃面包,就像快要出嫁的姑娘一样。"

他吩咐了几样顶便宜的菜,关起杂货柜正要走向水果房,拿侬把他拦住了说:

"先生,给我一些面粉跟牛油,替孩子们做一个千层饼吧。"

"为了我的侄儿,你想毁掉我的家吗?"

"为你的侄儿,我并不比为你的狗多费什么心,也不见得比你自己多费心……你瞧,你只给我六块糖!我要八块呢。"

"哎唷!拿侬,我从来没看见你这个样子,这算什么意思?你是东家吗?糖,就只有六块。"

"那么侄少爷的咖啡里放什么?"

"两块喽,我可以不用的。"

"在你这个年纪不用糖?我掏出钱来给你买吧。"

"不相干的事不用你管。"

那时糖虽然便宜，老箍桶匠始终觉得是最珍贵的舶来品，要六法郎一磅。帝政时代大家不得不节省用糖，在他却成了牢不可破的习惯。

所有的女人，哪怕是最蠢的，都会用手段来达到她们的目的：拿侬丢开了糖的问题，来争取千层饼了。

"小姐，"她隔着窗子叫道，"你不是要吃千层饼吗？"

"不要，不要。"欧也妮回答。

"好吧，拿侬，"葛朗台听见了女儿的声音，"拿去吧。"

他打开面粉柜舀了一点给她，又在早先切好的牛油上面补了几两。

"还要烤炉用的木柴呢。"拿侬毫不放松。

"你要多少就拿多少吧，"他无可奈何地回答，"可是你得给我们做一个果子饼，晚饭也在烤炉上煮，不用生两个炉子了。"

"嘿！那还用说！"

葛朗台用差不多像慈父一般的神气，对忠实的管家望了一眼。

"小姐，"厨娘嚷道，"咱们有千层饼吃了。"

葛朗台捧了许多水果回来，先把一盆的量放在厨房桌上。

"你瞧，先生，"拿侬对他说，"侄少爷的靴子多好看，什么皮呀！多好闻哪！拿什么东西上油呢？要不要用你鸡蛋清调的鞋油？"

"拿侬，我怕蛋清要弄坏这种皮的。你跟他说不会擦摩洛哥皮就是了……不错，这是摩洛哥皮；他自己会到城里买鞋油给你的；听说那种鞋油里面还掺白糖，叫它发亮呢。"

"这么说来，还可以吃的了？"拿侬把靴子凑近鼻尖，"呦！呦！跟太太的科隆水一样香！好玩！"

"好玩！靴子比穿的人还值钱，你觉得好玩？"

他把果子房锁上，又回到厨房。

"先生，"拿侬问，"你不想一礼拜来一两次砂锅，款待款待你的……"

"行。"

"那么我得去买肉了。"

"不用；你慢慢给我们炖个野味汤，佃户不会让你闲着的。不过我得关照高诺阿莱打几只乌鸦，这个东西煮汤再好没有了。"

"可是真的，先生，乌鸦是吃死人的？"

"你这个傻瓜，拿侬！它们还不是跟大家一样有什么吃什么。难道我们就不吃死人了吗？什么叫作遗产呢？"

葛朗台老头没有什么吩咐了，掏出表来，看到早饭之前还有半点钟工夫，便拿起帽子拥抱了一下女儿，对她说：

"你高兴上卢瓦尔河边遛遛吗，到我的草原上去？我在那边有点儿事。"

欧也妮跑去戴上系有粉红缎带的草帽，然后父女俩走下七转八弯的街道，直到广场。

"一大早往哪儿去呀？"公证人克罗旭遇见了葛朗台问。

"有点儿事。"老头儿回答，心里也明白为什么他的朋友清早就出门。

当葛朗台老头有点儿事的时候，公证人凭以往的经验，知道准可跟他弄到些好处，因此就陪了他一块儿走。

"你来，克罗旭，"葛朗台说，"你是我的朋友，我要给你证明，在上好的土地上种白杨是多么傻……"

"这么说来，卢瓦尔河边那块草原给你挣的六万法郎，就不算一回事吗？"克罗旭眨巴着眼睛问，"你还不够运气？……树木砍下的时候，正碰上南特城里白木奇缺，卖到三十法郎一株。"

欧也妮听着，可不知她已经临到人生最重大的关头，至高至上的父母之命，马上要由公证人从老人嘴里逼出来了。

葛朗台到了卢瓦尔河畔美丽的草原上，三十名工人正在收拾从前种白杨的地方，把它填土，挑平。

"克罗旭先生，你来看一株白杨要占多少地，"他提高嗓门唤一个工人，"约翰，拿尺来把四……四……四边量……量……一下！"

工人量完了说："每边八尺。"

"那就是糟蹋了三十二尺地，"葛朗台对克罗旭说，"这一排上从前我有三百株白杨，是不是？对了，……三百……乘三……三十二……尺……就……就……就是五……五……五百棵干草；加上两旁的，一千五；中间的几排又是一千五。就……就算一千堆干草吧。"

"像这类干草，"克罗旭帮着计算道，"一千堆值到六百法郎。"

"算……算……算它一千两百法郎，因为割过以后再长出来的，还好卖到三四百法郎。那么，你算算一年一千……千……两百法郎，四十年下……下……下来该有多多多多少，加上你……你知道的利……利……利上滚利。"

"一起总该有六万法郎吧。"公证人说。

"得啦！只……只有六万法郎是不是？"老头儿往下说，这一回可不再结结巴巴了，"不过，两千株四十年的白杨还卖不到五万法郎，这不就是损失？给我算出来喽，"葛朗台说到这里，大有自命不凡之概，"约翰，你把窟窿都填平，只留下河边的那一排，把我买来的白杨种下去。种在河边，它们就靠公家长大了。"他对克罗旭补上这句，鼻子上的肉瘤微微扯动一下，仿佛是挖苦得最凶的冷笑。

"自然喽，白杨只好种在荒地上。"克罗旭这么说，心里给葛朗台的算盘吓住了。

"可不是，先生！"老箍桶匠带着讥讽的口吻。

欧也妮只顾望着卢瓦尔河边奇妙的风景，没有留神父亲的计算，可是不久克罗旭对她父亲说的话，引起了她的注意：

"哎，你从巴黎招了一个女婿来啦，全索漠都在谈论你的侄儿。快要叫我立婚书了吧，葛老头？"

"你……你……你清……清……清早出来，就……就……就是要告诉我这个吗？"葛朗台说这句话的时候，扯动着肉瘤，"那么，老……老兄，我不瞒你，你……你要知……知道的，我可以告诉你。我宁可把……把……女……女……女儿丢在卢瓦尔河里，也……也不愿把……把她给……给她的堂……堂……堂兄弟；你不……不……不妨说给人人……人……人家听。啊，不必；让他……他们去胡……胡……胡扯吧。"

这段话使欧也妮一阵眼花。遥远的希望刚刚在她心里萌芽，就开花，长成，结成一个花球，现在她眼看着剪成一片片的，扔在地下。从隔夜起，促成两心相契的一切幸福的联系，已经使她舍不得查理；从今以后，却要由苦难来加强他们的结合了。苦难的崇高与伟大，要由她来担受，幸运的光华与她无缘，这难道就是女子的庄严的命运吗？父爱怎么会在她父亲心中熄灭的呢？查理犯了什么滔天大罪呢？不可思议的问题！她初生的爱情已经够神秘了，如今又包上了一团神秘。她两腿哆嗦着回家，走到那条黝黑的老街，刚才是那么喜气洋洋的，此刻却一片荒凉，她感到了时光流转与人事纷纷留在那里的凄凉情调。爱情的教训，她一桩都逃不了。

到了离家只有几步路的地方，她抢着上前敲门，在门口等父亲。葛朗台瞥见公证人拿着原封未动的报纸，便问：

"公债行情怎么样？"

"你不肯听我的话，葛朗台，"克罗旭回答说，"赶紧买吧，两年之内还有二成可赚，并且利率很高，八万法郎有五千息金。行市是八十法郎五十生丁。"

"慢慢再说吧。"葛朗台摸着下巴。

公证人展开报纸，忽然叫道："我的天！"

"什么事？"葛朗台这么问的时候，克罗旭已经把报纸送在他面前，说："你念吧。"

  巴黎商界巨子葛朗台氏，昨日照例前往交易所，不料返寓后突以手枪击中脑部，自杀殒命。死前曾致书众议院议长及商事裁判所所长，辞去本兼各职。闻葛氏破产，系受经纪人苏希及公证人洛庚之累。以葛氏地位及平素信用而论，原不难于巴黎商界中获得支援，徐图挽救；讵一时情急，遽尔出此下策，殊堪惋惜……

"我早知道了。"老头儿对公证人说。

克罗旭听了这话抽了一口冷气。虽然当公证人的都有镇静的功夫，但想到巴黎的葛朗台也许央求过索漠的葛朗台而被拒绝的时候，他不由得背脊发冷。

"那么他的儿子呢？昨天晚上还多么高兴……"

"他还没有知道。"葛朗台依旧很镇定。

"再见，葛朗台先生。"克罗旭全明白了，立刻去告诉特·篷风所长叫他放心。

回到家里,葛朗台看到早饭预备好了。葛朗台太太已经坐在那张有木座的椅子上,编织冬天用的毛线套袖。欧也妮跑过去拥抱母亲,热烈的情绪,正如我们憋着一肚子说不出的苦恼的时候一样。

"你们先吃吧,"拿侬从楼梯上连奔带爬地下来说,"他睡得像个小娃娃。闭着眼睛,真好看!我进去叫他,嗨,他一声也不回。"

"让他睡吧,"葛朗台说,"他今天起得再晚,也赶得上听他的坏消息。"

"什么事呀?"欧也妮问,一边把两小块不知有几克重的糖放入咖啡。那是老头儿闲着没事的时候切好在那里的。葛朗台太太不敢动问,只望着丈夫。

"他父亲一枪把自己打死了。"

"叔叔吗?……"欧也妮问。

"可怜这孩子哪。"葛朗台太太嚷道。

"对啦,可怜,"葛朗台接着说,"他一个钱都没有了。"

"可是他睡的模样,好像整个天下都是他的呢。"拿侬声调很温柔地说。

欧也妮吃不下东西。她的心给揪紧了,就像初次对爱人的苦难表示同情,而全身都为之波动的那种揪心。她哭了。

"你又不认识叔叔,哭什么?"她父亲一边说,一边饿虎般地瞪了她一眼,他瞪着成堆的金子时想必也是这种眼睛。

"可是,先生,"拿侬插嘴道,"这可怜的小伙子,谁见了不替他难受呢?他睡得像木头一样,还不知道飞来横祸呢。"

"拿侬,我不跟你说话,别多嘴。"

欧也妮这时才懂得一个动了爱情的女子永远得隐瞒自己的感情。她不作声了。

"希望你，太太，"老头儿又说，"我出去的时候对他一字都不用提。我要去把草原上靠大路一边的土沟安排一下。我中饭时候回来跟侄儿谈。至于你，小姐，要是你为了这个花花公子而哭，这样也够了。他马上要到印度去，休想再看见他。"

父亲从帽子边上拿起手套，像平时一样不动声色地戴上，交叉着手指把手套扣紧，出门了。

欧也妮等到屋子里只剩她和母亲两个的时候，嚷道：

"啊！妈妈，我要死了。我从来没有这么难受过。"

葛朗台太太看见女儿脸色发白，便打开窗子教她深呼吸。

"好一点了。"欧也妮过了一会儿说。

葛朗台太太看到素来很冷静很安定的欧也妮，一下子居然神经刺激到这个田地，她凭着一般母亲对于孩子的直觉，马上猜透了女儿的心。事实上，欧也妮母女俩的生命，比两个肉体连在一块的匈牙利孪生姊妹[1]还要密切，她们永远一块儿坐在这个窗洞底下，一块儿上教堂，睡在一座屋子里，呼吸着同样的空气。

"可怜的孩子！"葛朗台太太把女儿的头搂在怀里。

欧也妮听了这话，仰起头来望了望母亲，揣摩她心里是什么意思，末了她说：

"干吗要送他上印度去？他遭了难，不是正应该留在这儿吗？他不是我们的骨肉吗？"

---

[1] 匈牙利孪生姊妹生于一七〇一年，在欧洲各地展览，后送入修院，到二十一岁上死去。

"是的，孩子，应该这样。可是父亲有父亲的理由，应当尊重。"

母女俩一声不响地坐着，重新拿起活计，一个坐在有木座子的椅上，一个坐在小靠椅里。欧也妮为了感激母亲深切的谅解，吻着她的手说：

"你多好，亲爱的妈妈！"

这两句话使母亲那张因终身苦恼而格外憔悴的老脸，有了一点儿光彩。

"你觉得他长得体面吗？"欧也妮问。

葛朗台太太只微微笑了一下；过了一会儿她轻轻地说：

"你已经爱上他了是不是？那可不好。"

"不好？为什么不好？"欧也妮说，"你喜欢他，拿侬喜欢他，干吗我不能喜欢他？喂，妈妈，咱们摆起桌子来预备他吃早饭吧。"

她丢下活计，母亲也跟着丢下，嘴里却说：

"你疯了！"

但她自己也跟着发疯，仿佛证明女儿并没有错。

欧也妮叫唤拿侬。

"又是什么事呀，小姐？"

"拿侬，乳酪到中午可以弄好了吧？"

"啊！中午吗？行，行。"老妈子回答。

"还有，他的咖啡要特别浓，我听见台·格拉桑说，巴黎人都喝挺浓的咖啡。你得多放一些。"

"哪儿来这么些咖啡？"

"去买呀。"

"给先生碰到了怎么办？"

"不会，他在草原上呢。"

"那么让我快点儿去吧。不过番查老板给我白烛的时候,已经问咱们家里是不是三王来朝了。这样地花钱,满城都要知道喽。"

"你父亲知道了,"葛朗台太太说,"说不定要打我们呢。"

"打就打吧,咱们跪在地下挨打就是。"

葛朗台太太一言不答,只抬起眼睛望了望天。拿侬戴上头巾,出去了。欧也妮铺上白桌布,又到顶楼上把她为了好玩吊在绳上的葡萄摘下几串。她在走廊里蹑手蹑脚的,唯恐惊醒了堂兄弟,又禁不住把耳朵贴在房门上,听一听他平匀的呼吸,心里想:

"真叫作无事家中卧,祸从天上来。"

她从葡萄藤上摘下几张最绿的叶子,像侍候筵席的老手一般,把葡萄装得那么惹看,然后得意扬扬地端到饭桌上。在厨房里,她把父亲数好的梨全部掳掠了来,在绿叶上堆成一座金字塔。她走来走去,蹦蹦跳跳,恨不得把父亲的家倾箱倒箧地搜刮干净;可是所有的钥匙都在他身上。拿侬揣着两个鲜蛋回来了。欧也妮一看见蛋,简直想跳上拿侬的脖子。

"我看见朗特的佃户篮里有鸡蛋,就问他要,这好小子,为了讨好我就给我了。"

欧也妮把活计放下了一二十次,去看煮咖啡,听堂兄弟的起床和响动;这样花了两小时的心血,她居然端整好一顿午餐,很简单,也不多花钱,可是家里的老规矩已经破坏完了。照例午餐是站着吃的,各人不过吃一些面包、一个果子,或是一些牛油,外加一杯酒。现在壁炉旁边摆着桌子,堂兄弟的刀叉前面放了一张靠椅,桌上摆了两盆水果、一个蛋盅、一瓶白葡萄酒、面包,衬碟内高高地堆满了糖:欧也妮望着这些,想到万一父亲这时候回家瞪着她的那副眼光,不由得四肢哆嗦。因此她一刻不停地望着钟，计算堂兄弟是否能够在父亲回来之前用完早餐。

"放心，欧也妮，要是你爸爸回来，一切归我担当。"葛朗台太太说。

欧也妮忍不住掉下一滴眼泪，叫道：

"哦！好妈妈，怎么报答你呢？"

查理哼呀唱呀，在房内不知绕了多少转，终于下楼了。还好，时间不过十一点。这巴黎人！他穿扮得花俏，仿佛在苏格兰的那位贵妇人爵府上做客。他进门时那副笑盈盈的怪和气的神情，配上青春年少多么合适，教欧也妮看了又快活又难受。意想中伯父的行宫别墅，早已成为空中楼阁，他却嘻嘻哈哈的满不在乎，很高兴地招呼他的伯母：

"伯母，你昨夜睡得好吗？还有你呢，大姊？"

"很好，侄少爷，你自己呢？"葛朗台太太回答。

"我吗？睡得好极了。"

"你一定饿了，弟弟，"欧也妮说，"来用早点吧。"

"中午以前我从来不吃东西，那时我才起身呢。不过路上的饭食太坏了，不妨随便一点，而且……"

说着他掏出勃莱甘造的一只最细巧的平底表。

"咦，只有十一点，我起早了。"

"早了？……"葛朗台太太问。

"是呀，可是我要整东西。也罢，有东西吃也不坏，随便什么都行，家禽啰，鹧鸪啰。"

"啊，圣母马利亚！"拿侬听了不禁叫起来。

"鹧鸪。"欧也妮心里想，她恨不得把全部私蓄去买一只鹧鸪。

"这儿坐吧。"伯母招呼他。

花花公子懒洋洋地倒在靠椅中，好似一个漂亮女子摆着姿势坐在一张半榻上。欧也妮和母亲端了两张椅子在壁炉前面，坐在他旁边。

　　"你们终年住在这儿吗？"查理问。他发觉堂屋在白天比在灯光底下更丑了。

　　"是的，"欧也妮望着他回答，"除非收割葡萄的时候，我们去帮一下拿侬，住在诺阿伊哀修道院里。"

　　"你们从来不出去遛遛吗？"

　　"有时候，星期日做完了晚祷，天晴的话，"葛朗台太太回答，"我们到桥边去，或者在割草的季节去看割草。"

　　"这儿有戏院没有？"

　　"看戏！"葛朗台太太嚷道，"看戏子！哎哟，侄少爷，难道你不知道这是该死的罪孽吗？"

　　"喂，好少爷，"拿侬捧着鸡蛋进来说，"请你尝尝带壳子鸡。"

　　"哦！新鲜的鸡蛋？"查理叫道。他正像那些惯于奢华的人一样，已经把他的鹧鸪忘掉了。"好极了！可有些牛油吗，好嫂子？"

　　"啊！牛油！那么你们不想吃千层饼了？"老妈子说。

　　"把牛油拿来，拿侬！"欧也妮叫道。

　　少女留神瞧着堂兄弟把面包切成小块，觉得津津有味，正如巴黎最多情的女工，看一出好人得胜的戏一样。查理受过极有风度的母亲教养，又给一个时髦女子琢磨过了，的确有些爱娇而文雅的小动作，颇像一个风骚的情妇。少女的同情与温柔，真有磁石般的力量。查理一看见堂姊与伯母对他的体贴，觉得那股潮水般向他冲来的感情，简直没法抗拒。他对欧也妮又慈祥又怜爱地瞧了一眼，充满了笑意。把欧也妮端详之下，他觉得纯洁的脸上线条和谐到极点，态度天真，清朗有神的眼睛闪出年轻的爱情，只有愿望而没有肉欲的成分。

"老实说，亲爱的大姊，要是你盛装坐在巴黎歌剧院的花楼里，我敢保证伯母的话没有错，你要教男人动心，教女人妒忌，他们全得犯罪呢。"

这番恭维虽然使欧也妮莫名其妙，却把她的心抓住了，快乐得直跳。

"噢！弟弟，你取笑我这个可怜的乡下姑娘。"

"要是你识得我的脾气，大姊，你就知道我是最恨取笑的人：取笑会使一个人的心干枯，伤害所有的情感。"说罢他有模有样地吞下一小块涂着牛油的面包。

"对了，大概我没有取笑人家的聪明，所以吃亏不少。在巴黎，'他心地好呀'这样的话，可以把一个人羞得无处容身。因为这句话的意思是'其蠢似牛'。但是我，因为有钱，谁都知道我拿起随便什么手枪，三十步外第一下就能打中靶子，而且还是在野地里，所以没有人敢开我玩笑。"

"侄儿，这些话就证明你的心好。"

"你的戒指漂亮极了，"欧也妮说，"给我瞧瞧不妨事吗？"

查理伸手脱下戒指，欧也妮的指尖，和堂兄弟粉红的指甲轻轻碰了一下，马上脸红了。

"妈妈，你看，多好的手工。"

"噢！多少金子啊。"拿侬端了咖啡进来，说。

"这是什么？"查理笑着问，他指着一个又高又瘦的土黄色的陶壶，上过釉彩，里边搪瓷的，四周堆着一圈灰土；里面的咖啡冲到面上又往底下翻滚。

"煮滚的咖啡呀。"拿侬回答。

"啊！亲爱的伯母，既然我在这儿住，至少得留下些好事做纪念。你们太落伍了！我来教你们怎样用夏伯太咖啡壶来煮成好咖啡。"

接着他解释用夏伯太咖啡壶的一套方法。

"哎唷，这样麻烦，"拿侬说，"要花上一辈子的工夫。我才不高兴这样煮咖啡呢。不是吗，我煮了咖啡，谁给咱们的母牛割草呢？"

"我来割。"欧也妮接口。

"孩子！"葛朗台太太望着女儿。

这句话，把马上要临到这可怜的青年头上的祸事，提醒了大家，三个妇女一齐闭口，不胜怜悯地望着他，使他大吃一惊。

"什么事，大姊？"

欧也妮正要回答，被母亲喝住了：

"嘘！孩子，你知道父亲会对先生说的……"

"叫我查理吧。"年青的葛朗台说。

"啊！你名叫查理？多美丽的名字！"欧也妮叫道。

凡是预感到的祸事，差不多全会来的。拿侬、葛朗台太太和欧也妮，想到老箍桶匠回家就会发抖的，偏偏听到那么熟悉的门锤声响了一下。

"爸爸来了！"欧也妮叫道。

她在桌布上留下了几块糖，把糖碟子收了。拿侬把盛鸡蛋的盘子端走。葛朗台太太笔直地站着，像一头受惊的小鹿。这一场突如其来的惊慌，弄得查理莫名其妙。他问：

"嗨，嗨，你们怎么啦？"

"爸爸来了呀。"欧也妮回答。

"那又怎么样？……"

葛朗台进来，尖利的眼睛望了望桌子，望了望查理，什么都明白了。

"啊！啊！你们替侄儿摆酒，好吧，很好，好极了！"他一点都不口吃地说，"猫儿上了屋，耗子就在地板上跳舞啦。"

"摆酒？……"查理暗中奇怪。他想象不到这个人家的伙食和生活习惯。

"把我的酒拿来，拿侬。"老头儿吩咐。

欧也妮端了一杯给他。他从荷包里掏出一把面子很阔的牛角刀，割了一块面包，拿了一些牛油，很仔细地涂上了，就地站着吃起来。这时查理正把糖放入咖啡。葛朗台一眼瞥见那么些糖，便打量着他的女人，她脸色发白地走了过来。他附在可怜的老婆耳边问：

"哪儿来的这么些糖？"

"拿侬上番查铺子买的，家里没有了。"

这默默无声的一幕使三位女人怎样地紧张，简直难以想象。拿侬从厨房里跑出来，向堂屋内张望，看看事情怎么样。查理尝了尝咖啡，觉得太苦，想再加些糖，已经给葛朗台收起了。

"侄儿，你找什么？"老头儿问。

"找糖。"

"冲些牛奶，咖啡就不苦了。"葛朗台回答。

欧也妮把父亲藏起的糖碟子重新拿来放上桌子，声色不动地打量着父亲。真的，一个巴黎女子帮助情人逃走，用娇弱的胳膊拉住从窗口挂到地下的丝绳那种勇气，也不见得胜过把糖重新放上桌子时欧也妮的勇气。可是巴黎女子是有酬报的，美丽的手臂上每根受伤的血管，都会由情人用眼泪与亲吻来滋润，用快乐来治疗；欧也妮被父亲霹雳般的目光瞪着，惊慌到心都碎了，而这种秘密的痛苦，查理是永远不会得知的。

"你不吃东西吗,太太?"葛朗台问他的女人。

可怜的奴隶走过来恭恭敬敬切了块面包,捡了一只梨。欧也妮大着胆子请父亲吃葡萄:

"爸爸,尝尝我的干葡萄吧!——弟弟,也吃一点好不好?这些美丽的葡萄,我特地为你摘来的。"

"哦!再不阻止的话,她们为了你要把索漠城抢光呢,侄儿。你吃完了,咱们到花园里去;我有事跟你谈,那可是不甜的喽。"

欧也妮和母亲对查理瞅了一眼,那种表情,查理马上懂得了。

"你是什么意思呢,伯父?自从我可怜的母亲去世以后……(说到母亲二字他的声音软了下来),不会再有什么祸事的了……"

"侄儿,谁知道上帝想用什么灾难来磨炼我们呢?"他的伯母说。

"咄,咄,咄,咄!"葛朗台叫道,"又来胡说八道了。——侄儿,我看到你这双漂亮雪白的手真难受。"

他指着手臂尽处那双羊肩般的手。

"明明是生来捞钱的手!你的教养,却把我们做公事包放票据用的皮,穿在你脚上。不行哪!不行哪!"

"伯父,你究竟什么意思?我可以赌咒,简直一个字都不懂。"

"来吧。"葛朗台回答。

吝啬鬼把刀子折起,喝干了杯中剩下的白葡萄酒,开门出去。

"弟弟,拿出勇气来呀!"

少女的声调教查理浑身冰冻,他跟着好厉害的伯父出去,焦急得要命。拿侬和欧也妮母女,按捺不住好奇心,一齐跑到厨房,偷偷瞧着两位演员,那幕戏就要在潮湿的小花园中演出了。伯父跟侄儿先是不声不响地走着。

　　说出查理父亲的死讯，葛朗台并没觉得为难，但知道查理一个钱都没有了，倒有些同情，私下想怎样措辞才能把悲惨的事实弄得和缓一些。"你父亲死了"这样的话，没有什么大不了，为父的总死在孩子前面。可是"你一点家产都没有了"这句话，却包括了世界上所有的苦难。老头儿在园子中间格格作响的沙径上已经走到了第三转。在一生的重要关头，凡是悲欢离合之事发生的场所，总跟我们的心牢牢地粘在一块。所以查理特别注意到小园中的黄杨，枯萎的落叶，剥落的围墙，奇形怪状的果树，以及一切别有风光的细节！这些都将成为他不可磨灭的回忆，和这个重大的时间永久分不开，因为激烈的情绪有一种特别的记忆力。

　　葛朗台深深呼了一口气：

　　"天气真热，真好。"

　　"是的，伯父，可是为什么？……"

　　"是这样的，孩子，"伯父接着说，"我有坏消息告诉你。你父亲危险得很……"

　　"那么我还在这儿干吗？"查理叫道，"拿侬，上驿站去要马！我总该在这里弄到一辆车吧。"他转身向伯父补上一句。可是伯父站着不动。

　　"车呀马呀都不中用了。"葛朗台瞅着查理回答，查理一声不出，眼睛发呆了。——"是的，可怜的孩子，你猜着了。他已经死了。这还不算，还有更严重的事呢，他是用手枪自杀的……"

　　"我的父亲？……"

　　"是的。可是这还不算。报纸上还有名有分地批评他呢。哦，你念吧。"

　　葛朗台拿出问克罗旭借来的报纸，把那段骇人的新闻送在查理眼前。

可怜的青年这时还是一个孩子,还在极容易流露感情的年纪,他眼泪涌了出来。

"啊,好啦,"葛朗台私下想,"他的眼睛吓了我一跳。现在他哭了,不要紧了。"

"这还不算一回事呢,可怜的侄儿,"葛朗台高声往下说,也不知道查理有没有在听他,"这还不算一回事呢,你慢慢会忘掉的,可是……"

"不会!永远不会!爸爸呀!爸爸呀!"

"他把你的家败光了,你一个钱也没有了。"

"那有什么相干?我的爸爸呢?……爸爸!"

围墙中间只听见号哭与抽噎的声音凄凄惨惨响成一片,而且还有回声。三个女人都感动得哭了:眼泪跟笑声一样会传染的。查理不再听他的伯父说话了,他冲进院子,摸到楼梯,跑到房内横倒在床上,把被窝蒙着脸,预备躲开了亲人痛哭一场。

"让第一阵暴雨过了再说。"葛朗台走进堂屋道。这时欧也妮和母亲急匆匆地回到原位,抹了抹眼泪,颤巍巍的手指重新做起活计来。"可是这孩子没有出息,把死人看得比钱还重。"

欧也妮听见父亲对最圣洁的感情说出这种话,不禁打了个寒噤。从此她就开始批判父亲了。查理的抽噎虽然沉了下去,在这所到处有回声的屋子里仍旧听得清清楚楚;仿佛来自地下的沉痛的呼号,慢慢地微弱,到傍晚才完全止住。

"可怜的孩子!"葛朗台太太说。

这句慨叹可出了事。葛朗台老头瞅着他的女人,瞅着欧也妮和糖碟子,记起了请倒霉侄儿吃的那顿丰盛的早餐,便站在堂屋中央,照例很镇静地说：

"啊！葛朗台太太，希望你以后不要再乱花钱。我的钱不是给你买糖喂那个小混蛋的。"

"不关母亲的事，"欧也妮说，"是我……"

"你成年了就想跟我闹别扭是不是？"葛朗台截住了女儿的话，"欧也妮，你该想一想……"

"父亲，你弟弟的儿子在你家里总不成连……"

"咄，咄，咄，咄！"老箍桶匠这四个字全是用的半音阶，"又是我弟弟的儿子呀，又是我的侄儿呀。哼，查理跟咱们什么相干？他连一个子儿、半个子儿都没有；他父亲破产了。等这花花公子称心如意地哭够了，就叫他滚蛋；我才不让他把我的家搅得天翻地覆呢。"

"父亲，什么叫作破产？"

"破产，"父亲回答说，"是最丢人的事，比所有丢人的事还要丢人。"

"那一定是罪孽深重啰，"葛朗台太太说，"我们的弟弟要入地狱了吧。"

"得了吧，你又来婆婆妈妈的，"他耸耸肩膀，"欧也妮，破产就是窃盗，可是有法律保护的窃盗。人家凭了琪奥默·葛朗台的信用跟清白的名声，把口粮交给他，他却统统吞没了，只给人家留下一双眼睛落眼泪。破产的人比路劫的强盗还要不得：强盗攻击你，你可以防卫，他也拼着脑袋；至于破产的人……总而言之，查理是丢尽了脸。"

这些话一直响到可怜的姑娘心里，全部说话的分量压在她心头。她天真老实的程度，不下于森林中的鲜花娇嫩的程度，既不知道社会上的教条，也不懂似是而非的论调，更不知道那些骗人的推理；所以她完全相信父亲的解释，不知他是有心把破产说得那么卑鄙，不告诉她有计划的破产跟迫不得已的破产是不同的。

"那么父亲，那桩倒霉事儿你没有法子阻拦吗？"

"兄弟并没有跟我商量；而且他亏空四百万呢。"

"什么叫作百万，父亲？"她那种天真，好像一个要什么就有什么的孩子。

"一百万吗？"葛朗台说，"那就是一百万个二十铜子的钱，五个二十铜子的钱才能凑成五法郎。"

"天哪！天哪！叔叔怎么能有四百万呢？法国可有人有这么几百万几百万的吗？"

葛朗台老头摸摸下巴，微微笑着，肉瘤似乎胀大了些。

"那么堂兄弟怎么办呢？"

"到印度去，照他父亲的意思，他应该想法在那儿发财。"

"他有没有钱上那儿去呢？"

"我给他路费……送他到……是的，送他到南特。"

欧也妮跳上去勾住了父亲的脖子。

"啊！父亲，你真好，你！"

她拥抱他的那股劲儿，差一点教葛朗台惭愧，他的良心有些不好过了。

"赚到一百万要很多时候吧？"她问。

"哦，"箍桶匠说，"你知道什么叫作一块拿破仑[1]吧；一百万就得五万拿破仑。"

"妈妈，咱们得替他念'九天经'吧？"

---

[1] 拿破仑为一种金洋，值二十或四十法郎。

"我已经想到了。"母亲回答。

"又来了！老是花钱，"父亲嚷道，"啊！你们以为家里几千几百的花不完吗？"

这时顶楼上传来一声格外凄惨的悲啼，把欧也妮和她的母亲吓呆了。

"拿侬，上去瞧瞧：别让他自杀了，"葛朗台这句话把母女俩听得脸色发白，他却转身吩咐她们，"啊！你们，别胡闹。我要走了，跟咱们的荷兰客人打交道去，他们今天动身。过后我得去看克罗旭，谈谈这些事。"

他走了。葛朗台带上大门，欧也妮和母亲呼吸都自由了。那天以前，女儿在父亲前面从来不觉得拘束；但几小时以来，她的感情跟思想时时刻刻都在变化。

"妈妈，一桶酒能卖多少法郎？"

"你父亲的价钱是一百到一百五十，听说有时卖到两百。"

"那么他有一千四百桶收成的时候……"

"老实说，孩子，我不知道那可以卖到多少；你父亲从来不跟我谈他的生意。"

"这么说来，爸爸应该有钱哪。"

"也许是吧。不过克罗旭先生跟我说，他两年以前买了法劳丰。大概他现在手头不宽。"

欧也妮对父亲的财产再也弄不清了。她的计算便至此为止。

"他连看也没看我，那小少爷！"拿侬下楼说，"他躺在床上像条小牛，哭得像抹大拉的马利亚，真想不到！这可怜的好少爷干吗这样伤心呀？"

"我们赶快去安慰安慰他吧，妈妈；等有人敲门，我们就下楼。"

葛朗台太太抵抗不了女儿那么悦耳的声音。欧也妮变得伟大了，已经是成熟的女人了。

两个人心里忐忑地上楼,走向查理的卧房。房门打开在那里。查理什么都没有看见,什么都没有听见。他浸在泪水中间,不成音节地在那里哼哼唧唧。

"他对他父亲多好!"欧也妮轻轻地说。

这句话的音调,明明显出她不知不觉已经动了情,存着希望。葛朗台太太慈祥地望了女儿一眼,附在她耳边悄悄地说:

"小心,你要爱上他了。"

"爱他!"欧也妮答道,"你没有听见父亲说的话呢!"

查理翻了一个身,看见了伯母跟堂姊。

"父亲死了,我可怜的父亲!要是他把心中的苦难告诉我,我跟他两个可以想法子挽回啊。我的上帝!我的好爸爸!我以为不久就会看到他的,临走对他就没有什么亲热的表示……"

他一阵呜咽,说不下去了。

"我们为他祷告就是了,"葛朗台太太说,"你得听从主的意思。"

"弟弟,勇敢些!父亲死了是挽回不来的;现在应该挽回你的名誉……"

女人的本能和乖巧,对什么事都很机灵,在安慰人家的时候也是如此,欧也妮想教堂兄弟关切他自己,好减轻一些痛苦。

"我的名誉?"他猛地把头发一甩,抱着胳膊在床上坐起。

"啊!不错。伯父说我父亲是破产了。"

他凄厉地大叫一声,把手蒙住了脸。

"你走开,大姊,你走开!我的上帝,我的上帝!饶恕我的父亲吧;他已经太痛苦了。"

年青人真实的、没有计算、没有作用的痛苦的表现，真是又惨又动人。查理挥手教她们走开的时候，欧也妮和母亲两颗单纯的心，都懂得这是一种不能让旁人参与的痛苦。她们下楼，默默地回到窗下的座位上，不声不响地工作了一小时。凭着少女们一眼之间什么都看清了的眼睛，欧也妮早已瞥见堂兄弟美丽的梳妆用具，金镶的剪刀和剃刀之类。在痛苦的气氛中看到这种奢华气派，使她对比之下更关切查理。母女俩一向过的平静与孤独的生活，从来没有一桩这样严重的事，一个这样惊心动魄的场面，刺激过她们的幻想。

"妈妈，"欧也妮说，"咱们应该替叔叔戴孝吧。"

"你父亲会决定的。"葛朗台太太回答。

她们又不作声了。欧也妮一针一针缝着，有规律的动作很可使一个旁观的人觉察她内容丰富的冥想。这可爱的姑娘第一个愿望，是想跟堂兄弟一起守丧。

四点光景，门上来势汹汹地敲了一声，把葛朗台太太骇得心儿直跳，对女儿说：

"你父亲什么事呀？"

葛朗台高高兴兴地进来，脱下手套，两手拼命地搓，几乎把皮肤都擦破，幸而他的表皮像俄国皮那样上过硝似的，只差没有加过香料。他踱来踱去，一刻不停地看钟。临了他心头的秘密泄露了，一点也不口吃地说：

"告诉你，太太，他们都中了我的计。咱们的酒卖掉了！荷兰人跟比利时人今儿动身，我在广场上闲荡，在他们旅馆前面，装作无聊的神气。你认识的那家伙就来找我。所有出产好葡萄的人都压着货不肯卖，我自然不去阻拦他们。咱们的比利时人可是慌了。我看得清清楚楚。结果是两百法郎一桶成交，一半付现。收到的货款全是黄金。合同已经签下，这六个路易是给你的佣金[1]。再过三个月，酒价一定要跌。"

他说最后一句的时候语气很镇静，可是话中带刺。索漠的人这时挤在广场上，葛朗台的酒脱手的消息已经把他们吓坏了，要是再听到上面的话，他们一定会气得发抖。人心的慌乱可能使酒价跌去一半。

"今年你不是有一千桶酒吗，父亲？"欧也妮问。

"是啊，小乖乖。"

这个称呼是老箍桶匠快乐到了极点的表示。

"可以卖到二十万法郎喽？"

"是的，葛朗台小姐。"

"这样，父亲，你很容易帮查理的忙了。"

当初巴比伦王伯沙撒，看到神秘的手在墙上预告他的死亡时，他的愤怒与惊愕也不能跟这时葛朗台的怒火相比。他早已把侄儿忘得一干二净，却发觉侄儿始终盘踞在女儿心里，在女儿的计算之中。

"啊，好！这个花花公子一进了我的家，什么都颠倒了。你们摆阔，买糖果，花天酒地地请客。我可不答应。到了这个年纪，我总该知道怎么做人了吧！并且也轮不到女儿，轮不到谁来教训我。应该怎样对付我的侄儿，我就怎样对付。不用你们管。——至于你，欧也妮，"他转过身子对她说，"再不许提到他，要不，我把你跟拿侬一起送到诺阿伊哀修道院去，看我做得到做不到；你再哼一声，明天就打发你走。——他在哪儿，这孩子？下过楼没有？"

---

[1] 一路易约值二十法郎。

"没有，朋友。"葛朗台太太回答。

"他在干什么？"

"哭他的父亲哪。"欧也妮回答。

葛朗台瞪着女儿，想不出话来。他好歹也是父亲哪。在堂屋里转了两下，他急急忙忙上楼，躲进密室去考虑买公债的计划。连根砍掉的两千阿尔邦的林木，卖到六十万法郎；加上白杨，上年和当年的收入，以及最近成交的二十万法郎买卖，总数大概有九十万。公债行情是七十法郎，短时期内好赚二分利，他很想试一试。他拿起记载兄弟死讯的那张报纸，写下数目计算起来，虽然听到侄儿的呻吟，也没有听进耳朵。

拿侬跑来敲敲墙壁请主人下楼，晚饭已经预备好了。走到穹隆下面楼梯的最后一级，葛朗台心里想：

"既然有八厘利，我一定做这笔生意。两年以后可以有一百五十万金洋从巴黎提回来。——哎，侄儿在哪里？"

"他说不要吃饭，"拿侬说，"真是不顾身体。"

"省省我的粮食也好。"主人回答。

"是吧。"她说。

"嘿！他不会永远哭下去的。肚子饿了，树林里的狼也躲不住呢。"

晚饭时候，大家好古怪地不出一声。等到桌布拿掉了，葛朗台太太才说：

"好朋友，咱们该替兄弟戴孝吧。"

"真是，太太，你只晓得想出花钱的玩意儿。戴孝在乎心，不在乎衣服。"

"可是兄弟的孝不能不戴，教会吩咐我们……"

"就在你六个路易里支出，买你们的孝服吧。我只要一块黑纱就行。"

欧也妮抬起眼睛向上望了望，一言不发。她慷慨的天性素来潜伏着，受着压制，第一遭觉醒了，又时时刻刻受到伤害。

这一晚，表面上跟他们单调生活中无数的夜晚一样，但确是最难受的一晚。欧也妮头也不抬地做她的活计，也不动用隔夜给查理看得一文不值的针线匣。葛朗台太太编织她的套袖。葛朗台坐在一边把大拇指绕动了四小时，想着明天会教索漠全城吃惊的计算，出神了。

那晚谁也没有上门。满城都在谈论葛朗台的那一下辣手，他兄弟的破产，和侄子的到来。为了需要对共同的利益唠叨一番，索漠城内所有中上阶级的葡萄园主，都挤在台·格拉桑府上，对前任区长破口大骂。

拿侬照例绩麻，堂屋的灰色的楼板下面，除了纺车声，便没有别的声响。

"哎，哎，咱们都爱惜舌头，舍不得用哪。"她说着，露出一排又白又大的牙齿，像光杏仁。

"是呀，什么都得爱惜。"葛朗台如梦方醒似的回答。

他远远里看到三年以后的八百万家私，他在一片黄金的海上载沉载浮。

"咱们睡觉吧。我代表大家去向侄儿说一声晚安，顺便瞧瞧他要不要吃点东西。"

葛朗台太太站在二层楼的楼梯台上，想听听老头儿跟查理说些什么。欧也妮比母亲大胆，更走上两级。

"喂，侄儿，你心里难受是不是？好吧，你哭吧，这是常情。父亲总是父亲。可是我们遇到苦难就耐心忍受。你在这里哭，我却在替你打算。你瞧，做伯父的对你多好。来，拿出勇气来。要不要喝一小杯酒呢？"

索漠的酒是不值钱的：请人喝酒就像印度人请喝茶。

"哎，"葛朗台接着说，"你没有点火。要不得，要不得！做什么事都得看个清楚啊。"

说着他走到壁炉架前面。

"哟！这不是白烛吗？哪儿来的白烛？娘儿们为了替这个孩子煮鸡蛋，把我的楼板都会拆掉呢！"

一听到这几句，母女俩赶紧回房，钻到床上，像受惊的耗子逃回老窠一样快。

"葛朗台太太，你有金山银山不是？"丈夫走进妻子的卧房问。

"朋友，我在祷告，等一会儿好不好？"可怜的母亲声音异样地回答。

"见他的鬼，你的好天爷！"葛朗台嘟囔着说。

凡是守财奴都只知道眼前，不相信来世。葛朗台这句话，把现在这个时代赤裸裸地暴露了出来。金钱控制法律，控制政治，控制风俗，到了前所未有的程度。学校，书籍，人物，主义，一切都在破坏对来世的信仰，破坏这一千八百年以来的社会基础。如今坟墓只是一个无人惧怕的阶段。死后的未来，给提到现在来了。不管什么义与不义，只要能够达到尘世的天堂，享尽繁华之福，化心肝为铁石，胼手胝足地去争取暂时的财富，像从前的殉道者为了未来的幸福而受尽苦难一样。这是今日最普遍的，到处都揭示着的思想，甚至法律上也这样写着。法律不是问立法者"你想些什么？"而是问"你出多少代价？"等到这种主义从布尔乔亚传布到平民大众的时候，真不知我们的国家要变成什么模样。

"太太，你完了没有？"老箍桶匠问。

"朋友，我还在为你祈祷呢。"

"好吧！再见。明儿早上再谈。"

可怜的女人睡下时，仿佛小学生没有念熟功课，生怕醒来看到老师生气的面孔。正当她怀着鬼胎钻入被窝，蒙住耳朵时，欧也妮穿着衬衣，光着脚，跑到床前，吻着她的前额说：

"噢！好妈妈，明天我跟他说，一切都是我做的。"

"不行，他会送你到诺阿伊哀。还是让我来对付，他不会把我吃掉的。"

"你听见没有，妈妈？"

"什么？"

"他老是在哭哪。"

"去睡觉吧，孩子。你光着脚要受凉了，地砖潮得很呢。"

这一天重大的日子就这样过去了。有钱而可怜的独养女儿，一辈子都忘不了这一日；从今以后，她的睡眠再没有从前那么酣畅那么深沉了。

人生有些行为，虽然千真万确，但从事情本身看，往往像是不可能的。大概我们对于一些自发的决心，从没加以心理的剖析，对于促成那些行为的神秘的原因，没有加以说明。欧也妮深刻的热情，也许要在她最微妙的组织中去分析；因为她的热情，如一般爱挖苦的人所说的，变成了一种病，使她终身受到影响。许多人宁可否认事情的结局，不愿估计一下把许多精神现象暗中联系起来的关系、枢纽和连锁的力量。在懂得观察人性的人，看了欧也妮的过去，就知道她会天真到毫无顾忌，会突如其来地流露感情。她过去的生活越平静，女子的怜悯，这最有机智的情感，在她心中就发展得越猛烈。所以被白天的事情扰乱之下，她夜里惊醒了好几次，探听堂兄弟的声息，以为又听到了从隔天起一直在她心中响着的哀叹；忽而她看见他悲伤得闭住了气，忽而梦见他差不多要饿死了。黎明时分，她确

实听到一声可怕的呼喊,便立刻穿衣,在晨光中蹑手蹑脚地赶到堂兄弟房里。房门打开着,白烛一直烧到烛盘底上。查理疲倦之极,在靠椅中和衣睡着,脑袋倒在床上。他像一般空肚子的人一样做着梦。欧也妮此时尽可哭个痛快,尽可仔细鉴赏这张年青秀美的脸,脸上刻画着痛苦的痕迹,眼睛哭肿了,虽然睡着,似乎还在流泪。查理睡梦中受到精神的感应,觉得欧也妮来了,便睁开眼睛,看见她满脸同情地站在面前。

"噢,大姊,对不起。"他显然不知道什么时间,也不知道身在何处。

"弟弟,这里还有几颗真诚的心听到你的声音,我们以为你需要什么呢。你该好好地睡,这样坐着太累了。"

"是的。"

"那么再见吧。"

她赶紧溜走,觉得跑到这儿来又高兴又害臊。只有天真才会做出这种冒失的事。要是心里明白的话,连德性也会像罪恶一般作种种计较的。欧也妮在堂兄弟面前并没发抖,一回到自己屋里却两腿站不直了。浑浑噩噩的生活突然告终,她左思右想地考虑起来,把自己大大地埋怨了一番。"他对我要怎么想呢?以为我爱上了他吧。"其实这正是她最希望的。坦白的爱情自有它的预感,知道爱能生爱。幽居独处的姑娘,居然偷偷跑进一个青年的屋子,真是何等的大事!在爱情中间,有些思想有些行为,对某些心灵不就等于神圣的婚约吗?

一小时以后,她走进母亲房内,像平时一样服侍她起床。然后她们俩坐在窗下老位置上等候葛朗台,焦急的情绪正如一个人害怕责骂与惩戒的时候,心发冷发热,或者揪紧或者膨胀,看各人的气质而定。这种情绪也很自然,连家畜也感觉到:它们自己不小心而受了伤可以不哼一声,犯了过失挨了打，一点儿痛苦就会使它们号叫。老头儿下楼了，心不在焉地跟太太说话，拥抱了一下欧也妮，坐上饭桌，仿佛已经忘记了隔夜恐吓的话。

"侄儿怎么啦？这孩子倒不打搅人。"

"先生，他睡着呢。"拿侬回答。

"再好没有，他用不到白烛了。"葛朗台用讥讽的口气说。

这种反常的宽大，带些讽刺的高兴，使葛朗台太太不胜惊奇，留神瞧着她的丈夫。老头儿……（这儿似乎应当提醒读者，在都兰、安育、博爱都、布勒塔尼这些区域，老头儿这个名称——我们已经好几次用来称呼葛朗台了——用于最淳厚的人，同时也用于最残忍的人，只要他们到了相当的年龄。所以这个称呼对个人的慈悲仁厚毫无关系。）老头儿拿起帽子、手套，说：

"我要到广场上去溜达一下，好碰到咱们的几位克罗旭。"

"欧也妮，你父亲心中一定有事。"母亲对女儿说。

的确，不大需要睡眠的葛朗台，夜里大半时间都在作种种初步的盘算。这些盘算，使他的见解、观察、计划，特别来得准确，而且百发百中，做一样成功一样，教索漠人惊叹不已。人类所有的力量，只是耐心加上时间的混合。所谓强者是既有意志，又能等待时机。守财奴的生活，便是不断地运用这种力量为自我效劳。他只依赖两种情感：自尊心与利益。但利益既是自尊心的实际表现，并且是真正优越的凭据，所以自尊心与利益是一物的两面，都从自私自利来的。因此，凡是守财奴都特别耐人寻味，只要有高明的手段把他烘托出来。这种人物涉及所有的情感，可以说集情感之大成，而我们个个人都跟他们一脉相通。哪里有什么全无欲望的人？而没有金钱，哪个欲望能够满足？

葛朗台的确心中有事，照他妻子的说法。像所有的守财奴一样，他非跟人家钩心斗角，把他们的钱合法地赚过来不可，这在他是一种无时或已的需要。搜刮旁人，岂非施展自己的威力，使自己老是可以有名有分地瞧不起那些过于懦弱的、给人吃掉的人吗？躺在上帝面前的那平安恬静的羔羊，真是尘世的牺牲者最动人的写照，象征了牺牲者在彼世界的生活，证明懦弱与受苦受到何等的光荣。可是这些微言奥旨有谁懂得？守财奴只知道把这头羔羊养得肥肥的，把它关起来，宰它，烤它，吃掉它，轻蔑它。金钱与鄙薄，才是守财奴的养料。

夜里，老头儿的念头换了一个方向；这是他表示宽大的缘故。他想好了一套阴谋诡计，预备开巴黎人的玩笑，折磨他们，捉弄他们，把他们捻一阵捏一阵，叫他们奔来，奔去，流汗，希望，急得脸色发白；是啊，他这个老箍桶匠，在灰色的堂屋底里，在索漠家中虫蛀的楼梯上走的时候，就能这样地玩弄巴黎人。他一心想着侄儿的事，他要挽回亡弟的名誉，可无须他或他的侄儿花一个钱。他的现金马上要存放出去，三年为期，现在他只消管理田地了；所以非得找些材料让他施展一下狡狯的本领不可，而兄弟的破产就是现成的题目。手里没有旁的东西可以挤压，他就想把巴黎人捏成齑粉，让查理得些实惠，自己又一文不花地做了个有义气的哥哥。他的计划中根本没有什么家庭的名誉，他的好意有如赌徒的心情，喜欢看一场自己没有下注的赌博赌得精彩。克罗旭是他必不可少的帮手，他却不愿意去找他们，而要他们来找他。他决心把刚才想好的计划当晚就开始搬演，以便下一天早上，不用花一个小钱，教全城的人喝他的彩。

夜里,老头儿的念头换了一个方向……

4

吝啬鬼许的愿·情人起的誓

父亲不在家,欧也妮就不胜欣喜地可以公然关切她心爱的堂兄弟,可以放心大胆把胸中蕴蓄着的怜悯,对他尽量发泄了。怜悯是女子胜过男子的德性之一,是她愿意让人家感觉到的唯一的情感,是她肯让男人挑逗起来而不怨怪的唯一的情感。欧也妮跑去听堂兄弟的呼吸,听了三四次,要知道他睡着还是醒了;之后,他起床了,于是咖啡、乳酪、鸡蛋、水果、盘子、杯子,一切有关早餐的东西,都成为她费心照顾的对象。她轻快地爬上破旧的楼梯,听堂兄弟的响动。他是不是在穿衣呀?他还在哭吗?她一直跑到房门外面。

"喂,弟弟!"

"哎,大姊!"

"你喜欢在哪儿用早餐,堂屋里还是你房里?"

"随便。"

"你好吗?"

"大姊,说来惭愧,我肚子饿了。"

这段隔着房门的谈话,在欧也妮简直是小说之中大段的穿插。

"那么我们把早餐端到你房里来吧,免得父亲不高兴。"

她身轻如燕地跑下厨房。

"拿侬,去替他收拾卧房。"

这座上上下下不知跑了多少次的楼梯,一点儿声音就会格格作响的,在欧也妮眼中忽然变得不破旧了;她觉得楼梯明晃晃的,会说话,像她自己一样年轻,像她的爱情一样年轻,同时又为她的爱情服务。还有她母亲,慈祥而宽容的母亲,也乐意受她爱情的幻想驱遣。查理的卧房收拾好了,她们俩一齐进去,替不幸的孩子做伴:基督教的慈悲,不是教人安慰受难者吗?两个女子在宗教中寻出许多似是而非的怪论,为她们有乖体统的行为做借口。

因此查理·葛朗台受到最亲切最温柔的款待。他为了痛苦而破碎的心,清清楚楚地感到这种体贴入微的友谊,这种美妙的同情的甜蜜;那是母女俩被压迫的心灵,在痛苦的领域——它们的日常天地——能有一刻儿自由就会流露的。既然是至亲骨肉,欧也妮就不妨把堂兄弟的内衣和随身带来的梳妆用具整理一下,顺便把手头捡到的小玩意儿,镂金镂银的东西,称心如意地逐件玩赏,并且以察看做工为名,拿在手里不放。查理看到伯母堂姊对他古道热肠的关切,不由得大为感动;他对巴黎社会有相当的认识,知道以他现在的处境,照例只能受人冷淡。他发觉欧也妮那种特殊的美,光艳照人;隔夜他认为可笑的生活习惯,从此他赞美它的纯朴了。所以当欧也妮从拿侬手中接过一只珐琅的碗,满满盛着咖啡和乳酪,很亲热地端给堂兄弟,不胜怜爱地望了他一眼时,查理便含着泪拿起她的手亲吻。

"哎哟,你又怎么啦?"她问。

"哦!我感激得流泪了。"

欧也妮突然转身跑向壁炉架拿烛台。

"拿侬,"她说,"来,把烛台拿走。"

她回头再瞧堂兄弟的时候,脸上还有一片红晕,但眼神已经镇定,不致把衷心洋溢的快乐泄露了;可是两人的目光都表现同样的情绪,正如他们的心灵交融在同一的思想中:未来是属于他们的了。

这番柔情,查理特别觉得甘美,因为他遭了大难,早已不敢存什么希望。大门上锤子响了一下,立刻把两个女子召归原位。幸而她们下楼相当快,在葛朗台进来的时候,手里已经拿上活计;如果他在楼下环洞那边碰到她们是准会疑心的。老头儿急急忙忙吃完午餐之后,来了法劳丰田上看庄子的,早先说好的津贴至今没拿到。他带来一头野兔、几只鹧鸪,都是大花园里打到的,还有磨坊司务欠下的鳗鱼与两条梭鱼。

"哎!哎!来得正好,这高诺阿莱。这东西好吃吗,你说?"

"好吃得很呢,好心的先生;打下来有两天了。"

"喂,拿侬,快来!"好家伙说,"把这些东西拿去,做晚饭菜;我要请两位克罗旭吃饭呢。"

拿侬瞪着眼发呆,对大家望着。

"可是,"她说,"叫我哪儿来的肥肉跟香料呢?"

"太太,"葛朗台说,"给拿侬六法郎。等会儿我要到地窖里去找好酒,别忘了提醒我一声。"

看庄子的久已预备好一套话,想解决工资问题:

"这么说来,葛朗台先生……"

"咄,咄,咄,咄!"葛朗台答道,"我知道你的意思,你是一个好小子。今天我忙得很,咱们明儿谈吧。太太,先给他五法郎。"

他说完赶紧跑了。可怜的女人觉得花上十法郎求一个清静,高兴得很。她知道葛朗台把给她的钱一个一个逼回去之后,准有半个月不寻事。

"哎,高诺阿莱,"她把十法郎塞在他手里说,"回头我们再重重谢你吧。"

高诺阿莱没有话说,走了。拿侬戴上黑头巾,抓起篮子说:

"太太,我只要三法郎就够了,多下的你留着吧。行了,我照样会对付的。"

"拿侬,饭菜弄好一些呀,堂兄弟下来吃饭的呢。"欧也妮吩咐。

"真是,家里有了大事了,"葛朗台太太说,"我结婚到现在,这是你父亲第三次请客。"

四点左右,欧也妮和母亲摆好了六个人的刀叉,屋主把内地人那么珍视的旧藏佳酿,提了几瓶出来,查理也进了堂屋。他脸色苍白,举动、态度、目光、说话的音调,在悲苦中别有一番妩媚。他并没假装悲伤,他的难受是真实的,痛苦罩在他脸上的阴影,有一副为女子特别喜爱的神情。欧也妮因之愈加爱他了。或许苦难替欧也妮把他拉近了些。查理不再是那个高不可攀的、有钱的美少年,而是一个遭难的穷亲戚了。苦难生平等。救苦救难是女子与天使相同的地方。查理和欧也妮彼此用眼睛说话,靠眼睛了解;那个落难公子,可怜的孤儿,躲在一边不出一声,沉着,高傲;但堂姊温柔慈爱的目光不时落在他身上,逼他抛开愁苦的念头,跟她一起神游于未来与希望之中,那是她最乐意的事。

葛朗台请克罗旭吃饭的消息,这时轰动了全城;他前一天出售当年的收成,对全体种葡萄的背信的罪行,倒没有把人心刺激得这么厉害。苏格拉底的弟子阿契皮阿特,为了惊世骇俗,曾经把自己的狗割掉尾巴;如果这老奸巨猾的葡萄园主以同样的心思请客，或许他也可成为一个大人物；可是他老是玩弄城里的人，没有遇到过一个对手，所以从不把索漠人放在心上。台·格拉桑他们，知道了查理的父亲暴卒与可能破产的新闻，决意当天晚上就到他们的主顾家吊唁一番，慰问一番，同时探听一下他们为什么事，在这种情形之下请几位克罗旭吃饭。

五点整，特·篷风所长跟他的老叔克罗旭公证人，浑身上下穿得齐齐整整地来了。大家立刻入席，开始大嚼。葛朗台严肃，查理静默，欧也妮一声不出，葛朗台太太不比平时多开口，真是一顿款待吊客的丧家饭。

大家离席的时候，查理对伯父伯母说：

"对不起，我先告退了，有些极不愉快的长信要写。"

"请吧请吧，侄儿。"

他一走，葛朗台认为查理一心一意地去写信，什么都听不见的了，便狡狯地望着妻子说：

"太太，我们要谈的话，对你们简直是天书，此刻七点半，还是钻进你们的被窝去吧。明儿见，欧也妮。"

他拥抱了女儿，两位女子离开了堂屋。葛朗台与人交接的结果，早已磨炼得诡计多端，使一般被他咬得太凶的人常常暗里叫他老狗。那天晚上，他比平生任何时候都运用更多的机巧。倘使索漠前任区长的野心放得远大一些，再加机缘凑巧，爬上高位，奉派到国际会议中去，把他保护私人利益的长才在那里表现一番的话，毫无疑问他会替法国立下大功。但也说不定一离开索漠，老头儿只是一个毫无出息的可怜虫。有些人的头脑，或许像有些动物一般，从本土移到了另一个地方，离开了当地的水土，就没法繁殖。

"所……所长……先……先……先生，你你你……说……说说说过破破破产……"

他假装了多少年而大家久已当真的口吃，和他在雨天常常抱怨的耳聋，在这个场合使两位克罗旭难受死了，他们一边听一边不知不觉地扯动嘴脸，仿佛要把他故意卷在舌尖上的字眼代为补足。在此我们应当追叙一下葛朗台的口吃与耳聋的故事。

在安育地区，对当地的土话懂得那么透彻，讲得那么清楚的，谁都比不上这狡狯的葡萄园主。但他虽是精明透顶，从前却上过一个犹太人的当。在谈判的时候，那犹太人老把两手捧着耳朵，假装听不清，同时结结巴巴的口吃得厉害，永远说不出适当的字眼，以致葛朗台竟吃了善心的亏，自动替狡猾的犹太人寻找他心中的思想与字眼，结果把犹太人的理由代说了，他说的话倒像是该死的犹太人应该说的，他终于变了犹太人而不是葛朗台了。那场古怪的辩论所做成的交易，是老箍桶匠平生唯一吃亏的买卖。但他虽然经济上受了损失，精神上却得了一次很好的教训，从此得益不浅。葛朗台临了还祝福那个犹太人，因为他学会了一套本领，在生意上教敌人不耐烦，逼对方老是替我这方面打主意，而忘掉他自身的观点。

那天晚上所要解决的问题，的确最需要耳聋与口吃，最需要莫名其妙的兜圈子，把自己的思想深藏起来：第一他不愿对自己的计划负责；第二他不愿授人话柄，要人家猜不透他的真主意。

"特·篷……篷……篷风先生。"

葛朗台称克罗旭公证人的侄子为篷风先生，三年以来这是第二次。所长听了很可能当作那奸刁的老头儿已经选定他做女婿。

"你你你……真的说……说破破破产，在……在某某……某些情形中

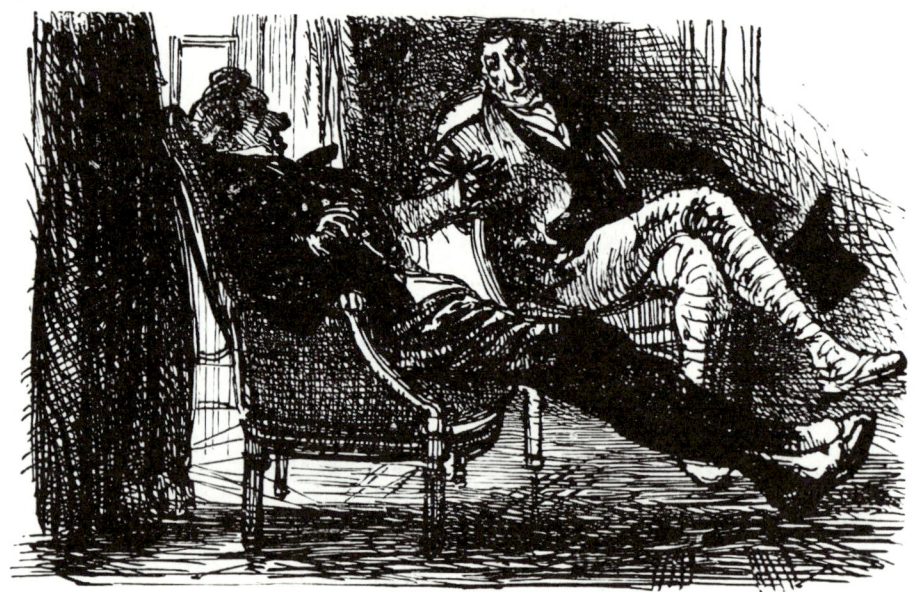

"特·篷……篷……篷风先生。"

可……可可以……由……由……"

"可以由商事裁判所出面阻止。这是常有的事。"特·篷风先生这么说，自以为把葛朗台老头的思想抓住了，或者猜到了，预备诚诚恳恳替他解释一番，便又道："你听我说。"

"我听……听……听着。"老头儿不胜惶恐的回答，狡猾的神气，像一个小学生面上装作静听老师的话，暗地里却在讪笑。

"一个受人尊敬而重要的人物，譬如像你已故的令弟……"

"舍弟……是的。"

"有周转不灵的危险……"

"那……那那叫……叫作……周周周转不灵吗？"

"是的……以致免不了破产的时候，有管辖权的（请你注意）商事裁判所，可以凭它的判决，委任几个当事人所属的商会中人做清理委员。清理并非破产，懂不懂？一个破产的人名誉扫地，但宣告清理的人是清白的。"

"那相相差……太大了，要是……那……那并并并不……花……花……花更……更……更多的钱。"葛朗台说。

"可是即使没有商事裁判所帮忙，仍旧可以宣告清理的，因为，"所长吸了一撮鼻烟，接着说，"你知道宣告破产要经过怎样的手续吗？"

"是呀，我从来没有想……想……想过。"葛朗台回答。

"第一，"法官往下说，"当事人或者他的合法登记的代理人，要亲自造好一份资产负债表，送往法院书记室。第二，由债权人出面声请。可是如果当事人不提出资产负债表，或者债权人不申请法院把当事人宣告破产，那么怎么办呢？"

"对……对对对啦，怎……怎……怎么办呢？"

"那么死者亲族、代表人、承继人，或者当事人自己，如果他没有死，或者他的朋友，如果他避不见面，可以办清理。也许你想把令弟的债务宣告清理吧？"所长问。

"啊！葛朗台！"公证人嚷道，"那可好极了。我们偏僻的内地还知道名誉的可贵。要是你保得身家清白，因为这的确与你的身家有关，那你真是大丈夫了……"

"伟大极了！"所长插嘴道。

"当……当然，"老头儿答道，"我兄兄兄弟姓……姓……姓葛朗台，跟……跟我我……我……我一样，还……还……还还用说吗？我……我……我……我没有说不。清清……清……清……清理，在在……无……无论何……何种情……情形之下，从从……各各……各……方面看看看，对我侄……侄……侄儿是很……很……很有有有利的，侄……侄侄儿又又又是我……我喜……喜欢的。可是先……先要弄清楚。我不认……认……认得那些巴黎的坏蛋。我……我是在索……索漠，对不对？我的葡葡葡萄秧，沟沟渠，总总……总之，我有我的事事事情。我从没出过约……约……约期票。什么叫作约期票？我收收收……收到过很……很多，从来没有……出……出给人家。我只……只……只知道约期票可……可可可以兑现，可……可可以贴贴贴现。听……听说约……约……约期票可可以赎赎赎回……"

"是的，"所长说，"约期票可以打一个折扣从市场上收回来。你懂吗？"

葛朗台两手捧着耳朵，所长把话再说了一遍。

"那么，"老头儿答道，"这些事情也……也有好有坏啰？我……我……我老了，这这这些都……都弄弄……弄不清。我得留……留在这儿看……"

看……看守谷子。谷子快……快收了,咱们靠……靠……靠谷子开……开开销。最要紧的是,看……看好收成,在法劳丰我我……我有重……重要的收入。我不能放放放弃了家去去对对……对付那些鬼……鬼……鬼鬼事,我又搅搅不清。你你说……要避免破产,要办办……办清……清……清理,我得去巴黎。一个人又不不……不是一头鸟,怎怎……怎么能同时在……在……在两个地方……"

"我明白你的意思,"公证人嚷道,"可是老朋友,你有的是朋友,有的是肯替你尽心出力的朋友。"

"得啦,"老头儿心里想,"那么你自己提议呀!"

"倘使派一个人到巴黎去,找到令弟琪奥默最大的债主,对他说……"

"且慢,"老头儿插嘴道,"对他说……说什么?是……是不是这……这样:'索漠的葛朗台长,……索漠……的葛朗台短,他爱他的兄弟,爱他的侄……侄……侄子。葛朗台是一个好哥……哥哥,有一番很好的意思。他的收……收……收成卖了好价。你们不要宣告破……破……破……破产,你们集集集合起来,委……委……委托几个清……清……清理人。那那时葛朗台再……再……再瞧着办。与其让法院里的人沾……沾……沾手,不如清理来……来……来得上算……'嗯,是不是这么说?"

"对!"所长回答。

"因为,你瞧,篷……篷……篷……篷风先生,我们要三……三思而行。做……做不到总……总是做……做不到。凡是花……花……花钱的事,先得把收支搞清楚,才才才不至于倾……倾……倾家荡产。嗯,对不对?"

"当然喽,"所长说,"我吗,我认为花几个月的时间,出一笔钱,以协议的方式付款,可以把债券全部赎回。啊,啊!你手里拿块肥肉,那些狗还不跟你跑吗？只要不宣告破产，把债权证件抓在你手里，你就是白璧无瑕。"

"白……白……白璧？"葛朗台又把两手捧着耳朵，"我不懂什么白……白……白璧。"

"哎，"所长嚷道，"你听我说呀。"

"我……我我听着。"

"债券是一种商品，也有市价涨落。这是根据英国法学家虞莱弥·朋撒姆关于高利贷的理论推演出来的。他曾经证明，大家谴责高利贷的成见是荒谬的。"

"嗯！"好家伙哼了一声。

"据朋撒姆的看法，既然原则上金钱是一种商品，代表金钱的东西也是一种商品，既然是商品，就免不了市价涨落；那么契据这种商品，有某人某人签字的文件，也像旁的货物一样，市场上会忽而多忽而少，它们的价值也就忽而高忽而低，法院可以要人家……（哦，我多糊涂，对不起……）我认为你可以把令弟的债券打个二五扣赎回来。"

"他叫……叫……叫作虞……虞……虞莱弥·朋……"

"朋撒姆，是个英国人。"

"这个虞莱弥，使我们在生意上再用不到怨气冲天。"公证人笑着说。

"这些英国人有……有……有时真讲情……情理，"葛朗台说，"那么，照朋……朋……朋撒姆的看法，要是我兄弟的债券值……值……值多少……实际是并不值！我我……我……我说得对不对？我觉得明白得很……债主可能……不，不可能……我懂……懂懂得。"

"让我解释给你听吧，"所长说，"在法律上要是你拿到葛朗台号子所有欠人的债券,令弟和他的继承人就算跟大家两讫了,行了。"

"行了。"老头儿也跟着说了一遍。

"以公道而论,要是令弟的债券,在市场上谈判好(谈判,你明白这两个字的意思吗?)谈判好打多少折扣;要是你朋友中有人在场收买了下来,既然债权人自愿出售而并没受暴力胁迫,那么令弟的遗产就光明正大地没有什么负债了。"

"不错……生……生……生意是生意,这是老话,"箍桶匠说,"可是,你明……明……明……明白,这很……很……很难。我……我……我没有钱钱钱,也……也……也没有空,没有空也没……"

"是的,你不能分身。那么我代你上巴黎。(旅费归你,那是小意思。)我去找那些债权人,跟他们谈,把债券收回,把付款的期限展缓,只要在清算的总数上多付一笔钱,一切都好商量的。"

"咱咱咱们再谈,我不……不……不……能,我不愿随……随……随便答应,在在在……没……没有,做……做不到,总是做……做不到。你你你明白?"

"那不错。"

"你跟……跟……跟我讲……讲……讲的这一套,把我……我……我头都涨……涨……涨昏了。我活到现在,第……第……第一次要想……想到这这……"

"对,你不是法学家。"

"不过是一个可……可……可怜的种葡萄的,你……你……你刚才说的,我一点儿不知道;我……我……我得研……研……研究一一下。"

"那么……"所长似乎想把他们的谈话归纳出一个结论来。公证人带

着埋怨的口吻插嘴道：

"老侄！……"

"哦，叔叔？"

"你应当让葛朗台先生说明他的意思。委托这样一件事不是小事。咱们的朋友应当把范围说清……"

大门上一声锤子，报告台·格拉桑一家来了，他们的进场和寒暄，打断了克罗旭的话。这一打岔，公证人觉得很高兴，葛朗台已经在冷眼觑他，肉瘤颤巍巍地表示心中的激动。可是第一，小心谨慎的公证人认为一个初级裁判所所长根本不宜于上巴黎去钓债权人上钩，牵入与法律抵触而不清不白的阴谋中去；其次，葛朗台老头肯不肯出钱还一点没有表示，侄儿就冒冒失失地参与，也使公证人莫名其妙地觉得害怕。所以他趁台·格拉桑他们进来的当儿，抓着所长的胳膊，把他拉到一个窗洞下面：

"老侄，你的意思表示得够了；献殷勤也应当适可而止。你想他的女儿想昏了。不要见鬼，没头没脑地乱冲乱撞。现在让我来把舵，你只要从旁边助我一臂就行。难道你值得以堂堂法官之尊，去参与这样一件……"

他没有说完，听见台·格拉桑向老箍桶匠伸着手说：

"葛朗台，我们知道府上遭了不幸，琪奥默·葛朗台的号子出了事，令弟去世了，我们特地来表示哀悼。"

公证人插嘴道：

"最不幸的是二爷的死。要是他想到向兄长求救，就不至于自杀了。咱们的老朋友爱名誉，连指甲缝里都爱到家，他想出面清理巴黎葛朗台的债务呢。舍侄为免得葛朗台在这桩涉及司法的交涉中找麻烦，提议立刻代他去巴黎跟债权人磋商，使他们相当地满足。"

这段话，加上葡萄园主摸着下巴的态度，教三位台·格拉桑诧异到万分，他们一路来的时候还在称心如意地骂葛朗台守财奴，差不多认为兄弟就是给他害死的。这时银行家却望着他的太太嚷道：

"啊！我早知道的！喂，太太，我路上跟你怎么说的？葛朗台连头发根里都是爱惜名誉的，绝不肯让他们的姓氏有一点儿玷污。有钱而没有名誉是一种病。咱们内地还有人爱名誉呢！葛朗台，你这个态度好极了，好极了。我是一个老军人，装不了假，只晓得把心里的话直说。这真是，我的天！伟大极了。"说着银行家热烈地握着他的手。

"可可可是伟……伟……伟大要花大……大……大钱呀。"老头儿回答。

"但是，亲爱的葛朗台，"台·格拉桑接着说，"请所长先生不要生气，这纯粹是件生意上的事，要一个生意上的老手去交涉的。什么回复权，预支，利息的计算，全得内行。我有些事上巴黎去，可以附带代你……"

"咱们俩慢慢地来考虑，怎怎……怎么样想出一个可……可……可能的办法，使我不……不……不至于贸贸然答……答……答应我……我……我不愿愿愿意做的事，"葛朗台结结巴巴地回答，"因为，你瞧，所长先生当然要我负担旅费的。"说这最后几句时他不口吃了。台·格拉桑太太便说：

"哎！到巴黎去是一种享受，我愿意自己花旅费去呢。"

她对丈夫丢了一个眼风，似乎鼓励他不惜代价把这件差事从敌人手里抢过来；她又带着嘲弄的神气望望两位脸色沮丧的克罗旭。

于是葛朗台抓住了银行家的衣纽，拉他到一边对他说："在你跟所长中间，我自然更信托你。而且，"他的肉瘤牵动了几下，"其中还有文章呢。我想买公债，大概有好几万法郎的数目，可是只预备出八十法郎的价钱。据说月底行市会跌。你是内行，是不是？"

"嘿！岂敢！这样说来，我得替你收进几万法郎的公债啰？"

"嘘！开场小做做。我玩这个，谁都不让知道。你可以买月底的期货；可是不能教克罗旭他们得知，他们会不高兴。既然你上巴黎去，请你替我可怜的侄儿探探风色。"

"就这样吧，"台·格拉桑提高了嗓子，"明天我搭驿车动身，几点钟再来请示细节呢？"

"明天五点吧，吃晚饭以前。"葡萄园主搓着手。

两家客人又一起坐了一会儿。台·格拉桑趁谈话停顿的当儿拍拍葛朗台的肩膀说：

"有这样的同胞兄弟，教人看了也痛快……"

"是呀是呀，"葛朗台回答说，"表面上看不出，我可是极重骨……骨肉之情。我对兄弟很好，可以向大家证明，要是花……花……花钱不……不多……"银行家不等他说完，很识趣地插嘴道：

"咱们告辞了，葛朗台。我要提早动身的话，还得把事情料理料理。"

"好，好，为了刚才和你谈的那件事，我……我要进……进……进我的'评评……评……评议室'去，像克罗旭所长说的。"

"该死！一下子我又不是特·篷风先生了。"法官郁郁不乐地想，脸上的表情好像在庭上给辩护律师弄得不耐烦似的。

两家敌对的人物一齐走了。早上葛朗台出卖当地葡萄园主的行为，都给忘掉了，彼此只想刺探对方：对于好家伙在这件新发生的事情上存什么心，是怎么一个看法；可是谁也不肯表示。

"你跟我们上特·奥松华太太家去吗？"台·格拉桑问公证人。

"咱们过一会儿去，"所长回答，"要是家叔允许的话，我答应特·格里鲍果小姐到她那边转一转的，我们要先上那儿。"

"那么再见啰，诸位。"台·格拉桑太太说。

他们别过了两位克罗旭，才走了几步，阿道夫便对他的父亲说：

"他们这一下可冒火呢，嗯？"

"别胡说，孩子，"他母亲回答道，"他们还听得见。而且你的话不登大雅，完全是法科学生的味儿。"

法官眼看台·格拉桑一家走远之后，嚷道：

"喂，叔叔！开场我是特·篷风所长，结果仍旧是光杆儿的克罗旭。"

"我知道你会生气；不过风向的确对台·格拉桑有利。你聪明人怎么糊涂起来了！葛朗台老头'咱们再谈'那一套，由他们去相信吧。孩子，你放心，欧也妮还不一样是你的？"

不多一会儿，葛朗台慷慨的决心同时在三个人家传布开去，城里的人只谈着这桩手足情深的义举。葛朗台破坏了葡萄园主的誓约而出卖存酒的事，大家都加以原谅，一致佩服他的诚实，赞美他的义气，那是出于众人意料之外的。法国人的性格，就是喜欢捧一时的红角儿，为新鲜事儿上劲。那些群众竟是健忘得厉害。

葛朗台一关上大门，就叫唤拿侬：

"你别把狗放出来，等会儿睡觉，咱们还得一起干事呢。十一点钟的时候，高诺阿莱会赶着法劳丰的破车到这儿来。你留心听着，别让他敲门，叫他轻轻地进来。警察局不许人家黑夜里高声大气地闹。再说，乡邻也用不到知道我出门。"说完之后，葛朗台走进他的工作室，拿侬听着他走动，找东西，来来去去，可是小心得很。显而易见他不愿惊醒太太和女儿，尤其不愿惹起侄儿的注意。他瞧见侄儿屋内还有灯光，已经在私下咒骂了。

半夜里，一心想着堂兄弟的欧也妮，似乎听见一个快要死去的人在那里呻吟，而这个快要死去的人，对她便是查理：他和她分手的时候脸色不是那么难看，那么垂头丧气吗？也许他自杀呢！她突然之间披了一件有风兜的大氅想走出去。先是她房门的隙缝中透进一道强烈的光，把她吓了一跳，以为是失了火；后来她放心了，因为听见拿侬沉重的脚步与说话的声音，还夹着好几匹马嘶叫的声音。她极其小心地把门打开一点，免得发出声响，但开到正好瞧见甬道里的情形。她心里想："难道父亲把堂兄弟架走不成？"

冷不防她的眼睛跟父亲的眼睛碰上了，虽然不是瞧着她，而且也毫不疑心她在门后偷看，欧也妮却骇坏了。老头儿和拿侬两个，右肩上架着一支又粗又短的棍子，棍子上系了一条绳索，扣着一只木桶，正是葛朗台闲着没事的辰光在面包房里做着玩的那种。

"圣母马利亚！好重噢！先生。"拿侬轻声地说。

"可惜只是一些大铜钱！"老头儿回答，"当心碰到烛台。"

楼梯扶手的两根柱子中间，只照着一支蜡烛。

"高诺阿莱，"葛朗台对那个虚有其名的看庄子的说，"你带了手枪没有？"

"没有，先生。嘿！你那些大钱怕什么？……"

"噢！不怕。"葛朗台回答。

"再说，我们走得很快，"看庄子的又道，"你的佃户替你预备了最好的马。"

"行，行。你没有跟他们说我上哪儿去吗？"

"我压根儿不知道。"

"好吧。车子结实吗？"

"结实？嘿，好装三千斤。你那些破酒桶有多重？"

"哦，那我知道！"拿侬说，"总该有一千八百斤。"

"别多嘴，拿侬！跟太太说我下乡去了，回来吃夜饭。——高诺阿莱，快一点儿，九点以前要赶到安越。"

车子走了。拿侬锁上大门，放了狗，肩头酸痛地睡下，街坊上没有一个人知道葛朗台出门，更没有人知道他出门的目的。老头儿真是机密透顶。在这座堆满黄金的屋子里，谁也没有见过一个大钱。早晨他在码头上听见人家闲话，说南特城里接了大批装配船只的生意，金价涨了一倍，投机商都到安越来收买黄金，他听了便向佃户借了几匹马，预备把家里的藏金装到安越去抛售，拿回一笔库券，作为买公债的款子，而且趁金价暴涨的机会又好赚一笔外快。

"父亲走了。"欧也妮心里想，她在楼梯高头把一切都听清楚了。

屋子里又变得寂静无声，逐渐远去的车轮声，在万家酣睡的索漠城中已经听不见了。这时欧也妮在没有用耳朵谛听之前，先在心中听到一声呻吟从查理房中传来，一直透过她卧房的板壁。三楼门缝里漏出一道像刀口一般细的光，横照在破楼梯的栏杆上。她爬上两级，心里想：

"他不好过哩。"

第二次的呻吟使她爬到了楼梯高头，把虚掩着的房门推开了。查理睡着，脑袋倒在旧靠椅外面；笔已经掉下，手几乎碰到了地。他在这种姿势中呼吸困难的模样，教欧也妮突然害怕起来，赶紧走进卧房。

"他一定累死了。"她看到十几封封好的信，心里想。她看见信封上写着"法莱-勃莱曼车行""蒲伊松成衣铺"等等。

"他一定在料理事情，好早点儿出国。"

她又看到两封打开的信，开头写着"我亲爱的阿纳德……"几个字，使她不由得一阵眼花，心儿直跳，双脚钉在地下不能动了。

"他亲爱的阿纳德！他有爱人了，有人爱他了！没有希望喽！……他对她说些什么呢？"

这些念头在她脑子里心坎里闪过，到处都看到这几个像火焰一般的字，连地砖上都有。

"没有希望了！我不能看这封信。应当走开……可是看了又怎么呢？"

她望着查理，轻轻地把他脑袋安放在椅背上，他像孩子一般听人摆布，仿佛睡熟的时候也认得自己的母亲，让她照料，受她亲吻。欧也妮也像做母亲的一样，把他垂下的手拿起，轻轻地吻了吻他的头发。"亲爱的阿纳德！"仿佛有一个鬼在她耳畔叫着这几个字。她想：

"我知道也许是不应该的，可是那封信，我还是要看。"

欧也妮转过头去，良心在责备她。善恶第一次在她心中照了面。至此为止，她从没做过使自己脸红的事。现在可是热情与好奇心把她战胜了。每读一句，她的心就膨胀一点，看信时身心兴奋的情绪，把她初恋的快感刺激得愈加尖锐了：

亲爱的阿纳德，什么都不能使我们分离，除了我这次遭到的大难，那是尽管谨慎小心也是预料不到的。我的父亲自杀了，我和他的财产全部丢了。由于我所受的教育，在这个年纪上我还是一个孩子，可是已经成了孤儿；虽然如此，我得像成人一样从深渊中爬起来。刚才我花了半夜工夫作了一番盘算。要是我愿意清清白白地离开法国——我一定得办到这一点——我还没有一百法郎的钱好拿了上印度或美洲去碰运气。是的,可怜的阿娜,我要到气候最恶劣的地方去找发财的机会。据说在那些地方,发财又快又稳。留在巴黎吗,根本不可能。一个倾家荡产的人,一个破产的人的儿子,天哪,亏空了两百万!……一个这样的人所能受到的羞辱、冷淡、鄙薄,我的心和我的脸都受不了的。不到一星期,我就会在决斗中送命。所以我绝不回巴黎。你的爱,一个男人从没受到过的最温柔最忠诚的爱,也不能摇动我不去巴黎的决心。可怜啊!我最亲爱的,我没有旅费上你那儿,来给你一个,受你一个最后的亲吻,一个使我有勇气奔赴前程的亲吻……

——可怜的查理,幸亏我看了这封信!我有金子,可以给他啊!欧也妮想。

她抹了抹眼泪又念下去:

我从没想到过贫穷的苦难。要是我有了必不可少的一百路易旅费,就没有一个铜子买那些起码货去做生意。不要说一百路易,连一个路易也没有。要等我把巴黎的私债清偿之后,才能知道我还剩多少钱。倘使一文不剩,我也就心平气和地上南特,到船上当水手,一到那里,我学那些苦干的人的榜样,年青时身无分文地上印度,变了巨富回来。从今儿早上起,我把前途冷静地想过了。那对我比对旁人更加可怕,因为我受过母亲的娇养,受过最慈祥的父亲的疼爱,刚踏进社会又遇到了阿娜的爱!我一向只看见人生的鲜花,而这种福气是不会长久的。可是亲爱的阿纳德,我还有足够的勇气,虽然我一向是个无愁无虑的青年，受惯一个巴黎最迷人的女子的爱抚，享尽家庭之乐，有一个百依百顺的父亲……哦！阿纳德，我的父亲，他死了啊……

是的，我把我的处境想过了，也把你的想过了。二十四小时以来，我老了许多。亲爱的阿娜，即使为了把我留在巴黎，留在你身旁，而你牺牲一切豪华的享受，牺牲你的衣着，牺牲你在歌剧院的包厢，咱们也没法张罗一笔最低的费用，来维持我挥霍惯的生活。而且我不能接受你那么多的牺牲。因此咱们俩今天只能诀别了。

——他离开她了，圣母马利亚！哦，好运气！

欧也妮快乐得跳起来。查理身子动了一下，把她骇得浑身发冷；幸而他并没有醒。她又往下念：

我什么时候回来？不知道。印度的气候很容易使一个欧洲人衰老，尤其是一个辛苦的欧洲人。就说是十年吧。十年以后，你的女儿十八岁，已经是你的伴侣，会刺探你的秘密了。对你，社会已经够残酷，而你的女儿也许对你更残酷。社会的批判，少女的忘恩负义，那些榜样我们已看得不少，应当知所警惕。希望你像我一样，心坎里牢牢记着这四年幸福的回忆，别负了你可怜的朋友，如果可能的话。可是我不敢坚决要求，因为亲爱的阿纳德，我必须适应我的处境，用平凡的眼光看人生，一切都得打最实际的算盘。所以我要想到结婚，在我以后的生涯中那是一项应有的节目。而且我可以告诉你，在这里，在我索漠的伯父家里，我遇到一个堂姊，她的举动、面貌、头脑、心地，都会使你喜欢的，并且我觉得她……

"可怜的查理,幸亏我看了这封信!"

欧也妮看到信在这里中断,便想:"他一定是疲倦极了,才没有写完。"她替他找辩护的理由!当然,这封信的冷淡无情,教这个无邪的姑娘怎么猜得透?在虔诚的气氛中长大的少女,天真,纯洁,一朝踏入了迷人的爱情世界,便觉得一切都是爱情了。她们徜徉于天国的光明中,而这光明是她们的心灵放射的,光辉所布,又照耀到她们的爱人。她们把胸中如火如荼的热情点染爱人,把自己崇高的思想当作他们的。女人的错误,差不多老是因为相信善,或是相信真。"我亲爱的阿纳德,我最亲爱的"这些字眼,传到欧也妮心中竟是爱情的最美的语言,把她听得飘飘然,好像童年听到大风琴上再三奏着"来啊,咱们来崇拜上帝"这几个庄严的音符,觉得万分悦耳一样。并且查理眼中还噙着泪水,更显出他的心地高尚,而心地高尚是最容易使少女着迷的。

她又怎么知道查理这样地爱父亲,这样真诚地哭他,并非出于什么了不得的至情至性,而是因为做父亲的实在太好的缘故。在巴黎,一般做儿女的,对父母多少全有些可怕的打算,或者看到了巴黎生活的繁华,有些欲望有些计划老是因父母在堂而无法实现,觉得苦闷。琪奥默·葛朗台夫妇却对儿子永远百依百顺,让他穷奢极侈地享尽富贵,所以查理才不至于对父母想到那些可怕的念头。父亲不惜为了儿子挥金如土,终于在儿子心中培养起一点纯粹的孝心。然而查理究竟是一个巴黎青年,当地的风气与阿纳德的陶养,把他训练得对什么都得计算一下;表面上年轻,他实际已经是一个深于世故的老人。他受到巴黎社会的可怕的教育,眼见一个夜晚在思想上说话上所犯的罪,可能比重罪法庭所惩罚的还要多;信口雌黄,把最伟大的思想诋毁无余,而美其名曰妙语高论;风气所播,竟以目光准确为强者之道;所谓目光准确,乃是全无信念,既不信情感,也不信人物,也不信事实,而从事于假造事实。在这个社会里,要目光准确就得每天早上把朋友的钱袋掂过斤两,对任何事情都得像政客一般不动感情;眼前对什么都不能钦佩赞美,既不可赞美艺术品,也不可赞美高尚的行为;对什么事都应当把个人的利益看作高于一切。那位贵族太太,美丽的阿纳德,在疯疯癫癫调情卖俏之后,教查理一本正经地思索了:她把香喷喷的手摸着他的头发,跟他讨论他的前程;一边替他重做发卷,一边教他为人生打算。她把他变成女性化而又实际化。那是从两方面使他腐化,可是使他腐化的手段,做得高雅巧妙,不同凡俗。

"查理,你真傻,"她对他说,"教你懂得人生,真不容易。你对台·吕博先生的态度很不好。我知道他是一个不大高尚的人;可是等他失势之后你再称心如意地鄙薄他呀。你知道刚榜太太的教训吗?——孩子们,只要一个人在台上,就得尽量崇拜他;一朝下了台,赶快把他拖上垃圾堆。有权有势的时候,他等于上帝;给人家挤倒了,还不如石像被塞在阴沟里的马拉[1],因为马拉已经死了,而他还活着。人生是一连串纵横捭阖的把戏,要研究,要时时刻刻地注意,一个人才能维持他优越的地位。"

以查理那样的一个时髦人物,父母太溺爱他,社会太奉承他,根本谈不到有何伟大的情感。母亲种在他心里的一点点真金似的品性,散到巴黎这架螺旋机中去了;这点品性,他平时就应用得很浅薄,而且多摩擦之后,迟早要磨蚀完的。但那时查理只有二十一岁。在这个年纪上,生命的朝气似乎跟心灵的坦白还分不开。声音,目光,面貌,都显得与情感调和。所以当一个人眼神清澈如水,额上还没有一道皱痕的时候,纵使最无情的

---

[1] 马拉为法国大革命的领袖之一,死后他的石像曾被群众塞在蒙马特的阴沟里。

法官，最不轻信人的讼师，最难相与的债主，也不敢贸然断定他的心已老于世故，工于计算。巴黎哲学的教训，查理从没机会实地应用过，至此为止，他的美是美在没有经验。可是不知不觉之间，他血里已经种下了自私自利的疫苗。巴黎人的那套政治经济，已经潜伏在他心头，只要他从悠闲的旁观者一变而为现实生活中的演员，这些潜在的根苗便会立刻开花。

几乎所有的少女都会相信外貌的暗示，以为人家的心地和外表一样的美；但即使欧也妮像某些内地姑娘一样地谨慎小心，一样地目光深远，在堂兄弟的举动、言语、行为，与心中憧憬还内外一致的时候，欧也妮也不见得会防他。一个偶然的机会，对欧也妮是致命伤，使她在堂兄弟年轻的心中，看到他最后一次的流露真情，听到他良心的最后几声叹息。

她把这封她认为充满爱情的信放下，心满意足地端详着睡熟的堂兄弟：她觉得这张脸上还有人生的新鲜的幻象；她先暗暗发誓要始终不渝地爱他。末了她的眼睛又转到另一封信上，再也不觉得这种冒昧的举动有什么了不得了。并且她看这封信，主要还是想对堂兄弟高尚的人格多找些新证据；而这高尚的人格，原是她像所有的女子一样推己及人地假借给爱人的：

亲爱的阿风斯，你读到这封信的时候，我已经没有朋友了；可是我尽管怀疑那般满口友谊的俗人，却没有怀疑你的友谊。所以我托你料理事情，相信你会把我所有的东西卖得好价。我的情形，想你已经知道。我一无所有了，想到印度去。刚才我写信给所有我有些欠账的人，凭我记忆所及，附上清单一纸，我的藏书、家具、车辆、马匹等等，大概足以抵偿我的私债。凡是没有什么价值的玩意儿，可以作为我做买卖的底子的，都请留下。亲爱的阿风斯，为出售那些东西，我稍缓当有正式的委托书寄上，以免有人异议。请你把我全部的枪械寄给我。至于勃列东，你可以留下自用。这匹骏马是没有人肯出足价钱的，我宁愿送给你，好像一个临死的人把常戴的戒指送给他的遗嘱执行人一样。法莱－勃莱曼车行给我造了一辆极舒服的旅行车，还没有交货，你想法教他们留下车子，不再要我补偿损失。倘使不肯，另谋解决也可以，总以不损害我目前处境中的名誉为原则。我欠那个岛国人六路易赌债，不要忘记还给他……

"好弟弟。"欧也妮暗暗叫着，丢下了信，拿了蜡烛趸着小步溜回卧房。到了房里，她快活得什么似的打开旧橡木柜的抽斗——文艺复兴期最美的家具之一，上面还模模糊糊看得出弗朗索瓦一世的王徽。她从抽斗内拿出一只金线坠子金银线绣花的红丝绒钱袋，外祖母遗产里的东西。然后她很骄傲地掂了掂钱袋的分量，把她已经忘了数目的小小的积蓄检点一番。

她先理出簇新的二十枚葡萄牙金洋，一七二五年约翰五世铸造，兑换率是每枚值葡币五元，或者据她父亲说，等于一百六十八法郎六十四生丁，但一般公认的市价可以值到一百八十法郎，因为这些金洋是罕有之物，铸造极精，黄澄澄的光彩像太阳一般。

其次，是热那亚币一百元一枚的金洋五枚，也是稀见的古钱，每枚值八十七法郎，古钱收藏家可以出到一百法郎。那是从外曾祖特·拉·裴德里埃那儿来的。

其次，是三枚西班牙金洋，一七二九年费利佩五世铸造。香蒂埃太太给她的时候老是说："这小玩意儿，这小人头，值到九十八法郎！好娃娃，你得好好保存，将来是你私库里的宝物。"

其次，是她父亲最看重的一百荷兰杜加，一七五六年铸造，每枚约值十三法郎。成色是二十三开又零，差不多是十足的纯金。

其次，是一批罕见的古物……一般守财奴最珍视的金徽章，三枚刻着天平的卢比，五枚刻着圣母的卢比[1]，都是二十四开的纯金，蒙古大帝的货币，本身的价值是每枚三十七法郎四十生丁，玩赏黄金的收藏家至少可以出到五十法郎。

其次，是前天才拿到，她随便丢在袋里的四十法郎一枚的拿破仑。

这批宝物中间，有的是全新的、从未用过的金洋，真正的艺术品，葛朗台不时要问到，要拿出来瞧瞧，以便向女儿指出它们本身的美点，例如边缘的做工如何细巧，底子如何光亮，字体如何丰满，笔画的轮廓都没有磨蚀分毫，等等。但欧也妮那天夜里既没想到金洋的珍贵，也没想到父亲的癖性，更没想到把父亲这样珍爱的宝物脱手是如何危险；不，她只想到堂兄弟，计算之下——算法上自然不免有些小错——她终于发觉她的财产大概值到五千八百法郎，照一般的市价可以卖到六千法郎。

看到自己这么富有，她不禁高兴得拍起手来，有如一个孩子快活到了极点，必须用肉体的动作来发泄一下。这样，父女俩都盘过了自己的家私：他是为了拿黄金去卖；欧也妮是为了把黄金丢入爱情的大海。

她把金币重新装入钱袋，毫不迟疑地提了上楼。堂兄弟瞒着不给人知道的窘况，使她忘了黑夜，忘了体统，而且她的良心，她的牺牲精神，她的快乐，一切都在壮她的胆。

正当她一手蜡烛一手钱袋，踏进门口的时候，查理醒了，一看他的堂

---

[1] 按此处所释卢比，系指印度东部之货币。

姊，便愣住了。欧也妮进房把烛火放在桌上，声音发抖地说：

"弟弟，我做了一桩非常对不起你的事；但要是你肯宽恕的话，上帝也会原谅我的罪过。"

"什么事呀？"查理擦着眼睛问。

"我把这两封信都念过了。"

查理脸红了。

"怎么会念的，"她往下说，"我为什么上楼的，老实说，我现在都想不起了。可是我念了这两封信觉得也不必后悔，因为我识得了你的灵魂，你的心，还有……"

"还有什么？"查理问。

"还有你的计划，你需要一笔款子……"

"亲爱的大姊……"

"嘘，嘘，弟弟，别高声，别惊动了人。"她一边打开钱袋一边说，"这是一个可怜的姑娘的积蓄，她根本没有用处。查理，你收下吧。今天早上，我还不知道什么叫作金钱，是你教我弄明白了，钱不过是一种工具。堂兄弟就跟兄弟差不多，你总可以借用姊姊的钱吧？"

一半还是少女一半已经成人的欧也妮，不曾防到他会拒绝，可是堂兄弟一声不出。

"哎，你不肯收吗？"欧也妮问。静寂中可以听到她的心跳。

堂兄弟的迟疑不决使她着了慌；但他身无分文的窘况，在她脑海里愈加显得清楚了，她便双膝跪下，说道：

"你不收，我就不起来！弟弟，求你开一声口，回答我呀！让我知道你肯不肯赏脸，肯不肯大度包容，是不是……"

一听到这高尚的心灵发出这绝望的呼声,查理不由得落下泪来,掉在欧也妮手上,他正握着她的手不许她下跪。欧也妮受到这几颗热泪,立刻跳过去抓起钱袋,把钱倒在桌上。

"那么你收下了,嗯?"她快活地哭着说,"不用怕,弟弟,你将来会发财的,这些金子对你有利市的;将来你可以还我;而且我们可以合伙;什么条件都行。可是你不用把这礼看得那么重啊。"

这时查理才能够把心中的情感表白出来:"是的,欧也妮,我再不接受,未免太小心眼了。可是不能没有条件,你信托我,我也得信托你。"

"什么意思?"她害怕地问。

"听我说,好姊姊,我这里有……"

他没有说完,指着衣柜上装在皮套里的一口方匣子。

"你瞧,这里有一样东西,我看得和性命一样宝贵。这匣子是母亲给我的。从今天早上起我就想到,要是她能从坟墓里走出来,她一定会亲自把这匣上的黄金卖掉,你看她当初为了爱我,花了多少金子;但要我自己来卖,真是太亵渎了。"

欧也妮听到最后一句,不禁颤巍巍地握着堂兄弟的手。

他们静默了一会儿,彼此用水汪汪的眼睛望着,然后他又说:

"不,我既不愿把它毁掉,又不愿带着去冒路上的危险。亲爱的欧也妮,我把它交托给你。朋友之间,从没有交托一件比这个更神圣的东西。你瞧过便知道。"

他过去拿起匣子,卸下皮套,揭开盖子,伤心地给欧也妮看。手工的精巧,使黄金的价值超过了本身重量的价值,把欧也妮看得出神了。

"这还不算稀罕,"他说着揿了一下暗钮,又露出一个夹底,"瞧,我的无价之宝在这里呢。"

他掏出两张肖像，都是特·弥尔贝夫人[1]的杰作，四周镶满了珠子。

"哦！多漂亮的人！这位太太不就是你写信去……"

"不，"他微微一笑，"是我的母亲，那是父亲，就是你的叔父叔母。欧也妮，我真要跪着求你替我保存这件宝物。要是我跟你小小的家私一齐断送了，这些金子可以补偿你的损失；两张肖像我只肯交给你，你才有资格保留；可是你宁可把它们毁掉，绝不能落在第二个人手中……"

欧也妮一声不出。

"那么你答应了，是不是？"他妩媚地补上一句。

听了堂兄弟这些话，她对他望了一眼，那是钟情的女子第一次瞧爱人的眼风，又爱娇又深沉；查理拿她的手吻了一下。

"纯洁的天使！咱们之间，钱永远是无所谓的，是不是？只有感情才有价值，从今以后应当是感情高于一切。"

"你很像你的母亲。她的声音是不是像你的一样温柔？"

"哦！温柔多了……"

"对你是当然喽，"她垂下眼皮说，"喂，查理，睡觉吧，我要你睡，你累了。明儿见。"

他拿着蜡烛送她，她轻轻地把手从堂兄弟手里挣脱。两人一齐走到门口，他说：

"啊！为什么我的家败光了呢？"

"不用急，我父亲有钱呢，我相信。"她回答说。

---

[1] 特·弥尔贝夫人为当时有名的小型肖像画家。

查理在房内走前了一步，背靠着墙壁：

"可怜的孩子，他有钱就不会让我的父亲死了，也不会让你日子过得这么苦，总之他不是这么生活的。"

"可是他有法劳丰呢。"

"法劳丰能值多少？"

"我不知道，可是他还有诺阿伊哀。"

"一些起码租田！"

"还有葡萄园跟草原……"

"那更谈不上了，"查理满脸瞧不起的神气，"只要你父亲一年有两万四千法郎收入，你还会住这间又冷又寒酸的卧房吗？"他一边说一边提起左脚向前走了一步，"我的宝贝就得藏在这里面吗？"他指着一口旧箱子问，借此掩饰一下他的思想。

"去睡吧。"她不许他走进凌乱的卧房。

查理退了出去，彼此微微一笑，表示告别。

两人做着同样的梦睡去，从此查理在守丧的心中点缀了几朵蔷薇。

下一天早上，葛朗台太太看见女儿在午饭之前陪着查理散步。他还是愁容满面，正如一个不幸的人堕入了忧患的深渊、估量到苦海的深度、感觉到将来的重担以后的表情。

欧也妮看见母亲脸上不安的神色，便说：

"父亲要到吃晚饭的时候才回来呢。"

欧也妮的神色、举动、显得特别温柔的声音，都表示她与堂兄弟精神上有了默契。也许爱情的力量双方都没有深切地感到，可是他们的精神已经热烈地融成一片。查理坐在堂屋里暗自忧伤，谁也不去惊动他。三个女子都有些事情忙着。葛朗台忘了把事情交代好，家中来了不少人。瓦匠、铅管匠、泥水匠、土方工人、木匠、种园子的、管庄稼的，有的来谈判修理费，有的来付田租，有的来收账。葛朗台太太与欧也妮不得不来来往往，跟唠叨不已的工人与乡下人答话。拿侬把人家送来抵租的东西搬进厨房。她老是要等主人发令，才能知道哪些该留在家里，哪些该送到菜场上去卖，葛朗台老头的习惯，和内地大多数的乡绅一样，喝的老是坏酒，吃的老是烂果子。

傍晚五点光景，葛朗台从安越回来了，他把金子换了一万四千法郎，荷包里藏着王家库券，在没有拿去购买公债以前还有利息可拿。他把高诺阿莱留在安越，照顾那几匹累得要死的马，等它们将养好了再慢慢赶回。

"太太，我从安越回来呢，"他说，"我肚子饿了。"

"从昨天到现在没有吃过东西吗？"拿侬在厨房里嚷着问。

"没有。"老头儿回答。

拿侬端上菜汤。全家正在用饭，台·格拉桑来听取他主顾的指示了。葛朗台老头简直没有看到他的侄儿。

"你先吃饭吧，葛朗台，"银行家说，"咱们等会儿再谈。你知道安越的金价吗？有人特地从南特赶去收买。我想送一点儿去抛售。"

"不必了，"好家伙回答说，"已经到了很多。咱们是好朋友，不能让你白跑一趟。"

"可是金价到了十三法郎五十生丁呢。"

"应当说到过这个价钱。"

"你鬼使神差地又从哪儿来呀？"

"昨天夜里我到了安越。"葛朗台低声回答。

银行家惊讶得打了一个寒噤。随后两人咬着耳朵交谈，谈话中，台·格拉桑与葛朗台对查理望了好几次。大概是老箍桶匠说出要银行家买进十万法郎公债的时候吧，台·格拉桑又做了一个惊讶的动作。他对查理说：

"葛朗台先生，我要上巴黎去；要是你有什么事教我办……"

"没有什么事，先生，谢谢你。"查理回答。

"能不能再谢得客气一点，侄儿？他是去料理琪奥默·葛朗台号子的事情的。"

"难道还有什么希望吗？"查理问。

"哎，"老箍桶匠骄傲的神气装得逼真，"你不是我的侄儿吗？你的名誉便是我们的。你不是姓葛朗台吗？"

查理站起来，抓着葛朗台老头拥抱了，然后脸色发白地走了出去。欧也妮望着父亲，钦佩到了万分。

"行了，再会吧，好朋友；一切拜托，把那班人灌饱迷汤再说。"

两位军师握了握手；老箍桶匠把银行家一直送到大门；然后关了门回来，埋在安乐椅里对拿侬说：

"把果子酒拿来！"

但他过于兴奋了，没法坐下，起身瞧了瞧特·拉·裴德里埃先生的肖像，踏着拿侬所谓的舞步，嘴里唱起歌来：

　　法兰西的御林军中哎
　　　我有过一个好爸爸……

拿侬、葛朗台太太、欧也妮，不声不响地彼此瞪了一眼。老头儿快乐到极点的时候,她们总有些害怕。

晚会不久就告结束。先是葛朗台老头要早睡;而他一睡觉,家里便应当全体睡觉:正好像奥古斯特一喝酒,波兰全国都该醉倒[1]。其次,拿侬、查理、欧也妮,疲倦也不下于主人。至于葛朗台太太,一向是依照丈夫的意志睡觉、吃喝、走路的。可是在饭后等待消化的两小时中间,从来没有那么高兴的老箍桶匠,发表了他的不少怪论,我们只要举出一二句,就可见出他的思想。他喝完了果子酒,望着杯子说:

"嘴唇刚刚碰到,杯子就干了!做人也是这样。不能要了现在,又要过去。钱不能又花出去又留在你袋里。要不然人生真是太美了。"

他说说笑笑,和气得很。拿侬搬纺车来的时候,他说:

"你也累了,不用绩麻了。"

"啊,好!……不过我要厌烦呢。"女用人回答。

"可怜的拿侬!要不要来一杯果子酒?"

"啊!果子酒,我不反对;太太比药剂师做得还要好。他们卖的哪里是酒,竟是药。"

"他们糖放得太多,一点酒味儿都没有了。"老头儿说。

下一天早上八点钟,全家聚在一块儿用早餐的时候,第一次有了融融泄泄的气象。苦难已经使葛朗台太太、欧也妮和查理精神上有了联系,连拿侬也不知不觉地同情他们。四个人变了一家。至于葛朗台老头,吝啬的欲望满足了,眼见花花公子不久就要动身,除了到南特的旅费以外不用他多花一个钱,所以虽然家里住着这个客,他也不放在心上了。

---

[1] 系指十七至十八世纪时的奥古斯特二世,上述二句系形容奥古斯特好宴饮的俗谚。

他听让两个孩子——对欧也妮与查理他是这样称呼的——在葛朗台太太监督之下自由行动；关于礼教的事，他是完全信任太太的。草原与路旁的土沟要整理，卢瓦尔河畔要种白杨，法劳丰和庄园有冬天的工作，使他没有功夫再管旁的事。从此，欧也妮进入了爱情里的春天。自从她半夜里把财宝送给了堂兄弟之后，她的心也跟着财宝一起去了。两人怀着同样的秘密，彼此瞧望的时候都表示出心心相印的了解，把他们的情感加深了，更亲密，更相契，使他们差不多生活在另一个世界上。亲族之间不作兴有温柔的口吻与含情的目光吗？因此欧也妮竭力使堂兄弟领略爱情初期的、儿童般的欢喜，来忘掉他的痛苦。

　　爱情的开始与生命的开始，颇有些动人的相似之处。我们不是用甜蜜的歌声与和善的目光催眠孩子吗？我们不是对他讲奇妙的故事，点缀他的前程吗？希望不是对他老展开着光明的翅翼吗？他不是忽而乐极而涕，忽而痛极而号吗？他不是为了一些无聊的小事争吵吗，或是为了造活动宫殿的石子，或是为了摘下来就忘掉的鲜花？他不是拼命要抓住时间，急于长大吗？恋爱是我们第二次的脱胎换骨。在欧也妮与查理之间，童年与爱情简直是一桩事情：初恋的狂热，附带着一切应有的疯癫，使原来被哀伤包裹的心格外觉得苏慰。

　　这爱情的诞生是在丧服之下挣扎出来的，所以跟这所破旧的屋子，与朴素的内地气息更显得调和。在静寂的院子里，靠井边与堂姊交谈几句；坐在园中长满青苔的凳上，一本正经地谈着废话，直到日落时分；或者在围墙下宁静的气氛中，好似在教堂的拱廊下面，一同默想：查理这才懂得了爱情的圣洁。因为他的贵族太太，他亲爱的阿纳德，只给他领略到爱情中暴风雨般的骚动。这时他离开了爱娇的、虚荣的、热闹的、巴黎式的情欲，来体味真正而纯粹的爱。他喜欢这屋子，也不觉得这屋里的生活习惯如何可笑了。

他清早就下楼，趁葛朗台没有来分配粮食之前，跟欧也妮谈一会儿；一听到老头儿的脚声在楼梯上响，他马上溜进花园。这种清晨的约会，连母亲也不知道而拿侬装作没看见的约会，使他们有一点小小的犯罪感觉，为最纯洁的爱情添上几分偷尝禁果似的快感。等到用过早餐，葛朗台出门视察田地与种植的时光，查理便跟母女俩在一起，帮她们绕线团，看她们做活，听她们闲话，体味那从来未有的快乐。这种近乎修道院生活的朴素，把他看得大为感动，从而认识这两颗不知世界为何物的灵魂之美。他本以为法国不可能再有这种风气，要就在德国，而且只是荒唐无稽地存在于奥古斯德·拉风丹的小说之中[1]。可是不久他发觉欧也妮竟是理想中的歌德的玛格丽特，而且还没有玛格丽特的缺点。

一天又一天，他的眼神，说话，把可怜的姑娘迷住了，一任爱情的热浪摆布；她抓着她的幸福，犹如游泳的人抓着一根杨柳枝条想上岸休息。日子飞一般地过去，其间最愉快的时光，不是已经为了即将临到的离别而显得凄凉黯淡吗？每过一天，总有一些事提醒他们。台·格拉桑走了三天之后，葛朗台带了查理上初级裁判所，庄严得了不得，那是内地人在这种场合惯有的态度；他教查理签了一份抛弃继承权的声明书。可怕的声明！简直是离宗叛教似的文件。他又到克罗旭公证人那儿，缮就两份委托书，一份给台·格拉桑，一份给代他出售家具的朋友。随后他得填写申请书领取出国的护照。末了当查理定做的简单的孝服从巴黎送来之后，他在索漠

---

[1] 奥古斯德·拉风丹为十八至十九世纪时的德国小说家。

城里叫了一个裁缝来,把多余的衣衫卖掉。这件事教葛朗台老头大为高兴。他看见侄儿穿着粗呢的黑衣服时,便说:

"这样才像一个想出门发财的人哩。好,很好!"

"放心,伯父,"查理回答,"我知道在我现在的地位怎样做人。"

老头儿看见查理手中捧着金子,不由得眼睛一亮,问道:

"做什么?"

"伯父,我把纽扣、戒指,所有值几个钱的小东西集了起来;可是我在索漠一个人都不认识,想请你……"

"教我买下来吗?"葛朗台打断了他的话。

"不是的,伯父,想请你介绍一个规规矩矩的人……"

"给我吧,侄儿;我到上面去替你估一估,告诉你一个准确的价值,差不了一生丁。"他把一条长的金链瞧了瞧说,"这是首饰金,十八开到十六开。"

老头儿伸出大手把大堆金子拿走了。

"大姊,"查理说,"这两颗纽子送给你,系上一根丝带,正好套在手腕里。现在正时行这种手镯。"

"我不客气,收下了,弟弟。"她说着对他会心地望了一眼。

"伯母,这是先母的针箍,我一向当作宝贝般放在旅行梳妆匣里的。"查理说着,把一个玲珑可爱的金顶针送给葛朗台太太,那是她想了十年而没有到手的东西。老母亲眼中含着泪,回答说:

"真不知道怎样谢你才好呢,侄儿。我做早课夜课的时候,要极诚心地祷告出门人的平安。我不在之后,欧也妮会把它保存的。"

"侄儿,一共值九百八十九法郎七十五生丁,"葛朗台推门进来说,"免得你麻烦去卖给人家，我来给你现款吧……里佛作十足算。"

在卢瓦尔河一带，里佛作十足算的意思，是指六法郎一枚的银币，不扣成色，算足六法郎。

"我不敢开口要你买，"查理回答，"可是在你的城里变卖首饰，真有点不好意思。拿破仑说过，脏衣服得躲在家里洗。所以我得谢谢你的好意。"

葛朗台搔搔耳朵，一忽儿大家都没有话说。

"亲爱的伯父，"查理不安地望着他，似乎怕他多疑，"大姊跟伯母，都赏脸收了我一点小意思做纪念；你能不能也收下这副袖纽，我已经用不着了，可是能教你想起一个可怜的孩子在外面没有忘掉他的骨肉。从今以后他的亲人只剩你们了。"

"我的孩子，我的孩子，你怎么能把东西送光呢？——你拿了什么，太太？"他馋痨地转过身来问，"啊！一个金顶针。——你呢，小乖乖？噢，钻石搭扣。——好吧，孩子，你的袖纽我拿了，"他握着查理的手，"可是答应我……替你付……你的……是呀……上印度去的旅费。是的，你的路费由我来。尤其是，孩子，替你估首饰的时候，我只算了金子，也许手工还值点儿钱。所以，就这样办吧。我给你一千五百法郎……里佛作十足算，那是问克罗旭借的，家里一个铜子都没有了，除非班罗德把欠租送来。对啦，对啦，我就得找他去。"

他拿了帽子，戴上手套，走了。

"你就走了吗？"欧也妮说着，对他又悲哀又钦佩地望了一眼。

"该走了。"他低下头回答。

几天以来，查理的态度、举动、言语，显出他悲痛到了极点，可是鉴于责任的重大，已经在忧患中磨炼出簇新的勇气。他不再长吁短叹，他变为大人了。所以看到他穿着粗呢的黑衣服下楼,跟苍白的脸色与忧郁不欢的神态非常调和的时候,欧也妮把堂兄弟的性格看得更清楚了。这一天,母女俩开始戴孝,和查理一同到本区教堂去参加为琪奥默·葛朗台举行的追思弥撒。

午饭时分,查理收到几封巴黎的来信,一齐看完了。

"喂,弟弟,事情办得满意吗?"欧也妮低声问。

"女儿,不作兴问这些话,"葛朗台批评道,"嘿!我从来不说自己的事,干吗你要管堂兄弟的闲事?别打搅他。"

"噢!我没有什么秘密哪。"查理说。

"咄,咄,咄,咄!侄儿,以后你会知道,做买卖就得嘴紧。"

等到两个情人走在花园里的时候,查理挽着欧也妮坐在胡桃树下的破凳上对她说:

"我没有把阿风斯看错,他态度好极了,把我的事办得很谨慎很忠心。我巴黎的私债全还清了,所有的家具都卖了好价钱;他又告诉我,他请教了一个走远洋的船主,把剩下的三千法郎买了一批欧洲的小玩意,可以在印度大大地赚一笔钱的货。他把我的行李都发送到南特,那边有一条船开往爪哇。不出五天,欧也妮,我们得分别了,也许是永别,至少也很长久。我的货,跟两个朋友寄给我的一万法郎,不过是小小的开头。没有好几年我休想回来。亲爱的大姊,别把你的一生跟我的放在一起,我可能死在外边,也许你有机会遇到有钱的亲事……"

"你爱我吗?……"她问。

"噢!我多爱你。"音调的深沉显得感情也是一样深。

"我等你,查理。哟,天哪!父亲在楼窗口。"她把逼近来想拥抱她的

La Comédie Humaine

等到两个情人走在花园里的时候……

堂兄弟推开。

她逃到门洞下面，查理一路跟着；她躲到楼梯脚下，打开了过道里的门；后来不知怎的，欧也妮到了靠近拿侬的小房间，走道里最黑的地方；一路跟着来的查理，抓住她的手放在他心口，挽了她的腰把她轻轻地贴在自己身上。欧也妮不再撑拒了，她受了，也给了一个最纯洁、最温馨、最倾心相与的亲吻。

"亲爱的欧也妮，"查理说，"堂兄弟胜过兄弟，他可以娶你。"

"好吧，一言为定！"拿侬打开她黑房间的门嚷道。

两个情人吃了一惊，溜进堂屋，欧也妮拿起她的活计，查理拿起葛朗台太太的祷告书念着《圣母经》。

"呦！"拿侬说，"咱们都在祷告哪。"

查理一宣布行期，葛朗台便大忙特忙起来，表示对侄儿的关切；凡是不用花钱的地方他都很阔气。他去找一个装箱的木匠，回来却说箱子要价太高，便自告奋勇，定要利用家中的旧板由他自己来做；他清早起身，把薄板锯呀，刨呀，钉呀，钉成几口很好的箱子，把查理的东西全部装了进去；他又负责装上船，保了险，从水道运出，以便准时送到南特。

自从过道里一吻之后，欧也妮愈觉得日子飞也似的快得可怕。有时她竟想跟堂兄弟一起走。凡是领略过最难分割的热情的人，领略过因年龄、时间、不治的疾病或什么宿命的打击，以致热情存在的时期一天短似一天的人，便不难懂得欧也妮的苦恼。她常常在花园里一边走一边哭，如今这园子，院子，屋子，城，对她都太窄了；她已经在茫无边际的大海上飞翔。

终于到了动身的前夜。早上，趁葛朗台与拿侬都不在家，藏有两张肖像的宝匣，给庄严地放进了柜子上唯一有锁钥而放着空钱袋的抽斗。存放的时候免不了几番亲吻几番流泪。欧也妮把钥匙藏在胸口的时光，竟没有勇气阻止查理亲吻她的胸脯。

"它永久在这里，朋友。"

"那么我的心也永久在这里。"

"啊！查理，这不行。"她略带几分埋怨的口气。

"我们不是已经结婚了吗？"他回答，"你已经答应了我，现在要由我来许愿了。"

"永久是你的！"这句话双方都说了两遍。

世界上再没比这个誓约更纯洁的了：欧也妮的天真烂漫，一刹那间把查理的爱情也变得神圣了。

下一天早上，早餐是不愉快的。拿侬虽然受了查理的金绣睡衣与挂在胸间的十字架，还没有被感情蒙蔽，这时却也禁不住含了眼泪。

"可怜的好少爷，要去漂洋过海……但愿上帝保佑他！"

十点半，全家出门送查理搭南特去的驿车。拿侬放了狗，关了街门，定要替查理拎随身的小包。老街上所有做买卖的，都站在门口看他们一行走过，到了广场，还有公证人候在那里。

"欧也妮，等会儿别哭。"母亲嘱咐她。

葛朗台在客店门口拥抱查理，吻着他的两颊：

"侄儿，你光身去，发了财回来，你父亲的名誉绝不会有一点儿损害。我葛朗台敢替你保险；因为那时候，都靠你……"

"啊！伯父！这样我动身也不觉得太难受了。这不是你送我的最好的礼物吗！"

查理把老箍桶匠的话打断了，根本没有懂他的意思，却在伯父面疱累累的脸上流满了感激的眼泪,欧也妮使劲握着堂兄弟与父亲的手。只有公证人在那里微笑,暗暗佩服葛朗台的机巧,因为只有他懂得老头儿的心思[1]。

四个索漠人,周围还有几个旁人,站在驿车前面一直等到它出发;然后当车子在桥上看不见了,只远远听到声音的时候,老箍桶匠说了声:

"一路顺风!"

幸而只有克罗旭公证人听到这句话。欧也妮和母亲已经走到码头上还能望见驿车的地方,扬着她们的白手帕,查理也在车中扬巾回答。赶到欧也妮望不见查理的手帕时,她说:

"母亲,要有上帝的法力多好啊!"

为的不要岔断以后葛朗台家中的事,且把老头儿托台·格拉桑在巴黎办的事情提前叙述一下。银行家出发了一个月之后,葛朗台在国库的总账上登记了正好以八十法郎买进的十万公债。这多疑的家伙用什么方法把买公债的款子拨到巴黎,直到他死后人家编造他的财产目录时都无法知道。克罗旭公证人认为是拿侬不自觉地做了运送款子的工具。因为那个时节,女仆有五天不在家,说是到法劳丰收拾东西去,仿佛老头儿真会有什么东西丢在那里不收起来似的。关于琪奥默·葛朗台号子的事,竟不出老箍桶匠的预料。

大家知道,法兰西银行对巴黎与各省的巨富都有极准确的调查。索漠的台·格拉桑与斐列克斯·葛朗台都榜上有名,而且像一般拥有大地产而绝对没有抵押出去的金融家一样,信用极好。所以索漠的银行家到巴黎来

---

[1] 葛朗台那句没有说完的话应当是:都靠你发了财回来偿还父亲的债。

清算葛朗台债务的传说，立刻使债权人放弃了签署拒绝证书的念头[1]，从而使已故的葛朗台少受了一次羞辱。财产当着债权人的面启封，本家的公证人照例进行财产登记。不久，台·格拉桑把债权人召集了，他们一致推举索漠的银行家，和一家大商号的主人，同时也是主要债权人之一的法朗梭阿·凯勒，为清算人，把挽救债权与挽回葛朗台的信誉两件事，一齐委托了他们。索漠的葛朗台的信用，加上台·格拉桑银号代他做的宣传，使债权人都存了希望，因而增加了谈判的便利；不肯就范的债主居然一个都没有。谁也不曾把债权放在自己的盈亏总账上计算过，只想着：

"索漠的葛朗台会偿还的！"

六个月过去了，那些巴黎人把转付出去的葛朗台债券清偿了，收回来藏在皮包里。这是老箍桶匠所要达到的第一个目标。

第一次集会以后九个月，两位清算人发了百分之四十七给每个债权人。这笔款子是把已故的葛朗台的证券、动产、不动产，以及一切零星杂物变卖得来的，变卖的手续做得极精密。

那次的清算办得公正规矩，毫无弊窦。债权人一致承认葛朗台两兄弟的信誉的确无可批评。等到这种赞美的话在外边传播了一番以后，债权人要求还余下的部分了。那时他们写了一封全体签名的信给葛朗台。

"嗯，哼！这个吗？"老箍桶匠把信往火里一扔，"朋友们，耐一耐性子吧。"

葛朗台的答复，是要求把所有的债权文件存放在一个公证人那里，另外附一张已付款项的收据，以便核对账目，把遗产的总账轧清。这个条件

---

[1] 拒绝征书系债主证明债务人到期不清偿债务的文件。

立刻引起了无数的争执。

债主通常总是脾气古怪的家伙：今天预备成立协议了，明天又嚷着烧呀杀呀，把一切都推翻；过了一晌，又忽然地软下了。今天，他的太太兴致好，小儿子牙齿长得顺利，家里什么都如意，他便一个铜子都不肯吃亏；明儿，逢着下雨，不能出门，心里憋闷得慌，只消一件事情能够结束，便任何条件都肯答应；后天，他要担保品了；月底，他要你全部履行义务，非把你逼死不可了，这刽子手！大人开小孩子玩笑，说要捉小鸟，只消把一颗盐放在它尾巴上。世界上要有这种呆鸟的话，就是债主了。或者是他们把自己的债权看作那样的呆鸟，结果是永远扑一个空。

葛朗台留神观看债主的风色，而他兄弟的那批债主的确不出他的所料。有的生气了，把存放证件一节干脆拒绝了。

"好吧，好得很。"葛朗台念着台·格拉桑的来信，搓着手说。

另外一批债权人答应提交证件，可是要求把他们的权利确切证明一下，声明任何权利不能放弃，甚至要保留宣告破产的权。再通信，再磋商，结果索漠的葛朗台把对方提出保留的条件全部接受了。获得了这点让步之后，温和派的债主把激烈派的劝解了。大家嘟囔了一阵，证件终于交了出来。

"这好家伙，"有人对台·格拉桑说，"简直跟你和我们开玩笑。"

琪奥默·葛朗台死了两年差一个月的时候，许多商人给巴黎市场的动荡搅昏了，把葛朗台到期应付的款项也忘了，或者即使想到，也不过是"大概百分之四十七就是我们所能到手的全部了"一类的想法。

老箍桶匠素来相信时间的力量，他说时间是一个好小鬼。第三年年终，台·格拉桑写信给葛朗台，说债权人已经答应，在结欠的二百四十万法郎中再收一成，就可把债券交还。

葛朗台复信说，闹了亏空把他兄弟害死的那个公证人与经纪人，倒逍遥地活着！他们不应当负担一部分吗？现在要对他们起诉，逼他们拿出钱来，减轻一点我们这方面的亏累。

第四年终了，欠款的数目讲定了十二万法郎。然后清算人与债权人，清算人与葛朗台，往返磋商，拖了六个月之久。总而言之，赶到葛朗台被逼到非付不可的时节，在那年的第九个月，他又回信给两位清算人，说他侄子在印度发了财，向他表示要把亡父的债务全部归清；他不能擅自了结这笔债，要等侄子回音。

第五年过了一半，债权人还是给"全部归清"几个字搪塞着，老奸巨猾的箍桶匠暗地里笑着，把"全部归清"的话不时说一遍。每逢嘴里提到"这些巴黎人！……"时，他总得附带一副阴险的笑容，赌一句咒。可是那些债主最后的命运，却是商场大事记上从来未有的纪录。后来，当这个故事的发展使他们重新出场的时候，他们所处的地位，还是当初给葛朗台冻结在那里的地位。

公债涨到一百十五法郎，葛朗台老头抛了出去，在巴黎提回二百四十万法郎左右的黄金，和公债上的复利六十万法郎，一齐倒进了密室内的木桶。台·格拉桑一直留在巴黎，原因是：第一他当了国会议员；第二他虽然当了家长，却给索漠的生活磨得厌烦死了，爱上了公主剧院最漂亮的一个女演员弗洛琳；他当年军队生活的习气又在银行家身上复活了。不用说，他的行为给索漠人一致认为伤风败俗。他太太还算运气，跟他分了家，居然有魄力管理索漠的银号，用她的名字继续营业，把台·格拉桑因荒唐而败掉的家私设法弥补。几位克罗旭推波助澜，把这个活寡妇的尴尬地位弄得更糟，以致她的女儿嫁得很不得意，娶欧也妮·葛朗台做媳妇的念头也放

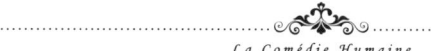

弃了,阿道夫跟台·格拉桑一起在巴黎,据说变得很下流。克罗旭他们终于得胜了。

"你丈夫真糊涂,"葛朗台凭了抵押品借一笔钱给台·格拉桑太太时说,"我代你抱怨,你倒是一个贤惠的太太。"

"啊!先生,"可怜的妇人回答说,"他从你府上动身到巴黎去的那一天,谁想得到他就此走上了坏路呢?"

"太太,皇天在上,我直到最后还拦着不让他去呢。当时所长先生极想亲自出马的。我们现在才明白为什么他争着要去。"

这样,葛朗台便用不到再欠台·格拉桑什么情分了。

5

家庭的苦难

不论处境如何，女人的痛苦总比男人多，而且程度也更深。男人有他的精力需要发挥：他活动，奔走，忙乱，打主意，眼睛看着将来，觉得安慰。例如查理。但女人是静止的，面对着悲伤无法分心，悲伤替她开了一个窟窿，让她往下钻，一直钻到底，测量窟窿的深度，用她的愿望与眼泪来填满。例如欧也妮。她开始认识了自己的命运。感受，爱，受苦，牺牲，永远是女人生命中应有的文章。欧也妮变得整个儿是女人了，却并无女人应有的安慰。她的幸福，正如博叙埃刻画入微的说法，仿佛在墙上找出来的钉子，随你积得怎么多，捧在手里也永远遮不了掌心的。悲苦绝不姗姗来迟地教人久等，而她的一份就在眼前了。查理动身的下一天，葛朗台的屋子在大家眼里又恢复了本来面目，只有欧也妮觉得突然之间空虚得厉害。瞒着父亲，她要把查理的卧房保存他离开时的模样。葛朗台太太与拿侬，很乐意助成她这个维持现状的愿望。

"谁保得定他不早些回来呢？"她说。

"啊！希望他再来噢，"拿侬回答，"我服侍他惯了！多和气、多好的少爷，脸庞儿又俏，头发卷卷的像一个姑娘。"

欧也妮望着拿侬。

"哎哟，圣母马利亚！小姐，你这双眼睛要入地狱的！别这样瞧人呀。"

从这天起，葛朗台小姐的美丽又是一番面目。对爱情的深思，慢慢地浸透了她的心，再加上有了爱人以后的那种庄严，使她眉宇之间多添了画家用光轮来表现的那种光辉。堂兄弟未来之前，欧也妮可以跟未受圣胎的童贞女相比；堂兄弟走了之后，她有些像做了圣母的童贞女：她已经感受了爱情。某些西班牙画家把这两个不同的马利亚表现得那么出神入化，成为基督教艺术中最多而最有光辉的造像。查理走后，她发誓天天要去望弥撒；第一次从教堂回来，她在书店里买了一幅环球全图钉在镜子旁边，为的能一路跟堂兄弟上印度，早晚置身于他的船上，看到他，对他提出无数的问话，对他说：

"你好吗？不难受吗？你教我认识了北极星的美丽和用处，现在你看到了那颗星，想我不想？"

早上，她坐在胡桃树下虫蛀而生满青苔的凳上出神，他们在那里说过多少甜言蜜语，多少疯疯癫癫的废话，也一起做过将来成家以后的美梦。她望着围墙上空的一角青天，想着将来；然后又望望古老的墙壁，与查理卧房的屋顶。总之，这是孤独的爱情，持久的、真正的爱情，渗透所有的思想，变成了生命的本体，或者像我们父辈所说的，变成了生命的素材。

晚上，那些自称为葛朗台老头的朋友来打牌的时候，她装作很高兴，把真情藏起；但整个上午她跟母亲与拿侬谈论查理。拿侬懂得她可以对小主人表同情，而并不有亏她对老主人的职守，她对欧也妮说：

"要是有个男人真心对我，我会……会跟他入地狱。我会……哦……我会为了他送命！可是……没有呀。人生一世是怎么回事，我到死也不会知道的了。唉,小姐,你知道吗,高诺阿莱那老头,人倒是挺奸的,老盯着我打转,自然是为了我的积蓄喽,正好比那些为了来嗅嗅先生的金子,有心巴结你的人。我看得很清,别看我像猪一样胖,我可不傻呢。可是小姐,虽然他那个不是爱情,我也觉得高兴。"

两个月这样过去了。从前那么单调的日常生活,因大家关切欧也妮的秘密而有了生气,三位妇人也因之更加亲密。在她们心目中,查理依旧在堂屋灰暗的楼板下面走来走去。早晨,夜晚,欧也妮都得把那口梳妆匣打开一次,把叔母的肖像端详一番。某星期日早上,她正一心对着肖像揣摩查理的面貌时,被母亲撞见了。于是葛朗台太太知道了侄儿与欧也妮交换宝物的可怕的消息。

"你统统给了他!"母亲惊骇之下说,"到元旦那天,父亲问你要金洋看的时候,你怎么说?"

欧也妮眼睛发直,一个上半天,母女俩吓得半死,糊里糊涂把正场的弥撒都错过了,只能参加读唱弥撒。

三天之内,一八一九年就要告终。三天之内就要发生大事,要演出没有毒药、没有尖刀、没有流血的平凡的悲剧,但对于剧中人的后果,只有比弥赛纳王族里所有的惨剧还要残酷。

"那怎么办?"葛朗台太太把编织物放在膝上,对女儿说。

可怜的母亲,两个月以来受了那么多的搅扰,甚至过冬必不可少的毛线套袖都还没织好。这件家常小事,表面上无关重要,对她却发生了不幸的后果。因为没有套袖,后来在丈夫大发雷霆骇得她一身冷汗时,她中了恶寒。

"我想,可怜的孩子,要是你早告诉我,还来得及写信到巴黎给台·格拉桑先生。他有办法收一批差不多的金洋寄给我们;虽然你父亲看得极熟,也许……"

"可是哪儿来这一大笔钱呢？"

"有我的财产做抵押呀。再说台·格拉桑先生可能为我们……"

"太晚啦，"欧也妮声音嘶哑，嗓子异样地打断了母亲的话，"明天早上，我们就得到他卧房里去跟他拜年了。"

"可是孩子，为什么我不去看看克罗旭他们呢？"

"不行不行，那简直是自投罗网，把我们卖给了他们了。而且我已经拿定主意。我没有做错事，一点儿不后悔。上帝会保佑我的。听凭天意吧。唉！母亲，要是你读到他那些信，你也要心心念念地想他呢。"

下一天早上，一八二〇年一月一日，母女俩恐怖之下，想出了最天然的托词，不像往年一样郑重其事地到他卧房里拜年。一八一九至一八二〇的冬天，在当时是一个最冷的冬天。屋顶上都堆满了雪。

葛朗台太太一听到丈夫在房里有响动，便说：

"葛朗台，叫拿侬在我屋里生个火吧；冷气真厉害，我在被窝里冻僵了。到了这个年纪，不得不保重一点。"她停了一会儿又说，"再说，让欧也妮到我房里来穿衣吧。这种天气，孩子在她屋里梳洗会闹病的。等会儿我们到暖暖和和的堂屋里跟你拜年吧。"

"咄，咄，咄，咄！官话连篇！太太，这算是新年发利市吗？你从来没有这么唠叨过。你总不见得吃了酒浸面包吧[1]？"

说罢大家都不出一声。

"好吧，"老头儿大概听了妻子的话软心了，"就照你的意思办吧，太

---

[1] 系莫里哀喜剧中语，说鹦鹉吃了酒浸的面包，才会说话。

太。你太好了，我不能让你在这个年纪上有什么三长两短，虽然拉·裴德里埃家里的人多半是铁打的。"他停了一忽又嚷，"嗯！你说是不是？不过咱们得了他们的遗产，我原谅他们。"

说完他咳了几声。

"今天早上你开心得很，老爷。"葛朗台太太的口气很严肃。

"我不是永远开心的吗，我……

  开心，开心，真开心，你这箍桶匠，
  不修补你的脸盆又怎么样！"

他一边哼一边穿得齐齐整整的进了妻子的卧房。"真，好家伙，冷得要命。早上咱们有好菜吃呢，太太。台·格拉桑从巴黎带了夹香菇的鹅肝来！我得上驿站去拿。"说着他又咬着她的耳朵：

"他还给欧也妮带来一块值两块的拿破仑。我的金子光了，太太。我本来还有几块古钱，为了做买卖只好花了。这话我只能告诉你一个人。"

然后他吻了吻妻子的前额，表示庆祝新年。

"欧也妮，"母亲叫道，"不知你父亲做了什么好梦，脾气好得很——得啦，咱们还有希望。"

"先生今天怎么啦？"拿侬到太太屋里生火时说，"他一看见我就说：大胖子，你好，你新年快乐。去给太太生火呀，她好冷呢。他说着伸出手来给我一块六法郎的钱，精光滴滑，簇崭全新，把我看呆了。太太，你瞧。哦！他多好。他真大方。有的人越老心越硬；他却温和得像你的果子酒一样，越陈越好了。真是一个十足地道的好人……"

老头儿这一天的快乐，是因为投机完全成功的缘故。台·格拉桑把箍桶匠的十五万法郎在荷兰证券上所欠的利息，以及买进十万公债时代垫的尾数除去之后，把一季的利息三万法郎托驿车带给了他，同时又报告他公债上涨的消息。行市已到八十九法郎，那些最有名的资本家，还出九十二法郎的价钱买进正月底的期货。葛朗台两个月中间的投资赚了百分之十二，他业已收支两讫，今后每半年可以坐收五万法郎，既不用付捐税，也没有什么修理费。内地人素来不相信公债的投资，他却终于弄明白了，预算不出五年，不用费多少心，他的本利可以滚到六百万，再加上田产的价值，他的财产势必达到惊人的数字。给拿侬的六法郎，也许是她不自觉地帮了他一次大忙而得到的酬劳。

"噢！噢！葛朗台老头上哪儿去呀，一清早就像救火似的这么奔？"街上做买卖的一边开铺门一边想。

后来，他们看见他从码头上回来，后面跟着驿站上的一个脚夫，独轮车上的袋都是满满的。有的人便说："水总是往河里流的，老头儿去拿钱哪。"

"巴黎、法劳丰、荷兰，流到他家里来的水可多哩。"另外一个说。

"临了，索漠城都要给他买下来喽。"第三个又道。

"他不怕冷，"一个女人对她的丈夫说，"老忙着他的事。"

"嗨！嗨！葛朗台先生，"跟他最近的邻居，一个布商招呼他，"你觉得累赘的话，我来给你扛了吧。"

"哦！不过是些大钱罢了。"葡萄园主回答。

"是银子呢。"脚夫低声补上一句。

"哼，要我照应吗，闭上你的嘴。"老头儿一边开门一边对脚夫嘟囔。

"啊！老狐狸，我拿他当作聋子，"脚夫心里想，"谁知冷天他倒听得清。"

"给你二十个子儿酒钱，得啦！去你的！"葛朗台对他说，"你的独轮车，等会儿叫拿侬来还你。——娘儿们是不是在望弥撒，拿侬？"

"是的，先生。"

"好，快，快一点儿！"他嚷着把那些袋交给她。

一眨眼，钱都装进了他的密室，他关上了门，躲在里面。"早餐预备好了，你来敲我的墙壁。先把独轮车送回驿站。"

到了十点钟，大家才吃早点。

"在堂屋里父亲不会要看你金洋的，"葛朗台太太望弥撒来对女儿说，"再说，你可以装作怕冷。挨过了今天，到你过生日的时候，我们好想法把你的金子凑起来了……"

葛朗台一边下楼一边想着把巴黎送来的钱马上变成黄金，又想着公债上的投机居然这样成功。他决意把所有的收入都投资进去，直到行市涨到一百法郎为止。他这样一算，欧也妮便倒了楣。他进了堂屋，两位妇女立刻给他拜年，女儿跳上去搂着他的脖子撒娇，太太却是又庄严又稳重。

"啊！啊！我的孩子，"他吻着女儿的前额，"我为你辛苦呀，你不看见吗？……我要你享福。享福就得有钱。没有钱，什么都完啦。瞧，这儿是一个簇新的拿破仑，特地为你从巴黎弄来的，天！家里一点儿金屑子都没有了，只有你有。小乖乖，把你的金子拿来让我瞧瞧。"

"哦！好冷呀；先吃早点吧。"欧也妮回答。

"行，那么吃过早点再拿，是不是？那好帮助我们消化。——台·格拉桑那胖子居然送了这东西来。喂，大家吃呀，又不花我的钱。他不错，

La Comédie Humaine

一眨眼,钱都装进了他的密室,他关上了门,躲在里面。

这台·格拉桑，我很满意。好家伙给查理帮忙，而且尽义务。他把我可怜的兄弟的事办得很好。嗯哼！嗯哼！"他含着一嘴食物嘟囔，停了一下又道，"唔！好吃！太太，你吃呀！至少好教你饱两天。"

"我不饿，你知道，我一向病病歪歪的。"

"哎！哎！你把肚子塞饱也不打紧，你是拉·裴德里埃出身，结实得很。你真像一根小黄草，可是我就喜欢黄颜色。"

一个囚徒在含垢忍辱、当众就戮之前，也没有葛朗台太太母女俩在等待早点以后的大祸时那么害怕。葛朗台老头越讲得高兴，越吃得起劲，母女俩的心抽得越紧。但是做女儿的这时还有一点依傍：在爱情中汲取勇气。她心里想：

"为了他，为了他，千刀万剐我也受。"

这么想着，她望着母亲，眼中射出勇敢的火花。

十一点，早餐完了，葛朗台唤拿侬：

"统统拿走，把桌子留下。这样，我们看起你的宝贝来更舒服些，"他望着欧也妮说，"孩子！真的，你十十足足有了五千九百五十九法郎的财产，加上今天早上的四十法郎，一共是六千法郎差一个。好吧，我补你一法郎凑足整数，因为小乖乖，你知道……哎哎，拿侬，你干吗听我们说话？去吧，去做你的事。"

拿侬走了。

"听我说，欧也妮，你得把金子给我。你不会拒绝爸爸吧，嗯，我的小乖乖？"

母女俩都不出一声。

"我吗，我没有金子了。从前有的，现在没有了。我把六千法郎现款跟你换，你照我的办法把这笔款子放出去。别想什么压箱钱了。我把你出嫁的时候——也很快了——我会替你找一个夫婿，给你一笔本省从来没有听见过的、最体面的压箱钱。小乖乖，你听我说，现在有一个好机会：你可以把六千法郎买公债，半年就有近两百法郎利息，没有捐税，没有修理费，不怕冰雹，不怕冻，不怕涨潮，一切跟年成捣乱的玩意儿全没有。也许你不乐意把金子放手，小乖乖？拿来吧，还是拿给我吧。以后我再替你收金洋，什么荷兰的、葡萄牙的、蒙古卢比、热那亚金洋，再加你每年生日我给你的，要不了三年，你那份美丽的小家私就恢复了一半。你怎么说，小乖乖？抬起头来呀。去吧，我的儿，去拿来。我这样地把钱怎么生怎么死的秘密告诉了你，你该吻一吻我的眼睛谢我喽。真的，钱像人一样是活的，会动的，它会来，会去，会流汗，会生产。"

欧也妮站起身子向门口走了几步，忽然转过身来，定睛望着父亲，说：

"我的金子没有了。"

"你的金子没有了！"葛朗台嚷着，两腿一挺，直站起来，仿佛一匹马听见身旁有大炮在轰。

"没有了。"

"不会的，欧也妮。"

"真是没有了。"

"爷爷的锹子！"

每逢箍桶匠赌到这个咒，连楼板都会发抖的。

"哎唷，好天好上帝！太太脸都白了。"拿侬嚷道。

"葛朗台，你这样冒火，把我吓死了。"可怜的妇人说。

"咄，咄，咄，咄！你们！你们家里的人是死不了的！欧也妮，你的金洋怎么啦？"他扑上去大吼。

"父亲，"女儿在葛朗台太太身旁跪了下来，"妈妈难受成这样……你瞧……别把她逼死啊。"

葛朗台看见太太平时那么黄黄的脸完全发白了，也害怕起来。

"拿侬，扶我上去睡，"她声音微弱地说，"我要死了。"

拿侬和欧也妮赶紧过去搀扶，她走一步软一步，两个人费了好大气力才把她扶进卧房。葛朗台独自留在下面。可是过了一会儿，他走上七八级楼梯，直着嗓子喊：

"欧也妮，母亲睡了就下来。"

"是，父亲。"

她把母亲安慰了一番，赶紧下楼。

"欧也妮，"父亲说，"告诉我你的金子哪儿去了？"

"父亲，要是你给我的东西不能完全由我做主，那么你拿回去吧。"欧也妮冷冷地回答，一边在壁炉架上抓起拿破仑还他。

葛朗台气冲冲地一手抢过来，塞在荷包里。

"哼，你想我还会给你什么东西吗！连这个也不给！"说着他把大拇指扳着门牙，"得——"的一声。"你瞧不起父亲？居然不相信他？你不知什么叫作父亲？要不是父亲高于一切，也就不成其为父亲了。你的金子哪儿去了？"

"父亲，你尽管生气，我还是爱你，敬重你；可是原谅我大胆提一句，我已经二十二岁了。你常常告诉我，说我已经成年，为的是要我知道。所以我把我的钱照我自己的意思安排了，而且请你放心，我的钱放得很妥当……"

"放在哪里？"

"秘密不可泄露，"她说，"你不是有你的秘密吗？"

"我不是家长吗？我不能有我的事吗？"

"这却是我的事。"

"那一定是坏事，所以你不能对父亲说，小姐！"

"的确是好事，就是不能对父亲说。"

"至少得告诉我，什么时候把金子拿出去的？"

欧也妮摇摇头。

"你生日那天还在呢，是不是？"

欧也妮被爱情训练出来的狡猾，不下于父亲被吝啬训练出来的狡猾，她仍旧摇摇头。

"从来没见过这样的死心眼儿，这样的偷盗，"葛朗台声音越来越大，震动屋子，"怎么！这里，在我自己家里，居然有人拿掉你的金子，家里就是这么一点儿的金子！而我还没法知道是谁拿的！金子是宝贵的东西呀。不错，最老实的姑娘也免不了有过失，甚至于把什么都给了人，上至世家旧族，下至小户人家，都有的是；可是把金子送人！因为你一定是给了什么人的，是不是？"

欧也妮声色不动。

"这样的姑娘倒从来没有见到过！我是不是你的父亲？要是存放出去，你一定有收据……"

"我有支配这笔钱的权利没有？有没有？是不是我的钱？"

"哎，你还是一个孩子呢！"

"成年了。"

给女儿驳倒了,葛朗台脸色发白,跺脚,发誓;终于又想出了话:

"你这个该死的婆娘,你这条毒蛇!唉!坏东西,你知道我疼你,你就胡来。你勒死你的父亲!哼!你会把咱们的家产一齐送给那个穿摩洛哥皮鞋的光棍。爷爷的锹子!我不能取消你的承继权,天哪!可是我要咒你,咒你的堂兄弟,咒你的儿女!他们都不会对你有什么好结果的,听见没有?要是你给了查理……喔,不可能的。怎么!这油头粉脸的坏蛋,胆敢偷我的……"

他望着女儿,她冷冷地一声不出。

"她动也不动!眉头也不皱一皱!比我葛朗台还要葛朗台。至少你不会把金子白送人吧,嗯,你说?"

欧也妮望着父亲,含讥带讽的眼神把他气坏了。

"欧也妮,你是在我家里,在你父亲家里。要留在这儿,就得服从父亲的命令。神甫他们也命令你服从我。"

欧也妮低下头去。他接着又说:

"你就拣我最心疼的事伤我的心,你不屈服,我就不要看见你。到房里去。我不许你出来,你就不能出来。只有冷水跟面包,我叫拿侬端给你。听见没有?去!"

欧也妮哭作一团,急忙溜到母亲身边。

葛朗台在园中雪地里忘了冷,绕了好一会儿圈子,之后,忽然疑心女儿在他妻子房里,想到去当场捉住她违抗命令的错儿,不由得高兴起来,他便像猫儿一般轻捷地爬上楼梯,闯进太太的卧房,看见欧也妮的脸埋在母亲怀里,母亲摸着她的头发,说:

"别伤心,可怜的孩子,你父亲的气慢慢会消下去的。"

"她没有父亲了！"老箍桶匠吼道，"这样不听话的女儿是我跟你生的吗，太太？好教育，还是信教的呢！怎么，你不在自己房里？赶快，去坐牢，坐牢，小姐。"

"你硬要把我娘儿俩拆开吗，老爷？"葛朗台太太发着烧，脸色通红。

"你要留她，你就把她带走，你们俩替我一齐离开这儿……天打的！金子呢？金子怎么啦？"

欧也妮站起身子，高傲地把父亲望了一眼，走进自己的卧房。她一进去，老头儿把门锁上了。

"拿侬，把堂屋里的火熄掉。"他嚷道。

然后他坐在太太屋里壁炉旁边的一张安乐椅上：

"她一定给了那个迷人的臭小子查理，他只想我的钱。"

葛朗台太太为了女儿所冒的危险，为了她对女儿的感情，居然鼓足勇气，装聋作哑的冷静得很。

"这些我都不知道。"她一边回答，一边朝床里翻身，躲开丈夫闪闪发光的眼风，"你生这么大的气，我真难受；我预感我只能伸直着腿出去的了。现在你可以饶我一下吧，我从来没有给你受过气，至少我自己这样想。女儿是爱你的，我相信她跟初生的孩子一样没有罪过。别难为她。收回成命吧。天冷得厉害，说不定你会教她闹场大病的。"

"我不愿意看见她，也不再跟她说话。她得关在屋里，只有冷水面包，直到她使父亲满意为止。见鬼！做家长的不该知道家里的黄金到了哪儿去吗？她的卢比恐怕全法国都找不出来，还有热那亚金洋、荷兰杜加……"

"老爷！我们只生欧也妮一个，即使她把金子扔在水里……"

"扔在水里！扔在水里！"好家伙嚷道，"你疯了，太太。我说得到，做得到,你还不知道吗?你要求家里太平,就该叫女儿招供,逼她老实说出来;女人对女人,比我们男人容易说得通。不管她做了什么事,我绝不会把她吃掉。她是不是怕我?即使她把堂兄弟从头到脚装了金,唉,他早已漂洋出海,我们也追不上了……"

"那么,老爷……"

由于当时的神经过敏,或者是女儿的苦难使她格外慈爱,也格外聪明起来,葛朗台太太犀利的目光发觉丈夫的肉瘤有些可怕的动作,她便马上改变主意,顺着原来的口吻,说:

"那么,老爷,你对女儿没有办法,我倒有办法了吗?她一句话也没有对我说,她像你。"

"嗯哼!今天你多会说话!咄,咄,咄,咄!你欺侮我。说不定你跟她通气的。"

他定睛瞪着妻子。

"真的,你要我命,就这样说下去吧。我已经告诉你,先生,即使把我的命送掉,我还是要告诉你:你这样对女儿是不应该的,她比你讲理。这笔钱是她的,她不会糟掉,我们做的好事,只有上帝知道。老爷,我求你,饶了欧也妮吧!……你饶了她,我受的打击也可以减轻一些,也许你救了我的命,我的女儿呀,先生!还我女儿啊!"

"我走啦,"他说,"家里耽不下去了,娘儿俩的念头,说话,都好像……勃罗……啵!你好狠心,送了我这笔年礼,欧也妮!"他提高了嗓子,"好,好,哭吧!这种行为,你将来要后悔的,听见没有?一个月吃两次好天爷的圣餐有什么用?既然会把你父亲的钱偷偷送给一个游手好闲的光棍!他把你什么都吃完之后,还会吃掉你的心呢!你瞧着吧,你的查理是什么东西,穿着摩洛哥皮靴目空一切!他没有心肝,没有灵魂,敢把一个姑娘的宝贝,不经她父母允许,带着就跑。"

街门关上了,欧也妮便走出卧房,挨在母亲身边,对她说:

"你为了你女儿真有勇气。"

"孩子,瞧见没有,一个人做了违禁的事落到什么田地!……你逼我撒了一次谎。"

"噢!我求上帝只罚我一个人就是了。"

"真的吗,"拿侬慌张地跑来问,"小姐从此只有冷水面包好吃?"

"那有什么大不了,拿侬?"欧也妮冷静地回答。

"啊!东家的女儿只吃干面包,我还咽得下什么糖酱……噢,不,不!"

"这些话都不用提,拿侬。"欧也妮说。

"我就不开口好啦,可是你等着瞧吧!"

二十四年以来第一次,葛朗台独自用晚餐。

"哎哟,你变了单身汉了,先生,"拿侬说,"家里有了两个妇女还做单身汉,真不是味儿哪。"

"我不跟你说话。闭上你的嘴,要不我就赶你走。你蒸锅里煮的什么,在灶上扑扑扑的?"

"熬油哪……"

"晚上有客,你得生火。"

八点钟,几位克罗旭,台·格拉桑太太和她儿子一齐来了,他们很奇怪没有见到葛朗台太太与欧也妮。

"内人有点儿不舒服;欧也妮陪着她。"老头儿若无其事地回答。

闲扯了一小时,上楼去问候葛朗台太太的台·格拉桑太太下来了,大家争着问：

"葛朗台太太怎么样？"

"不行，简直不行，"她说，"她的情形真教人担心。在她的年纪，要特别小心才好呢，葛老头。"

"慢慢瞧吧。"老头儿心不在焉地回答。

大家告辞了。几位克罗旭走到了街上，台·格拉桑太太便告诉他们：

"葛朗台家出了什么事啦。母亲病得很厉害，自己还不知道。女儿红着眼睛，仿佛哭过很久，难道他们硬要把她攀亲吗？"

老头儿睡下了，拿侬穿着软鞋无声无息地走进欧也妮卧房，给她一个用蒸锅做的大肉饼。

"喂，小姐，"好心的用人说，"高诺阿莱给了我一只野兔。你胃口小，这个饼好吃八天；冻紧了，不会坏的。至少你不用吃淡面包了。那多伤身体。"

"可怜的拿侬！"欧也妮握着她的手。

"我做得很好，煮得很嫩，他一点儿不知道。肥肉，香料，都在我的六法郎里面买。这几个钱总是由我做主的了。"

然后她以为听到了葛朗台的声音，马上溜了。

几个月工夫，老头儿拣着白天不同的时间，经常来看太太，绝口不提女儿，也不去看她，也没有间接关涉到她的话。葛朗台太太老睡在房里，病情一天一天地严重，可是什么都不能使老箍桶匠的心软一软。他顽强，严酷，冰冷，像一块石头。他按照平时的习惯上街，回家，可是不再口吃，说话也少了，在买卖上比从前更苛刻，弄错数目的事也常有。

"葛朗台家里出了事啦。"克罗旭党与台·格拉桑党都这么说。

"葛朗台家究竟闹些什么啊？"索漠人在随便哪家的晚会上遇到，总

这样地彼此问一声。

欧也妮上教堂，总由拿侬陪着。从教堂出来，倘使台·格拉桑太太跟她说话，她的回答总是躲躲闪闪的，教人不得要领。虽然如此，两个月之后，欧也妮被幽禁的秘密终于瞒不过三位克罗旭与台·格拉桑太太。她的老不见客，到了某个时候，也没有理由好推托了。后来，不知是谁透露了出去，全城都知道从元旦起，葛朗台小姐被父亲软禁在房里，只有清水面包，没有取暖的火，倒是拿侬替小姐弄些好菜半夜里送进去；大家也知道女儿只能候父亲上街的时间去探望母亲，服侍母亲。

于是葛朗台的行为动了公愤。全城仿佛当他是化外之人，又记起了他的出卖地主和许多刻薄的行为，大有一致唾弃之概。他走在街上，个个人在背后交头接耳。

当女儿由拿侬陪了去望弥撒或做晚祷，在弯弯曲曲的街上走着的时候，所有的人全扑上窗口，好奇地打量那有钱的独养女儿的脸色与态度，发觉她除了满面愁容之外，另有一副天使般温柔的表情。她的幽禁与失宠，对她全不相干。她不是老看着世界地图、花园、围墙、小凳吗？爱情的亲吻留在嘴唇上的甜味，她不是老在回味吗？城里关于她的议论，她好久都不知道，跟她的父亲一样。虔诚的信念，无愧于上帝的纯洁，她的良心与爱情，使她耐心忍受父亲的愤怒与谴责。

但是一宗深刻的痛苦压倒了一切其余的痛苦。——她的母亲一天不如一天了。多么慈祥温柔的人，灵魂发出垂死的光辉，反而显出了她的美。欧也妮常常责备自己无形中促成了母亲的病，慢慢在折磨她的残酷的病。这种悔恨，虽经过了母亲的譬解，使她跟自己的爱情越发分不开。每天早上，父亲一出门，她便来到母亲床前，拿侬把早点端给她。但是可怜的欧

也妮,为了母亲的痛苦而痛苦,暗中示意拿侬看看母亲的脸色,然后她哭了,不敢提到堂兄弟。倒是母亲先开口:

"他在哪儿呀?怎么没有信来?"

母女俩都不知道路程的远近。

"我们心里想他就是了,"欧也妮回答,"别提他。你在受难,你比一切都要紧。"

所谓一切,便是指他。

"哎,告诉你们,"葛朗台太太常常说,"我对生命没有一点儿留恋。上帝保佑我,使我看到苦难完了的日子只觉得高兴。"

这女人的说话老是虔诚圣洁,显出基督徒的本色。在那年最初几个月之内,当丈夫到她房里踱来踱去用午餐的时候,她翻来覆去地对他说着一篇同样的话,虽然说得极其温柔,却也极其坚决,因为知道自己不久人世,所以反而有了平时没有的勇气。他极平淡地问了她一句身体怎样,她总是回答说:

"谢谢你关心我的病;我是不久的了,要是你肯把我的苦恼减轻一些,把我的悲痛去掉一些,请你饶了女儿吧;希望你以身作则,表示你是基督徒,是贤夫,是慈父。"

一听到这些话,葛朗台便坐在床边,仿佛一个人看见阵雨将临而安安静静躲在门洞里避雨的神气。他静静地听着,一言不答。要是太太用最动人最温柔最虔诚的话恳求他,他便说:

"你今天脸色不大好啊,可怜的太太。"

他脑门硬绷绷的,咬紧了嘴唇,表示他已经把女儿忘得干干净净。甚至他那一成不变的、支吾其词的答话使妻子惨白的脸上流满了泪,他也不动心。

"但愿上帝原谅你，老爷，"她说，"像我原谅你一样。有朝一日，你也得求上帝开恩的。"

自从妻子病后，他不敢再叫出那骇人的"咄、咄、咄、咄"的声音。这个温柔的天使，面貌的丑恶一天天地消失，脸上映照着精神的美，可是葛朗台专制的淫威并没因之软化。

她只剩下一颗赤裸裸的灵魂了。由于祷告的力量，脸上最粗俗的线条都似乎净化，变得细腻，有了光彩。有些圣洁的脸庞，灵魂的活动会改变生得最丑的相貌，思想的崇高纯洁，会印上特别生动的气息：这种脱胎换骨的现象大概谁都见识过。在这位女子身上，痛苦把肉体煎熬完了以后换了一副相貌的景象，对心如铁石的老箍桶匠也有了作用，虽是极微弱的作用。他说话不再盛气凌人，却老是不出一声，用静默来保全他做家长的面子。

他的忠心的拿侬一到菜市上，立刻就有对她主人开玩笑或者谴责的话传到她耳里。虽然公众的舆论一致讨伐葛朗台，女仆为了替家里争面子，还在替他辩护。

"嗨，"她回答那些说葛朗台坏话的人，"咱们老起来，不是心肠都要硬一点吗？为什么他就不可以？你们别胡说八道。小姐日子过得挺舒服，像王后一样呢。她不见客，那是她自己喜欢。再说，我东家自有道理。"

葛朗台太太给苦恼磨折得比疾病还难受，尽管祷告也没法把父女俩劝和，终于在暮春时节的某天晚上，她把心中的隐痛告诉了两位克罗旭。

"罚一个二十三岁的女儿吃冷水面包！……"特·篷风所长嚷道，"而且毫无理由；这是妨害自由，侵害身体，虐待家属，她可以控告，第一点……"

"哎，哎，老侄，"公证人插嘴道，"说那些法庭上的调调儿干吗？——太太，你放心，我明天就来想法，把软禁的事结束。"

听见人家讲起她的事，欧也妮走出卧房，很高傲地说："诸位先生，请你们不要管这件事。我父亲是一家之主。只要我住在他家里，我就得服从他。他的行为用不到大家赞成或反对，他只向上帝负责。我要求你们的友谊是绝口不提这件事。责备我的父亲，等于侮辱我们。诸位，你们对我的关切，我很感激；可是我更感激，要是你们肯阻止城里那些难听的闲话，那是我偶然知道的。"

"她说得有理。"葛朗台太太补上一句。

欧也妮因幽居、悲伤与相思而增添的美，把老公证人看呆了，不觉肃然起敬地答道：

"小姐，阻止流言最好的办法，便是恢复你的自由。"

"好吧，孩子，这件事交给克罗旭先生去办吧，既然他有把握。他识得你父亲的脾气，知道怎么对付他。我没有几天好活了，要是你愿意我最后的日子过得快活一些，无论如何你得跟父亲讲和。"

下一天，照葛朗台把欧也妮软禁以后的习惯，他到小园里来绕几个圈子。他散步的时间总是欧也妮梳头的时间。老头儿一走到大胡桃树旁边，便躲在树干背后，把女儿的长头发打量一会儿，这时他的心大概就在固执的性子与想去亲吻女儿的欲望中间摇摆不定。他往往坐在查理与欧也妮海誓山盟的那条破凳上，而欧也妮也在偷偷地，或者在镜子里看父亲。要是他起身继续散步，她便凑趣地坐在窗前瞧着围墙，墙上挂着最美丽的花，裂缝中间透出仙女萝，昼颜花，和一株肥肥的、又黄又白的景天草，在索漠和都尔各地的葡萄藤中最常见的植物。

克罗旭公证人很早就来了,发现老头儿在晴好的六月天坐在小凳上,背靠了墙望着女儿。

"有什么事好替你效劳呢,公证人?"他招呼客人。

"我来跟你谈正经。"

"啊!啊!有什么金洋换给我吗?"

"不,不,不关钱的事,是令爱欧也妮的问题。为了你和她,大家都在议论纷纷。"

"他们管得着?区区煤炭匠,也是个家长。"

"对啊,煤炭匠在家里什么都能做,他可以自杀,或者更进一步,把钱往窗外扔。"

"你这是什么意思?"

"哎!你太太的病不轻呀,朋友。你该请裴日冷先生来瞧一瞧,她有性命之忧哪。不好好地把她医治,她死后我相信你不会安心的。"

"咄,咄,咄,咄!你知道我女人闹什么病呀。那些医生一朝踏进了你大门,一天会来五六次。"

"得啦,葛朗台,随你。咱们是老朋友;你的事,索漠城里没有一个人比我更关切,所以我应当告诉你。好吧,反正没多大关系,你又不是一个孩子,自然知道怎样做人,不用提啦。而且我也不是为这件事来的。还有些别的事情恐怕对你严重多哩。到底你也不想把太太害死吧,她对你太有用了。要是葛朗台太太不在了,你在女儿面前处的什么地位,你想想吧。你应当向欧也妮报账,因为你们夫妇的财产没有分过。你的女儿有权利要求分家,教你把法劳丰卖掉。总而言之,她承继她的母亲,你不能承继你的太太。"

这些话对老家伙宛如晴天霹雳,他在法律上就不像生意上那么内行。他从没想到共有财产的拍卖。

"所以我劝你对女儿宽和一点。"克罗旭末了又说。

"可是你知道她做的什么事吗,克罗旭?"

"什么事?"公证人很高兴听听葛朗台的心腹话,好知道这次吵架的原因。

"她把她的金子送了人。"

"那不是她的东西吗?"公证人问。

"哎,他们说的都是一样的话!"老头儿做了一个悲壮的姿势,把手臂掉了下去。

"难道为了芝麻大的事,"公证人接着说,"你就不想在太太死后,要求女儿放弃权利吗?"

"嘿!你把六千法郎的金洋叫作芝麻大的事?"

"哎!老朋友,把太太的遗产编造清册,分起家来,要是欧也妮这样主张的话,你得破费多少,你知道没有?"

"怎么呢?"

"二十万,三十万,四十万法郎都说不定!为了要知道实际的财产价值,不是要把共有财产拍卖,变现款吗?倘使你能取得她同意……"

"爷爷的锹子!"老箍桶匠脸孔发白地坐了下来,"慢慢再说吧,克罗旭。"

沉默了一会儿,或者是痛苦地挣扎了一会儿,老头儿瞪着公证人说:

"人生残酷,太痛苦了。"他又换了庄严的口吻,"克罗旭,你不会骗我吧,你得发誓刚才你说的那一套都是根据法律的。把《民法》给我看,我要看《民法》!"

"朋友,我自己的本行还不清楚吗?"

"那么是真的了?我就得给女儿抢光、欺骗、杀死、吞掉的了?"

"她承继她的母亲哪。"

"那么养儿女有什么用?啊!我的太太,我是爱她的。幸亏她硬朗得很:她是拉·裴德里埃家里的种。"

"她活不了一个月了。"

老箍桶匠敲着自己的脑袋,走过去,走回来,射出一道可怕的目光盯着克罗旭,问道:

"怎么办?"

"欧也妮可以把母亲的遗产无条件地抛弃。你总不愿意剥夺她的承继权吧,你?既然要她作这种让步,就不能亏待她。朋友,我告诉你这些,都是对我自己不利的。我靠的是什么,嗯?……不是清算、登记、拍卖、分家等等吗?"

"慢慢瞧吧,慢慢瞧吧。不谈这些了,克罗旭。你把我的肠子都搅乱了。你收到什么金子没有?"

"没有;可是有十来块古钱,可以让给你。好朋友,跟欧也妮讲和了吧。你瞧,全索漠都对你丢石子呢。"

"那些混蛋!"

"得啦,公债涨到九十九法郎哪。人生一世总该满意一次吧。"

"九十九,克罗旭?"

"是啊。"

"嗨!嗨!九十九!"老头儿说着把老公证人一直送到街门。

然后，刚才听到的一篇话使他心中七上八下的，在家里待不住了，上楼对妻子说：

"喂，妈妈，你可以跟你女儿混一天了，我上法劳丰去。你们俩都乖乖的啊。今天是咱们的结婚纪念日，好太太：这儿是十块钱给你在圣体节做路祭用。你不是想了好久吗？得啦，你玩儿吧！你们就乐一下，痛快一下吧，你得保重身体。噢，我多开心噢！"

他把十块六法郎的银币丢在女人床上，捧着她的头吻她的前额。

"好太太，你好一些了，是不是？"

"你心中连女儿都容不下，怎么能在家里接待大慈大悲的上帝呢？"她激动地说。

"咄，咄，咄，咄！"他的声音变得柔和婉转了，"慢慢瞧吧。"

"谢天谢地！欧也妮，快来拥抱你父亲，"她快活得脸孔通红地叫着，"他饶了你啦！"

可是老头儿已经不见了。他连奔带跑地赶到庄园上，急于要把他搅乱了的思想整理一下。那时葛朗台刚刚跨到七十六个年头。两年以来，他更加吝啬了，正如一个人一切年深月久的痴情与癖好一样。根据观察的结果，凡是吝啬鬼，野心家，所有执着一念的人，他们的感情总特别灌注在象征他们痴情的某一件东西上面。看到金子，占有金子，便是葛朗台的执着狂。他专制的程度也随着吝啬而俱增；妻子死后要把财产放手一部分，哪怕是极小极小的一部分，只要他管不着，他就觉得逆情悖理。怎么！要对女儿报告财产的数目，把动产不动产一股脑儿登记起来拍卖？……

"那简直是抹自己的脖子。"他在庄园里检视着葡萄藤，高声对自己说。

终于他主意拿定了，晚饭时分回到索漠，决意向欧也妮屈服，巴结她，诱哄她，以便到死都能保持家长的威风，抓着几百万家财的大权，直到咽最后一口气为止。老头儿无意中身边带着百宝钥匙，便自己开了大门，轻手蹑脚地上楼到妻子房里，那时欧也妮正捧了那口精美的梳妆箱放在母亲床上。趁葛朗台不在家，母女俩很高兴地在查理母亲的肖像上咂摸一下查理的面貌。

"这明明是他的额角，他的嘴！"老头儿开门进去，欧也妮正这么说着。

一看见丈夫瞪着金子的眼光，葛朗台太太便叫起来：

"上帝呀，救救我们！"

老头儿身子一纵，扑上梳妆匣，好似一头老虎扑上一个睡着的婴儿。

"什么东西？"他拿着宝匣往窗前走去，"噢，是真金！金子！"他连声叫嚷，"这么多的金子！有两斤重。啊！啊！查理把这个跟你换了美丽的金洋，是不是？为什么不早告诉我？这交易划得来，小乖乖！你真是我的女儿，我明白了。"

欧也妮四肢发抖。老头儿接着说：

"不是吗，这是查理的东西？"

"是的，父亲，不是我的。这匣子是神圣不可侵犯的，是寄存的东西。"

"咄，咄，咄，咄！他拿了你的家私，正应该补偿你。"

"父亲……"

好家伙想掏出刀子撬一块金板下来，先把匣子往椅上一放。欧也妮扑过去想抢回；可是箍桶匠的眼睛老盯着女儿跟梳妆匣，他手臂一摆，使劲一推，她便倒在母亲床上。

"老爷！老爷！"母亲嚷着，在床上直坐起来。

葛朗台拔出刀子预备撬了。欧也妮立刻跪下，爬到父亲身旁，高举着两手，嚷道：

"父亲，父亲，看在圣母面上，看在十字架上的基督面上，看在所有的圣灵面上，看在你灵魂得救面上，看在我的性命面上，你不要动它！这口梳妆匣不是你的，也不是我的，是一个受难的亲属的，他托我保管，我得原封不动地还他。"

"为什么拿来看呢，要是寄存的话？看比动手更要不得。"

"父亲，不能动呀，你教我见不得人啦！父亲，听见没有？"

"老爷，求你！"母亲跟着说。

"父亲！"欧也妮大叫一声，吓得拿侬也赶到了楼上。

欧也妮在手边抓到了一把刀子，当作武器。

"怎么样？"葛朗台冷笑着，静静地说。

"老爷，老爷，你要我命了！"母亲嚷着。

"父亲，你的刀把金子碰掉一点，我就把这刀结果我的性命。你已经把母亲害到只剩一口气，你还要杀死你的女儿。好吧，大家拼掉算了！"

葛朗台把刀子对着梳妆匣，望着女儿，迟疑不决。

"你敢吗，欧也妮？"他说。

"她会的，老爷。"母亲说。

"她说得到做得到，"拿侬嚷道，"先生，你一生一世总得讲一次理吧。"

箍桶匠看看金子，看看女儿，愣了一会儿。葛朗台太太晕过去了。

"哎，先生，你瞧，太太死过去了！"拿侬嚷道。

"哦，孩子，咱们别为了一口箱子生气啦。拿去吧！"箍桶匠马上把梳妆匣扔在了床上，"拿侬，你去请裴日冷先生。——得啦，太太，"他吻着妻子的手,"没有事啦,咱们讲和啦。——不是吗,小乖乖?不吃干面包了,爱吃什么就吃什么吧……啊!她眼睛睁开了。——哎哎,妈妈,小妈妈,好妈妈,得啦!哎,你瞧我拥抱欧也妮了。她爱她的堂兄弟,她要嫁给他就嫁给他吧,让她把小箱子藏起来吧。可是你得长命百岁地活下去啊,可怜的太太。哎哎,你身子动一下给我看哪!告诉你,圣体节你可以拿出最体面的祭桌,索漠从来没有过的祭桌。"

"天哪,你怎么可以这样对你的妻子跟孩子!"葛朗台太太的声音很微弱。

"下次绝不了,绝不了!"箍桶匠叫着,"你瞧就是,可怜的太太。"

他到密室去拿了一把路易来摔在床上。

"喂,欧也妮,喂,太太,这是给你们的,"他一边说一边把钱抓着玩,"哎哎,太太,你开开心;快快好起来吧,你要什么有什么,欧也妮也是的。瞧,这一百金路易是给她的。你不会把这些再送人了吧,欧也妮,是不是?"

葛朗台太太和女儿面面相觑,莫名其妙。

"父亲,把钱收起来吧;我们只需要你的感情。"

"对啦,这才对啦,"他把金路易装进口袋,"咱们和和气气过日子吧。大家下楼,到堂屋去吃晚饭,天天晚上来两个铜子的摸彩。你们痛快玩吧!嗯,太太,好不好?"

"唉!怎么不好,既然这样你觉得快活,"奄奄一息的病人回答,"可是我起不来啊。"

"可怜的妈妈,"箍桶匠说,"你不知道我多爱你。——还有你,我的女儿!"

他搂着她，把她拥抱。

"噢！吵过了架再搂着女儿多开心，小乖乖！……嗨，你瞧，小妈妈，现在咱们两个变了一个了。"他又指着梳妆盒对欧也妮说，"把这个藏起来吧。去吧，不用怕。我再也不提了，永远不提了。"

不久，索漠最有名的医生裴日冷先生来了。诊察完毕，他老实告诉葛朗台，说他太太病得厉害，只有给她精神上绝对安静，悉心调养，服侍周到，可能拖到秋末。

"要不要花很多的钱？要不要吃药呢？"

"不用多少药，调养要紧。"医生不由得微微一笑。

"哎，裴日冷先生，你是有地位的人。我完全相信你，你认为什么时候应该来看她，尽管来。求你救救我的女人；我多爱她，虽然表面上看不出，因为我家里什么都藏在骨子里的，那些事把我心都搅乱了。我有我的伤心事。兄弟一死，伤心事就进了我的门，我为他在巴黎花钱……花了数不清的钱！而且还没得完。再会吧，先生。要是我女人还有救，请你救救她，即使要我一百两百法郎也行。"

虽然葛朗台热烈盼望太太病好，因为她一死就得办遗产登记，而这就要了他的命；虽然他对母女俩百依百顺，一心讨好的态度使她们吃惊；虽然欧也妮竭尽孝心地侍奉；葛朗台太太还是很快地往死路上走。像所有在这个年纪上得了重病的女人一样，她一天憔悴一天。她像秋天的树叶一般脆弱。天国的光辉照着她，仿佛太阳照着树叶发出金光。有她那样的一生，才有她那样的死，恬退隐忍，完全是一个基督徒的死，死得崇高，伟大。

到了一八二二年十月，她的贤德，她的天使般的耐心和对女儿的怜爱，表现得格外显著；她没有一句怨言地死了，像洁白的羔羊一般上了天。在这个世界上她只舍不得一个人,她凄凉的一生的温柔的伴侣——她最后的几眼似乎暗示女儿将来的苦命。想到把这头和她自己一样洁白的羔羊,孤零零地留在自私自利的世界上任人宰割,她就发抖。

"孩子,"她断气以前对她说,"幸福只有在天上,你将来会知道。"

下一天早上,欧也妮更有一些新的理由,觉得和她出生的、受过多少痛苦的、母亲刚在里面咽气的这所屋子分不开。她望着堂屋里的窗棂与草垫的椅子不能不落泪。她以为错看了老父的心,因为他对她多么温柔多么体贴:他来搀了她去用午饭,几小时地望着她,眼睛的神气差不多是慈祥了;他瞅着女儿,仿佛她是金铸的一般。

老箍桶匠变得厉害,常在女儿前面哆嗦,眼见他这种老态的拿侬与克罗旭他们,认为是他年纪太大的缘故,甚至担心他有些器官已经衰退。可是到了全家戴孝那天,吃过了晚饭,当唯一知道这老人秘密的公证人在座的时候,老头儿古怪的行为就有了答案。

饭桌收拾完了,门都关严了,他对欧也妮说:

"好孩子,现在你承继了你母亲啦,咱们中间可有些小小的事得办一办。——对不对,克罗旭?"

"对。"

"难道非赶在今天办不行吗,父亲?"

"是呀,是呀,小乖乖。我不能让事情搁在那儿牵肠挂肚。你总不至于要我受罪吧。"

"噢!父亲……"

"好吧,那么今天晚上一切都得办了。"

"你要我干什么呢?"

"乖乖,这可不关我的事。——克罗旭,你告诉她吧。"

"小姐,令尊既不愿意把产业分开,也不愿意出卖,更不愿因为变卖财产,有了现款而付大笔的捐税,所以你跟令尊共有的财产,你得放弃登记……"

"克罗旭,你这些话保险没有错吗,可以对一个孩子说吗?"

"让我说呀,葛朗台。"

"好,好,朋友。你跟我的女儿都不会抢我的家私。——对不对,小乖乖?"

"可是,克罗旭先生,究竟要我干什么呢?"欧也妮不耐烦地问。

"哦,你得在这张文书上签个字,表示你抛弃对令堂的承继权,把你跟令尊共有的财产,全部交给令尊管理,收入归他,光给你保留虚有权……"

"你对我说的,我一点儿不明白,"欧也妮回答,"把文书给我,告诉我签字应该签在哪儿。"

葛朗台老头的眼睛从文书转到女儿,从女儿转到文书,紧张得脑门上尽是汗,一刻不停地抹着。

"小乖乖,这张文书送去备案的时候要花很多钱,要是对你可怜的母亲,你肯无条件抛弃承继权,把你的前途完全交托给我的话,我觉得更满意。我按月付你一百法郎的大利钱。这样,你爱做多少台弥撒给谁都可以了!……嗯!按月一百法郎,一块钱作六法郎,行吗?"

"你爱怎么办就怎么办吧,父亲。"

"小姐,"公证人说,"以我的责任,应当告诉你,这样你自己是一无所有了……"

"嗨!上帝,"她回答,"那有什么关系!"

"别多嘴，克罗旭。——一言为定，"葛朗台抓起女儿的手放在自己手中一拍，"欧也妮，你绝不翻悔，你是有信用的姑娘，是不是？"

"噢！父亲……"

他热烈地拥抱她，把她紧紧地搂得几乎喘不过气来。

"得啦，孩子，你给了我生路，我有了命啦，不过这是你把欠我的还了我：咱们两讫了。这才叫作公平交易。人生就是一件交易。我祝福你！你是一个贤德的姑娘，孝顺爸爸的姑娘。你现在爱做什么都可以。"

"明儿见，克罗旭，"他望着骇呆了的公证人说，"请你招呼法院书记官预备一份抛弃文书，麻烦你给照顾一下。"

下一天中午时分，声明书签了字，欧也妮自动地抛弃了财产。

可是到第一年年终，老箍桶匠庄严地许给女儿的一百法郎月费，连一个子儿都没有给。欧也妮说笑之间提到的时候，他不由得脸上一红，奔进密室，把他从侄儿那里三钱不值两文买来的金饰，捧了三分之一下来。

"哎，孩子，"他的语调很有点挖苦意味，"要不要把这些抵充你的一千二百法郎？"

"噢，父亲，真的吗，你把这些给我？"

"明年我再给你这么些，"他说着把金饰倒在她围裙兜里，"这样，不用多少时候，他的首饰都到你手里了。"他搓着手，因为能够利用女儿的感情占了便宜，觉得很高兴。

话虽如此，老头儿尽管还硬朗，也觉得需要让女儿学一学管家的诀窍了。连着两年，他教欧也妮当他的面吩咐饭菜，收人家的欠账。他慢慢地，把庄园田地的名称内容，陆续告诉了她。第三年上，他的吝啬作风把女儿训练成熟，变成了习惯，于是他放心大胆地，把伙食房的钥匙交给她，让她正式当家。

五年这样地过去了，在欧也妮父女单调的生活中无事可述，老是些同样的事情，做得像一座老钟那样准确。葛朗台小姐的愁闷忧苦已经是公开的秘密，但是尽管大家感觉到她忧苦的原因，她从没说过一句话，给索漠人对她感情的猜想有所证实。她来往的人，只有几位克罗旭与他们无意中带来走熟的一些朋友。他们把她教会了打韦斯脱牌，每天晚上都来玩一局。

一八二七那一年，她的父亲感到衰老的压迫，不得不让女儿参与田产的秘密，遇到什么难题，就教她跟克罗旭公证人商量——他的忠实，老头儿是深信不疑的。然后，到这一年年终，在八十二岁上，老家伙患了风瘫，很快地加重。裴日冷先生断定他的病是不治的了。

想到自己不久就要一个人在世界上了，欧也妮便跟父亲格外接近，把这感情的最后一环握得更紧。像一切动了爱情的女子一样，在她心目中，爱情便是整个的世界，可是查理不在眼前。她对老父的照顾服侍，可以说是鞠躬尽瘁。他开始显得老态龙钟，可是守财奴的脾气依旧由本能支持在那里。所以这个人从生到死没有一点儿改变。

从清早起，他教人家把他的转椅，在卧室的壁炉与密室的门中间推来推去，密室里头不用说是堆满了金子的。他一动不动地待在那儿，极不放心地把看他的人，和装了铁皮的门，轮流瞧着。听到一点儿响动，他就要人家报告原委；而且使公证人大为吃惊的是，他连狗在院子里打呵欠都听得见。他好像迷迷糊糊的神志不清，可是一到人家该送田租来，跟管庄园的算账，或者出立收据的日子与时间，他会立刻清醒。于是他推动转椅，直到密室门口。他教女儿把门打开，监督她亲自把一袋袋的钱秘密地堆好，把门关严。然后他又一声不出地回到原来的位置，只要女儿把那个宝贵的钥匙交还了他,藏在背心袋里,不时用手摸一下。他的老朋友公证人,觉得倘使查理·葛朗台不回来,这个有钱的独养女儿稳是嫁给他当所长的侄儿的了,所以他招呼得加倍殷勤,天天来听葛朗台差遣,奉命到法劳丰,到各处的田地、草原、葡萄园去,代葛朗台卖掉收成,把暗中积在密室里的成袋的钱,兑成金子。

末了,终于到了弥留时期,那几日老头儿结实的身子进入了毁灭的阶段。他要坐在火炉旁边,密室之前。他把身上的被子一齐拉紧,裹紧,嘴里对拿侬说着:

"裹紧,裹紧,别给人家偷了我的东西。"

他所有的生命力都退守在眼睛里了,他能够睁开眼的时候,立刻转到满屋财宝的密室门上:

"在那里吗?在那里吗?"问话的声音显出他惊慌得厉害。

"在那里呢,父亲。"

"你看住金子!……拿来放在我面前!"

欧也妮把金路易铺在桌上,他几小时地用眼睛盯着,好像一个才知道观看的孩子呆望着同一件东西;也像孩子一般,他露出一点儿很吃力的笑意。有时他说一句:

"这样好教我心里暖和!"脸上的表情仿佛进了极乐世界。

本区的教士来给他做临终法事的时候,十字架、烛台和银镶的圣水壶一出现,似乎已经死去几小时的眼睛立刻复活了,目不转睛地瞧着那些法器,他的肉瘤也最后地动了一动。神甫把镀金的十字架送到他唇边,给他亲吻基督的圣像,他却做了一个骇人的姿势想把十字架抓在手里,这一下最后的努力送了他的命。他唤着欧也妮,欧也妮跪在前面,流着泪吻着他已经冰冷的手,可是他看不见。

"父亲,祝福我啊。"

"把一切照顾得好好的!到那边来向我交账!"这最后一句证明基督教应该是守财奴的宗教。

于是欧也妮在这座屋子里完全孤独了;只有拿侬,主人对她递一个眼神就会懂得,只有拿侬为爱她而爱她,只有跟拿侬才能谈谈心中的悲苦。对于欧也妮,拿侬简直是一个保护人,她不再是一个女仆,而是卑恭的朋友。

父亲死后,欧也妮从克罗旭公证人那里知道,她在索漠地界的田产每年有三十万法郎收入;有六十法郎买进的三厘公债六百万,现在已经涨到每股七十七法郎;还有价值二百万的金子,十万现款,其他零星的收入还不计在内,她财产的总值大概有一千七百万。

"可是堂兄弟在哪里啊?"她咕哝着。

克罗旭公证人把遗产清册交给欧也妮的那天,她和拿侬两个在壁炉架两旁各据一方地坐着,在这间空荡荡的堂屋内,一切都是回忆,从母亲坐惯的草垫椅子起,到堂兄弟喝过的玻璃杯为止。

"拿侬,我们孤独了!"

"是的,小姐;哎,要是我知道他在哪里,我会走得去把他找来,这俏冤家。"

"汪洋大海隔着我们呢。"

正当可怜的承继人,在这所包括了她整个天地的又冷又暗的屋里,跟老女仆两个相对饮泣的时候,从南特到奥莱昂,大家议论纷纷,只谈着葛朗台小姐的一千七百万家私。她的第一批行事中间,一桩便是给了拿侬一千二百法郎终身年金。拿侬原来有六百法郎,加上这一笔,立刻变成一

门有陪嫁的好亲事。不到一个月,她从闺女一变而为人家的媳妇,嫁给替葛朗台小姐看守田地产业的安东纳·高诺阿莱了。高诺阿莱太太比当时旁的妇女占很大的便宜。五十九岁的年纪看上去不超过四十。粗糙的线条不怕时间的侵蚀。一向过着修道院式的生活,她的鲜红的皮色,铁一般硬棒的身体,根本不知衰老为何物。也许她从没有结婚那天好看过。生得丑倒是沾了光,她高大,肥胖,结实;毫不见老的脸上,有一股幸福的神气,教有些人羡慕高诺阿莱的福分。

"她气色很好。"那个开布店的说。

"她还能够生孩子呢,"盐商说,"说句你不爱听的话,她好像在盐卤里腌过,不会坏的。"

"她很有钱,高诺阿莱这小子眼力倒不错。"另外一个街坊说。

人缘很好的拿侬从老屋里出来,走下弯弯曲曲的街,上教堂去的时候,一路受到人家祝贺。

欧也妮送的贺礼是三打餐具。高诺阿莱想不到主人这样慷慨,一提到小姐便流眼泪:他甚至肯为她丢掉脑袋。成为欧也妮的心腹之后,高诺阿莱太太在嫁了丈夫的快乐以外,又添了一桩快乐:因为终于轮到她来把伙食房打开、关上,早晨去分配粮食,好似她去世的老主人一样。其次,归她调度的还有两名仆役,一个是厨娘,一个是收拾屋子、修补衣裳被服、缝制小姐衣衫的女仆。高诺阿莱兼做看守与总管。不消说,拿侬挑选来的厨娘与女仆都是上选之才。这样,葛朗台小姐有了四个忠心的仆役。老头儿生前管理田产的办法早已成为老例章程,现在再由高诺阿莱夫妇谨谨慎慎地继续下去,那些庄稼人简直不觉得老主人已经去世。

6

如此人生

到了三十岁,欧也妮还没有尝到一点儿人生乐趣。黯淡凄凉的童年,是在一个有了好心而无人识得、老受欺侮而永远痛苦的母亲身旁度过的。这位离开世界只觉得快乐的母亲,曾经为了女儿还得活下去而发愁,使欧也妮心中老觉得有些对不起她,永远地悼念她。欧也妮第一次也是仅有的一次爱情,成为她痛苦的根源。情人只看见了几天,她就在匆忙中接受了而回敬了的亲吻中间,把心给了他;然后他走了,整个世界把她和他隔开了。这场被父亲诅咒的爱情,差不多送了母亲的命,她得到的只有苦恼与一些渺茫的希望。所以至此为止,她为了追求幸福而消耗了自己的精力,却没有地方好去补充她的精力。精神生活与肉体生活一样,有呼也有吸:灵魂要吸收另一颗灵魂的感情来充实自己,然后以更丰富的感情送回给人家。人与人之间要没有这点美妙的关系,心就没有了生机:它缺少空气,它会受难,枯萎。

欧也妮开始痛苦了。对她,财富既不是一种势力,也不是一种安慰;她只能靠了爱情,靠了宗教,靠了对前途的信心而生活。爱情给她解释了永恒。她的心与福音书,告诉她将来还有两个世界好等。她日夜沉浸在两

La Comédie Humaine

到了三十岁,欧也妮还没有尝到一点儿人生乐趣。

种无穷的思想中，而这两种思想，在她也许只是一种。她把整个的生命收敛起来，只知道爱，也自以为被人爱。七年以来，她的热情席卷一切。她的宝物并非收益日增的千万家私，而是查理的那口匣子，而是挂在床头的两张肖像，而是向父亲赎回来、放在棉花上、藏在旧木柜抽斗中的金饰，还有母亲用过的叔母的针箍。单单为了要把这满是回忆的金顶针套在手指上，她每天都得诚诚心心地戴了它做一点儿绣作，正如珀涅罗珀等待丈夫回家的活计。

看光景葛朗台小姐绝不会在守丧期间结婚。大家知道她的虔诚是出于真心。所以克罗旭一家在老神甫高明的指挥之下，光是用殷勤恳切的照顾来包围有钱的姑娘。

她堂屋里每天晚上都是高朋满座，都是当地最热烈最忠心的克罗旭党，竭力用各种不同的语调颂赞主妇。她有随从御医，有大司祭，有内廷供奉，有侍候梳洗的贵嫔，有首相，特别是枢密大臣，那个无所不言的枢密大臣。如果她想有一个替她牵裳曳袂的侍从，人家也会替她找来的。她简直是一个王后，人家对她的谄媚，比对所有的王后更巧妙。谄媚从来不会出自伟大的心灵，而是小人的伎俩，他们卑躬屈膝，把自己尽量地缩小，以便钻进他们趋附的人物的生活核心。而且谄媚背后有利害关系。所以那些每天晚上挤在这儿的人，把葛朗台小姐唤作特·法劳丰小姐，居然把她捧上了。这些众口一词的恭维，欧也妮是闻所未闻的，最初不免脸红；但不论奉承的话如何过火，她的耳朵不知不觉也把称赞她如何美丽的话听惯了，倘使此刻还有什么新来的客人觉得她丑陋，她绝不能再像八年前那样满不在乎。而且临了，她在膜拜情人的时候暗中说的那套甜言蜜语，她自己也爱听了。因此她慢慢地听让人家夜夜来上朝似的，把她捧得像王后一般。

特·篷风所长是这个小圈子里的男主角，他的才气、人品、学问、和蔼，老是有人在那儿吹捧。有的说七年来他的财产增加了不少：篷风那块产业至少有一万法郎收入，而且和克罗旭家所有的田产一样，周围便是葛朗台小姐广大的产业。

　　"你知道吗，小姐，"另外一个熟客说，"克罗旭他们有四万法郎收入！"

　　"还有他们的积蓄呢，"克罗旭党里的一个老姑娘，特·格里鲍果小姐接着说，"最近巴黎来了一位先生，愿意把他的事务所以二十万法郎的代价盘给克罗旭。这位巴黎人要是谋到了乡镇推事的位置，就得把事务所出盘。"

　　"他想填补特·篷风先生当所长呢，所以先来布置一番，"特·奥松华太太插嘴说，"因为所长先生不久要升高等法院推事，再升庭长；他办法多得很，保险成功。"

　　"是啊，"另外一个接住了话头，"他真是一个人才，小姐，你看是不是？"

　　所长先生竭力把自己收拾得和他想扮演的角色配合。虽然年纪已有四十，虽然那张硬绷绷的暗黄脸，像所有司法界人士的脸一样干瘪，他还装作年青人模样，拿着藤杖满嘴胡扯，在特·法劳丰小姐府上从来不吸鼻烟，老戴着白领带，领下的大折裥颈围，使他的神气很像跟一班蠢头蠢脑的家伙是同门弟兄。他对美丽的姑娘说话的态度很亲密，把她叫作"我们亲爱的欧也妮"。

　　总之，除了客人的数目，除了摸彩变了韦斯脱，再除去了葛朗台夫妇两个，堂屋里晚会的场面和过去并没有什么两样。那群猎犬永远在追逐欧也妮和她的千百万家私，但是猎狗的数量增多了，叫也叫得更巧妙，而且是同心协力地包围它们的俘虏。要是查理忽然从印度跑回来，他可以发现同样的人物与同样的利害冲突。欧也妮依旧招待得很客气的台·格拉桑太太，始终跟克罗旭他们捣乱。可是跟从前一样，控制这个场面的还是欧也妮；也跟从前一样，查理在这儿还是高于一切。但情形究竟有了些进步。从前所长送给欧也妮过生日的鲜花，现在变成经常的了。每天晚上，他给这位有钱的小姐送来一大束富丽堂皇的花，高诺阿莱太太有心当着众人把它插入花瓶，可是客人一转背，马上给暗暗地扔在院子角落里。

初春的时候，台·格拉桑太太又来破坏克罗旭党的幸福了，她向欧也妮提起特·法劳丰侯爵，说要是欧也妮肯嫁给他，在订立婚书的时候，把他以前的产业带回过去的话，他立刻可以重振家业。台·格拉桑太太把贵族的门第、侯爵夫人的头衔叫得震天价响，把欧也妮轻蔑的微笑当作同意的暗示，到处扬言，克罗旭所长先生的婚事不见得像他所想的那么成熟。

"虽然特·法劳丰先生已经五十岁，"她说，"看起来也不比克罗旭先生老；不错，他是鳏夫，他有孩子；可是他是侯爵，将来又是贵族院议员，嘿！在这个年月，你找得出这样的亲事来吗？我确确实实知道，葛朗台老头当初把所有的田产并入法劳丰，就是存心要跟法劳丰家接种。他常常对我说的。他狡猾得很呀，这老头儿。"

"怎么，拿侬，"欧也妮有一晚临睡时说，"他一去七年，连一封信都没有！……"

正当这些事情在索漠搬演的时候，查理在印度发了财。先是他那批起码货卖了好价，很快地弄到了六千美金[1]。他一过赤道线，便丢掉了许多成见：发觉在热带地方的致富捷径，像在欧洲一样，是贩卖人口。于是他到非洲海岸去做黑人买卖，同时在他为了求利而去的各口岸间，拣最挣钱的

---

[1] 当时美金一元值五法郎四十。

货色贩运。他把全副精神放在生意上，忙得没有一点儿空闲，唯一的念头是发了大财回到巴黎去耀武扬威，爬到比从前一个筋斗栽下来的地位更阔的地位。

在人堆中混久了，地方跑多了，看到许多相反的风俗，他的思想变了，对一切都取怀疑态度了。他眼见在一个地方成为罪恶的，在另一个地方竟是美德，于是他对是非曲直再没有一定的观念。一天到晚为利益打算的结果，心变冷了，收缩了，干枯了。葛朗台家的血统没有失传，查理变得狠心刻薄，贪婪到了极点。他贩卖中国人、黑人、燕窝、儿童、艺术家，大规模放高利贷。偷税走私的习惯，使他愈加藐视人权。他到南美洲圣托马斯岛上贱价收买海盗的赃物，运到缺货的地方去卖。

初次出国的航程中，他心头还有欧也妮高尚纯洁的面貌，好似西班牙水手把圣母像挂在船上一样；生意上初期的成功，他还归功于这个温柔的姑娘的祝福与祈祷；可是后来，黑种女人，白种女人，黑白混血种女人，爪哇女人，埃及舞女……跟各种颜色的女子花天酒地，到处荒唐胡闹过后，把他关于堂姊、索漠、旧屋、凳子、甬道里的亲吻等的回忆，抹得一干二净。他只记得墙垣破旧的小花园，因为那儿是他冒险生涯的起点；可是他否认他的家属：伯父是头老狗，骗了他的金饰；欧也妮在他的心中与脑海中都毫无地位，她只是生意上供给他六千法郎的一个债主。这种行径与这种念头，便是查理·葛朗台杳无音信的原因。在印度、圣·多玛、非洲海岸、里斯本、美国，这位投机家为免得牵连本姓起见，取了一个假姓名，叫作卡尔·赛弗。这样，他可以毫无危险地到处胆大妄为了；不择手段、急于捞钱的作风，似乎巴不得把不名誉的勾当早日结束，在后半世做个安分良民。这种办法使他很快地发了大财。一八二七年上，他搭了一

La Comédie Humaine

查理在印度发了财……

家保王党贸易公司的一条华丽帆船，玛丽-加洛琳号，回到波尔多。他有三大桶箍扎严密的金屑子，值到一百九十万法郎，打算到巴黎换成金币，再赚七八厘利息。同船有一位慈祥的老人，查理十世陛下的内廷行走，特·奥勃里翁先生，当初糊里糊涂地娶了一位交际花。他的产业在墨西哥海湾中的众岛上，这次是为了弥补太太的挥霍，到那边去变卖家产的。特·奥勃里翁夫妇是旧世家特·奥勃里翁·特·皮克出身，特·皮克的最后一位将军在一七八九年以前就死了。现在的特·奥勃里翁，一年只有两万法郎左右的进款，还有一个奇丑而没有陪嫁的女儿，因为母亲自己的财产仅仅够住在巴黎的开销。交际场中认为，哪怕凭一般时髦太太那样天大的本领，也不容易嫁掉这个女儿。特·奥勃里翁太太自己也看了女儿心焦，巴不得马上送她出去，不问对象，即使是想做贵族想迷了心的男人也行。

特·奥勃里翁小姐与她同音异义的昆虫一样，长得像一只蜻蜓[1]；又瘦又细，嘴巴老是瞧不起人的模样，上面挂着一个太长的鼻子，平常是黄黄的颜色，一吃饭却完全变红，这种植物性的变色现象，在一张又苍白又无聊的脸上格外难看。总而言之，她的模样，正好教一个年纪三十八而还有风韵还有野心的母亲欢喜。可是为补救那些缺陷起见，特·奥勃里翁侯爵夫人把女儿教得态度非常文雅，经常的卫生把鼻子维持着相当合理的皮色，教她学会打扮得大方，传授她许多漂亮的举动，会做出那些多愁多病的眼神，教男人看了动心，以为终于遇到了找遍天涯无觅处的安琪儿；她也教女儿如何运用双足，赶上鼻子肆无忌惮发红的辰光，就该应时地伸出脚来，让人家鉴赏它们的纤小玲珑；总之，她把女儿琢磨得着实不错了。

---

[1] 小姐一字在法文中亦作蜻蜓解。

靠了宽大的袖子，骗人的胸褡，收拾得齐齐整整而衣袂往四下里鼓起来的长袍，束得极紧的撑裙，她居然制成了一些女性的特征，其巧妙的程度实在应当送进博物馆，给所有的母亲作参考。查理很巴结特·奥勃里翁太太，而她也正想交结他。有好些人竟说在船上的时期，美丽的特·奥勃里翁太太把凡是可以钓上这有钱女婿的手段，件件都做到家了。一八二七年六月，在波尔多下了船，特·奥勃里翁先生、太太、小姐和查理，寄宿在同一个旅馆，又一同上巴黎。特·奥勃里翁的府邸早已抵押出去，要查理给赎回来。丈母已经讲起把楼下一层让给女婿女儿住是多么快活的话。不像特·奥勃里翁先生那样对门第有成见，她已经答应查理·葛朗台，向查理十世请一道上谕，钦准他葛朗台改姓特·奥勃里翁，使用特·奥勃里翁家的爵徽；并且只要查理送一个岁收三万六千法郎的采邑给特·奥勃里翁，他将来便可承袭特·皮克大将军与特·奥勃里翁侯爵的双重头衔。两家的财产合起来，加上国家的干俸，一切安排得好好的话，除了特·奥勃里翁的府邸之外，大概可以有十几万法郎收入。

她对查理说："一个人有了十万法郎收入，有了姓氏，有了门第，出入宫廷——我会给你弄一个内廷行走的差事——那不是要当什么就当什么了吗？这样，你可以当参事院请愿委员，当州长，当大使馆秘书，当大使，由你挑就是。查理十世很喜欢特·奥勃里翁，他们从小就相熟。"

这女人挑逗查理的野心，弄得他飘飘然；她手段巧妙地，当作体己话似的，告诉他将来有如何如何的希望，使查理在船上一路想出了神。他以为父亲的事情有伯父料清了，觉得自己可以平步青云，一脚闯入个个人都想挤进去的圣·日耳曼区，在玛蒂尔特小姐的蓝鼻子提携之下，他可以摇身一变而为特·奥勃里翁伯爵，好似特孪一家当初一变而为勃莱才一样。

他出国的时候，王政复辟还是摇摇欲坠的局面，现在却是繁荣昌盛，把他看得眼花了，贵族思想的光辉把他怔住了，所以他在船上开始的醉意，一直维持到巴黎。到了巴黎，他决心不顾一切，要把自私的丈母娘暗示给他的高官厚爵弄到手。在这个光明的远景中，堂姊自然不过是一个小点子了。

他重新见到了阿纳德。以交际花的算盘，阿纳德极力怂恿她的旧情人攀这门亲，并且答应全力支援他一切野心的活动。阿纳德很高兴查理娶一位又丑又可厌的小姐，因为他在印度逗留过后，出落得更讨人喜欢了：皮肤变成暗黄，举动变成坚决、放肆，好似那些惯于决断、控制、成功的人一样。查理眼看自己可以成个角色，在巴黎更觉得如鱼得水了。

台·格拉桑知道他已经回国，不久就要结婚，并且有了钱，便来看他，告诉他再付三十万法郎便可把他父亲的债务偿清。

他见到查理的时候，正碰上一个珠宝商在那里拿了图样，向查理请示特·奥勃里翁小姐首饰的款式。查理从印度带回的钻石确是富丽堂皇，可是钻石的镶工，新夫妇所用的银器，金银首饰与小玩意儿，还得花二十万法郎以上。查理见了台·格拉桑已经认不得了，态度的傲慢，活现出他是一个时髦青年，曾经在印度跟人家决斗、打死过四个对手的人物。台·格拉桑已经来过三次。查理冷冷地听着，然后，并没把事情完全弄清楚，就回答说：

"我父亲的事不是我的事。谢谢你这样费心，先生，可惜我不能领情。我流了汗挣来不到两百万的钱，不是预备送给我父亲的债主的。"

"要是几天之内人家把令尊宣告了破产呢？"

"先生，几天之内我叫作特·奥勃里翁伯爵了，还跟我有什么相干？而且你比我更清楚，一个有十万法郎收入的人，他的父亲绝不会有过破产的事。"他说着，客客气气把台·格拉桑推到门口。

这一年的八月初，欧也妮坐在堂兄弟对她海誓山盟的那条小木凳上，天晴的日子她就在这儿用早点的。这时候，在一个最凉爽最愉快的早晨，可怜的姑娘正在记忆中把她爱情史上的大事小事，以及接着发生的祸事，一件件地想过来。阳光照在那堵美丽的墙上——到处开裂的墙快要坍塌了，高诺阿莱老是跟他女人说早晚要压坏人的，可是古怪的欧也妮始终不许人去碰它一碰。这时邮差来敲门，授了一封信给高诺阿莱太太，她一边嚷一边走进园子："小姐，有信哪！"

她授给了主人，问："是不是你天天等着的信呀？"

这句话传到欧也妮心中的声响，其强烈不下于在园子和院子的墙壁中间实际的回声。

"巴黎！……是他的！他回来了。"

欧也妮脸色发白，拿着信愣了一会儿。她抖得太厉害了，简直不能拆信。

长脚拿侬站在那儿，两手叉着腰，快乐在她暗黄脸的沟槽中像一道烟似的溜走了。

"念呀，小姐……"

"啊！拿侬，他从索漠动身的，为什么回巴黎呢？"

"念呀，你念了就知道啦。"

欧也妮哆嗦着拆开信来。里面掉出一张汇票，是向台·格拉桑太太与高莱合伙的索漠银号兑款的，拿侬给捡了起来。

　　亲爱的堂姊……

——不叫我欧也妮了,她想着,心揪紧了。

您……

——用这种客套的称呼了!
她交叉了手臂,不敢再往下念,大颗的眼泪冒了上来。
"难道他死了吗?"拿侬问。
"那他不会写信了!"欧也妮回答。
于是她把信念下去:

亲爱的堂姊,您知道了我的事业成功,我相信您一定很高兴。您给了我吉利,我居然挣了钱回来。我也听从了伯父的劝告。他和伯母去世的消息,刚由台·格拉桑先生告诉我。父母的死亡是必然之事,我们应当接替他们。希望您现在已经节哀顺变。我觉得什么都抵抗不住时间。是的,亲爱的堂姊,我的幻想,不幸都已过去。有什么办法!走了许多地方,我把人生想过了。动身时是一个孩子,回来变了大人。现在我想到许多以前不曾想过的事。堂姊,您是自由了,我也还是自由的。表面上似乎毫无阻碍,我们尽可实现当初小小的计划;可是我太坦白了,不能把我的处境瞒您。我没有忘记我不能自由行动;在长途的航程中我老是想起那条小凳……

欧也妮仿佛身底下碰到了火炭,猛地站了起来,走去坐在院子里一级石磴上。

……那条小凳，我们坐着发誓永远相爱的小凳；也想起过道，灰色的堂屋，阁楼上我的卧房，也想起那天夜里，您的好意给了我很大的帮助。是的，这些回忆支持了我的勇气，我常常想，您一定在我们约定的时间想念我，正如我想念您一样。您有没有在九点钟看云呢？看的，是不是？所以我不愿欺骗我认为神圣的友谊，不，我绝对不应该欺骗您。此刻有一门亲事，完全符合我对于结婚的观念。在婚姻中谈爱情是做梦。现在，经验告诉我，结婚这件事应当服从一切社会的规律，适应风俗习惯的要求。而你我之间第一先有了年龄的差别，将来对于您也许比对我更有影响。更不用提您的生活方式，您的教育，您的习惯，都与巴黎生活格格不入，决计不能配合我以后的方针。我的计划是维持一个场面阔绰的家，招待许多客人，而我记得您是喜欢安静恬淡的生活的。不，我要更坦白些，请您把我的处境仲裁一下吧；您也应当知道我的情形，您有裁判的权利。如今我有八万法郎的收入。这笔财产使我能够跟特·奥勃里翁家攀亲，他们的独养女儿十九岁，可以给我带来一个姓氏，一个头衔，一个内廷行走的差使，以及声名显赫的地位。老实告诉您，亲爱的堂姊，我对特·奥勃里翁小姐没有一点儿爱情；但是和她联姻之后，我替孩子预留了一个地位，将来的便宜简直无法估计：因为尊重王室的思想慢慢地又在抬头了。几年之后，我的儿子承袭了特·奥勃里翁侯爵，有了四万法郎的采邑，他便爱做什么官都可以了。我们应当对儿女负责。您瞧，堂姊，我多么善意地把我的心，把我的希望，把我的财产，告诉给您听。可能在您那方面，经过了七年的离别，您已经忘记了我们幼稚的行为；可是我，我既没有忘记您的宽容，也没忘记我的诺言；我什么话都记得，即使在最不经意的时候说的话，换了一个不像我这样认真的，不像我这样保持童心而诚实的青年，是早已想不起的了。我告诉您，我只想为了地位财产而结婚，告诉您我还记得我们童年的爱情，这不就是把我交给了您，由您做主吗？这也就是告诉您，如果要我放弃尘世的野心，我也甘心情愿享受朴素纯洁的幸福，那种动人的情景，您也早已给我领略过了……

您的忠实的堂弟查理

在签名的时候，查理哼着一阕歌剧的调子："铛搭搭——铛搭低——叮搭搭——咚！——咚搭低——叮搭搭……"

"天哪！这就叫作略施小计。"他对自己说。

然后他找出汇票，添注了一笔：

附上汇票一纸，请向台·格拉桑银号照兑，票面八千法郎，可用黄金支付。这是包括您慷慨惠借的六千法郎的本利。另有几件东西预备送给您，表示我永远的感激！可是那口箱子还在波尔多，没有运到，且待以后送上。我的梳妆匣，请交驿车带回，地址是伊勒冷－裴尔敦街，特·奥勃里翁府邸。

"交驿车带回！"欧也妮自言自语地说，"我为了它拼命的东西，交驿车带回！"

伤心残酷的劫数！船沉掉了，希望的大海上，连一根绳索一块薄板都没有留下。

受到遗弃之后，有些女子会去把爱人从情敌手中抢回，把情敌杀死，逃到天涯海角，或是上断头台，或是进坟墓。这当然很美；犯罪的动机是一片悲壮的热情，令人觉得法无可恕，情实可悯。另外一些女子却低下头去，不声不响地受苦，她们奄奄一息地隐忍，啜泣，宽恕，祈祷，相思，直到咽气为止。这是爱，是真爱，是天使的爱，以痛苦生以痛苦死的高傲的爱。这便是欧也妮读了这封残酷的信以后的心情。她举眼望着天，想起了母亲的遗言。像有些临终的人一样，母亲是一眼之间把前途看清看透了的。然后欧也妮记起了这先知般的一生和去世的情形，一转瞬间悟到了自己的命运。她只有振翼高飞，努力往天上扑去，在祈祷中等待她的解脱。

"母亲说得不错，"她哭着对自己说，"只有受苦与死亡。"

她脚步极慢地从花园走向堂屋。跟平时的习惯相反，她不走甬道；但灰灰的堂屋里依旧有她堂兄弟的纪念物：壁炉架上老摆着那只小碟子，她每天吃早点都拿来用的，还有那塞弗勒旧瓷的糖壶。这一天对她真是庄严重大的日子，发生了多少大事。拿侬来通报本区的教士到了。他和克罗旭家是亲戚，也是关心特·篷风所长利益的人。几天以前老克罗旭神甫把他说服了，教他在纯粹宗教的立场上，跟葛朗台小姐谈一谈她必须结婚的义务。欧也妮一看见他，以为他来收一千法郎津贴穷人的月费，便教拿侬去拿钱；可是教士笑道：

"小姐，今天我来跟你谈一个可怜的姑娘的事，整个索漠都在关心她，因为她自己不知爱惜，她的生活方式不够称为一个基督徒。"

"我的上帝！这时我简直不能想到旁人，我自顾还不暇呢。我痛苦极了，除了教会，没有地方好逃，只有它宽大的心胸才容得了我们所有的苦恼，只有它丰富的感情，我们才能取之不尽。"

"哎，小姐，我们照顾了这位姑娘，同时就照顾了你。听我说！如果你要永生，你只有两条路好走：或者是出家，或者是服从在家的规律；或者听从你俗世的命运，或者听从你天国的命运。"

"啊！好极了，正在我需要指引的时候，你来指引我。对了，一定是上帝派你来的，神甫。我要向世界告别，不声不响地隐在一边为上帝生活。"

"取这种极端的行动，孩子，是需要长时期的考虑的。结婚是生，修道是死。"

"好呀，神甫，死，马上就死！"她兴奋的口气叫人害怕。

"死？可是，你对社会负有重大的义务呢，小姐。你不是穷人的母亲，冬天给他们衣服柴火，夏天给他们工作吗？你巨大的家私是一种债务，要偿还的，这是你已经用圣洁的心地接受了的。往修道院一躲是太自私了；终身做老姑娘又不应该。先是你怎么能独自管理偌大的家业？也许你会把它丢了。一桩又一桩的官司会弄得你焦头烂额，无法解决。听你牧师[1]的话吧：你需要一个丈夫，你应当把上帝赐给你的加以保存。这些话，是我把你当作亲爱的信徒而说的。你那么真诚地爱上帝，绝不能不在俗世上求永生；你是世界上最美的装饰之一，给了人家多少圣洁的榜样。"

这时仆人通报台·格拉桑太太来到。她是气愤之极，存了报复的心思来的。

"小姐……啊！神甫在这里……我不说了，我是来商量俗事的，看来你们在谈重要的事情。"

"太太，"神甫说，"我让你。"

---

[1] 此处所谓牧师，系指负责指导灵修的神甫，非新教教士之牧师。

"噢！神甫，"欧也妮说，"过一会儿再来吧，今天我正需要你的支持。"

"不错，可怜的孩子。"台·格拉桑太太插嘴。

"什么意思？"葛朗台小姐和神甫一齐问。

"难道你堂兄弟回来了，要娶特·奥勃里翁小姐，我还不知道吗？……一个女人不会这么糊涂的。"

欧也妮脸上一红，不出一声；但她决意从此要像父亲一般装作若无其事。

"哎，太太，"她带着嘲弄的意味，"我倒真是糊涂呢，不懂你的意思。你说吧，不用回避神甫，你知道他是我的牧师。"

"好吧，小姐，这是台·格拉桑给我的信，你念吧。"

欧也妮接过信来念道：

贤妻如面：查理·葛朗台从印度回来，到巴黎已有一月……

——一个月！欧也妮心里想，把手垂了下来。停了一会儿又往下念：

我白跑了两次，方始见到这位未来的特·奥勃里翁伯爵。虽然整个巴黎都在谈论他的婚事，教会也公布了婚事征询……

——那么他写信给我的时候已经……欧也妮没有往下再想，也没有像巴黎女子般叫一声"这无赖！"可是虽然面上毫无表现，她心中的轻蔑并没减少一点。

……这头亲事还渺茫得很呢：特·奥勃里翁侯爵绝不肯把女儿嫁

给一个破产的人的儿子。我特意去告诉查理，我和他的伯父如何费心料理他父亲的事，用了如何巧妙的手段才把债权人按捺到今天。这傲慢的小子胆敢回我——为了他的利益和名誉，日夜不息帮忙了五年的我，说"他父亲的事不是他的事！"，为这件案子，一个诉讼代理人真可以问他要三万到四万法郎的酬金，合到债务的百分之一。可是，且慢，他的的确确还欠债权人一百二十万法郎，我非把他的父亲宣告破产不可。当初我接手这件事，完全凭了葛朗台那老鳄鱼一句话，并且我早已代表他的家属对债权人承诺下来。尽管特·奥勃里翁伯爵不在乎他的名誉，我却很看重我自己的名誉。所以我要把我的地位向债权人说明。可是我素来敬重葛朗台小姐——你记得，当初我们境况较好的时候，曾经对她有过提亲的意思——所以在我采取行动之前，你必须去跟她谈一谈……

念到这里，欧也妮立刻停下，冷冷地把信还给了台·格拉桑太太，说：
"谢谢你；慢慢再说吧……"
"哎哟，此刻你的声音和你从前老太爷的一模一样。"
"太太，你有八千法郎金子要付给我们哪。"拿侬对她说。
"不错；劳驾你跟我去一趟吧，高诺阿莱太太。"
欧也妮心里已经拿定主意，所以态度很大方很镇静地说：
"请问神甫，结婚以后保持童身，算不算罪过？"
"这是一个宗教里的道德问题，我不能回答。要是你想知道那有名的桑凯士[1]在《神学要略》的《婚姻篇》内怎样说，明天我可以告诉你。"

神甫走了。葛朗台小姐上楼到父亲的密室内待了一天，吃饭的时候，拿侬再三催促也不肯下来。直到晚上客人照例登门的时候，她才出现。葛朗台家从没有这一晚那样宾客满堂。查理的回来，和其蠢无比的忘恩负义的消息，早已传遍全城。但来客尽管聚精会神地观察，也无法满足他们的好奇心。早有准备的欧也妮，镇静的脸上一点都不露出在胸中激荡的惨痛的情绪。人家用哀怨的眼神和感伤的言语对她表示关切，她居然能报以笑容。她终于以谦恭有礼的态度，掩饰了她的苦难。

九点左右，牌局完了，打牌的人离开桌子，一边算账一边讨论最后的几局韦斯脱，走来加入谈天的圈子。正当大家伙儿起身预备告辞的时候，忽然展开了富有戏剧性的一幕，震动了索漠，震动了一州，震动了周围四个州府。

"所长，你慢一步走。"欧也妮看见特·篷风先生拿起手杖的时候，这么说。

听到这句话，个个人都为之一怔。所长脸色发白，不由得坐了下来。

"千万家私是所长的了。"特·格里鲍果小姐说。

"还不明白吗，"特·奥松华太太接着嚷道，"特·篷风所长娶定了葛朗台小姐。"

"这才是最妙的一局哩。"老神甫说。

"和了满贯哪。"公证人说。

每个人都有他的妙语、双关语，把欧也妮看作高踞在千万家私之上，

---

[1] 十六世纪西班牙神学家。

好似高踞在宝座上一样。酝酿了八年的大事到了结束的阶段。当了整个索漠城的面，叫所长留下，不就等于宣布她决定嫁给他了吗？礼节体统在小城市中是极严格的，像这一类出乎常轨的举动，当然成为最庄严的诺言了。

客人散尽之后，欧也妮声音激动地说道：

"所长，我知道你喜欢我的是什么。你得起誓，在我活着的时候，让我自由，永远不向我提起婚姻给你的权利，那么我可以答应嫁给你。噢！我的话还没有完呢，"她看见所长跪了下去，便赶紧补充，"我不会对你不忠实，先生。可是我心里有一股熄灭不了的感情。我能够给丈夫的只有友谊：我既不愿使他难受，也不愿违背我心里的信念。可是你得帮我一次大忙，才能得到我的婚约和产业。"

"赴汤蹈火都可以。"所长回答。

"这儿是一百五十万法郎，"她从怀中掏出一张法兰西银行一百五十股的股票，"请你上巴黎，不是明天，不是今夜，而是当场立刻。你到台·格拉桑先生那里，去找出我叔父的全部债权人名单，把他们召集起来，把叔父所欠的本金，以及到付款日为止的全部息金，照五厘计算，一律付清，要他们立一张总收据，经公证人签字证明，一切照应有的手续办理。你是法官，这件事我只信托你一个人。你是一个正直的、有义气的男子：我将来就凭你一句话，靠你夫家的姓，挨过人生的危难。我们将来相忍相让。认识了这么多年，我们差不多是一家人了，想你一定不会使我痛苦的。"

所长扑倒在有钱的承继人脚下，又快活又凄怆地浑身哆嗦。

"我一定做你的奴隶！"他说。

"你拿到了收据，先生，"她冷冷地望了他一眼，"你把它和所有的借券一齐送给我的堂兄弟，另外把这封信交给他。等你回来，我履行我的诺言。"

所长很明白他的得到葛朗台小姐，完全是由于爱情的怨望；所以他急急要把她的事赶快办了，免得两个情人有讲和的机会。

特·篷风先生走了，欧也妮倒在沙发里哭作一团。一切都完了。所长雇了驿车，次日晚上到了巴黎。第二日清晨他去见台·格拉桑。法官邀请债权人到存放债券的公证人事务所会齐，他们居然一个也没有缺席。虽然全是债主，可是说句公道话，这一次他们都准时而到。然后特·篷风所长以葛朗台小姐的名义，把本利一并付给了他们。照付利息这一点，在巴黎商界中轰动一时。

所长拿到了收据，又依照欧也妮的盼咐，送了五万法郎给台·格拉桑做报酬，然后上特·奥勃里翁爵府。他进门的时候，查理正碰了丈人的钉子回到自己屋里。老爵爷告诉他，一定要等琪奥默·葛朗台的债务清偿之后，才能把女儿嫁给他。

所长先把下面的一封信交给查理：

堂弟大鉴：叔父所欠的债务，业已全部清偿，特由特·篷风所长送上收据一纸。另附收据一纸，证明我上述代垫的款项已由吾弟归还。外面有破产的传说，我想一个破产的人的儿子未必能娶特·奥勃里翁小姐。您批评我的头脑与态度的话，确有见地：我的确毫无上流社会的气息，那些计算与风气习惯，我都不知；您所期待的乐趣，我无法贡献。您为了服从社会的惯例，牺牲了我们的初恋，但愿您在社会的惯例之下快乐。我只能把您父亲的名誉献给您，来成全您的幸福。

别了!

愚姊永远是您忠实的朋友
欧也妮

这位野心家拿到正式的文件,不由自主地叫了一声,使所长看了微笑。

"咱们现在不妨交换喜讯啦。"他对查理说。

"啊!你要娶欧也妮?好吧,我很高兴,她是一个好人。"——他忽然心中一亮,接着说,"哎,那么她很有钱喽?"

"四天以前,"所长带着挖苦的口吻回答,"她有将近一千九百万;可是今天她只有一千七了。"

查理望着所长,发呆了。

"一千七百……万……"

"对,一千七百万,先生。结婚之后,我和葛朗台小姐总共有七十五万法郎收入。"

"亲爱的姊丈,"查理的态度又镇静了些,"咱们好彼此提携提携啦。"

"行!"所长回答,"这里还有一口小箱子,非当面交给你不可。"他把梳妆匣放在了桌上。

"喂,好朋友,"特·奥勃里翁侯爵夫人进来的当儿,根本没有注意到克罗旭,"刚才特·奥勃里翁先生说的话,你一点不用放在心上,他是给特·旭礼欧公爵夫人迷昏了。我再告诉你一遍,你的婚事绝无问题……"

"绝无问题,"查理应声回答,"我父亲欠的三百万,昨天都还清了。"

"付了现款吗?"

"不折不扣,连本带利;我还得替先父办复权手续呢。"

"你太傻了！"他的丈母叫道。——"这位是谁？"她看到了克罗旭，咬着女婿的耳朵问。

"我的经纪人。"他低声回答。

侯爵夫人对特·篷风先生傲慢地点了点头，走了出去。

"咱们已经在彼此提携啦，"所长拿起帽子说，"再见吧，内弟。"

"他竟开我玩笑，这索漠的臭八哥。恨不得一剑戳破他的肚子才好。"

所长走了。三天以后，特·篷风先生回到了索漠，公布了他与欧也妮的婚事。过了六个月，他升了安越法院的推事。

离开索漠之前，欧也妮把多少年来心爱的金饰熔掉了，加上堂兄弟偿还的八千法郎，铸了一口黄金的圣体匣，献给本区的教堂，在那里，她为他曾经向上帝祷告过多少年！

平时她在安越与索漠两地来来往往。她的丈夫在某次政治运动上出了力，升了高等法院庭长，过了几年又升了院长。他很焦心地等着大选，好进国会。他的念头已经转到贵族院了，那时……

"那时，王上跟他是不是称兄道弟了？"拿侬，长脚拿侬，高诺阿莱太太，索漠的布尔乔亚，听见女主人提到将来显赫的声势时，不禁说出这么一句。

7

结局

虽然如此,特·篷风院长(他终于把产业的名字代替了老家克罗旭的姓)野心勃勃的梦想,一桩也没有实现。发表为索漠议员八天以后,他就死了。

洞烛幽微而罚不及无辜的上帝,一定是谴责他的心计与玩弄法律的手段。他由克罗旭做参谋,在结婚契约上订明"倘将来并无子女,则夫妇双方之财产,包括动产不动产,绝无例外与保留,一律全部互相遗赠;且夫妇任何一方身故之后,得不再依照例行手续举办遗产登记,但自以不损害继承人权利为原则,须知上述夫妇互相遗赠财产之举确为……"这一项条款,便是院长始终尊重特·篷风太太的意志与独居的理由。妇女们提起院长,总认为他是一个最体贴的人,而对他表示同情;她们往往谴责欧也妮的隐痛与痴情,而且在谴责一个女人的时候,她们照例是很刻毒的。

"特·篷风太太一定是病得很厉害,否则绝不会让丈夫独居的。可怜的太太!她就会好吗?究竟是什么病呀,胃炎吗?癌症吗?为什么不去看医生呢?这些时候她脸色都黄了;她应该上巴黎去请教那些名医。她怎么不想生一个孩子呢?据说她非常爱丈夫,那么以他的地位,怎么不给他留一个后代承继遗产呢？真是可怕。倘使单单为了任性，那简直是罪过……可怜的院长！"

欧也妮因为幽居独处、长期默想的结果，变得感觉灵敏，对周围的事看得很清，加上不幸的遭遇与最后的教训，她对什么都猜得透。她知道院长希望她早死，好独占这笔巨大的家私——因为上帝忽发奇想，把两位老叔——公证人和教士——都召归了天国，使他的财产愈加庞大了。欧也妮只觉得院长可怜；不料全知全能的上帝，代她把丈夫居心叵测的计划完全推翻了：他尊重欧也妮无望的痴情，表示满不在乎，其实他觉得不与妻子同居倒是最可靠的保障；要是生了一个孩子，院长的自私的希望，野心勃勃的快意，不是都归泡影了吗？

如今上帝把大堆的黄金丢给被黄金束缚的女子，而她根本不把黄金放在心上，只在向往天国，过着虔诚慈爱的生活，只有一些圣洁的思想，不断地暗中援助受难的人。

特·篷风太太三十三岁上做了寡妇，富有八十万法郎的收入，依旧很美，可是像个将近四十的女人的美。白白的脸，安闲，镇静。声音柔和而沉着，举止单纯。她有痛苦的崇高伟大，有灵魂并没被尘世玷污过的人的圣洁，但也有老处女的僵硬的神气，和内地闭塞生活养成的器局狭小的习惯。虽然富有八十万法郎的岁收，她依旧过着当年欧也妮·葛朗台的生活，非到了父亲从前允许堂屋里生火的日子，她的卧房绝不生火，熄火的日子也依照她年青时代的老规矩。她的衣着永远跟当年的母亲一样。索漠的屋子，没有阳光，没有暖气，老是阴森森的，凄凉的屋子，便是她一生的小影。她把所有的收入谨谨慎慎地积聚起来，要不是她慷慨解囊地拨充善举，也许还显得吝啬呢。可是她办了不少公益与虔诚的事业，一所养老院，几处教会小学,一所庋藏丰富的图书馆,等于每年向人家责备她吝啬的话提出反证。索漠的几座教堂,靠她的捐助,多添了一些装修。特·篷风太太,有些人刻薄地叫作小姐,很受一般人敬重。由此可见,这颗只知有温情而不知有其他的高尚的心,还是逃不了人间利益的算盘。金钱不免把它冷冰冰的光彩,沾染了这个超脱一切的生命,使这个感情丰富的女子也不敢相信感情了。

"只有你爱我。"她对拿侬说。

这女子的手抚慰了多少家庭的隐痛。她挟着一连串善行义举向天国前进。心灵的伟大,抵消了她教育的鄙陋和早年的习惯。这便是欧也妮的故事,她在世等于出家,天生的贤妻良母,却既无丈夫,又无儿女,又无家庭。

几天以来,大家又提到她再嫁的问题。索漠人在注意她跟特·法劳丰侯爵的事,因为这一家正开始包围这个有钱的寡妇,像当年克罗旭他们一样。

据说拿侬与高诺阿莱两人都站在侯爵方面;这真是荒唐的谣言。长脚拿侬和高诺阿莱的聪明,都还不够懂得世道人心的败坏。

一八三三年九月原作　巴黎

一九四八年八月译竣　牯岭

人间喜剧 II

于絮尔·弥罗埃
Ursule Mirouët

LA COMÉDIE HUMAINE

内容介绍

　　本书描写法国十九世纪三十年代的一班小布尔乔亚贪婪成性，为了争夺遗产，不择手段，几乎把一个天真无邪的少女作了牺牲品。除了女主人公于絮尔之外，巴尔扎克又塑造了几个中心人物：财迷心窍的米诺莱、阴险的古鄙和孤僻的老医生。曲折的情节写出各方面大大小小的冲突和矛盾。作者以老医生的托梦作为高潮的转折点：一方面加强了故事的戏剧性，一方面也减少了作品的现实性，令人有美中不足之感。但对于鬼神的迷信，不但暴露了巴尔扎克个人的癖好及其性格的复杂，同时也反映了当时欧洲的知识界还沾染不少迷信的毒素。所以即使是作品里不现实的缺点，从另一角度上看仍不失为反映现实的表现。

1

惊慌的承继人

  从巴黎方面进纳摩,必须过洛昂运河。在这个美丽的小镇外面,运河的堤岸仿佛野外的城垣,同时也是景物幽美的散步场所。可惜从一八三四年起,桥那一边盖了几所屋子;倘若这类似镇梢的区域发展下去,市镇的外貌就会丧失它妩媚动人的特色。一八二九年,大路两旁还是一片空旷:所以那高大肥胖、六十岁上下的车行老板,在一个天朗气清的早晨坐在桥脊上,尽可把他行话所谓的飘带儿[1]一览无余。

  时方九月,秋色斑斓,笼罩着草原和石子的大气如火如荼,蔚蓝的天空没有一片云翳,极目所及,连远天都蓝得那么鲜明,纯净,足见空气稀薄到极点。那个叫作米诺莱-勒佛罗的车行老板,直要把一只手遮着太阳,才不至于眼花。他等人等得心焦了,一忽儿瞧瞧大路右边,青葱可爱的草原割过一道又长起新草来了;一忽儿瞧瞧左边,林木蓊郁的山峦从纳摩一直伸展到蒲隆。大路上的声响都被连绵不断的山陵送回到洛昂运河的盆地上:米诺莱-勒佛罗听见自己的马匹飞奔的声音,也听见手下的马夫挥舞

---

[1] 车行中人把一望无际的大路叫作飘带儿。

鞭子的声音。

草原上有些牲口，正如保尔·波忒画的，天空像是拉斐尔笔下的，运河两旁杂树成荫，完全是霍贝玛的风味[1]；对着这样的美景而还会烦躁的，恐怕只有车行老板这等人了。艺术的使命原是要让自然界有些灵气；而到过纳摩的人都知道那儿的大自然和艺术一样美，那儿的景色自有它的意境，能够动人遐想。但一个艺术家看到米诺莱-勒佛罗，可能丢下风景来描绘这个伧夫的，因为他实在平庸，倒反显得别具一格了。把所有的兽性集合起来，结果不是产生了凯列班吗？而凯列班的确可称为杰作[2]。无论哪儿，只要物质成了主体，就没有感情了。

车行老板就是证明这定理的活生生的例子。凭他那副相貌，在他因为肉长得不可收拾而显得通红的皮色之下，便是思想家也不容易看出他有什么心灵。鸭舌很小、两旁瓜棱式的蓝呢便帽，紧箍在头上；脑袋之大，说明迦尔[3]还没研究到这出奇的相貌。从帽子底下挤出来的，似乎发亮的灰色头发，一望而知它们的花白并非由于多用脑力或是忧伤所致。一对大耳朵，开裂的边上差不多结着疤，充血的程度似乎一用劲就会冒出血来。经常晒太阳的皮肤，棕色里头泛出紫色。灵活而凹陷的灰色眼睛，藏在两簇乱草般的黑眉毛底下，活像一八一五年到巴黎来的卡尔梅克人[4]；这双眼睛

---

[1] 保尔·波忒（1625—1654）与霍贝玛（1638—1709）均为荷兰有名的风景画家；波忒尤以画动物见长。
[2] 凯列班为莎士比亚名剧《暴风雨》中的人物，为女巫与魔鬼所生的儿子，身材奇矮，状貌奇丑，性情刁恶。
[3] 德国医生迦尔（1758—1807）首创骨相学，风行一时，巴尔扎克尤为信服。
[4] 卡尔梅克人为蒙古族之一支，居于俄罗斯南部，伏尔加河与顿河之间。一八一五年拿破仑战败后，联军进入巴黎，俄军中即有卡尔梅克人在内。

La Comédie Humaine

高大肥胖、六十岁上下的车行老板。

只有动了贪心的时候才有精神。鼻梁是塌的，一到下面突然翘得很高。跟厚嘴唇搭配好的是教人恶心的双折下巴，一星期难得刮两回的胡子底下，是一条旧绳子般的围巾；脖子虽则很短，却由臃肿的肥肉叠成许多皱褶，再加上他厚墩墩的面颊：雕塑家在当作支柱用的人像上表现的，浑身都是蛮力的那些特点，就应有尽有了。所不同的是雕像能顶住高堂大厦[1]，米诺莱-勒佛罗却连自己的身体还不容易支持。这一类肩上不扛着地球的阿特拉斯[2]，世界上多的是。他的上半身是巍巍然一大块，好比人立而行的公牛的胸脯。胳膊粗壮，一双厚实、坚硬、又大又有力的手，拿得起鞭子、缰绳、割草的叉，而且很能运用；没有一个马夫见了他的手不甘拜下风的。巨人的肚子硕大无朋，靠着跟普通人的身体一般大的腿和一双巨象般的脚支撑。他难得动怒，但发起性来非常可怕，大有中风的危险。他虽则粗暴，不会思索，可从来没做过什么事可以证明他的心地跟长相一样凶恶。谁要见了他发抖，他手下的马夫们就说：

"噢！别怕，他并不凶！"

按照许多地方的习惯，大家把纳摩的车行老板简称为纳摩老板。他穿着绿色猎装、有条子的绿呢裤、宽大的黄色羊皮背心，看他口袋外面有一圈黑印子，你就知道他口袋里头放着一个其大无比的鼻烟壶；塌鼻子用大鼻烟壶，这句俗话真是一点不错。

米诺莱-勒佛罗生在大革命时代，经过帝政时代，一向不参加政治；至于宗教观念，除了结婚那天，他从来不进教堂；他的做人之道全部写在

---

[1] 古埃及与古希腊的建筑，多以雕刻精美的人像作支柱。
[2] 古代神王阿特拉斯，高大如山，足为擎天之柱。美术图像上将其绘成肩负地球之人。

《民法》上：凡是法律所不禁或是无法惩戒的事，他认为都可以做得。所谓读物，只限于塞纳－俄阿士州的报纸，或是与他行业有关的法令规程。他被认为是种庄稼的老手，但他的知识是纯粹偏于实用方面的。因此米诺莱－勒佛罗的精神并不和肉体抵触。他难得说话；开口之前老是吸一撮鼻烟，以便腾出时间来，不是为了思索，而是找字眼。他喜欢多嘴而没法多嘴。想到这头没有鼻子没有悟性的象叫作米诺莱－勒佛罗，我们不禁和斯特恩有同感，觉得姓名的确有种神秘的作用，有时是讽刺一个人的性格，有时是预言一个人的性格[1]。米诺莱分明是个无用的人，却靠了大革命帮忙，三十六年中置了不少产业，有草原，有农田，有树林，合到一年三万法郎进款。有了这笔家私而米诺莱却还在经营纳摩的运输生意和迦蒂南与巴黎之间的客运货运，倒不是因为老干这一行，成了习惯，而多半是要为他的独养儿子安排一个美好的前程。这儿子，像乡下人说的"已经升格为先生"了，刚念完法律，过了暑假就得宣誓当见习律师。米诺莱先生和米诺莱太太——因为从大汉身上，谁都看得出他必有一位太太，否则绝不会有偌大的家私——他们对于儿子的职业是听凭他挑选的：当巴黎的公证人也好，在别的地方当检察官也好，随便哪儿的稽征员也好，股票经纪人也好，车行老板也好。从蒙太奚到埃索纳，人人都说："米诺莱老头有多少家业，他自己也说不清！"这样一个人的儿子，还有什么欲望不能满足，什么职位不能希冀呢？米诺莱的家道殷实，四年前又有新的事实证明：他那时卖了客店，把大街上的车行搬到码头上，另外盖了华丽的马房和住

---

[1] 米诺莱一字内包含"米诺（minor）"，在拉丁文中意义是"小"；"勒佛罗（Levrault）"一字意义为"小兔"。这个姓氏与米诺莱－勒佛罗的巨象似的身体正好是个对照，也是一个讽刺。斯特恩（1713—1768）为英国作家，在所著小说《项狄传》中说到人的姓名与性格大有关系。

宅。新店的开办费花到二十万，一百多里周围的传说把这数目又加了一倍。纳摩的运输事业需要大量的马匹，往巴黎去的路线要到枫丹白露为止，东南要过蒙太奚，东北要过蒙德洛。各路的站头都相隔很远，蒙太奚路上的沙石又可以作为多加一匹马的借口，但旅客是花了钱永远看不见多加的牲口的。一个人长着米诺莱那样的身材，有着米诺莱那样的家业，开着这种规模的铺子，的确当得上"纳摩老板"的称号了。

米诺莱虽然从来不想到上帝或是魔鬼，虽然是个实际的唯物论者，正如他是个实际的庄稼人，实际的自私者，实际的吝啬鬼，至此为止却毫无遗憾地享着全福，假如单纯的物质生活可以算得幸福的话。生理学家若是看到他脑后一堆光秃的肉盖在最高的一根脊椎骨上面，把小脑压住了，听到他细而尖锐的声音和他的长相成为可笑的对比，就明白为什么这个高大、肥胖、笨重的庄稼人疼爱他的独养儿子，为什么他当初望子心切，甚至替他起个名字叫作"但羡来"[1]。倘若爱情真是男子生机旺盛、大有作为的标志，那么哲学家们也不难懂得米诺莱无用的原因了。儿子很运气，长得像母亲。而母亲就跟父亲争着宠孩子。那种无微不至的溺爱可没有一个儿童抵抗得了，不管他天性怎么样。但羡来看透自己有着予取予求的力量，便在父亲面前装作只向父亲要求，在母亲面前装作只向母亲要求，把两人的银柜和钱袋尽量榨取。他在纳摩镇上比一个王子在京城里还要威风；他要在巴黎跟在小镇上一样称心如意地享受，每年花到一万两千法郎以上。但凭了这笔钱，他换来许多新观念，那是在纳摩永远得不到的；他脱胎换骨，已经不是内地人了；他懂得金钱的势力，认为司法界确是一条上进的

---

[1] 但羡来（Désiré）在法语中是渴望的意思。

门路。最后一学年，他交结一班艺术家、新闻记者和他们的情妇，比往年又多花了一万法郎。

最近他有封教人挂念的信写给父亲，谈到一门亲事，要求他支持；大概为了这个缘故，车行老板才在桥上老等；但米诺莱-勒佛罗太太，一边为庆贺胜利归来的法学士，忙着端整丰盛的饭菜，一边也打发丈夫到路口上来接，还吩咐他看不见驿车，就该骑着马迎上去。这独养儿子搭的班车，平时清早五点就到纳摩的，此刻却已经敲了九点！怎么会这样脱班的？是不是翻了车？但羡来不要送了命吧？还是只断了一条腿呢？

三下响鞭的声音，像排枪似的破空而至，马夫们的大红背心远远地出现了，十匹马都嘶叫起来。老板脱下帽子挥舞，人家看见他了。一个坐骑最好的马夫，带着两匹驾双轮车的灰色花马，把马一夹，超出了五匹驾驿车的肥马和三匹驾四轮车的马，直奔到老板面前。

"你有没有看见杜格兰？"

大路上的客车都有些怪名字：什么加耶，杜格兰（那是纳摩与巴黎之间的班车），大公司，等等。一切新开车行的车都被称为抢生意的！勒公德经营的时代，他的车都被称为公德斯。——"加耶没追上公德斯，可是大公司把公德斯丢得老远了！"——"法兰西（法兰西运输行的简称）给加耶和大公司比下去了。"倘若马夫乱砸东西，连酒也不要喝，你不妨向领班的打听一下，他会仰着头，眼睛望着远处，回答你："抢生意的跑在前面去了！"那时马夫会把话接过去："混蛋，他简直不让客人打尖！"领班的却说："喝，客人，他们会有客人吗？你把包里涅狠狠地抽几下就是了！"包里涅是一切劣马的总称。马夫和领班的在车顶上嘻嘻哈哈谈的无非是这一套。法国有多少种行业，就有多少种行话。

"你有没有看见杜格兰？……"

"你是说但羡来先生吧？"马夫打断了老板的话,"哎!你该听见我们的了,我们料到你等在路口,特意用响鞭给你报信的。"

"为什么班车迟到了四个钟点?"

"在埃索纳和篷蒂埃里之间,后面有个轮子脱了箍。可是没出乱子,上坡的当口,幸好给加皮洛发觉了。"

那时,纳摩教堂的阵阵钟声正招呼居民去望星期日的弥撒;一个三十六岁左右的女人,衣服穿得齐齐整整,走近车行老板,说道:

"喂,表叔,说来你才不信呢!咱们的叔叔带着于絮尔到了大街上,要去望弥撒了。"

虽然现代诗学注重本地风光,定下许多规律,我们也不能过于写实,把这个表面上极平淡的新闻,从米诺莱-勒佛罗那张阔嘴里引出来的连咒带骂的丑话,照样述说。他的声音变得格外尖锐,脸上的神气正如俗语说的,像中暑一般。

第一阵怒火发作过后,他问:"可是真的?"

好几个马夫赶着马打前面过,向老板招呼,老板好像既没看见,也没听见。米诺莱·勒佛罗不再等儿子,竟和表侄媳俩走向大街去了。

她接着说:"我不是早告诉你吗?米诺莱医生一朝老糊涂了,那假仁假义的小丫头准会哄他热心宗教的;抓住头脑就是抓住荷包;咱们的遗产准给她抢去的了。"

"不过,玛尚太太……"车行老板迷迷糊糊地说着。

玛尚太太打断了表叔的话:"啊!你也要跟玛尚一样来一套吧,说什么,这种计划可是一个十五岁的小姑娘想得出、做得到的?八十三岁的老头儿,生平只有结婚进过教堂,恨死了神甫,连这孩子初领圣体也没陪着去,她怎有本领改变他的思想?——好,我问你,倘若米诺莱医生果真恨教士,为什么十五年工夫,他差不多天天晚上都跟夏伯龙神甫在一起?于絮尔每次领圣餐,假道学的老头儿都让她捐二十法郎香烛钱。为了酬谢神甫替她准备初领圣体,于絮尔还送了一笔很重的礼,难道你记不得了?她把自己的积蓄都花光了,事后她干爹[1]却加倍还她。你们男人,什么事都不知道留神!我当初听到这些,就说,葡萄割完,篮子没用啦!一个有遗产的老叔,这样对待一个从街上捡来的小娃娃,绝不会没有用意的。"

车行老板回答:"呃,老头儿送于絮尔上教堂,也许只是偶巧。天气很好,咱们老叔想出来遛遛也说不定。"

"哼,他手里挟着一本经文,还扮着一副道貌岸然的面孔!总而言之,你自己去瞧吧。"

大胖老板答道:"没想到他们的把戏瞒得这么紧;蒲奚伐女人明明告诉我,医生跟夏伯龙神甫从来不提宗教。并且这本堂神甫是天底下最规矩的人,哪怕只剩一件衬衫,也会送给穷人的;他绝不会阴损人家;而走漏遗产,那简直是……"

"简直是偷盗。"玛尚太太说。

"比偷盗还要不得!"米诺莱-勒佛罗叫起来。他听了多嘴的表侄女的意见,气坏了。

玛尚太太道:"我知道,夏伯龙神甫虽是教士,人倒挺规矩的;但他为了穷人,什么事都做得出来!他可能从里头蛀呀蛀的,把咱们的老叔从

---

[1] 此处的"干爹"系旧教徒受洗时之教父。

里头蛀空,而医生也会变成宗教狂的。我们一百二十分地放心,谁知他一下子走了邪路!一个从来不信宗教的人,极正派的人,谁想得到!噢!咱们完啦。我丈夫心里七上八下,烦死了。"

玛尚太太这些话,等于放出许多箭射在大胖表叔身上;她使米诺莱不管身体怎么笨重,居然和她走得一样快,那些望弥撒的人见了都大为惊奇。玛尚太太特意要赶上米诺莱医生,让车行老板亲眼看到。

靠迦蒂南方面,连绵不断的山岗俯瞰着纳摩镇,沿着山脚便是洛昂运河和通往蒙太奚的大道。教堂的石头被时间披上黑黝黝的外衣,因为它是琪士家在十四世纪重造的;那时的纳摩正是琪士公爵的封地[1]。教堂坐落在镇梢上,后面有一个高大的拱门像框子一般把它镶嵌着。建筑物跟人一样,地位最要紧。因为门前有树荫,有一片挺干净的广场把它衬托着,这所孤零零的教堂便显得庄严伟大。一进广场,纳摩老板恰好看到老叔搀着那个叫作于絮尔的姑娘,各人手里挟着一本经文,正要进入教堂。老人在门洞底下脱了帽子,满头白发像积雪的山峰,在大堂前柔和的阴影中闪闪发光。

纳摩的稽征员,叫作克莱弥埃的,嚷道:"喂,米诺莱,老叔信了教,你有什么感想?"

"教我说什么好呢?"车行老板说着,请对方吸了一撮鼻烟。

"回答得妙,勒佛罗老头!有位大名鼎鼎的作家说过:一个人没说出自己的思想,先得把话想一想;倘使这话是对的,那你当然不能把心里的意思明说了。"说这俏皮话的是一个突然闯过来的年轻人,他在纳摩镇上

---

[1] 此系巴尔扎克误记,琪士族最早的公爵生于十六世纪,故纳摩的成为他的封邑不能早于十六世纪。

所扮的角色，等于《浮士德》里头的靡菲斯特[1]。

这恶少名叫古鄙，是纳摩公证人克莱弥埃-第奥尼斯的首席帮办。父亲是个小康的庄稼人，打算教儿子当公证人的；古鄙把遗产在巴黎挥霍净尽，待不下去了，第奥尼斯便留他在事务所里帮忙，虽然也知道他过去的劣迹。你只要看到古鄙，就会知道他是一向忙着寻欢作乐的，因为他为着作乐已经花了很大的代价。

帮办身材虽是矮小，二十七岁上的胸部已经跟四十岁的人一样。两条又短又细的腿，一张大阔脸，皮色乌七八糟，仿佛雷雨之前的天空，脸部高处耸起着光秃的脑门：这种种格外显出他体格的畸形。脸相很像驼子，不过他的驼峰似乎是藏在身体内部的。没有血色而苦闷懊恼的脸上有种特殊的神气，证实他的确有个看不见的驼峰。鼻子和许多驼子的一样，弯弯曲曲，扭来扭去，不长在脸中央，而是自右至左斜着过去的[2]。嘴角两旁耸起一些纹路，像萨尔台涅人，表示他随时会说刻薄话。稀少的头发黄里带红，一绺绺地挂在额前，有些地方可以看得出头皮。一双又大又扭曲的手，跟太长的胳膊接榫没接好，难得有干净的时候。脚下穿着早该扔在垃圾堆上的鞋子、黑里泛红的粗丝袜。裤子和黑呢上装已经露出经纬，差不多堆了一层油腻；可怜巴巴的背心，好几个纽扣都丢了芯子；脖子里裹着一条旧围巾当领带。全部装束都说明他为了贪欢纵欲，潦倒得不成体统了。

这许多细节固然可怕，但他的主要性格还在那两只山羊眼睛；眼珠四周，围着一圈黄的，有种淫乱和卑鄙的表情。他在镇上是大家最害怕最敬

---

[1] 靡菲斯特为诱惑浮士德的魔鬼，博学多闻，诙谐百出，但心术邪恶，阴险殊甚。
[2] 驼子身体畸形，往往两腿瘦削，鼻子歪曲：古鄙并非真的驼子，但长相极像驼子，故作者谓其驼峰藏在身体内部。

重的人。因为长得丑，古郿格外野心勃勃；胸襟很窄，跟一般肆无忌惮的人一样特别有他可恶的小聪明，专门用来报复心中的怨恨。他会编些狂欢节里唱的讽刺的小调，纠集无赖在街上起哄，他那张贫嘴等于当地的一份小报。第奥尼斯为人狡猾、虚伪，因此也很胆小；他雇用古郿，一半是因为古郿聪明绝顶而有些害怕，一半是利用古郿熟悉地方上的内情。但东家对帮办防得很严，银钱出入自己掌管，不留古郿住在家里，也不让他亲近，机密的或是出入重大的案子都不交给他办。帮办受着这种待遇，一面巴结东家，一面怀恨在心，暗中监视着第奥尼斯太太，想找机会出气。他悟性极快，办什么事都轻而易举。

当下帮办搓着手，车行老板回答他说："噢！小子！你已经在幸灾乐祸了。"

但羡来平时想弄什么女人，古郿无不丧尽廉耻，竭力帮衬，所以五年来但羡来都引他为同道，而车行老板也对他不大客气，没有想到古郿胸中积着多少怨恨，把所受的羞辱都记在那里。帮办懂得金钱对自己比对谁都重要，也知道自己比纳摩镇上所有的布尔乔亚都高强，很想挣一份家业，仗着跟但羡来有交情，把当地三个缺分买一个下来：或是治安裁判所的书记职位，或是随便哪个书办的事务所，或是第奥尼斯的事务所。因此尽管车行老板把他呼来喝去，米诺莱-勒佛罗太太把他不当人看，他始终耐着性子忍受，在但羡来身边做一个不要脸的小丑。两年以来，但羡来假期终了时丢下的情妇，都由他接收。古郿可以说是端整了大菜给别人享受，自己只拾些残羹冷饭。

"我要是老头儿的侄子，哪怕上帝要和我平分遗产，老头儿也不会答应。"帮办说着，露出一口又少、又黑、又吓人的牙齿，狞笑了一下。

那时，治安裁判所的书记玛尚-勒佛罗，走到他女人身边来，还带着稽征员的妻子克莱弥埃太太。玛尚-勒佛罗在小镇上的布尔乔亚里头是最贪心的一个，脸长得跟鞑靼人一样：小圆眼睛好比两颗山楂果，脑门扁平，短短的鬈头发，油腻的皮色，一对大耳朵没有耳朵边，嘴唇薄得看不见，胡子很少。他跟放印子钱的人一样外貌温和，心地狠毒，行事都有一定的原则。说话像失音的人。总之，要把他描写完全，只消知道他不雇用下手，所里的判决书都是派妻子和大女儿送达的。

克莱弥埃太太是个胖子，头发的颜色像淡黄又不像淡黄，满面雀斑，衣服都紧贴在身上，平时交结第奥尼斯太太。大家认为她有学问，因为她会看看小说。这位末等金融家的太太，自命为高雅大方，极有才情。她等着老叔的遗产，好让自己有点儿气派，把客厅装饰起来，接待镇上的布尔乔亚，因为丈夫不肯替她买加赛保险灯、镂版画和她在公证人太太府上看到的一些无聊东西。她最怕古鄙，因为她常常失言，被古鄙拿去到处宣扬。有一天，第奥尼斯太太说不知道用什么药水洗牙齿好。

她却回答说："干吗不用奥比阿[1]呢？"

米诺莱老医生所有的旁系亲属，那时差不多全到了广场上；他们为之惊慌不已的那件事，谁都感觉到意义重大，连一班来自四乡、拿着大红雨伞、穿得花花绿绿、逢时过节走在路上别有风光的男男女女，也一齐把眼睛盯着米诺莱的承继人。在介乎乡村与城市之间的镇上，凡是不去望弥撒的人，都留在广场上谈生意经。按照纳摩的习惯，弥撒祭的时间便是每周一次的交易所时间，散处在几里以内的居民往往在这儿集会。因此，乡下

---

[1] 第奥尼斯太太问的是刷牙用的药水或牙膏，奥比阿却是一种滋补牙齿的糖浆，供人服用的。

人卖给城里的粮食和替城里人做工,都有个一定的价钱。

车行老板问古郋:"那么你处在这地位又怎么办?"

"我要使他少不了我,觉得我跟空气一般重要。你们就是不会应付!遗产跟美人儿一样需要小心侍候,稍一疏忽,这两样都会溜之大吉的。要是我的东家娘在这儿,一定会觉得我这个譬喻再贴切没有。"

治安裁判所的书记玛尚回答道:"可是,刚才篷葛朗先生还叫我不用操心呢。"

古郋笑道:"噢!这句话可有好几种说法。很想听听你那个刁钻的法官怎么说的。倘若事情没希望了,倘若我跟他一样是你们老叔家的常客,知道大势已去,我也会告诉你,不用操心!"

古郋说到最后一句,笑的模样儿非常滑稽,意义又很明显,使那些承继人疑心玛尚是受了法官的骗。矮胖的稽征员,正如所有的稽征员一样庸俗,也像一个聪明的妻子所希望的那么无用,对他的共同承继人玛尚吆喝道:"哼,我早跟你说的!"

口是心非的人总以为别人也口是心非的:玛尚气冲冲地把治安法官瞅了一眼,法官正在教堂附近跟他从前的老主顾杜·罗佛侯爵谈天。

"要是我知道的话!……"玛尚说。

古郋有心挑拨玛尚,教他报复,便说:"罗佛侯爵有好几桩官司在身上,连逮捕状也下来了,篷葛朗此刻正在替他出主意;你不妨从中阻挠,教他帮不了忙。可是对你那上司得赔着小心,老头儿狡猾得很,在你们老叔前面说话一定有些力量,还能拦着他不把全部财产捐给教会呢。"

"算了吧!我们吃不到这块肉也不见得就会饿死。"米诺莱-勒佛罗说着,旋开他那个硕大无朋的鼻烟壶。

"不过也休想靠此过活了。"古鄹这句话教两个女的打了一个寒噤。她们念头比丈夫转得更快,以为丧失这笔钱等于衣食成了问题,因为她们多少年来只想派遗产的用场,把生活过得舒服一些。古鄹却接着说:"可是咱们要替但羡来接风,还是痛喝几杯香槟酒,把这件小小的失意事儿忘了吧;老头儿,你说是不是?"他拍拍大胖老板的肚子,唯恐人家忘了,不叫他一块儿吃饭。

2

有遗产的叔父

　　故事没讲下去以前,也许一般认真的读者希望先看到一张承继人的名单;为了解三位家长或者他们的太太,跟忽然信了教的老人有什么亲属关系,那张名单原是少不了的。而内地人家血统的交错,也是一个可以引起我们许多感想的题目。

　　纳摩镇上只有三四家不知名的小贵族,姓包当丢埃的算是有声望的一家。他们来往的只限于在四乡有田产或古堡的,例如圣·朗日那块上好产业的主人特·哀格勒蒙,还有田地都抵押光了、一班布尔乔亚都眼巴巴地等着并吞他产业的杜·罗佛侯爵。住在镇上的贵族是没有财产的。特·包当丢埃太太的全部家私,只有一处岁入四千七百法郎的田庄和镇上一所屋子。跟这个微不足道的圣·日耳曼郊区[1]对抗的,有十来家富户,都是从前的磨坊主人,或是退休的商人,总之是个小型的布尔乔亚阶级;在他们之下就是一般零售商、贫民和乡下人了。这些布尔乔亚,像在瑞士的郡县和许多别的小国中一样,都发源于几个土著的家庭,祖上也许还是高卢

---

[1] 圣·日耳曼郊区为巴黎一区的名字,十九世纪前期为贵族住宅区。

人；他们控制了一个地方，逐渐蔓延，几乎把所有的居民都变作了亲戚。路易十一的朝代，平民已经把外号变作本姓，有几个并且和封建的姓氏混合了；那时纳摩的布尔乔亚共有米诺莱、玛尚、勒佛罗和克莱弥埃四姓。到路易十三治下，这四个姓已经化出玛尚－克莱弥埃，勒佛罗－玛尚，玛尚－米诺莱，米诺莱－米诺莱，克莱弥埃－勒佛罗，勒佛罗－米诺莱－玛尚，玛尚－勒佛罗，米诺莱－玛尚，玛尚－玛尚，克莱弥埃－玛尚……这些姓氏再加上"小辈"和"长房"一类的称号，或者叫作克莱弥埃－法朗梭阿，勒佛罗－雅各，约翰－米诺莱，等等[1]。倘若平民阶级有天需要谱系学者的话，便是昂赛末神甫复生[2]，也要被这些姓氏搅昏头的。四个人家由于通婚和后嗣关系，变出许多万花筒式的姓氏，越来越复杂。编纂《高太年鉴》的本多会教士，研究日耳曼贵族错杂的家谱，下的功夫固然极精密，但遇到纳摩布尔乔亚的世系表，恐怕也不容易应付了。好些年来，米诺莱一姓是开制皮作坊的，克莱弥埃一姓是开磨坊的，玛尚是做买卖的，勒佛罗始终是庄稼人。算是地方上的运气，这四个主干的根须并不单纯往地下伸展，而是抽出新芽来，或是靠某些离开本乡另谋发展的子孙，接种到外面去：有些米诺莱在墨仑开铁店，有些勒佛罗到了蒙太奚，有些玛尚到了奥莱昂，还有些克莱弥埃在巴黎做了要人。从蜂房里分群出去的那批蜜蜂，命运各个不同。一班有钱的玛尚当然雇用了穷的玛尚，正好比日耳曼的贵族为奥地利或普鲁士的王室服务。同一个州里，就有一个当兵出身的米诺莱替一个百万家财的米诺莱做保镖。打个比喻说，这四个只有姓

---

[1] 法国习惯，两姓结亲以后，尤其在女方的母家没有男承继人的情形之下，往往把两家的姓氏合在一处，作为夫婿的姓氏。数代后倘支系繁多，则又把名字夹在姓中以为识别。
[2] 昂赛末神甫为十六世纪有名的谱系学者，有《法兰西王室世系及年谱》一书行世。

和血统相同的梭子，一刻不停地织着一匹布，一段做了衣衫，一段做了饭巾，一段做了细密的麻布，一段只是粗糙的里子布。他们之中在社会上成为头脑的，心脏的，或是单单跑腿的，不论是胼手胝足的也罢，有肺病的也罢，天才也罢，都属于同一血统。他们的族长都忠于乡土，住在小镇上。彼此的亲戚关系随着人事而忽远忽近，而人事变迁的标识便是那些古怪的外姓。不论你上哪儿，只要换掉姓氏，到处都是同样的情形，只缺少一些从封建阶级沾染得来，而被沃尔特·司各特写得那么生动的诗意。

我们不妨把目光放远一些，从历史上去考察一下人类的发展。所有十一世纪的贵族，除了卡佩王族，几乎已经全部绝迹，但对于今日的几个世家，如洛昂，如蒙莫朗西，如鲍弗勒蒙，如冒德玛，都是有关系的；他们的血统直要传到最后一个名副其实的贵族。换句话说，一切布尔乔亚都是亲戚，一切贵族也都是亲戚。《圣经》上讲谱系的那一段，很深刻地说，闪、含、雅弗三家的后代在一千年中可以布满地球。一家能成为一国，不幸一国也能销声匿迹，重新成为一家。我们的祖先总跟着年代而越来越多，像几何级数一般增加而数目是自乘的[1]；要证明一家可成为一国，一国可成为一家的话，只消在追溯祖先的时候引用一个波斯哲人的计算。相传他发明了棋戏，向波斯王要求酬报，第一个棋盘要一根麦穗，以后每个棋盘以累进法加倍，结果是把整个王国送给他还不够。贵族是靠经久不变的制度保护的，布尔乔亚是凭孜孜不倦的劳动与巧妙的经商生存的；贵族网与布尔乔亚网的交错，两种血统的对抗，便产生了一七八九年的革命。现在，

---

[1] 作者此处所说"几何级数"与"数目自乘"二语，大有语病。追溯祖先，从自身往上推，第一代为二，第二代为四，第三代为八，第四代为十六，每次均为乘二，显非自乘。

贵族与布尔乔亚差不多已经混合,双方都有大批毫无遗产的旁系亲属。他们将来怎么办呢?答案就要看以后的政局了。

因走进教堂而轰动一时的米诺莱医生,他的一支在路易十五治下只是简简单单的米诺莱。因为人口众多,五个弟兄姊妹之中的一个到巴黎去找出路了,难得再在本乡露面;祖父母故世的时候,他的确是回来领他的一份遗产的。和一切意志坚强、想在巴黎上流社会占一席地的青年一样,米诺莱吃了许多苦;但成就之大,恐怕远过于他当初的期望。他先研究医学,那是本领与运气都要紧,甚至运气比本领更要紧的职业。承蒙同乡杜邦抬举,很幸运地跟伏尔泰戏称为莫赖的莫勒莱神甫有交情[1],又得到百科全书派的庇护,米诺莱医生死心塌地地跟着狄德罗的朋友,大名鼎鼎的鲍尔端医生。米诺莱年轻的时候见过达兰贝尔、埃凡丢斯、霍尔巴赫男爵、葛利姆[2],他们后来都和鲍尔端一样对米诺莱很关切。一七七七年左右,他病家很多,大半是无神论者、百科全书派、感觉论者、唯物论者……总之是当时一班有钱的哲学家,你爱怎样称呼都可以。他虽不是江湖医生,却发明了红极一时的勒黎埃佛药膏,由百科全书派的机关刊物《法兰西雄辩周报》大捧特捧,在封底上常年登着广告。药剂师勒黎埃佛是化学家罗埃尔的学生,正如米诺莱是鲍尔端的学生;米诺莱发明药膏,本意只想在《药典》上有个名字;勒黎埃佛却精明能干,认为是笔好买卖,赚的钱也很公道地分给米诺莱。其实,用不到这样的厚利,一个人也很容易成为唯物论

---

[1] 杜邦(1739—1817)为法国有名的经济学家。莫勒莱神甫(1727—1819)为文学家兼经济学家,虽系教士,与伏尔泰为密友,并参加"百科全书"的编纂工作。

[2] 以上四人均为十八世纪的百科全书派哲学家及作家。

者。一七七八年,正当《新哀络绮思》[1]风行一世,有些人开始单为爱情而结婚的时代,米诺莱医生爱上了于絮尔·弥罗埃,和她结了婚。她的父亲是有名的洋琴家,叫作华朗丁·弥罗埃;她本人也是个出名的音乐家,身体娇弱,在大革命中故世的。米诺莱和罗伯斯庇尔很亲密,大革命以前曾经帮助他,使他一篇应征的论文得到金像奖,题目叫作:一人犯罪,全家受辱,渊源何在?此种舆论是否害多利少?若然,当用何法补救?论文原稿,恐怕还保存在曼兹的王家科学艺术学会,米诺莱便是这学会的会员。有了这种交情,医生的太太在大革命期间本可有恃无恐;但她感觉过于灵敏,早就害着动脉瘤,又为了断头台的恐怖,吓得心惊胆战,病益发加重了。虽则疼爱她的丈夫对她保护周密,她仍看到了满载死犯的囚车,而车上正好有罗兰夫人在内,这一幕就成为她致命的原因。米诺莱平日对于絮尔百依百就,让她过着情妇一般的生活;她死后,医生的钱差不多完了,罗伯斯庇尔便安插他做了某医院的主任医师。

当年为了梅斯曼的催眠术大开论战的时期,米诺莱颇享盛名,他的本家还不时想起他。但大革命的分解力量太强了,家庭关系都为之中断;一八一三年左右,纳摩镇上已经没人知道有米诺莱医生这个人。那时他倒由于偶然的机会,想起归隐故乡,像兔子一般躲到老窟里来终老了。

在法国境内游历,单调的平原很容易教人厌倦;倘在山岗高头,或是下坡的时候,或者峰回路转的当口,满以为迎面无非是一片荒凉的景色,而事实上却看到一个清秀的山谷,受着河流灌溉,岩石之下荫蔽着一座小镇,好似中空的枯树之间藏着一个蜂房,那时谁不欣喜欲狂呢?你听见走

---

[1] 卢梭的《新哀络绮思》描写男女的自由恋爱,为十九世纪浪漫派文学先驱。

在牲口旁边的马夫一声吆喝，自会驱走睡魔，欣赏那美丽的景致，当作梦中之梦。正如读者在一本书里发现了精彩的段落，旅客也体会到了大自然中的一股灵气。从蒲尔高涅方面来的人一眼看到纳摩，就有这种感觉。市镇四周尽是光秃的岩石，有灰的，有白的，奇形怪状，跟罗列在枫丹白露森林中的一般无二；其中挺立着疏疏落落的树木，很显明地在天边映出它们的倩影，使那些像倒塌的城墙般的岩石另有一种田园风味。蒲隆与纳摩之间，沿着大路连绵起伏的，全是树木茂盛的岗峦，到这里才告结束。形状不一的巉岩底下，展开着一片草原，洛昂河横贯其中，形成许多瀑布。蒙太奚大道旁边的这幅秀美的风景，颇像歌剧中的布景，一切效果仿佛都是经过设计的。

一天早上，米诺莱医生到蒲尔高涅看了一个有钱的病人，急于回巴黎，没有在前一站上说明要走哪一条路，不知不觉被马夫带到了纳摩。他一觉醒来，看到那片风景，正是他消磨童年的地方。那个时期，好几位老朋友都故世了。这位百科全书派的信徒眼看拉·哈泼信了旧教；勒勃仑－班达尔、玛丽－约瑟·特·希尼埃、莫勒莱和埃凡丢斯太太的葬礼，他都参加过了；看着伏尔泰声望低落，在弗莱隆之后又受到乔弗罗埃的攻击；米诺莱医生自己也想到退休了。包车停在纳摩的大街上段打尖，他便有心打听一下家属的情形。米诺莱－勒佛罗亲自跑来见医生，医生发觉车行老板原是他大哥的嫡亲儿子。这侄儿说，他娶的老婆是勒佛罗－克莱弥埃老头的独养女儿；十二年前丈人死了，把车行和纳摩镇上最漂亮的客店传给了他。

医生问："那么侄儿，我还有别的承继人吗？"

"还有我的姑母，嫁给玛尚－玛尚家的，是你的姊妹。"

"不错，她丈夫是圣·朗日田庄的总管。"

"姑夫先死,接着姑母也死了,只留下一个女儿,最近嫁了克莱弥埃 - 克莱弥埃;他人很不错,只是还没找到差事。"

"啊!她就是我嫡亲的外甥女啰。我弟兄之中,一个当水手的,没娶亲就死了;一个当上尉的,在蒙德 - 莱奚诺阵亡了;可见父系方面的人都完啦。那么我母系方面还有亲戚没有?我母亲是约翰 - 玛尚 - 勒佛罗家的人。"

米诺莱 - 勒佛罗答道:"约翰 - 玛尚 - 勒佛罗一家只剩一个女儿,嫁给克莱弥埃 - 勒佛罗 - 第奥尼斯,他是承包军中的草料生意,死在断头台上的。他老婆因为家破人亡,郁郁闷闷地死了;留下一个女儿,嫁给勒佛罗 - 米诺莱,在蒙德洛种田,日子过得不错。他们的女儿最近嫁了玛尚 - 勒佛罗,在蒙太奚的公证人手下当书记,他父亲在蒙太奚当铜匠。"

"原来我的承继人不少哇。"医生高高兴兴地说着,要侄子陪他在纳摩镇上走走。

微波荡漾的洛昂河在镇上横贯而过;两岸有些砌着平台的花园和整洁的屋子,单看外表,好像这地方竟是人间福地。医生从大街拐进布尔乔亚的当口,米诺莱 - 勒佛罗指着勒佛罗先生的一所屋子,说主人是巴黎有钱的五金商,最近才故世的。

"叔叔,这所漂亮屋子要出卖呢,临河还有一个挺好的花园。"

屋子前面有一个铺着石板的小院子,两旁是邻屋的界墙,邻屋被浓密的树荫和蔓藤遮掉了。医生看着,说道:"进去瞧瞧吧。"

他走上很高的石梯,扶手高头摆着白的、蓝的珐琅盆,盆中红石榴开得很盛。医生道:"原来底下还有地窖子。"

像多数内地房屋的格式,屋子中间是一条过道,前通院子,后通花园;过道右边只有一间客厅,开着四扇窗,两扇朝院子,两扇朝花园;勒佛罗把其中一扇改作了门洞子，通到一所砖砌的花房，花房很深，从客厅直达河边，尽头又有一间恶俗不堪的中国式的水阁。

米诺莱老人道："这花房盖上屋顶，铺上地板，就能安放我的藏书；那古怪的小建筑可以改做一间精雅的小书房。"

过道那一边，靠花园有一间餐室，墙壁是黑漆底子，画着金碧花卉。餐室后面是楼梯道，再往后去有一个放碗盏的小间，过去便是灶屋；灶屋的窗朝着院子，装有铁栅。二层楼上有两个兼带套房的卧室；顶上是几间阁楼，装着护壁板，还能住人。临着院子和花园的外墙，为了爬墙的藤萝，从上到下都钉着绿漆的木条子；临河一带砌着平台，摆着珐琅质的花盆。医生匆匆忙忙看了一遍，说道：

"嗯，勒佛罗－勒佛罗倒着实花了些钱！"

米诺莱－勒佛罗答道："噢！花了很多呢！他喜欢花草，那真是胡闹！我女人说的，'花有什么出息？'你瞧，还有一个巴黎画家把过道的壁上也画满着花呢。到处嵌着大镜子。平顶也重新做过，光是四角堆花的嵌线就要六法郎一尺。饭厅的地板都用小木块拼的，简直发疯！屋子并不因此多值一个钱。"

"好吧，侄儿，你替我买下来，帮我出点儿主意；我把我的地址写给你。其余的事，只要跟我的公证人接洽好了。"他走出门，又问了声，"对面住的是谁？"

车行老板回答："是个逃亡贵族[1]，叫作什么特·包当丢埃骑士。"

---

[1] 大革命时，贵族多逃亡国外，一部分于拿破仑称帝后回国，多数均于路易十八复辟后回国。回国后一般人仍称之为逃亡贵族。

屋子买进以后,那名医并不搬来,却写信教侄儿出租。纳摩的公证人刚把事务所盘给首席帮办第奥尼斯,便租下老勒佛罗的别墅。过了两年,正当拿破仑在纳摩附近做最后挣扎的时节,老公证人死了,医生的屋子又得另招房客。那些承继人空欢喜了一场,大失所望,认为他想回故乡的念头只是有钱人一时之兴,巴黎一定有什么得宠的人把他留着,将来会夺掉他们遗产的。但米诺莱-勒佛罗的女人借此机会写信给医生。医生回信说,等巴黎和约签了字,路上没有了乱兵,交通恢复了,他立刻住到纳摩来。随后他带着两个病家来了一次,一个是救济院的建筑师,一个是家具商。这两人负责修理屋子,改造内部,搬运家具。米诺莱-勒佛罗太太把已故公证人的厨娘荐去看守屋子,医生也就雇用了。

虽则迦蒂南与勃里一带在那时是大局演变的中心,但承继人们一知道他们的叔叔,或是舅舅,或是表叔祖,要正式住到纳摩来的消息,他们的家属便心里痒痒的,但也差不多是名正言顺的,急于打听消息。大家在心里盘算:老人家是不是很有钱?是俭省的还是会花钱的?有没有存着什么终身年金?他们费了不知多少心计,经过不知多少暗中的刺探,终于打听出下面一些事实。

医生自从太太于絮尔·弥罗埃死了以后,在一七八九至一八一三年间挣的钱照理是不少的,因为他从一八〇五起就担任皇帝的顾问医师[1];但谁也不知道他财产的总数。他生活很简单,住着一个华丽的公寓,包着一辆论年的马车,除此以外,没有别的开支了;他从来不请客,几乎老在外边吃饭。女管家因为不能跟着到纳摩来,非常气愤,告诉车行老板的女人才

---

[1] 十九世纪上半期,法国对拿破仑一世皆简称为皇帝。

莉，说医生手里有年息一万四的公债。他行医二十年，加上医院的主任医师、皇帝的顾问医师、学士会会员等等的头衔，业务收入当然格外可观；但历年存放所得，只有一万四的利息，可见他至多只积了十六万法郎。既然一年只能积蓄八千法郎，他不是有许多不良嗜好要满足，便是有许多善事要做；但女管家和才莉都猜不透资产不丰的原因。事实上，米诺莱医生是巴黎最乐善好施的一个人，区里的居民对于他的告老还乡惋惜不置，但他和拉莱[1]一样，做的好事都是极秘密的。

他已经得了荣誉团四等勋章，最近路易十八又封他为圣·米歇骑士，大概是他的退休使王上能够安插一个私人的缘故。一班承继人，看见老叔的华丽的家具和大量的藏书装运到纳摩来，觉得非常惬意。可是建筑师、漆匠、家具商，把一切都布置得极其舒服了，医生还是姗姗来迟。米诺莱-勒佛罗太太把屋子当作自己的产业一般，监督建筑师与家具商的工程。一个派来整理藏书的青年对她漏出一句话，说医生抚养着一个孤女，叫作于絮尔。这消息使纳摩镇上大大的骚动了一阵。一八一五年正月，老人终于带着一个十个月的小娃娃和一个奶妈，不声不响地在屋子里安顿下来了。

那些惊慌的承继人都说："于絮尔绝不是他生的，他已经七十一岁了！"

玛尚太太说："不管她是什么关系，反正是我们心上的一块疙瘩！"

医生接待母系方面的表侄孙女相当冷淡。表侄婿玛尚才盘进治安裁判所的书记职位；在所有的承继人中，他夫妇俩首先向医生提到处境艰难的话。玛尚家并无财产。父亲在蒙太奚当铜匠，为了拨清债务，年纪到了六十七还像年轻人一样地做活，将来绝不会有什么遗产的。玛尚太太的父

---

[1] 拉莱为十八至十九世纪时有名的外科医生，以心术仁慈著称。

亲，勒佛罗－米诺莱，新近受到战祸，死在蒙德洛，因为眼看自己的农庄烧了，田地荒了，牲畜也完了。

"从你叔公那儿，咱们一个子儿也弄不到的。"玛尚对妻子说；她正怀着第二个孩子的身孕。

可是医生私下给了他们一万法郎。玛尚跟纳摩的公证人和书办都是朋友，便拿这笔钱去放高利贷，把四乡的农民狠命盘剥；多少年下来，据古郇说，已经神不知鬼不觉地积到八万法郎了。

至于外甥女，医生凭着巴黎的人事关系，替外甥婿克莱弥埃谋到了纳摩稽征员的职位，代他缴了保证金。米诺莱－勒佛罗丰衣足食，绝对不需要帮忙；但老叔对其余两个亲戚如此豪爽，才莉看了不免心中妒忌，便带着儿子去拜见；他才十岁，不久要到巴黎进中学，据她说费用很贵。因为冯太纳是米诺莱医生的病家，米诺莱就替侄孙在大路易中学弄到一个半费名额，进了四年级。

克莱弥埃、玛尚、米诺莱－勒佛罗这三个平凡透顶的人，开头两个月就被医生看透了；那个时期，他们竭力去巴结他，但巴结的不是老叔，而是遗产，单凭本能行事的人，在有头脑的人面前有一点很吃亏，就是很快会被人识破。从本能出发的念头太简单了，太刺眼了，令人一见便明；不比了解有心机的思想，双方的智力要不相上下才行。乖巧的医生买了那些承继人的欢心，教他们不能再开口以后，就拿事务、习惯和小娃娃于絮尔需要照料做借口，不再招待他们，虽然也不至于闭门不纳。他喜欢一个人吃饭，睡得晚，起得迟；他回本乡原是为求休息和清静来的。老人家这些僻性似乎也在情理之内，那班承继人只在每星期日下午一点至四点之间来拜访；但他对于每周一次的访问也不想敷衍了，他说："你们等需要我的

时候再来看我吧。"

老医生遇到严重的病症并不拒绝诊治,尤其对穷人;但绝对不愿意进小规模的纳摩救济院当医生,说他已经退休了。

本堂神甫夏伯龙知道他心地好,特意为了穷人来劝驾,他却笑着回答:"医死的人已经不少了!"

"他是个怪物!"

一般因高攀不上而觉得有失面子的人,都拿这句话向医生轻描淡写地报复一下;因为医生只跟几个值得承继人注目的人物做朋友。但自命为有资格和圣·米歇骑士来往,而事实上无法接近的布尔乔亚,对于医生和被医生垂青的人,从此种下了忌妒的根苗,不幸这根苗将来竟会发生作用。

3

医生的几位朋友

医生是个唯物论者,可是和纳摩的本堂神甫很快就交了朋友;这种怪事唯有两极相接这句成语才能解释。老人极爱玩脱里脱拉,那是教会中人最喜欢的游戏[1],而夏伯龙神甫的技艺正好跟医生匹敌。这是他们俩第一个共同点。其次,米诺莱乐善好施,而纳摩的本堂神甫也是迦蒂南一带的法奈龙[2]。两人学问都很渊博;纳摩镇上只有教士一个人能了解那位无神论者。彼此不了解是没法辩论的:听的人莫名其妙,你尽管言辞锋利也不会觉得有趣味。医生和教士识见高超,上流人物也见得多了,自然会身体力行,时常在谈话之间来一些不可少的小小的争论。他们俩都痛恨对方的主张,又都敬重对方的品格。倘使亲密的交情缺少这一类的对立和这一类的好感,人与人的交际就毫无意义了,尤其在法国,朋友之间必须有些相克的地方才好。反感是由于性格的冲突,而非由于思想上的争执。所以在纳摩镇上,夏伯龙神甫第一个跟医生交了朋友。

---

[1] 这是一种用棋子、骰子和一个有格的木盘玩的游戏,规则很复杂。
[2] 法奈龙(1651—1715)不但为有名的神学家、伦理学家、教育家、作家,且为最有道行的主教。

那时教士正好六十岁；自从宗教的禁令取消的时候起[1]，就在纳摩当本堂神甫。因为舍不得离开本地的教徒，他没有接受主教区的副司祭职位。不关心宗教的人固然很愿意他留任，忠实的信徒却因之更敬重他了。这个既受教徒崇拜、也受居民欢迎的神甫，只顾一味行善，从来不问遭难的人对宗教的意见。他住宅里只有一些必不可少的家具，冷冰冰的，空荡荡的，很像吝啬鬼住的屋子。吝啬与慈悲的作用原是很相像的：吝啬鬼在地上积聚的财富，行善的人不是积聚在天上吗？

对于日常开支，夏伯龙神甫跟女用人比高勃萨克[2]还要计较得厉害，假定这赫赫有名的犹太人也雇着老妈子的话。好心的教士，逢到穷人告急而自己囊无分文的时候，往往把鞋子上和短裤裤脚上的银搭扣卖掉。镇上一般虔诚的妇女看他走出教堂，把短裤脚管的带子拴在纽孔内，便赶紧到纳摩的首饰商那儿，赎出搭扣送回去，还埋怨他几句。他从来不添内外衣服，直要穿到不能再穿为止。到处都是补丁的内衣，贴在肉上好似马鬃做的苦行衫[3]。包当丢埃太太或是别的信女，只能跟他的女管家讲妥，等他睡觉的时候把旧衣服拿掉，换上新的，而神甫还不一定就会发觉。菜盘是锡的，刀叉是熟铁的。逢到什么节日，县级的本堂神甫照例要请四乡的教士吃饭，那他只能向不信上帝的医生去借用桌布和银器。

"我的银器倒是修了正果啦。"医生说。

教士所做的那些早晚有人发觉，并且老是鼓励人的好事，都出之以极其天真的心情。夏伯龙神甫学问渊博，天资过人，所以他过的那种生活尤

---

[1] 大革命初期，一切宗教均被禁止，教堂皆被充公，至一七九五年方取消禁令，恢复信仰自由。
[2] 高勃萨克为巴尔扎克创造的放高利贷的典型人物，另有一短篇小说描写，题目即《高勃萨克》。
[3] 虔诚的旧教徒，常有身穿粗劣的马鬃衣以自苦肉体的事。

其值得佩服。细腻与风雅原是朴实的人必然具备的长处,在他身上使他的谈吐更耐人寻味,不亚于主教的辞令。他的举止、性格、生活方式,使人交接之下只觉得他的聪明兼有淳朴与高雅的气息。他喜欢说笑,在客厅里从来不拿出教士面孔。米诺莱医生未到之前,夏伯龙毫不介意地把自己的才学藏在心里;但医生给了他一个流露的机会,也许他是很感激的。刚到纳摩的时期,他颇有些好书,还有二千法郎利息可收;到一八二九年他只有教职的收入了,而且差不多每年施舍完的。人家遭了不幸或是疑难的事,他是最好的顾问;平时不上教堂求安慰的人,很多到他住宅里去讨主意。

再讲一桩小故事,这个内心的写照就完全了。偶尔有些乡下人,当然是一班坏东西,自称被人逼得无路可走了,或是假装被人逼着,去赚取夏伯龙神甫的同情。他们还哄骗自己的妻子,让她们真的以为住的屋子、养的母牛,都要被人拿走了,哭哭啼啼地去央求好心的神甫;神甫替他们凑足了七八百法郎,乡下人却拿去买进一小块田。有些虔诚的教徒和教会里的董事,把骗局向夏伯龙拆穿了,要他事先问问他们,免得受贪心的人蒙蔽;他回答说:"他们为了要一块地,说不定会做出什么坏事来的;防止坏事不就是做了件好事吗?"

了不起的是,那些关于文学科学的知识并没使他的心肠和聪明的头脑受到一点儿坏影响。这样一个人物,或许读者也喜欢有幅速写吧。

夏伯龙神甫六十岁,头发已经全白,一则他对别人的苦难感受太深,二则大革命中的许多事变也把他折磨得厉害。两次拒绝宣誓,两次入狱,像他自己说的,作过两次"主啊,我把灵魂交在你手里"的祈祷。他中等身材,不肥不瘦,脸色苍白,皱痕很多,肉都瘪下去了;首先惹人注目的是眉宇之间那股恬静的气息,五官清秀,脸庞四周好像还围着一圈光。一个童贞的人，脸上自有一种说不出的光辉。不规则形的面孔，天庭宽广；棕色眼睛的瞳子非常锐利，使整个相貌都很生动。眼神温柔而兼威严，特别有股力量。眼睛高头的拱骨像两个穹隆，长着一大簇花白眉毛，并不可怕。牙齿掉了很多，嘴的模样变了，腮帮瘪下去了；但这副衰老的容貌不无风韵，和蔼可亲的皱纹好像在向人微笑。他虽没有痛风症，一双脚却是娇弱得很，步履艰难，终年得穿着奥莱昂小牛皮鞋。他认为时行的长裤对教士不大得体，始终穿着扎脚短裤，下面套着女管家编织的黑色长筒粗羊毛袜。出门从来不着长袍，只穿一件棕色大氅，头戴三角帽，那是在最凶险的日子都很勇敢地戴着的。这心地高尚、色相庄严的老人，凭着一尘不染的灵魂和恬淡的胸怀，风采越来越美了。他对于本书中的人物和事件都有很大的影响，所以我们开头先得弄清楚他的威望是怎么来的。

米诺莱医生订着三份报纸，一份是进步党的，一份是保王党的，一份是政府公报；另外也订着几种期刊和科学杂志：日积月累，他的藏书格外丰富了。这个百科全书派的老人，连同他的报纸与藏书，吸引了一个退伍的上尉。他在瑞典军队里当过差，叫作特·姚第先生：是个老鳏夫，也是个自由思想的贵族，靠着一千六百法郎的恩俸和终身年金过活。他先托神甫借阅医生的报纸和期刊，看了几天，认为应当去道谢。初次拜访的结果，这退伍的上尉，前陆军学校的教授，就得到老医生的青眼，马上来回拜了。

特·姚第身材矮小，形容枯槁，虽然脸色苍白，却受着多血质的影响，身体不大好；最引人注目的是那特别高爽的天庭，极像查理十二，并且头发也剪成平顶，跟那位以武功出名的君王一样。看他的蓝眼睛，仿佛是有过爱情的，但眼神非常幽怨，一望而知藏着不少心事；但他讳莫如深，老朋友们从来没听见他有一言半语涉及过去的生活，或是为了别人的苦难有

夏伯龙神甫

什么触景生情的慨叹。他面上装作达观、快乐，遮盖他没人知道的、往日的痛苦；但他自以为左右无人的时候，那些并非因为衰老而是出于故意的，迟钝而慢吞吞的动作，证明他心中永远有一个苦闷的念头。因此夏伯龙神甫替他起个外号，叫作"不期然而然的基督徒"。终年穿的蓝呢服装和略嫌僵硬的姿势，显出老军人的习惯。声音温柔和顺，教人听了感动。一双好看的手，很像特·阿多阿伯爵的脸庞，说明他年轻时候是个风流倜傥的人物；因为这缘故，他的生平更显得神秘了。大家想到他当年的品貌、英勇、风度、学问，还具备最可贵的德性，都不由自主地要问：这样一个人会受到什么打击呢？姚第先生每次听到罗伯斯庇尔的名字都要发抖。他鼻烟的瘾很大，可是奇怪，因为小姑娘于絮尔为了他有这个习惯而讨厌他，他居然把烟戒掉了。一看到这孩子，姚第就瞧个不停，大有一往情深之概。他对于絮尔的玩意儿喜欢得入迷，又表示那么关心；因此他和医生的交情更深了一层；医生却从来不敢问他：

"啊，你，难道你也有过夭折的儿女吗？"

世界上颇有些人，像他一样地和善，有耐性，一辈子心头藏着隐痛，嘴角上挂着温柔而又苦闷的笑容；为了心高气傲，为了瞧不起世俗，或许也为了报复，至死不让人家猜到谜底，只把上帝当作心腹，向上帝求安慰。姚第是跟老医生同样到纳摩来终老的，在镇上只和两个人来往：一个是对教区的居民有求必应的本堂神甫，一个是晚上九点就睡觉的包当丢埃太太。姚第临了也支持不住，只能提早上床，虽则到了床上翻来覆去，睡不着觉。因为这缘故，一朝遇到一个见过同样人物、讲同样语言、可以交换思想而且睡得迟的人，对于医生和上尉都是运气。姚第、夏伯龙、米诺莱，三个人第一次消磨了一个黄昏，都觉得愉快之极，从此一到晚上九点，小于絮尔睡了觉，老人空闲了，军人和教士就来坐到半夜或一点。

　　不久这三重奏变成四重奏。治安法官心中一动，感觉到那一类晚会的乐趣，也来想法亲近医生了。他阅世很深，凡是教士、医生、军人，靠超度灵魂、治疗疾病、教育青年、培养成功的那种宽容，那些知识，那些见闻，那种机智，那种谈笑风生的才具，法官是靠办案子得来的。篷葛朗担任纳摩治安法官以前，在墨仑做过十年诉讼代理人，还亲自出庭辩护；因为没有律师的地方，诉讼代理人照例是兼带辩护的。他四十五岁上死了太太，觉得自己还精力充沛，闲着无聊；恰好纳摩的治安法官在医生搬来的前几个月出缺了，便去申请这个职位。司法部长能找到一些办案子的老手，尤其是家道小康的人，充任这一级很重要的司法官，总是很高兴的。篷葛朗尽着一千五百法郎薪水在纳摩过着简单的生活，把原有的积蓄花在儿子身上；儿子在巴黎念法律，同时在有名的诉讼代理人但尔维手下实习。篷葛朗老头颇像一个退休的师长：脸色的苍白不是天生的，而是事务的繁忙、人生的失意、厌弃世情的心理留下的烙印；皱痕之多是由于思索，也由于常常皱眉蹙额所致，这原是一般不便畅所欲言的人惯有的表情。但他往往笑容可掬：凡是一忽儿无所不信，一忽儿无所不疑，无论看到什么、听到什么都不以为奇，把为了利害关系而变得深不可测的心思看到雪亮的人，都有这副笑容。不是白而是褪色的头发，波浪似的紧贴在头上；脑门的长相一望而知是个聪明人，黄黄的皮色跟稀少的细头发很调和。又窄又短的脸盘，加上又短又尖的鼻子，使他的相貌格外像狐狸。唾沫从他那张和健谈的人一样阔大的嘴里喷出来，往四下里乱飞，古鄙挖苦他说："听他的话，非撑把伞不可。"又说："他念判决书就跟下雨一样。"他戴着眼镜的时候，目光好像很狡猾；不戴的时候，一双近视眼呆呆的毫无生气。

虽然性情快活，兴致极好，但他举动之间过于流露出自命不凡的气概。一双手几乎老插在裤袋里，只有为了扶正眼镜才抽出来，而那一下的手势又有似乎嘲弄的意味，表示要来一句妙语了，或是说出驳倒众人的论据了。他的一举一动、多言多语、无心的卖弄，都显出他是内地的诉讼代理人出身；但这些小小的缺点只是表面的，而且是有补偿的，因为他靠着后天的修养，人很随和，那在严格的道学家说来，是优秀人士应有的度量。固然，他神气有点像狐狸，事实上大家也认为他非常狡猾而不至于不老实。但一般有先见之明而不受哄骗的人，不是都被称为狡猾的吗？这位法官喜欢打韦斯脱，那是上尉与医生都能玩，而神甫很快就学会的牌戏。

这个小集团，等于把米诺莱的客厅作为沙漠中的一片水草。这小集团也有纳摩本地的医生参加；他既不缺少学问，也很懂得处世之道，敬重米诺莱是个医学界的名人；但他为了忙碌和辛苦，不得不早起早睡，没法像其余三位朋友那样经常走动。纳摩镇上只有这五个优秀人物知识相当广博，能够彼此了解；他们的结合，说明了老医生对承继人的厌恶；把遗产传给他们倒还罢了，让他们来亲近可是受不了。车行老板、书记和稽征员，或者是领会到这点儿微妙的用意，或者是老叔正派的作风和给他们的好处，使他们放了心，居然不再上门，教老人大为高兴。这样，米诺莱在纳摩住了七八个月以后，四个玩韦斯脱和脱里脱拉的老伙伴，组成了一个分不开的、不容外人插足的小圈子；他们每个人都觉得这是暮年意想不到的友情，因之体会得更深。这般气味相投的风雅人士，各人以各人的心思把于絮尔当作螟蛉女儿：神甫想到的是孩子的灵魂，法官自命为她的监护人，军官发愿要做她的导师，米诺莱却兼做了父亲、母亲和医生。

在当地住惯以后，老人按照一般内地情形把生活安排好了，什么事都有了习惯。为了于絮尔,他早上绝不见客,也从不请人吃饭;朋友们可以在傍晚六点左右到他家里来,留到半夜。先来的在客厅里看着放在桌上的报纸,等后来的几个,有时医生在外边散步,他们就到半路上去接他。这些清静的习惯不但对老年人有益,而且也是深于世故的人极聪明极有远见的打算,免得承继人常常疑神疑鬼,也免得小镇上有什么闲言闲语,扰乱他的清静。舆论的专横是法国的祸害之一,快要霸占一切,把一国变成一省了;米诺莱可绝对不愿意对这个使性的女神低头。等到孩子一断奶,能走了,他就把侄媳妇米诺莱-勒佛罗太太荐来的厨娘歇掉,因为发现她把家里的事都去报告车行的老板娘。

小于絮尔的奶妈是个寡妇,丈夫是蒲奚伐地方的穷苦工人,没有姓,只有一个受洗的圣名。医生知道她心好,人也老实,又碰上她最小的一个孩子养到六个月死了,便可怜她的遭遇,雇她作奶妈。丈夫名叫比哀尔,大家用他乡土的名字把他唤作蒲奚伐;她名叫安多纳德,勃莱斯地方出身,家属都在乡下过着苦日子,她自己也是一贫如洗。她和那些做了奶妈、接着又做保姆的人一样,对奶过的孩子非常疼爱。除了这盲目的母爱以外,她还对主人赤胆忠心。一旦知道了医生的用意,她就偷偷地学会烹调,把自己收拾得干干净净,手脚利落,竭力适应老人家的习惯。她对家具、屋子,都细心照料,做事不怕辛苦。医生非但不愿意让自己的私生活透露出去,还不要承继人知道他的银钱出入。所以从他搬来第二年起,家中只雇着一个蒲奚伐女人,她的机密是完全可以相信的;他拿节省开支这个大题目,遮盖他真正的用意。他甚至变得吝啬了,教那些承继人看了非常高兴。蒲奚伐女人不用什么巴结奉承的手段,只靠着忠心和不跟外人来往的习惯,在四十五岁上,正当这幕戏开场的时候,做了医生和他女孩子的管家，事无大小都由她主持，总之她是个心腹用人。大家叫她作蒲奚伐女人，觉得她的品貌跟她的名字安多纳德太不相称；原来一个人的名字也得跟长相调和的[1]。

医生的吝啬不是一句空话，但是有目标的。从一八一七年起，他退掉两份报纸，所有的期刊也不再续订。据纳摩镇上每个人所能估计的，他一年的开支绝不超过一千八百法郎。和所有的老年人一样，他几乎用不着添置内、外衣或靴子。每隔六个月，他上巴黎去一次，那准是去收取和调度资金的。前后一十五年，他一句也没有提到有关银钱出入的话。他对篷葛朗的信任也是很晚的事：直到一八三〇年革命以后，才把计划告诉法官。关于医生的事，当地的布尔乔亚和他的承继人所知道的，不过这些。至于政治，他绝不过问，因为他的房产每年只付一百法郎捐税[2]；不论是进步党的还是保王党的募捐，他都拒绝。谁都知道他讨厌教会，主张自然神教[3]：这两点使他不喜欢任何宣传；侄孙但羡来介绍一个推销员来兜售《曼里埃神甫》和福阿将军的《演讲集》，被他挥诸门外[4]。以这种行动来表示他头脑开明，纳摩的进步分子认为是不可解的。

医生的三个旁系亲属承继人，米诺莱－勒佛罗夫妇，小一辈的玛尚－勒佛罗夫妇，克莱弥埃－克莱弥埃夫妇——以后我们一律简称为克莱弥埃，玛尚，米诺莱；同姓之间的区别只有在迦蒂南地区才需要；这三个人家事

---

[1] 安多纳德在法国人心目中是个很悦耳很美丽的名字。

[2] 一八二〇年六月公布的选举法，规定每年纳税三百法郎的人方有选举资格，纳税一千法郎的方有被选举资格。

[3] 只信天地间有一真神而不信任何宗教学说，谓之自然神教。

[4] 《曼里埃神甫》一书相传为十七至十八世纪时的神甫约翰·曼里埃叙述他反宗教思想的著作。福阿将军（1775—1825）在王政复辟时代的国会中极活跃，提倡进步思想甚力。

情太忙，没工夫另组小集团，只能采用小镇上一般的方式见面。车行老板每逢儿子的生日一定大开筵席，狂欢节和自己的结婚纪念日又必举行跳舞会，把镇上所有的布尔乔亚都请去。稽征员一年也请两次客，会会亲友。治安裁判所的书记声明他太穷了，没力量这样摆阔；他苦熬苦省地住在大街中段，还把底下一层分租给姊妹，这姊妹的丈夫也靠了医生的力量当着邮局主任。但这三位承继人和他们的妻子，终年都在外边见面，不是在散步的时候，就是早晨在菜市上，不在自己的屋门口，便在星期日弥撒祭完毕以后的广场上，就像我们现在描写的那个时间，总而言之是无日不见的。三年来，医生的高年、吝啬、家私，使大家纷纷提到他的遗产，不是明言，便是暗示；那些话慢慢传开去，使那班承继人和医生一样地出名。最近六个月中间，承继人的朋友和街坊，没有一个星期不带着暗中羡慕的心理和他们提到一朝老头儿眼睛闭了、银箱开了的时候这一类的话。

有的说："米诺莱尽管是医生，跟死神有交情，也没用；归根结底，只有上帝是不朽的。"

承继人虚情假意地回答："嘿！我们一定死在他前面，他身体比我们这批人都强！"

"要不轮到你承继，也轮到你的孩子们，除非这小于絮尔……"

"他不会全部给她的。"

照玛尚太太的说法，于絮尔是几位承继人的眼中钉，是威吓他们的一支暗箭。克莱弥埃太太每次谈话，总喜欢用"只要口眼不闭，总瞧得见！"一句话作结束；可见大家对于絮尔只有恶意，没有好意。

稽征员和书记，跟车行老板相比，算是穷的；两人谈话之间常常估量医生的财产。沿着运河散步的时候，他们远远地一看到医生，就扮着一副可怜巴巴的脸孔。

一个说:"大概他有什么长生不老的秘方吧。"

一个回答:"他准是跟魔鬼订了合同。"

"他应该多照顾咱们俩才对,胖子米诺莱有的是家当。"

"哼!米诺莱的那个儿子,多大家私也不经他花!"

"你估计医生有多少财产?"书记问稽征员。

"一年积一万二,十二年就是十四万四,复利至少也有十万。何况他听着巴黎公证人的主意,进进出出,一定赚得很多;到一八二二年为止,他的钱准是买了八厘起息到七厘半起息的公债;老人现在手头调度的总有四十万上下,而那笔利息一万四的资本还没算进,那是五厘起息的公债,市价已经涨到一百十六法郎了。倘若他马上死掉,不偏袒于絮尔,那么除了屋子和家具,可以留给我们七八十万。"

"十万给米诺莱,十万给女孩子,咱们俩每人三十万;这样才算公道。"

"那我们才称心如意啦。"

玛尚嚷道:"要是他这么办,我就把书记的缺分出让,好好地置一份产业,想法到枫丹白露去当推事,再进一步就是国会议员了。"

克莱弥埃道:"我吗,我要买一个交易所经纪人的缺。"

"可恨那个本堂神甫和他招留的那个小丫头,把他包围了,教咱们对他一筹莫展。"

"不管怎样,有一点可以放心,他总不会把财产捐给教会的。"

现在读者不难懂得,为什么那些承继人看见老叔去望弥撒就那样恐慌了。一个人绝不会笨到利益受了损害都看不出来。乡下人的聪明,是跟外交家的一样靠利害关系培养成功的;在这方面,外表最愚蠢的人也许倒是最厉害的。所以即使最迟钝的承继人，脑子里也会像照着火炬一般的通明雪亮，想到一个可怕的念头："既然小于絮尔有力量把她的保护人带进教会，一定也会把遗产弄到手的。"车行老板把儿子信中那句吞吞吐吐的话忘了，立刻奔往广场；倘若医生果真上教堂去望弥撒，老板就得损失二十五万法郎。不能否认，那些承继人的恐惧是和最强最正当的社会心理，家庭的利益，有关的。

4

才莉

开磨坊出身,后来加入保王党,做着纳摩镇长,叫作勒佛罗 – 克莱弥埃的,招呼车行老板道:

"喂,米诺莱先生,魔鬼老了,就想到修行。听说令叔投到我们这边来啦[1]。"

"回头是岸,也不在乎迟早。"车行老板还想遮盖心中的不快。

"我们要是吃了亏,这家伙才得意呢!说不定他会替儿子娶那该死的丫头。她要给魔鬼的尾巴[2]卷了去才好呢!"克莱弥埃嚷着,抡着拳头指了指正在踏进教堂的镇长。

纳摩的肉店老板,勒佛罗 – 勒佛罗家的大儿子,说道:"克莱弥埃老头生谁的气啊?他舅舅走上了天堂的路,他觉得不高兴吗?"

"唉,谁想得到呢?"玛尚说。

纳摩的公证人远远地望见这堆人,便丢下老婆,让她自个儿进教堂;

---

[1] 保王党必然是笃信宗教的,镇长既是保王党,故"令叔投到我们这边来啦"句,系指宗教而言。
[2] 传说魔鬼身后是长着尾巴的。

他赶过来说道："啊！可见一个人千万不能说，我再也不喝这口井里的水！"

克莱弥埃抓着公证人的手臂："喂，先生，在这情形之下，你说我们该怎么办？"

第奥尼斯答道："我劝你们准时睡觉，准时起身，照常喝你们的汤，别让它凉了，把你们的脚套在鞋子里，把帽子戴在你们头上，一句话说完：毫不介意，照常办事。"

"你只会说风凉话。"玛尚说着，瞅着他的眼风表示他们俩是自己人。

第奥尼斯虽则又矮又胖，脸盘狭小，却是身段灵活，像根丝线。为了搞钱，他和玛尚暗中勾结，把境况艰难的农夫和可以弄上手的田地告诉他。两人尽量挑选，绝不错过好买卖，得了利益均分；这种以田地做抵押品的高利贷，虽不至于完全妨碍乡下人的耕种，但的确有耽误的作用。第奥尼斯特别关切医生的遗产，不是为了车行老板米诺莱和稽征员克莱弥埃，而是为了他的朋友玛尚。玛尚名下的一份，迟早可以增加两位合伙股东的资本，在乡镇上运用。

"咱们慢慢向篷葛朗先生打听，事情是怎么发生的。"公证人放低声音，意思是教玛尚别声张。

米诺莱站在人中间巍巍然像一座塔；忽然有个矮小的女人冲进人堆，叫道："米诺莱，你待在这儿干吗？你没接着但羡来，反倒在这里嚼舌，我还以为你骑着马出发了呢！——啊，诸位先生，诸位太太，大家好！"

这瘦小的女人，苍白脸色，淡黄头发，穿一件白底棕色大花印第安布衫，戴一顶镶着花边的挑绣便帽，平坦的肩上披一条小绿围巾：她便是车行的老板娘，教男女用人、推小车的、最粗野的马夫见了都要发抖的。她管着银钱、账册，像街坊们说的眼明手快，调度着里里外外的事。跟真正的当家人一样，她身上不戴一件首饰；用她自己的话说她从来不稀罕那些劳什子，只喜欢硬货。那天家中虽有喜事，她仍旧系着黑围裙，口袋里叮叮当当的全是钥匙。尖锐的嗓子足以震破耳膜。眼睛虽是淡蓝颜色，严厉的目光显然跟抿紧的嘴唇，高爽、饱满、极有威严的脑门，非常调和。眼神火气很大，手势和说话的火气还要大。才莉不但一个人要有两个人的意志，而且据古鄙说，竟然有三个人的意志；因为前后有过三个穿扮齐整的年轻马夫，当了七年差，都由才莉帮着成家立业了。那刁钻促狭的公证人帮办把他们叫作：马夫一世、马夫二世、马夫三世。但这些年轻人在车行里既不当权，也很听话，可见才莉不过是提拔得力的伙计，别无他意。

古鄙听人家这么解释，便道："那么，才莉是喜欢才情啰。"

这种闲言闲语并无根据。她的儿子是亲自喂的；没有什么胸部的人，真亏她还会奶孩子，自从生了但羡来，老板娘只想增加财产，一刻不停地照管那个规模宏大的铺子。虽说她写的字不像字，算学也只懂加减法，可是谁也休想偷她一束干草一斗燕麦，或是在最复杂的账目中要她一下。她从来不出去散步，要就是去估计头批草、二批草和燕麦等等的收成；估计完了，教丈夫去管收获，派马夫去管捆载，告诉他们每一处草原的总量，至多只差一百斤上下。她固然做了大汉米诺莱的灵魂，那个翘得老高的多蠢的鼻子由着她牵来牵去，但仍旧和马戏班里指挥猛兽的人一样，不免提心吊胆；因此她先下手为强，经常对米诺莱发脾气。马夫们只要看到米诺莱跟他们寻事，就知道他女人和他吵过架了；因为他受的气是出在他们身上的。米诺莱女人不但孳孳为利，人也精明能干。镇上许多人家都说："要没有他老婆，米诺莱哪有今日？"

当下纳摩老板回答他的女人："你要知道出了什么事，你自己也会跳起来的！"

"怎么啦？"

"于絮尔把医生带着去望弥撒了。"

才莉把眼珠睁得很大，上了火，脸都黄了。

"我要亲眼看了才信！"她说着便冲进教堂。弥撒祭正在高举圣体的阶段。趁众人凝神屏息的当口，米诺莱女人居然能一边瞧着一排排的凳子椅子，一边沿着旁边的小圣堂往里走，直走到于絮尔的座位，看见老人光着头就在她旁边。

读者只要回想一下拜尔贝-玛菩阿、菩阿西·唐葛拉[1]、莫勒莱、埃凡丢斯、腓特烈大王等等的相貌，就能对米诺莱医生的脸有个准确的印象。他老当益壮的精神，颇像那几位名人。他们的脸仿佛是一个模子铸出来的，有资格作徽章的蓝本：侧影的神气很严厉，近于清教徒，冷冰冰的皮色，数学家一般的理智，差不多像印出来的脸上有种性格褊狭的标记，城府很深的眼睛，一本正经的嘴巴，颇有贵族气息，但不是在意识方面，而是在习惯方面，不是性格的贵族，而是思想的贵族。脑门很高，靠近头顶的地方是往后削的，显然有唯物主义的倾向。具备这些相貌的特性和表情的，包括所有的百科全书派，吉隆特党[2]的演说家，和当时毫无宗教信仰，自称为自然神主义者而其实是无神论者的那批人物。无神论者是为了保险，才自命为自然神主义者的。米诺莱老人的脑门便属于这一类，只是多了许多皱痕，而且另有一种天真的神气，因为他的白头发像女人梳妆时那样掠

---

[1] 以上两人均为法国十八至十九世纪时政治家。

[2] 吉隆特党为法国大革命后国民大会中三大党派之一，代表各省的中产阶级，为当时的右派。

在脑后,蓬蓬松松地披在黑衣服上。从年轻的时候起,他老穿着黑丝袜、金搭扣的皮鞋、绸料子的扎脚裤,白背心上挂着黑色绶带,黑大氅上缀着红的襟饰[1]。

从一个窗洞里透进来的亮光,正好把这张那么特殊的脸劈面照着;冷冰冰的白皮肤带点儿老年人黄黄的色调,显得温和了些。车行的女主人来到的时候,医生那双藏在浅红眼皮中间的蓝眼睛,正在很感动地望着祭坛;新的信仰使他的眼神有种新的表情。眼镜夹在经文里才念过的地方。高大干瘪的老头儿抱着手臂站在那里的姿态,表示他所有的器官都很健全,信仰也是不可动摇的;因为有了希望,眼神变得年轻了:他始终谦卑地望着祭坛,根本不愿意看那劈面站着、仿佛埋怨他不该接近上帝的侄媳妇。

才莉发觉教堂里的人都掉过头来看她,便赶紧退出,回到广场上,脚步却不像进来的时候那么急了。她一向认为这笔遗产是拿稳了的,不料竟成了问题。她看见稽征员、书记和他们的妻子比刚才更惊慌了,因为古鄙正在耍弄他们。

车行的老板娘就说:"咱们不能在广场上当着众人商量正事;还是上我家去吧。"接着又招呼公证人,"第奥尼斯先生,来吧,反正不多你一个。"

这么一来,玛尚、克莱弥埃、车行老板三家可能得不到遗产的事,不久就要成为地方上的新闻了。

那些承继人和公证人正预备穿过广场到车行去,班车却轰隆隆地闹得震天价响,飞也似的直奔办事处。办事处坐落在大街口,只隔着教堂几步路。

才莉道:"哎哟!米诺莱,我跟你一样把但羡来给忘了。咱们接他去;

---

[1] 黑绶带是代表圣·米歇勋位,红的襟饰是代表荣誉团勋位。

老头儿抱着手臂站在那里。

他马上要当律师了,这件事多少也跟他有关。"

每次班车到,总有人看热闹;一脱班,大家更以为出了什么事,当时就有一大群人拥到杜格兰前面。

"但羡来到了!"大家一片声地嚷着。

但羡来是纳摩的小霸王,寻欢作乐的领袖,每次露面都得轰动全镇。他受着年轻人的拥戴,对他们手面很阔;他一出现,就会鼓动大家的兴致。可是镇上的人都怕他那套玩意儿,看见他到巴黎去上学、念法律而觉得高兴的,不止一家。但羡来是细挑身材,像母亲一样的淡黄头发,一样的文弱,一样的蓝眼睛,一样的皮色苍白;他先在车门口向众人微微一笑,然后很轻盈地跳下车来,拥抱母亲。我们把这青年的仪表略微描写一下,就可证明才莉看到他是多么得意了。

大学生穿着上等皮靴,英国料子的白裤子,裤脚管上系着兜底的漆皮带,富丽堂皇的领结,扣的模样儿更富丽堂皇,漂亮的时式背心,袋里放着一只扁薄的表,链子吊在外面;外罩蓝呢短大氅,头戴灰色呢帽;但是背心上的金纽扣和戴在棕色山羊皮手套外面的戒指,仍免不了暴发户气息。他还拿着一根手杖,柄的头上装着一个镂刻的金球。

母亲把他拥抱着,说道:"你这样不要把表丢了吗?"

"是有心那样挂的。"他一边回答,一边让父亲拥抱。

玛尚道:"喂,老表,你不是马上要当律师了吗?"

"过了暑假就宣誓。"他说着,向招呼他的大众还礼。

"咱们又好痛痛快快地玩一下了。"古鄙抓着他的手说。

"啊!你呀,你这个小猴儿!"但羡来回答。

帮办当着这么多人受他轻薄,未免难堪,便说:"怎么,你写了学士论文,还是这样语无伦次吗?"

"什么冷瘟不冷瘟的,什么意思?"克莱弥埃太太问她的丈夫。

但羡来对那紫糖色面孔、一脸肉刺的老领班嚷着:"加皮洛,我的行李,你都知道的,教人统统送来吧。"

粗暴的才莉骂加皮洛:"马身上都淌着汗;你难道没脑子吗,教它们累成这样!你比这些畜生还要蠢!"

"但羡来先生急着要赶回来,怕你们担心……"

"既然没有出事,干吗不爱惜牲口?"

朋友们的招呼,问好,一班年轻人兴高采烈地围着但羡来,初到时应有的忙乱,说明脱班的原因等,耽搁了很多时间,使几位承继人和新加入的朋友们走到广场上,正好遇到弥撒完毕。而无巧不成书,但羡来走过的时节,于絮尔刚刚从教堂的门里出来;但羡来一看见她的美貌,不由得愣住了。青年律师脚步一停,他的家属自然也跟着停下。

于絮尔因为干爹搀着她的手臂,只能右手拿着经文,左手提着阳伞,自有一派天然的风度。凡是妩媚多姿的女性,遇到一些难处的场面都能这样对付。倘若一举一动都能流露出一个人的思想,那么这个姿态所表现的就是朴素淡雅、出尘绝俗的境界。于絮尔穿着一件晨衣款式的白纱衫,上面疏疏落落缀着几个蓝结子。短披风四周镶着蓝缎带,阔绲边,扣着跟衣衫上相仿的结子,略微露出些胸脯。白如凝脂的脖颈,那可爱的色调和身上的蓝颜色对照之下,更加夺目了;头发淡黄的女性原是靠蓝颜色烘托的。长坠子飘飘荡荡的蓝腰带,显得她身腰又细又软:这是女子最可爱的一个特点。她戴着一顶草帽,帽上装饰很朴素,只有些跟衣衫上同样的缎带;扣在领下的帽襻儿衬托出帽子的白,同时也不妨碍皮肤的白皙。头是于絮尔自己梳的，她很简单地把细软的淡黄头发中间分开，编成两条粗大而扁平的辫子，紧贴在脸颊两旁，每个小股都金光闪闪，十分耀眼。温柔而又高傲的灰色眼睛，配着俊美的脑门很调和。颊上一片片的红晕好似云彩，给长相端正而并不呆板的脸添了不少生气；因为她天赋独厚，不但面貌姣好，同时还有个性。五官，动作，一般的表情，合成一个完美的整体，除了见出她人格高尚以外，还能给画家作模特儿，画"心安理得""幽娴贞静"一类的题材。身体非常壮健，可并不壮健到粗野的程度，而只显得高雅。在淡色的手套底下，不难想见她秀美的手。一双弓形的小脚，有模有样地穿着古铜色皮靴，缀着棕色坠子。一只扁薄的表和一个系着黄金坠子的小荷包，把蓝腰带鼓起了一些，使所有的妇女都目不转睛地盯着看。

"老头儿给了她一只新表哪！"克莱弥埃太太把丈夫的手臂捏了一把。

但羡来嚷道："怎么！是于絮尔？我认不得了。"

老医生走过的地方，两旁都站满了镇上的居民；车行老板指着他们说："亲爱的叔叔，你引起了这么多人注意，大家都想来看看你。"

玛尚假情假意，恭恭敬敬地向医生和他的干女儿行了礼，问道："叔公，是夏伯龙神甫劝你进教的，还是于絮尔小姐？"

"是于絮尔。"老人冷冷地说着，一径往前走，神气好像是不胜厌烦。

头天晚上，老人和于絮尔、本地的医生、篷葛朗打完了韦斯脱，说了句："我明儿要去望弥撒了。"篷葛朗就回答："你那些承继人可睡不着觉啦！"其实，即使法官不说这话，像医生那样聪明和目光犀利的人，只要瞧瞧承继人的脸色，也把他们的心事看透了。才莉的闯入教堂，被医生瞧在眼里的那副目光，全体当事人的会齐在广场上，见了于絮尔以后的眼神，没有一样不透露出他们被当天的事触动起来的旧恨和卑鄙的恐惧心理。

克莱弥埃太太也凑上来，卑躬屈膝地行了礼，说道："小姐，这是你的奇作（杰作）了！奇迹在你手里竟不算一回事。"

于絮尔答道："奇迹是上帝的事，太太。"

米诺莱－勒佛罗嚷道："噢！上帝，我丈人说马身上的披挂也是上帝供给的。"

"这是马贩子说的话。"医生的口气很严厉。

米诺莱回头对老婆和儿子说："喂，你们不来跟老叔请安吗？"

"看到这假仁假义的小丫头，我是忍不住的。"才莉说着，拉着儿子走了。

玛尚太太道："叔公，你上教堂应当戴一顶黑丝绒小帽，里头潮气重得很。"

"噢！侄孙女，"老人一边回答一边望着所有跟着他的人，"我早一天躺下，你们早一天跳舞。"

他始终挽着于絮尔向前走，表示很匆忙，大家也没法再跟着他了。

于絮尔使劲摇了摇老人的手臂，说道："干吗你跟他们说话这样刻薄？那是不应该的。"

"我进教之后，跟进教以前一样地恨虚假的人。他们哪一个没受过我的好处？我没要求他们报答；可是你的本名节上，有谁送过一朵花儿来吗？而我一年之中过的节只有这一天。"

在医生和于絮尔后面，隔着一大段路，包当丢埃太太垂头丧气，步履蹒跚地走着。像她那一类的老太太，服装就有上一世纪的气息：她穿着扁袖子的深紫色衣衫，裁剪的款式只有在勒勃仑太太[1]的肖像画上还看得见；

---

[1] 勒勃仑太太（1755—1842）为法国有名的肖像画家。

短大衣镶着黑花边，式样古老的帽子跟庄严缓慢的步伐正好相配；她走路仿佛始终戴着裙撑[1]，觉得还有那件东西束在腰里似的，好比独臂的人有时仍会不知不觉地挥动那只早已没有的手。这一类的老太太脸都拉长了，毫无血色，大眼睛带点儿虚肿，脑门上的皮肤很憔悴，头发卷儿都是扁的，却也不无凄凉幽怨的风韵；脸上戴的挑花面网已经陈旧不堪，不会再在脸颊两旁飘荡了；可是态度与眉目之间自有一种难以想象的威严，罩着那些衰败的古迹。包当丢埃太太那双皱纹重重而发红的眼睛，分明是望弥撒的时候哭过的。她凄凄惶惶地走着，频频回头，好像等着什么人。而包当丢埃太太的回头张望，就跟米诺莱医生的踏进教堂同样是当地的一件大事。

一般承继人听了老人的回答正在那里发愣，玛尚太太却追上来问："包当丢埃太太找谁啊？"

"她找本堂神甫。"公证人第奥尼斯说着，把脑门一拍，好似忽然想起什么以往的事或忘了的念头。"我有个妙计在此，你们的遗产没问题了！好，咱们上米诺莱家痛痛快快地吃饭吧。"

承继人随着公证人急急忙忙到车行去的情形，谁都想象得出。古鄙陪着他的老伙计但羡来，手挽着手，凑近他的耳朵，贼头贼脑地笑着，说道：

"喂，镇上很有些风流的婆娘呢。"

那位良家子弟耸了耸肩膀："那跟我有什么相干？我发疯般地爱着弗洛丽纳，她才是天下第一的美人儿。"

古鄙道："什么弗洛丽纳？是谁啊？你跟她这么亲热，居然叫她小名了吗？我太喜欢你了，不能眼看你被那些女人迷昏了头。"

---

[1] 十八世纪时法国女子盛行细腰大裙，内以鲸鱼骨为箍架，最大的裙围有如车轮。

"她是赫赫有名的拿打的情妇；可怜我一片痴心毫无用处，我向她求婚，她干脆拒绝了。"

"风骚的娘儿们有时头脑倒很冷静。"

"啊！你只要见到她一面，就不会说这种话了。"但羡来有气无力地回答，表示他的确是一往情深。

"倘若你把逢场作戏的玩意儿当了真，破坏你的前程，那我一定把这个臭娃娃打个稀烂，像《肯纳尔沃思堡》里的瓦内打死阿弥·罗布萨特一样[1]。"古鄙说的时候那种热诚，连篷葛朗也可能上当，信以为真的。"你要娶老婆不是娶哀格勒蒙家的，便是娶罗佛家的，要一个将来能帮你进国会的才行。我的前途都在你身上，我不能让你胡闹。"

但羡来回答："噢，凭我这份家私，不是尽可以享享福吗？"

两人站在车行外面的大院子里说着话，才莉远远地招呼他们，对古鄙嚷道："喂，你们俩交头接耳地商量什么呀？"

医生进了布尔乔亚街，不见了；他像年轻人一样脚步很轻快地回到家里。那件轰动纳摩全镇的大事，就是最近一星期在这所屋子里发生的。要让读者彻底了解这故事和公证人暗示承继人的话，我们必须补叙一下。

---

[1]《肯纳尔沃思堡》为沃尔特·司各特的小说（作于1821），述及莱塞斯忒伯爵夫人阿弥·罗布萨特被伯爵的总管瓦内谋害之事。

5

于絮尔

医生的老丈华朗丁·弥罗埃，是有名的洋琴家兼乐器制造家，也是法国最知名的一个大风琴师，死于一七八五年，遗下一个晚年的私生子，经过正式承认，归了宗，但是个荒唐透顶的不肖子弟。老人临死，连看到浪子来送终的安慰都没有。他名叫约瑟·弥罗埃，是个歌唱家兼作曲家，用假名在意大利剧院下了海，带着一个年轻姑娘逃到德国去了。老丈把这个的确极有才气的儿子托给女婿，说当初没有娶约瑟的母亲，完全是为了保全女儿米诺莱太太的利益。医生答应把老人的遗产分一半给浪子，那时乐器制造厂已经盘给埃拉了。米诺莱又暗中托人寻访约瑟；有天晚上，葛利姆告诉他说，那艺术家进过一个普鲁士的联队，开了小差，改名换姓，不知去向了。

约瑟·弥罗埃天生的声音很迷人，身段既好看，脸也长得漂亮，特别是一个格调高雅、才思横溢的作曲家。霍夫曼[1]描写得很精彩的，那种艺术家的颓废生活，他过了十五年。到四十左右，他穷途落魄，只得在

---

[1] 霍夫曼（1776—1822）为德国小说家，所作《神怪故事》尤为著名。

一八〇六年上恢复了法国籍，住在汉堡，娶了一个清白的布尔乔亚的女儿。她是个音乐迷，爱上了这位艺术家，一心想帮他追求那永远可望而不可即的荣名。但受了十五年折磨，约瑟还是不会过富足的日子；虽然待妻子很好，可是故态复萌，不上几年就把老婆的财产挥霍完了，又变得一贫如洗。夫妇俩落到山穷水尽的田地，约瑟·弥罗埃竟不得不进一个法国联队当军乐师。一八一三年，事有凑巧，部队里的军医受过米诺莱医生的帮助，忽然注意到弥罗埃的姓氏，写信告诉医生，医生马上回了信。因此，一八一四年巴黎陷落之前，约瑟在京城中有了一个存身的地方；妻子在那儿生下一个女儿，得了产后症，死了。医生为纪念故世的太太，替孩子起的名字就叫于絮尔。约瑟经过多年的穷困和辛苦，和妻子一样支持不住，不久也死了。可怜的音乐家临终把女儿交给医生，由医生做了她的教父，虽则他讨厌教会仪式，认为是可笑的。

　　米诺莱亲生的儿女没有一个养大的：不是流产，便是难产，或是不到周岁就夭折；如今抚育于絮尔，在他是最后一次的试验了。一个身体娇嫩、神经脆弱、性格虚怯的女子，头胎一遇到小产，以后几次的怀孕和分娩往往跟于絮尔·米诺莱的情形一样，尽管丈夫看护周到，处处留神，医道高明，也无济于事。可怜这老人常常责备自己和太太不该老是想要儿女。最后一个孩子是隔了两年才有，而在一七九二年上死的。一般生理学家说，在奥妙的生殖现象中，儿女的血是秉受父亲的，神经系统是秉受母亲的；假如这说法不错，那么最后一个孩子就是吃了母亲神经过敏的亏。米诺莱最强烈的感情是儿女之爱，这感情既不能满足，只能借行善来发泄。他在骚乱不宁的夫妇生活中，最大的愿望是有一个淡黄头发的女孩子，一朵使全家欢乐的鲜花；所以他很高兴地接受了约瑟·弥罗埃的遗赠，把自己没有实现的希望寄托在孤儿身上。

两年工夫，他像卡图之于庞倍[1]，关于于絮尔的事，连最琐碎的都亲自照管；他不在场，奶妈就不能给孩子吃奶、洗澡，或是把她放上床。他把自己的经验、医道，都用在孩子身上；做母亲的痛苦，喜悦，劳碌，忽而忧急忽而乐观的心情，就统统体会到了；然后他不胜快慰地发觉，淡黄头发的德国女子和法国艺术家所生的这个女儿，居然身体强壮，千伶百俐。快乐的老人存着慈母般的心，看着她的淡黄头发一天天地长起来，先是只有一层绒毛，继而像一根根的丝线，最后才是一片稀薄的细头发，摸在手里非常柔和。他常常亲吻那双赤裸的小脚，嫩皮肤底下连血管都看得出的脚趾，好比蔷薇的花苞。他简直为这个女孩儿疯魔了。她咿呀学语的时候，或是睁着温柔秀丽的蓝眼睛，把那副若有所思、等于思想的曙光的眼神盯着一切、然后来一阵憨笑的时候，医生会几小时地待在她面前，和姚第两人研究，想在童年的一切琐碎现象之下，把一般人所谓的使性找出些理由来。童年原是一生最美妙的阶段，那时的孩子是一朵花，也是一颗果子，是一片朦朦胧胧的聪明，一种永远不息的活动，一股剧烈的欲望。于絮尔的美貌与温柔，使医生格外钟爱，恨不得教自然的规律都为她改变一下：他对姚第说，于絮尔出牙，他自己就觉得牙痛。老年人爱起儿童来是没有底的，简直当他偶像一般崇拜。为了那些小家伙，他们会克制自己的癖好，把过去的一切都回想起来。他们的经验，度量，耐性，人生所有的收获，千辛万苦换得来的宝物，都献给这幼小的生命；他们返老还童了，还

---

[1] 据普鲁塔克所著《名人传》中的《卡图列传》(*Caton Le Censeur*)，卡图对儿子的抚育及教养极为注意，类似巴尔扎克笔下的米诺莱医生，但卡图系对其亲生的儿子，与庞倍无涉。此处所云，不知作者有何根据。

把他们的聪明来补母性之不足。他们时时刻刻都在活跃的智慧，抵得上母亲的直觉；因为想到为娘的体贴往往有未卜先知的作用，他们便磨炼自己的同情心，求其体贴入微；而这同情心原是跟婴儿的幼弱成比例的。老年人的动作迟缓，正好代替慈母的温存。总之，他们的生活变得像孩子一样简单了。母亲是为了感情而做儿女的牛马，老人是由于世情淡薄、别无所恋而舍身的。所以儿童和老年人亲近是常见的事。老军人、老教士、老医生，看着于絮尔撒娇，受着于絮尔抚爱，觉得乐不可支，老是和她对答，和她玩儿，从来不会厌倦。孩子的淘气非但没有使他们不耐烦，倒反使他们喜欢；他们满足她所有的欲望，把每件事都当作灌输知识的题材。在几个对她终日眉开眼笑的老人之间，这女孩儿等于有了好几个同样细心、同样周到的母亲。靠着这种理想的教育，于絮尔的心灵才能在适宜的环境中成长。这株珍贵的植物居然遇到了特殊的土地，吸收到她真正需要的养料和阳光。

于絮尔六岁的时候，夏伯龙神甫问医生："你预备用什么宗教教育她？"

"用你们的啰。"

米诺莱固然是无神论者，但属于《新哀络绮思》中的特·伏玛先生那一派，认为自己没有权利不让于絮尔受到旧教的好处。当时他坐在中国式书房窗下的凳上，神甫握了握他的手。

"是的，神甫；将来她每次跟我提到上帝，我一定叫她去找她的朋友萨巴龙，"他故意学着于絮尔那种小孩子的口吻，"我要看看宗教情绪是不是天生的。因此，不管这幼小的心灵倾向哪方面，我都听其自然；但我心中早已指定你做她的精神导师了。"

"这一点，我想上帝会替你记着的。"神甫轻轻拍了拍手，向天举着，

仿佛作了个简短的默祷。

于是从六岁起,这孤儿在宗教方面就受本堂神甫指导,正如她早已受着老朋友姚第的指导。

退伍的上尉在从前的军校中当过教授,喜欢研究文法和各种欧洲语言的分别,对世界语问题也下过功夫。这位学者,像上了年纪的教师一样有耐性,挺高兴地教于絮尔认字、写字、念法文,学她应当会的一部分算术。医生藏书丰富,尽可以挑出一批宜于儿童阅读的,除了增长知识,同时也能给她消遣的书籍。军人与教士让她的头脑自由发展,正如医生对她的身体一样不加拘束。于絮尔便这样地一边游戏一边学习。思想方面的活动是归宗教替她调节的。女孩子的天性被三位谨慎的导师带入一个纯洁的境界,再由高明的教育培养之下,她服从感情的成分远过于服从责任,行事多半根据良心的呼声,而不是根据社会的规律。在她身上,美妙的感情与行动都是出诸自然的;过后再由理性的判断把心灵的直觉肯定。人家带领她走的路子是把从善去恶先当作一件乐事,其次才看作义务。这点儿微妙的区别就是基督教教育的特征。这些原则,和应该灌输给男人的一套完全不同,特别适合女性:因为女性所代表的是家庭的精神与良心,是蕴藏在日常生活中的雅趣,因为她差不多是一家之中的王后。三位老人对付孩子的方式都是一致的。他们非但不怕听到天真大胆的问题,还尽量为于絮尔解释各种现象的结局与过程,给她一些准确的观念。倘若为了一棵草、一朵花、一颗星,她直接提到上帝,教授和医生便告诉她只有教士能回答。他们各司其职,绝不侵入别人的范围。干爹管一切生活和物质方面的享用;姚第负责灌输知识;至于道德、玄学和高深奥妙的问题,一律由神甫解答。

这种良好的教育，也不像一般大富之家那样被莽撞的仆役破坏。蒲奚伐女人先是由主人嘱咐过了，并且她头脑太简单，人也太老实，要干预也不可能，对这些目光远大的人的事业，绝不打扰。所以幸运的于絮尔周围有着三位善神呵护；而她柔和的性情也使他们所有的管教工作都很轻松愉快。慈爱而不是姑息，庄重严肃而带着笑容，没有流弊的放任，时时刻刻地顾到身心康健，使她在九岁上就成为一个品质优良的孩子，教人看了喜欢。不幸这三位一体的父执中途分散了。第二年，老军人故世了，把事业留给医生和教士去继续，但他已经完成了最艰苦的一段。在耕耘得宜的土地上，将来自然会开花的。军人因为要遗一万法郎给于絮尔作终身纪念，九年之间每年积下一千法郎。遗嘱上理由写得很动人，他注明要受赠人把这笔小资本每年所生的四五百法郎利息，只花在衣着装饰方面。治安法官把老朋友的遗物封存的时节，在一间外人从来不能进去的书房里，发现一大堆用过的玩具，多数已经坏了，都被视同至宝一般保存着；篷葛朗遵照上尉的遗言，亲自把这些玩具焚化了。

那个时期，于絮尔到了初领圣体的阶段。夏伯龙神甫整整花了一年工夫训导她。女孩子的感情与理智那么发达而又那么平衡，更需要特殊的精神养料。关于神灵的问题，教士替她做的启蒙工作，使她自从宗教意识觉醒以后就成为一个虔诚的、富于神秘气息的少女，坚强的性格永远不因人事变迁而动摇，肝胆照人，不因任何患难屈服。这时没有信仰的老人和极有信仰的孩子，暗中就开始争执了；发动争执的一方面有个很长的时期根本不知不觉，争执的结果却引起了全镇的注意，惹动医生的旁系亲属都来攻击于絮尔，大大地影响了她的前途。

一八二四年上半年，于絮尔几乎每天上午都在本堂神甫的住宅里。老医生猜到教士的用意，想把她作为一个批驳不倒的论据。既然于絮尔像亲生女儿一样地爱他，他尽管不信上帝，至少会相信儿童的天真，而看到宗教对她的灵魂有这样动人的效果，也会受到感动的；因为这孩子心中的爱好比四时常绿、花果不断、芬芳不散的印度植物。美好的生命比最充分的论据更有力量。而某些景象的确能够迷人。于絮尔初领圣体那天，穿着白纱礼服、白缎鞋子，上上下下系着白缎带，束着头巾，侧里扣着大结子，无数的头发卷儿泻在雪白的肩膀上，胸前密密层层，缀着缎带打成的结子；初生的希望使眼睛像明星一般地发光，她昂昂然，飘飘然，抱着极乐的心情预备神游天上，第一次去跟神明结合；而且自从与上帝相接之后，她心里更爱干爹了：老人看着他这个精神上的女儿这样地上教堂去，不知不觉眼睛都湿了。至此为止，这颗灵魂还没脱离浑浑噩噩的童年，如今却靠着永生的观念得到了养料，赛似黑夜过后，阳光在大地上布满春意：老人发现了这一点，又莫名其妙地觉得独自待在家里太不痛快了。他坐在石阶上，老半天地把眼睛盯着铁门。干女儿临走还隔着铁栅招呼他："干爹，你干吗不来呢？没有你在身边，我会快乐吗？"这位百科全书派的信徒虽然连灵魂深处都受了震动，他的傲气还是不肯屈服。临了他出去散步，有心要瞧瞧初领圣体的人的队伍；而果然看到他的小于絮尔披着白纱，神气非常兴奋。她向他瞟了一眼，眼中特别有种灵感，把他心中坚如铁石的部分，对上帝深闭固拒的一角，摇撼了一下。但他仍不愿意让步，自言自语地说道："无聊透了！倘使真有一个天地的主宰，组织宇宙的巨匠，他会理睬你们这套可笑的把戏吗？……"

想罢，他笑了，一面继续散步，走到俯瞰迦蒂南大路的高地上；一阵阵的钟声正在那儿荡漾，把许多家庭的快乐远远地播送出去。

于絮尔初领圣体。

在所有的游戏中间，脱里脱拉是最难的一种，不会玩的人根本受不了那个声音。于絮尔的感官和神经都特别灵敏，听到那游戏的声响和不可解的术语就要不舒服。医生、神甫和姚第老人（当他在世的时候），为了避免刺激孩子，总等她睡了或是出门散步的时间才玩脱里脱拉。往往玩到中局，于絮尔已经回家；她便耐着性子，和颜悦色地坐在窗下做活。她非常厌恶这玩意儿；很多人不但觉得开场学脱里脱拉很难，并且根本不能接受，初步的困难太不容易克服了，倘不是年轻时代养成的习惯，以后几乎是没法学的。可是初领圣体的那天晚上，于絮尔回到家里，正好没有客人，她便搬出脱里脱拉的玩具放在老人面前，问道：

"谁先来掷骰子？"

"于絮尔，"医生回答，"今天是你初领圣体的日子，取笑干爹不罪过吗？"

她坐下来说："我不取笑你啊；你对我百依百顺，要我快活；我也应当使你快活。夏伯龙神甫每次看我功课做得好，便教我玩脱里脱拉作为奖赏；我已经上了那么多课，有本领赢你啦……以后你不用再顾忌我。我为了不妨碍你们的兴趣，已经克服所有的困难，喜欢脱里脱拉的声音了。"

于絮尔果然赢了。神甫正好闯来，看了大为得意。至此为止，米诺莱是不肯让干女儿学音乐的，第二天却到巴黎去买了一架钢琴，在枫丹白露跟一位女教师讲妥了，决意耐着性子听干女儿终日不断地练琴。会看骨相的姚第说过的话应验了：这女孩子果然是个优秀的音乐家。米诺莱非常高兴，又上巴黎去请了一个德国老头，学识丰富的音乐教师，叫作许模克的，每星期到家里来上一次课。凡是学这门艺术所要花的钱，米诺莱都毫不吝惜；但以前他认为这门艺术在家庭中是没有用处的。大概不信宗教的人都不爱音乐;那是由旧教发扬光大的天国的语言:每个音符的名字都是从圣·约翰赞美诗头上七句的第一个音节来的[1]。

于絮尔的初领圣体,给老人的印象虽然很强,可并不持久。尽管宗教与祈祷使年轻的灵魂充满了恬静与喜悦,他看了也无动于衷。生平既无悔恨,亦无内疚,米诺莱老人完全过着心安理得的生活。他行善而不希望得到天国的酬报,比旧教徒更伟大;他责备旧教徒的行为等于向上帝放高利贷。

"可是,"夏伯龙神甫和他说,"倘若所有的人都肯放这种债,社会也就完美了,没有受难的人了。要像你那样地做好事,必须是个大哲学家;你是靠思想去贯彻你的原则的,你是个例外;不比我们那样的行善只消做了基督徒就行。你的行善是凭努力得来的,我们的行善是自然而然的。"

"这就是说,神甫,我是用思想,你们是用感觉,分别不过是这一点。"

可是,十二岁的于絮尔,她那种女性天生的机灵与巧思经过了高手的琢磨,成熟的感觉受着最细致的思想——宗教思想——的指导,终于懂得干爹既不信未来,也不信灵魂不死,既不信天意,也不信上帝。老人被纯洁的孩子紧紧追问之下,没法再把这个重大的秘密隐瞒下去。于絮尔那种天真的惊骇,他先觉得好玩;但看到她有时为之郁郁不乐,也就明白这忧郁所表示的感情多少深厚。凡是倾心相与的感情,什么事情都不容许有一点儿不调和,便是对不相干的问题也不许有参差的意见。有时,医生把干

---

[1] 欧洲音阶的七个音,原用罗马字母为名:C、D、E、F、G、A、B。十二世纪时本多派教士琪·达兰左,始以圣·约翰·巴蒂斯德的赞美诗(拉丁文)每句的第一音节改称为 ut、ré、mi、fa、sol、la。第七音符的名称 Si 是后来一个法国教士补充的。今日欧洲大陆均习惯用此种名称,英、美则沿用 C、D、E 等旧称。

女儿受着最热烈最纯洁的情意鼓动、说话的声音也那么柔和、那么甜蜜的议论,当作一种跟他撒娇的举动,由她数说。的确,有信仰的人跟没有信仰的人说着两种不同的语言,彼此根本不能了解。干女儿为上帝辩护,对干爹出言不逊,像一个宠惯的孩子对待母亲似的。教士和颜悦色地埋怨她,说这一类心胸高尚的人物,便是上帝也不肯随便加以屈辱的。小姑娘却引用大卫杀死巨人歌利阿的故事作答复。在这个如此温暖、如此完美、跟喜欢刺探家长里短的小市民完全隔绝的家庭生活中,唯一的不愉快便是关于宗教的龃龉,便是女孩儿不能劝干爹皈依上帝的遗憾。于絮尔慢慢地长大,进步,成为一个幽娴贞静、饱受基督教教育熏陶、在教堂门口使但羡来大为赞美的少女。她平日种花,弹琴,陪老人玩儿,侍候老人的起居,借此减轻些蒲奚伐的工作;她的恬静的岁月就是这样消磨的。可是于絮尔一年来也有些骚动的表现,引起老人不安;骚动的原因早在意料之中,所以他只是为孩子的健康操心。另一方面,这敏锐的观察家,识见深远的医生,觉得于絮尔精神上多少也受到骚动的影响,便像母亲对付女儿一样暗中侦察了一番,结果却看不见周围有什么能引起她爱情的男子,也就放心了。

6

催眠术概要

在这种情形之下,正当这幕戏开场以前一个月,医生在精神生活方面遇到一件事,把他所有的信念像泥土似的翻了一个身。但为了这件事,我们必须把他行医时期的几桩大事概括地叙述一下,而我们的故事也可以因之更加生色。

十八世纪末期,梅斯曼的出现,把科学界分作两派,壁垒森严,不亚于葛鲁克出现之后的艺术界[1]。从古以来,发明家都是到法国来教人公认他们的新发现的;因为语言明确,法兰西可以说是世界上传布消息的吹号手。梅斯曼把催眠术重新发掘出来以后,也到了法国[2]。

不久以前,哈纳曼说过一句话:"致病医病的学说如果到了巴黎,就有前途了[3]。"

---

[1] 十八世纪末葛鲁克(原籍德国)与毕岂尼(原籍意大利)两大音乐家同为法国内廷供奉,在歌剧界各立门户,争执甚烈。

[2] 梅斯曼(F.-A. Mesmer 1733—1815)倡动物磁气之说,认为一切疾病皆可用磁性感应的原理治疗。一七七八年梅斯曼至巴黎行术,风动一时,称为梅斯曼主义,其内容即今之催眠术,"磁性感应"为纯粹学理名称。

[3] 德国医生哈纳曼(1755—1843)所倡的"致病医病"说,大致是用药物在病人身上引起与所患的病症相同的现象,以治疗疾病。

梅特涅克也和迦尔说过:"你还是上法国去罢;只要人家取笑你是个驼子,你就出名啦。"

因此,梅斯曼有热烈的信徒,也有激烈的敌人,情形很像葛鲁克党与毕岂尼党。法国的学术界大为骚动,郑重其事地展开辩论。辩论的结果尚未分晓,医学院已经把它所谓梅斯曼的江湖邪术,连同他的木盆、导引索和他的理论,全部禁止了[1]。可是不能否认,梅斯曼这个奇妙的发明,也因为他抱着立致巨富的野心而大受损害。与学说有关的许多事实先是不大可靠,梅斯曼又昧于那无法衡量的、当时还没人观察到的液体[2]在自然界中的作用,更不知道把一种有三重面目的科学从各方面去探求,所以梅斯曼失败了。催眠术的应用不止一端;在梅斯曼手里只是一个原则,以后的发展是不可限量的。发现的人固然缺乏天才,但一门和人类文明同时兴起的学术,埃及和迦勒底,希腊和印度,都曾加意培植的学术,在十八世纪的巴黎还跟伽利略的真理[3]在十六世纪遭到同样的命运,被宗教界和同样惊惶的唯物派哲学家两面夹攻:那为法国着想,为人类的智慧着想,的确是件大可惋惜的事。催眠术是耶稣最喜爱的学术,也是他传授给信徒们的一项神通;但教会对催眠术的态度,不比卢梭、伏尔泰、洛克、孔狄亚克等等的信徒更有先见之明。这个人类的法宝,渊源极古而又好似极新的东西,百科全书派和教会中人都不能容纳。痉挛派的奇迹,虽有加莱·特·蒙越

---

[1] 木盆与导引索,均为梅斯曼以磁性感应作医疗时的用具。

[2] 古代的占星术、巫术、魔术,均认为世界上有一种无所不在的液体,可用以解释宇宙之神秘。近代的灵学也相信有一液体为心与物中间的桥梁。巴尔扎克极好此种神秘学说,常于作品中为之张目。

[3] 十六世纪时伽利略因倡言太阳为宇宙中心与地球自转,被教会强迫服罪。

龙留下珍贵的记录，仍被教会和学者们冷淡的态度压倒了[1]。但这些奇迹的确是第一次号召大家去研究人身上的液体；那液体能够促发人体内部的力量，抵消外界因素促成的苦楚。但要做这个实验，先得承认那观察不到、触摸不到、衡量不出的液体是实有的；可惜这三个消极的形容词被当时的科学界看作虚无的代名词。而近代哲学就不承认空虚这回事。只要有十尺地位的空虚，世界就坍了！尤其在唯物主义者心目中，世界完全是实质，一切都有关联，一切都是机械的动作。狄德罗说过："世界是偶然产生的，不像上帝那样难以解释。无数的原因和偶然产生的无穷的变化，就能说明天地万物的现象。把《埃涅阿斯纪》一书的全部铅字随便散掷，只要给我充分的时间与地位，我一定能掷出一部《埃涅阿斯纪》的书版来。"这般可怜虫宁可把无论什么东西奉为神明，却不愿意承认有个上帝；但他们看到物质可以分析至于无穷，也觉得害怕了；其实那种物质的可分性是一切无法衡量的力在本质上都有的。洛克和孔狄亚克把自然科学的进步延迟了五十年，直到伟大的圣·伊兰倡导物种原始统一论以后，这门科学才有惊人的发展。

  一部分不持一家之说的聪明人，把事实用心研究过了，始终信服梅斯曼的主义。梅斯曼认为人身上有种敏锐的力，在意志鼓动之下，能用来控制另外一个人；遇到液体丰盛的时候，那种力还有治病的功能，而治疗的经过便是两个意志的斗争，是疾病与医治的志愿的斗争。梅斯曼还不大注

---

[1] 十八世纪二十年代，基督旧教中有扬山尼派教士法朗梭阿·巴里斯，能为人作媒介而获致奇迹。巴氏死于一七二七年，一七二九年起，群众往其墓地瞻礼，多有当场抽搐、如发狂疾者，醒后则原有宿疾霍然而愈。奇迹之说由是更为盛行，此等信徒当时称为痉挛派。加莱·特·蒙越龙（1686—1754）原为法国大法官，生活放荡，一七三一年时目击痉挛派之奇迹，乃改信扬山尼主义，并痛改前非，品行端正。后又著书证实痉挛派之事实，卒被政府逮捕，瘐死狱中。

意到梦游现象，那是毕赛瞿和特奕士两人用功研究的；但大革命使这些发现都停顿了，让一般学者和取笑的人占了上风。为数极少的信徒中间，一部分是医生。而这般主张异说的少数派到死都受着同僚迫害。威望很高的巴黎医师公会，对付梅斯曼信徒像宗教战争一样严厉，手段的残酷，在伏尔泰提倡宽容的时代，可以说是无以复加了。正统派的医生拒绝跟赞成梅斯曼邪说的医生会诊。到一八二〇年的时候，被目为异端的人还是成为暗中排斥的对象。便是大革命的灾难与风暴，也没有能使那学术界的仇恨平息。社会上只有教士、法官和医生，才会恨到这般田地。从事专业的人永远是固执得可怕的。但另一方面，思想不是比人事更顽强吗？

米诺莱的一个朋友，蒲伐医生，服膺新说，把生活的安宁都为之牺牲了，巴黎大学的医学院见了他非常头疼，但他的信心到死都没有动摇。米诺莱是拥护百科全书派最出力的健将，是梅斯曼的护法——台斯隆医生的死敌，写的文章在论战中极有分量；他不但和老同学蒲伐决裂，并且还加以迫害。对待蒲伐的行为是米诺莱唯一的悔恨，使他暮年觉得良心不安。

从米诺莱退休到纳摩以后，催眠术虽然被巴黎学术界继续引为笑谈，它本身却有了极大的进步。其实称呼催眠术最确当的名词是无重量液体学[1]，因为它的现象和光与电的性质最为相近。迦尔的骨相学与拉伐丹的相学是孪生的学术，两者之间有着因果关系；它们向许多生理学家指出不可捉摸的液体的痕迹；意志的许多现象便是从液体来的；情欲、习惯、脸相与头颅的形状，也是以液体为基础的。磁性感应的事实、梦游、未卜先知与出神入定，一切使人进入心灵世界的事，越来越多了。农夫马丁与异人

---

[1] 无重量是不可称置的意思，如光与电都是无重量的。

显形的奇事，和路易十八的谈话，都是经过证实的[1]；斯威顿堡与亡人的交接，在德国是正式肯定的[2]；司各特写过千里眼的故事；把手相学、卜课学、占星学混合起来的某些占卜家，很有些奇妙的能力；局部麻痹与失却行动机能的事实；某些病症对横膈膜的影响：所有这些至少是很奇怪而同出一源的现象，可以破除许多人的怀疑，使最不关心的人也来做些实验。这种思潮在北欧很发达，在法国还很微弱，但浅薄的观察家称为奇妙的事实还是有的，不过在人事纷繁的巴黎旋涡中，像石沉大海一般不起作用罢了；米诺莱对这些情形更是一无所知。

一八二九年初，反对梅斯曼的老人收到下面一封信，使他安定的心绪大受影响。

我的老同学，

一切友谊，即使决裂了，也有些永远剥夺不了的权利。我知道你还健在，我常常想起的是我们一同在圣·于里安街的破屋子里所过的日子，而不是我们之间的敌意。在离开世界以前，我要向你证明，催眠术快要成为一门重要的科学了，假如科学应该有许多种的话。我可以提出确凿的证据破除你的疑惑。也许你的好奇心还能使我有机会跟你聚首一次，在梅斯曼事件以前，我们原是常常相见的。

蒲伐

---

[1] 农夫托玛·马丁，一八一六年时向人宣称，有一异人数次现形，嘱其向路易十八传达重要消息及若干忠告。经乡村教士、本区总主教以及督察局盘问，被送入疯人院。事为路易十八所闻，召入宫中；马丁面陈若干事，王大为感动，即下令将其释放。马丁死于一八三四年。
[2] 斯威顿堡（1688—1772）为瑞典的灵学家。

这一下，反对梅斯曼的老人好似狮子被牛蝇叮了一口，直奔巴黎，到蒲伐老人的寓所丢了一张名片。蒲伐住在圣·舒比斯教堂附近的非罗街上，他也到米诺莱的旅馆丢下一张名片，写着："明晨九时，在圣·奥诺雷街圣母升天教堂对面恭候。"米诺莱变得年轻了，一晚没睡着。他去拜访几个相熟的医生，问他们是不是天下大变了，是不是医学界有了新的学派，巴黎大学的四个学院是不是还存在。他们告诉他，当年抵抗邪说的精神并未消灭；只是医学学士院和科学学士院不再用压迫手段，而仅仅用置之一笑的态度，把涉及磁性感应的事情归在高缪斯、龚德、鲍斯谷的魔术之列[1]，看作一种所谓科学游戏。但这些议论并不能阻止米诺莱老人赴蒲伐的约会。经过四十四年的仇视，两位敌人又在圣·奥诺雷街上的一个门洞子里见面了。法国人老是有许多分心的事，没法把仇恨保持长久。尤其在巴黎，那么多的事情把空间扩大了，使一个人在政治、文学、科学各方面活动的范围更加辽阔，到处都有园地可以开发，施展各人的雄心。要恨一个人，必须时时刻刻集中精神，直要你拿出几个人的精力，才能长时期地恨下去。所以只有肉体能保留仇恨的记忆。过了四十四年，连罗伯斯庇尔和丹东也会互相拥抱的了。可是两位医生相见之下，谁都没伸出手来。蒲伐先开口对米诺莱说：

"你身体好得很。"

发僵的局面打开了，米诺莱答道："是的，还不坏。你呢？"

"我？你瞧吧。"

"磁性感应的学说能教人不死吗？"米诺莱带着说笑的口气，可并不

---

[1] 三人均为十九世纪的魔术大家。

尖刻。

"差点儿教我活不成是真的。"

"难道你没发财吗?"

"噢!"

"我呀,我可是有钱呢。"米诺莱嚷着。

"我不是恨你的财产,而是恨你的信念。跟我来吧。"

"噢!你老是这么固执!"

蒲伐把米诺莱带上一座黑洞洞的楼梯,小心翼翼地直上五楼。

那时巴黎出了一个异人,从信仰中得到广大无边的法力,能在各方面应用磁性感应。这伟大的无名氏至今还活着;他不用见到病人,能够从远处医治最痛苦的、年深月久的痼疾,并且是像耶稣那样突然之间根治的;除此以外,他还能克服最倔强的意志,一刹那间促成最奇怪的梦游现象。他自称为只依靠上帝,像斯威顿堡一样和天使们来往。相貌像狮子,有一股充沛的不可抵抗的力。五官的轮廓长得很特别,模样很可怕,令人惊怖;从心灵深处发出来的声音,好似充满了磁性的液体,会钻进听的人身上的毛孔。他医好了上千病人而受到群众无情无义的待遇,灰心透了,决意过着孤独的生活,与世隔绝。他曾经替母亲们救回垂死的女儿;替哭哭啼啼的儿女挽回父亲的性命;把受人疼爱的情妇还给热烈的情人;把医生断为绝望的病人治好;使犹太教、新教、旧教的祭司各自在圣堂中唱着赞美诗,被同样的奇迹感化了,皈依同一个上帝;替患了绝症的病人减轻临终的痛苦;对于双目紧闭的梦游者,他等于代表生命的太阳;但他绝不为了替王后救一个太子而轻易举一举他那双神通广大的手。他只回想着过去所做的善事,把自己包裹在一片光明里头;他遗世独立,仿佛是生存在天上了。

但这个有着异能而不求名利的人初露锋芒的时期,对于自己的神通也差不多感到惊异,允许某些好奇的人参观他的奇迹。他那宣传一时而将来还会重振的声名,惊动了行将就木的蒲伐。蒲伐以前为了梅斯曼的学说受尽迫害,把它当作宝物一般藏在心里;如今终于看到这门科学的最精彩的事实。伟大的无名氏被老人的遭遇感动了,对他另眼相看。所以蒲伐一边上楼,一边存着俏皮而得意的心,听让他的老冤家取笑,只回答说:"你等会儿瞧吧!等会儿瞧吧!"同时颠头耸脑,表示极有把握。

两位医生走进一个寒碜的公寓。蒲伐到客厅隔壁的一间卧房里去了一会儿,米诺莱等在客厅里,开始疑心了;但蒲伐马上来带他走进隔壁的屋子,见了那位神秘的斯威顿堡信徒;一张靠椅上还坐着一个女的,她并不站起来,好像根本没瞧见两个老人。

米诺莱笑道:"怎么!不用木盆了?"

"只依靠上帝的神力。"斯威顿堡信徒肃然回答。据米诺莱估计,他大约有五十岁。

三个人一齐坐下。主人讲的话无非是寒暄客套;米诺莱老人听着大为惊奇,以为受人愚弄了。斯威顿堡信徒询问来客对于科学的看法,他显然是要借此把对方打量一番。

终于他说:"先生,你到这儿来纯粹是为了好奇。我的神通,我相信是得之于上帝,从来不敢加以亵渎的;随便滥用,或是用在不正当的地方,上帝会把我的神通收回。不过据蒲伐先生说,现在的问题是要使一个和我们信仰相反的人改变主张,点醒一个善意的学者,所以我愿意满足你的好奇心。"他又指着那个陌生女子说,"这个女的正在梦游。据一切梦游者的口述和表现,梦游是个极甜美的境界,内在的生命把有形的世界加在人的器官上面、妨碍它们的机能的束缚，完全摆脱了，能够在我们谬称为'无形的'世界中活动。梦游状态中的视觉与听觉，比着所谓清醒状态中的更完美，也许还不用别的器官协助；因为视觉与听觉原是通体光明的利剑，别的器官反而是遮蔽它的剑鞘。对于梦游的人，无所谓空间的距离，无所谓物质的障碍；换句话说，距离与障碍被我们内在的生命超越了；人的肉体只是那内在生命的一个贮藏室，一个不可少的依傍，一重外壳。这些最近方始发现的事实，没有适当的名词可以形容；因为不可量、不可触、不可见等等的字眼，对于可由磁性感应显出作用来的液体而言，已经毫无意义，光能发热，能穿过物体使它膨胀，可见光还是可量的；至于电能够刺激触觉，更是人尽皆知的事。我们一向只管否认事实，却忘了我们器官的简陋。"

米诺莱打量着那个好像属于下层阶级的女子，说道："噢！她睡着呢！"

主人回答："此刻她的肉体可以说消灭了。一般人把这个状态叫作睡眠。但她能够向你证明有个精神世界，人的精神在其中完全不受物质世界的规律支配。你要她到哪儿去，我就教她到哪儿去。离开这儿几十里也罢，远至中国也罢，她都能把那边发生的事告诉你。"

米诺莱说："你只要叫她到纳摩，到我家里去。"

那怪人回答："好吧，我自己完全不参加。你把手伸出来；演员和看客，原因与结果，都归你一个人担任。"

他拿了米诺莱的手，米诺莱也让他拿着。他好似定了定神，用另外一只手抓着坐在椅上的女人的手；然后把老医生的手放在女的手里，教他坐在那个并无法器的女巫身边。老医生觉得自己的手和女的接触之下，她原来极平静的脸微微一震；这动作虽然后果很奇妙，动作本身却是非常自然。

"你得听从这位先生的话。"那异人说着,平举着手,伸在女的头上;女的仿佛马上得到了光明和生命。"别忘了,你替他做的事都是使我高兴的。"然后他对米诺莱道,"现在你可以吩咐她了。"

医生便道:"请你到纳摩镇布尔乔亚街,到我家里去。"

蒲伐告诉他说:"你得等一下,等她和你说的话证明她已经到了那儿,你再放开她的手。"

"我看见一条河……一个美丽的花园。"女人说的声音很轻;虽则闭着眼,神气像聚精会神地瞧着自己的内心。

"干吗你从河跟园子那边进去呢?"米诺莱问。

"因为她们在那边啊。"

"谁?"

"你心里所想的小姑娘和她的奶妈。"

"园子是怎么样的?"米诺莱问。

"打河边的水桥上去,右手有一条砖砌的长廊,放着图书;尽头是一间后来添上去的小屋子,挂着木铃和红蛋。左边墙上爬满了藤萝、野葡萄和素馨花。园子中间有一具小型的日晷,还有许多盆花。你的干女儿正在察看她的花,还指给她的奶妈瞧呢;她拿着锹挖土,把花子放在泥里……奶妈在刮平走道上的石子……小姑娘虽然像天使般纯洁,心中已经跟破晓时的天色一样,微微地动了爱情。"

"对谁呢?"至此为止,医生还没听见什么只有梦游的人才能告诉他的事。他始终认为那是走江湖的法术。

她微微一笑,说道:"你还一点儿都不知道呢;不过最近她成人以后,你也担心过的。她的感情是跟着肉体发展的……"

老医生嚷道:"一个平民阶级的女人居然会讲这种话?"

蒲伐回答:"在这个状态中,谁说话都是特别清楚的。"

"可是于絮尔爱的是谁呢?"

那女的侧了侧头,答道:"于絮尔还不知自己动了爱情。她太朴实了,根本没体会到情欲或是什么爱情,但她关切他,想念他;尽管压制自己,想把他丢开,也是没用……现在她弹琴了。"

"那男的是谁呢?"

"对门那位太太的儿子……"

"是包当丢埃太太吗?"

"包当丢埃?对啦。可是没什么危险,他不在本地。"

"他们讲过话吗?"医生问。

"从来没有。他们只见过面。她觉得男的挺可爱。不错,他长得一表人才,心也很好。她从窗里见过他;两人也在教堂里见过;但那个男的已经把这件事忘了。"

"他叫什么名字?"

"啊!那要我看一眼才行,或者要她说出来。噢!有了,他叫作萨维尼昂;她才说出这名字,觉得叫着心里怪舒服的:她已经在历本上查过他的本名节,拿红笔点了一下做记号……真是孩子气!噢!她将来是个多情种子,又热烈又纯洁;一生不会爱两次的;爱情会抓住她的心,深深地种在里头,把旁的情感都挤掉。"

"你从哪儿看出来的?"

"从她心里看出来的。她能够受苦;这一点跟她的血统有关,她父母都遭过大难!"

这最后一句把医生听呆了，他不是为之震动，而是惊奇。在此应当补充一下，那女的每说一句，都要隔十分到十五分钟，在那个时间内她精神越来越集中，明明是有所见的神气。她额上有些异样的表情显出她内心的活动，有时开朗，有时紧张，那种竭尽全力的劲儿，米诺莱只有在快死的人身上见过，而且还得是一个有先知一般的感觉的人。她好几次的手势都像于絮尔。

主人对米诺莱道："你尽管问她，她可以把只有你一个人知道的秘密告诉你。"

米诺莱问："于絮尔爱我吗？"

她微微一笑："差不多跟爱上帝一样；她因为你不信上帝，非常难过。你的态度仿佛只要不信仰，上帝就会不存在似的。可是世界上没有一处没有他的声音。所以这孩子唯一的痛苦就是你给她的。呦！她在琴上练音阶了；她还想在音乐方面求进步……她自个儿在那里懊恼，心里想着：倘若我唱歌唱得好，把嗓子练好了，他回到家里的时候一定能听见我的声音。"

米诺莱掏出记事册，记下了钟点。

"她撒的什么花籽，你能告诉我吗？"

"木犀草，豌豆花，凤仙花。"

"最后一样是什么？"

"是飞燕草。"

"我的钱放在哪儿？"

"在你公证人那儿；那是你按期存放，连一天的利息都不损失的。"

"不错；但我在纳摩每季家用的钱放在哪儿呢？"

"放在一本红面精装的《于斯蒂尼安法学总汇》第二卷最后两页之间；

放书的是玻璃碗橱的高头，插对开本的柜子，整格都给那部书占满了。你的钱放在靠近客厅那边的最后一册里头。咦！第三卷插在第二卷前面啦。可是你的款子不是钱，而是……"

"可是一千法郎的钞票？……"医生问。

"我看不大清，票子都折着。啊，是两张五百法郎的。"

"你看见了吗？"

"看见了。"

"是怎么样的钞票？"

"一张很黄很旧，另外一张颜色还白，差不多新的……"

最后这段回答，米诺莱医生听着发呆了。他呆呆地望着蒲伐，蒲伐和斯威顿堡信徒却看惯了不相信的人的惊奇，只管若无其事地低声谈话。米诺莱要求吃过饭再来。他想定定神，让惊怖的情绪平静一下，再来领略这种广大的神通；他预备做一次决定性的试验，向她提出一些问题，要是有了满意的解答，他的疑惑可以全部廓清了。

主人说："那么你今晚九点再来，我为你再到这儿来一次。"

米诺莱医生激动到极点，出去的时候甚至忘了向主人告辞；蒲伐跟在后面，远远地嚷着：

"你怎么说？怎么说？"

米诺莱站在大门口回答："蒲伐，我觉得我简直疯了。倘若那女人说的关于于絮尔的话都不错，倘若这妖婆替我揭穿的事只有于絮尔一个人知道，那我承认你的确是对的。我恨不得长着翅膀飞回纳摩，把事情调查明白。好，今晚十点我就动身。啊！我真是给闹糊涂了。"

"噢，倘若你看到一个害了多年不治之症的病人，五秒钟以内就给医好；倘若这催眠大家使一个麻风病人浑身淌汗；倘若你眼见他教一个瘫痪的女人站起来走路，你又怎样呢？"

"蒲伐，咱们一起吃饭去，到晚上九点为止，我不让你走开了。我要做一个切实的、无法推翻的试验。"

7

信了这项，也就信了那项

两位言归于好的朋友到王宫市场去吃晚饭。米诺莱很兴奋地谈了一会儿，才把脑海中翻腾不已的思潮暂时忘掉。然后蒲伐和他说："如果你承认那女子的确有能力消灭空间或是飞渡空间，如果你切实知道，在圣母升天教堂附近，她能听到人家在纳摩说的话，看到在纳摩发生的事，你就得承认磁性感应的别的现象，那在不相信的人都是跟这些事同样不可能的。你不妨要她给你一个唯一可使你信服的证据，因为你或许以为刚才的事是我们打听来的；可是我们没法知道，比如说，今晚九点在你家中，在你干女儿卧房里的情形；你不妨把梦游者所看到的所听到的，牢记在心，或是用笔记下来，你再赶回家。我不认识于絮尔姑娘，她不是我们的同谋；要是她说的话，做的事，和你记下来的一样，那么，刚强的西刚勃勒，你该低头了[1]！"

---

[1] 法兰克族的王格洛维斯，于五世纪末与阿拉芒族战于多皮阿克，形势危急，格洛维斯乃发宏愿，若基督教的上帝能助其作战，即当皈依宗教。是役格果获全胜，即率士兵三千人同时信仰基督教。主教圣·雷米于兰斯城内为其举行洗礼时，说道："刚强的西刚勃勒，你该低头了！"西刚勃勒为日耳曼族一支，圣·雷米以此称呼格洛维斯的种族。

两个朋友回到那房间，又见到那梦游女人，但她见了米诺莱并不认识。斯威顿堡信徒远远地举起手来，女人便慢慢地闭上眼睛，恢复了饭前的姿势。医生和女人的手放在一起以后，他就要她说出这时候在他纳摩家中发生的事。

"于絮尔在那里干什么？"

"她已经脱了衣服，做好头发卷儿，跪在祈祷凳上，面对着一个象牙十字架，十字架挂在红丝绒底子的框子里。"

"她说些什么？"

"她在做晚祷，把自己交托给上帝，求他驱除她心中的邪念；她检查自己的良心，白天的行为，看看有没有违背上帝和教会的告诫。可怜的孩子，她在解剖自己的灵魂呢！"梦游者说着，眼睛湿了，"她并没犯什么罪过，可是责备自己想萨维尼昂想得太多了。她停下来思忖他此刻在巴黎做些什么，求上帝赐他幸福。末了，她提到你，高声做着祷告。"

"她的祷告，你能说给我听吗？"

"能。"

米诺莱拿铅笔把梦游者口述的祷告记下来，那明明是夏伯龙神甫替于絮尔起的稿子：

"我的上帝，我是崇拜你的仆人，抱着满腔热情和敬爱的心向你祝告；我尽量遵守你的诫命，愿意像你的圣子一样，为荣耀你的名字而献出我的生命，愿意生活在你的荫庇之下；你是洞烛人心的主宰，倘若你满意我的行为，我就求你开恩，点醒我的干爹，使他走上得救的路，赐他恩宠，让他最后几年能生活在你身上；求你保佑他平安，让我来代替他受苦！圣女于絮尔，我亲爱的本名神，还有圣母、天使长、天堂上所有的圣者，求你们垂听我的祈祷，请你们帮我向上帝说情，求你们可怜我们。"

梦游者把孩子那些天真的手势和圣洁的灵感学得逼真，米诺莱看着，不由得眼睛里冒上了泪水。

"她还有别的话说吗？"

"有的。"

"讲给我听。"

"'亲爱的干爹！他在巴黎跟谁玩脱里脱拉呢？'她吹熄了蜡烛，倒下头去睡了。啊，已经睡着了！她戴着小小的睡帽，真好看！"

米诺莱向伟大的无名氏行过礼，和蒲伐握过手，急急忙忙下楼。那时有一个出租马车的站，设在还没有为了扩充阿尔泽街而拆毁的一家老客栈门口；他奔到那里，找到一个马夫，问他可愿意立刻上枫丹白露。价钱讲妥以后，返老还童的老人马上动身。照预先谈好的办法，他在埃索纳镇让牲口歇了一会儿；然后赶上纳摩的班车，居然还有位置，便把包车打发了。清早五点左右，他回到家中，因为路上辛苦，一口气直睡到九点，睡下去的时候，他一向对于自然界、生理学、形而上学的观念，完全崩溃了。

医生醒来，知道从他回家以后没有一个人进过他的屋子，便开始调查事实，心里却是说不出的恐惧；两张钞票的分别，两册《法学总汇》的次序颠倒，连他自己也不知道。可是梦游的女人看得一点不错。他便打铃叫蒲奚伐女人。

"把于絮尔找来和我说话。"他坐在书房中间吩咐。

孩子来了，奔过来拥抱他；医生把她抱在膝上；她才坐下，美丽的淡黄头发就跟老朋友的白头发卷在一起。

"干爹，你可是有什么事问我？"

"是的,不过你先得发誓,要非常坦白地回答我的话,绝不躲躲闪闪。"

于絮尔满面通红,直红到脑门。

医生看见她一向那么纯洁那么明净的美丽的眼睛,为了初恋的羞怯而显出慌乱的神色,便接着说:"噢!你不能回答的话,我不会问你的。"

"干爹,你说吧。"

"昨天晚上你做最后一段祷告的时候,心里想些什么?祷告是几点钟做的?"

"大概是九点一刻,九点半。"

"把你最后一段祷告背给我听。"

于絮尔希望自己的声音能够感化不信上帝的老人,便跳下来跪在地上,诚心诚意地合着手,眉飞色舞,望着老人说道:

"我昨天求上帝的话,今天早上又求过了,我要求到上帝顺从了我的愿望为止。"

接着她把祷告背了一遍,背的时候有种更热烈的、簇新的表情;干爹却打断她的祈祷,接下去替她念完了,使她大为惊奇。

"行啦,于絮尔,"医生又把干女儿抱在膝上,"你倒在枕上睡觉之前,心里不是想:'亲爱的干爹!他在巴黎跟谁玩脱里脱拉呢?'是不是?"

于絮尔跳起来,仿佛听到了最后审判的号角:她大叫一声,睁大眼睛,一动不动,不胜惊骇地瞪着老人。

"干爹,你是什么人呀?哪儿来这样大的神通?"她认为干爹既然不信上帝,一定是跟魔鬼打交道了。

"昨天你在园子里撒的什么花籽?"

"木犀草,豌豆花,凤仙花。"

"末了可是飞燕草?"

她跪在地上叫道:

"干爹,别吓我了;你昨天待在家里没出门,是不是?"

"我不是老跟你在一块儿吗?"医生开着玩笑,把话支开去了。他不愿意惊动天真的孩子,扰乱她的头脑。"咱们到你卧房去罢。"

他让她搀着手臂,一同上楼。

"干爹,你的腿在发抖呢。"

"是的,我头里昏昏沉沉,好似给雷劈了一样。"

"难道你信了上帝吗?"她叫着,快活得眼睛里含着泪水。

老人瞧着自己替于絮尔布置的那间多朴素多可爱的卧房。地上铺着一张并不贵重的绿地毯,由她收拾得十分干净;墙上糊着蓝灰色的纸,印着蔷薇花和绿叶;朝着院子的窗上挂着粉红镶边的卡里哥布窗帘;两个窗洞之间,壁上有一面长镜,底下是一张白石面的金漆半桌,桌上放一个塞弗勒窑的蓝瓶,那是于絮尔平日插花的;壁炉架对面摆着一口细木镶嵌、大理石面的小柜子。床上铺的是旧波斯呢毯,挂的是波斯呢面子,用夹丝毛料作里子的帐帷;床是十八世纪通行的那种公爵夫人式,四角有刨出嵌线的柱子,顶上雕着一簇簇的羽毛做装饰。壁炉架上的摆钟,座子是贝壳做的,用象牙拼成许多图案;壁炉架的框子,架上的白石烛台,大镜子和四面堆花的边:那些颜色、调子、做工,都很调和。又高又大的衣柜放着于絮尔的内外衣衫:两扇柜门上用各种现在已经找不到的木料拼成风景画,有些木材的色彩是带绿的。室内有股幽香。每样东西都安排得极有条理、极其和谐,谁见了都会欣赏,即使像米诺莱-勒佛罗那样的俗物也不能无动于衷。我们尤其可以看出,于絮尔对周围的东西多么看重,对这间与她儿童和少女时代的生活密切相关的屋子多么喜爱。老人为了不露痕迹，故意把室内的陈设看了一遍，发觉从于絮尔的窗子里的确望得见包当丢埃太太的屋子。他头天晚上已经盘算过，既然知道了于絮尔初动爱情的秘密，应当怎么应付。以监护人的资格去当面问她是不妥当的，不管是赞成是反对，他的地位都很僵。因此他决意先把年轻的包当丢埃和于絮尔双方的身份与处境，仔细考虑一下，再看要不要趁这股感情还没达到欲罢不能的阶段，就把它压下去。这样谨慎周密的态度，只有老年人才有。他一边为了磁性感应的事情，心绪还没定下来，一边把屋内的东西一件一件地瞧着，想借此看看挂在壁炉架旁边的历本。

"这些难看的烛台太重了，你这双美丽的小手怎么拿得动呢？"他把白石座子的镶铜烛台掂了掂分量，瞅着历本，把它拿了下来，嘴里说着：

"这也难看透了。多漂亮的屋子，干吗挂这样恶俗的历本？"

"噢！干爹，别拿走啊。"

"明儿我另外给你一本。"

他揣着这赃证下楼，关着门待在书房里，找出圣·萨维尼昂的节日：梦游的女人说得不错，十月十九那一天上果然有个小红点儿；米诺莱的本名圣·但尼，和夏伯龙神甫的本名圣·约翰的节日，也各有一个记号。点子不过针尖大小，梦游者不受空间和种种阻碍的影响，居然看到了。

老人把这些事一直想到晚上，那对于他比对谁都意义重大。证据确凿，怎么能不信呢？打个比喻说，他心中那堵坚固的墙突然坍倒了；因为他的生活素来根据两个原则：一不关心宗教，二不相信磁性感应。感官原是纯粹的生理组织，它所有的效用都能解释清楚的；磁性感应却证明某些知觉的终极竟可与"无穷"相通，那在老人心目中等于推翻了斯宾诺莎的坚强的论据：斯宾诺莎认为有限与无限这两大元素是不能并存的，现在却变成互相包含的了。老人尽管承认物质的可分性与活动性有多么了不起的力量，总没法承认物质有这样大的神通。他年纪大了，没有精力再把这些现象归结到某种学说中去，把它们跟睡眠、异象、光线等等做比较。他的科学理论是以洛克和孔狄亚克派的主张为基础的，如今是整个儿崩溃了。空洞的偶像既然被砸烂了，他一味不信的心理也就跟着动摇。所以在信仰旧教的儿童与伏尔泰派老人的斗争中间，于絮尔在各方面都占了优势。在坍毁的堡垒里头，在那些废墟之上，有一道光在那里闪闪发亮。还有那段祷告在那里发出嘹亮的声音！然而固执的老人看到自己彷徨，大不满意。他虽然动了心，仍打不定主意，始终在那里抗拒上帝。但他的精神已经动摇，他已经改变了，一味深思默想，念着柏斯格的《杂思》、鲍舒哀的《新教教义游移史》、鲍那、圣·奥古斯丁等等的著作；也想搜罗斯威顿堡和圣－马丁的书籍[1]，这是巴黎的那位怪人跟他提到的。唯物主义在米诺莱心中建立的大厦已经到处开裂，只要一点儿轻微的震动就会全部瓦解。等到他皈依上帝的心意完全成熟的时候，他就瓜熟蒂落，投入宗教的怀抱了。

好几次晚上，于絮尔坐在一旁，老人一边和神甫玩着脱里脱拉，一边提出些问题，使夏伯龙听了很奇怪，觉得和老人平时的主张相差太远了；因为上帝为了超度这颗卓越的灵魂而在他心中所做的工作，神甫还一点儿都不知道。

"你可相信显灵的事吗？"不信宗教的老人停下游戏，问神甫。

---

[1] 鲍那（1754—1840）为意大利政治家，拥护旧教甚力。圣－马丁（1743—1803）为梅斯曼的信徒。

"十六世纪的一个大哲学家，加唐[1]，说他曾经见过显灵的。"神甫回答。

"凡是学者们注意过的显灵的事，我都知道；最近我把帕罗打的著作又读了一遍[2]。我现在问你，以旧教徒的立场来说，你是否相信，一个人死后能回到世界上来看活着的人？"

神甫回答："耶稣死后就是在门徒面前显形的。教会对于救主的显灵当然深信不疑。至于奇迹，我们也有的是。"夏伯龙说到这里，笑了笑，"要不要我告诉你一桩最近的事，发生在十八世纪的？"

"噢！"

"是的，圣者玛丽－阿尔风斯·特·李哥里，在离开罗马很远的地方，就在教皇驾崩的一刹那，知道教皇的死。这桩奇迹有许多证人。那位有道行的主教，把他在出神入定时所听到的、教皇弥留时的遗言，当着好几个人说出来。过了三十小时，才有专差来报告教皇的噩耗[3]……"

"你这是放刁吗！"米诺莱老人跟神甫开玩笑似的说，"我不问你要证据，只问你信不信。"

神甫也继续取笑米诺莱，回答说："我觉得显灵的事多半跟看到显灵的人有关。"

---

[1] 加唐是十六世纪意大利医学家兼数学家，但惑于星相学及各种神秘学说，并非真正的哲学家，更非如巴尔扎克所说的大哲学家。

[2] 帕罗打为三世纪时亚历山大城中的神秘派哲学家。

[3] 此事见安谷·台·洛多男爵所著《圣·阿尔风斯·特·李哥里传》。李哥里主教生于一六九六，死于一七八七。此处所称教皇系指格莱芒十三，崩于一七七四年九月十二日。男爵书中记载："据若干极可靠的证人口述，自九月十一日起，李哥里主教即安坐椅中不动不语，宛如入睡。"觉醒之时间，事后证明，即教皇驾崩之时间；彼时主教即对在旁侍候的修士声称："我刚才送了教皇升天。"

"朋友，我不是给你上当，你对这问题究竟有什么意见？"

"我相信上帝是万能的。"

医生笑道："等我死了，倘若我信了上帝，一定要求他让我在你们面前显形。"

教士回答："加唐和他的朋友彼此就是这样约定的。"

米诺莱道："于絮尔，万一你受到什么威胁，只要叫我一声，我准来。"

教士道："安特莱·希尼哀写过一首动人的悲歌，叫作《奈埃尔》[1]，你一句话就把它的感情表达出来了。诗人的伟大，就在于把事实或情感蒙上一些永远生动的形象。"

"亲爱的干爹，你为什么要提到死呢？"于絮尔声音很悲痛，"我们基督徒是不死的，坟墓是我们灵魂的摇篮。"

老人微笑着说："不管怎么样，反正得离开这个世界；我一朝不在之后，你看到你的家私一定会觉得惊奇的。"

"等你不在的时候，干爹，我唯一的安慰就是把我的生命奉献给你。"

"我死了，你还把生命奉献给我？"

"是的。我将来要是能做些善事，都要用你的名义去做，因为我要补赎你的过失。我每天要祈祷上帝，求他大慈大悲，不要为了你一日之过而给你永久的惩罚，求他把一颗像你这样纯洁这样善良的灵魂，收留在他身边，和那些圣者的灵魂在一起。"

这几句回答，所包含的感情那么淳朴，声调口吻又那么肯定，直接指

---

[1] 法国诗人希尼哀（1762—1794）所作悲歌《奈埃尔》，述一女子奈埃尔临终告其爱人：（大意）"夕阳将下的时候，倘若你心中感动，蒙眬出神，你只要叫我一声，我一定飞到你身边来！"

出了对方的错误，把但尼·米诺莱像圣·保罗一样地感化了[1]。他看到孩子有这样的感情，甚至顾到他未来的生命，不由得眼中含着热泪；同时有一道内在的光明使他心旌摇摇，不知所措。突然之间得到圣宠的效果，像触电一般。神甫合着手，惶惶然站起身子。孩子看到自己的成功，惊喜交集，哭了。老人仿佛有人叫他似的，猛地站起身子，望着前面，似乎看到了一道曙光；接着他跪在椅上，合着手，低着眼睛望着地下，诚惶诚恐，谦卑到极点。

他然后抬起头来，声音很激动地说道："我的上帝！世界上只有这个纯洁的孩子才能替我求得恩宠，使我皈依。我已经深深地悔悟，由这个荣耀所归的儿童带到你面前，求你宽恕！"

老人的灵魂一直飞向上帝，求他在宠赐圣恩以后，再用智慧来点化他。他转身握着神甫的手，说道："亲爱的导师，我变作孩子了，我请你训导，我把灵魂交给你了。"

于絮尔吻着干爹的手，喜极而泣，把老人的手都沾湿了。老人把孩子抱在膝上，很高兴地叫她作"教母"。神甫大为感动，很热烈地背着一首《来吧，圣灵》的赞美诗。跪在地上的三个基督徒，就把这首赞美诗代替了晚祷。

蒲奚伐女人很诧异地跑进来问："什么事啊？"

于絮尔回答："哎，干爹信了上帝了。"

"那多好！这么一来，他就十全十美了。"老用人嚷着，一本正经地画

---

[1] 圣·保罗未信基督以前，受命迫害基督徒，相传一日见耶稣显形，遂致失明，但心中觉得有一道神光照着。后来有了信仰，受了洗礼，双目乃复明。

着十字,神气很天真。

慈祥的教士说道:"亲爱的医生,不久你会感到宗教的伟大和奉教的必要;你会发觉,富于人情味的宗教哲学比最大胆的思想更高超。"

本堂神甫像小孩子一样快活,答应每星期来谈话两次,替老人解释基督教教义。由此可见,大家以为他的信教是于絮尔促成的,并且还有卑鄙的用意,其实是很自然地演变成功的。这颗心灵的创伤,教士暗中惋惜了十四年没敢碰一下;如今老人却像受伤的人请教一个外科医生似的,自动来央求他了。从那次谈话以后,于絮尔每天晚上的祷告都是和老人一块儿做的。他心中慢慢地觉得有种恬静的境界,代替了以前的骚乱。像他自己说的,不可解的事既然有上帝负责,他的精神就安定了。于絮尔回答说,这表示他已经在上帝的国土内有了进展。

望弥撒的时候,他聚精会神地念着经文;因为他跟神甫谈了一次话,就参透那个神秘的观念,觉得一切信徒在精神上都是彼此相通的。这位刚刚归宗的老人已经懂得圣餐是个永久的象征,而一朝领会到它深刻与亲切的意义以后,信仰更使圣餐成为不可少的象征。那天他出了教堂,急于回家,为的是要感谢干女儿把他——照古时那种美妙的说法——渡登彼岸。他在客厅中把她抱在膝上,非常虔诚地亲着她的额角。那时他的一班旁系亲属却对于絮尔大肆谩骂,凭着他们恐惧的心理把那么圣洁的影响百般诬蔑。老头儿的急于回家,瞧不起亲属的态度,走出教堂时那句尖刻的回答,当然每个承继人都认为是于絮尔挑拨出来的。

8

这边商量，那边也商量

　　这方面，干女儿在琴上弹着韦白的《别意变体曲》给她干爹听；那方面，米诺莱－勒佛罗家的饭厅里，大家正在商量一个妙计，结果把这出戏文里头另外一个重要角色也带出场了。内地请客，饭桌上照例很热闹：再加从运河里载来的，或是勃艮第方面，或是都兰方面的美酒，为大家助兴，一顿饭直吃了两个多钟点。才莉特意定了生蚝、海鱼和其他的名菜，替儿子接风。

　　饭厅颇像乡村旅店的客堂，中间摆着一张圆桌，桌面上的情形非常有趣。才莉看着规模宏大的下房心满意足了，又在大院子和种满蔬菜果树的园子之间盖一所屋子。她家中每样东西只求干净、实惠。勒佛罗－勒佛罗的作风对大家是个很大的教训，所以才莉绝不许建筑师随便乱来，浪费她的钱。饭厅只糊着上油的花纸，摆着胡桃木椅子、胡桃木酒柜、一只珐琅质的火炉，挂着一只时钟和一只晴雨表。杯盘虽是普通的白瓷，但桌布和大批的银器使饭桌显得灿烂夺目。因为只雇一个厨娘，才莉自己少不得奔进奔出，像香槟酒瓶里的铅丸一般。等她端上咖啡，候补律师但羡来把早上发生的大事和后果都弄明白了，才莉关上门，请公证人第奥尼斯发言。

屋内鸦雀无声，每个承继人的眼睛都盯着那张公证人的脸；这就不难看出吃公事饭的人对一般家庭的影响。

他说："诸位老弟，你们的叔叔是一七四六年生的，今年八十三岁；可是老年人往往会走上邪路，而这个小……"

"小毒蛇！"玛尚太太抢着说。

"小坏蛋！"才莉补上一句。

第奥尼斯往下说："咱们只叫她名字吧。"

克莱弥埃太太道："她的名字就是女强盗。"

"美丽的女强盗。"但羡来补充。

第奥尼斯接着说："这小于絮尔是他的心肝宝贝。诸位都是我的主顾，我为了你们的利益，并没等到今天才打听消息，据我所知，这年轻的……"

"小毛贼！"稽征员嚷着。

"抢遗产的女棍！"治安裁判所的书记说。

公证人道："诸位，别闹！要不然我戴上帽子，失陪了。"

"得了吧，老头儿，"米诺莱替他斟着罗姆酒[1]，"再来一杯！……那真是罗马来的。好啦，你快点儿说吧。"

"于絮尔固然是约瑟·弥罗埃的女儿，但约瑟是你们老叔的岳父华朗丁·弥罗埃的私生子；所以于絮尔是但尼·米诺莱医生非正式的内侄女。既然是非正式的内侄女，医生倘若立一张有利于她的遗嘱，也许会受到攻击。要是他把家私传给她而你们跟她打官司，那对你们也很不利；因为人

---

[1] 罗姆原系甘蔗制成的酒（通常均译为甘蔗酒），因米诺莱无知，误为与罗马有关。

家可以说于絮尔和医生并非亲戚[1]。不过一个没人保护的姑娘遇到这场官司，一定会着慌，想法跟你们和解的。"

才毕业的法学士急于卖弄才学，说道："法律对私生子女的权利限制得非常严格，据一八一七年七月七日最高法院的判例，私生子对于他们的祖父不能有任何要求，连要求饮食都不行。可见当局把私生子女的亲属关系推得很广。法律在这方面的限制一直应用到私生子女的后代，因为把财产赠予私生子女的后人，就是间接赠予私生子女。我们把《民法》七五七、九〇八、九一一各条综合起来，就可得到这个结论。去年十二月二十六日有件案子，巴黎高等法院把祖父传给非正式孙子孙女的遗产克减了。要说亲属关系，这位祖父和非正式的孙子孙女，正如米诺莱医生和于絮尔一样疏远。"

古鄙道："我觉得这种看法只适用于祖父母对私生子的后代；姑丈等等是不相干的。一个人的舅子既是私生子，他和舅子的儿女就不成其为亲戚。于絮尔对米诺莱医生，根本是外人。记得一八二五年，我刚念完法律的时候，高玛的高等法院判决一件案子，说私生子一旦死了，他的后代就不能和先人的亲戚再成立什么间接的关系。现在于絮尔的父亲就是死了的。"

古鄙的论据当时所发生的作用，大可引一句新闻记者在国会报道中常用的话，叫作全场骚动。

"这个话有什么意思呢？"第奥尼斯嚷道，"法院还没遇到姑丈对非正式内侄女的赠予案子；万一遇到的话，对私生子极严格的法律很可以应用

---

[1] 法国《民法》限制私生子女的权利极严格。倘米诺莱医生与于絮尔的亲戚关系成立，则米诺莱以遗产赠予絮尔即可受到利害关系人的攻击；倘米诺莱与于絮尔并无亲戚关系，则米诺莱自有权利以遗产相赠。

La Comédie Humaine

这边商量,那边也商量。

上去，尤其在这个宗教极受尊敬的时代。所以我敢担保，这件案子一定能和解；倘若你们决心跟于絮尔把官司打到最高法院，那么和解更不成问题。"

一班承继人听了，仿佛金山银山已经摆在眼前，便高兴起来，有的笑逐颜开，有的挺挺腰板，有的做着手势，再也看不见古鄙的不以为然的表示。然后，听到公证人说出两个可怕的字儿："可是！……"大家又静下来，心里发慌了。

第奥尼斯仿佛拉了一下傀儡戏后台那根牵动轮盘，使傀儡一蹦一跳的线：所有的人都把眼睛瞪着他，脸也摆成一个同样的姿势。

他说："可是没有一条法律能阻止老人认于絮尔做养女或是跟她结婚。认养女是可以推翻的，我想你们打起官司来准赢：高等法院对过继问题绝不马虎，侦查期间一定会问到你们。尽管米诺莱医生得着圣·米歇勋章、荣誉团勋章，当过拿破仑的医师，也是要输的。你们为过继的事固然不用害怕，但要是他们结婚又怎么办呢？老头儿相当狡猾，很可能到巴黎去住上一年再结婚，在婚书上写明送妻子一百万法郎。因此，唯一使你们的遗产受到危险的，是小姑娘和她的姑丈结婚[1]。"

说到这儿，公证人歇了一会儿。

古鄙摆出一副精明能干的神气，接着说："还有一个危险，便是立一张委托赠予的遗嘱给第三者，比如篷葛朗先生吧，托他将来把遗产转交于絮尔[2]。"

---

[1] 西俗，亲戚结婚不论辈分尊卑。
[2] 委托赠予是欧洲各国法律都允许，而民间常有的一种行为，源出《罗马法》。出面受赠之人，并非实际享受权利之人，而仅负责将赠予物交付委托书上指定之人。

第奥尼斯打断了他帮办的话:"倘若你们跟老叔捣乱,不好好地奉承于絮尔,他一恼之下,不是和孩子结婚,就是像古鄙说的,来一个委托赠予;可是这种方式的遗赠,危险性很大,我想他不会采取的。至于结婚,要阻挠也容易得很。只消但羡来对小姑娘露出一点儿追求的意思,她哪有不喜欢年轻貌美,纳摩镇上的风流公子,倒反挑中一个老头儿的?"

车行老板的儿子听到有偌大家私,又垂涎于絮尔的姿色,不禁心里痒痒的,凑着才莉的耳朵说道:"母亲,要是我娶了她,全部家产都是咱们的了。"

"你疯了吗?你将来有五万法郎进款,还有当国会议员的希望;亏你想得出这种念头!只要我活着,绝不让你结那种不三不四的亲,断送你的前程。你贪图她七十万家私吗?……你傻不傻?镇长的独养女儿就有五万法郎进款,已经跟我提过亲啦……"

母亲对儿子说话这样不客气,还是破题儿第一遭;但羡来一听之下,觉得再没希望娶美丽的于絮尔了;才莉只要把蓝眼睛一瞪,拿定了主意,但羡来父子俩一向是拗不过她的。

克莱弥埃太太碰了碰丈夫的肘子,丈夫便高声说道:"喂!你说,第奥尼斯先生,万一老头儿当了真,把干女儿许给但羡来,拿全部家当给了她,咱们不是落空了吗?他只消再活五年,财产就要上百万了。"

才莉嚷道:"没有这回事!我口眼不闭,但羡来绝不能娶一个私生子的女儿,娶一个人家为了做好事而领养的、在街上捡来的女儿!别见鬼吧!将来叔父死了,我儿子就是米诺莱家的代表;姓米诺莱的五百年来都是清清白白的布尔乔亚。这种家世也抵得上贵族了。你们放心:但羡来要有了当选议员的把握才娶亲呢。"

这篇自命不凡的议论，立刻得到古鄙的拥护，他说："但羡来一朝有了两万四收入，不是当高等法院的庭长，便是当检察长，这都是进贵族院的门路；若是他糊里糊涂结了婚，什么都完了。"

一班承继人听了，七嘴八舌，彼此都说起话来；米诺莱把桌子一拍，仍旧要公证人发言，大家才静下来不出声了。

第奥尼斯说道："你们的老叔是个正人君子，自以为长生不老的；但像所有的聪明人一样，很可能不立遗嘱就被死神请了去。所以我主张，先劝他把现金做投资，投资的方式要使他不容易剥夺你们的承继；而眼前就有一个机会在这里。小包当丢埃欠了十多万债，关在圣·贝拉奚监狱。他老娘知道了，哭得像玛特兰纳，特意请夏伯龙神甫去吃饭，没有问题是商量这件事的。我预备今天晚上去见你们老叔，劝他把行市到了一百十八法郎的、有担保的五厘公债卖掉，筹了现款来借给包当丢埃老太太，她可以拿鲍第埃农庄和镇上这所屋子作抵；这样，她就能替浪子还债，救他出狱。以公证人的身份，我很可以替糊涂的小包当丢埃说话，我劝老头儿调动资金也在情理之中：立文书、做买卖，不都是我的进账吗？倘我能做他的顾问，还可以劝他把借出之后多余的钱买进别的田地；上好的产业，我手头有的是。他的家私一朝变了本地的不动产，或是凭抵押品借给了当地的人，那就逃不了啦。他再要想变成现金的话，我们总有办法阻挠的。"

这一席话比姚斯先生[1]说得更巧妙，立论的正确使承继人大为惊异，四下里响起一阵唧唧哝哝的声音，表示赞成。

---

[1] 为莫里哀喜剧《医生的爱》中人物。史迦拿兰以爱女吕商特忧郁成疾，与诸友商议；珠宝商姚斯劝其购买钻石以赠爱女，痼疾必可霍然而愈。

公证人随即下了结论："所以你们应当协力同心，把老叔留在纳摩；这儿他已经住惯了，而且你们还能监视他。想法给小姑娘个情人，她就不会嫁给……"

古鄙忽然起了野心，问道："万一她真嫁了那个情人呢？"

公证人回答："那事情也不算太糟，损失也看得见的；老头儿预备给多少陪嫁，可以打听出来。但要是你们派但羡来出马，他不妨把小姑娘拖延时日，拖到老头儿故世的时候。亲事可结可离，有什么难处！"

古鄙道："如果老医生还要活好多年，那么最简单的办法是把她嫁给一个规规矩矩的男人，拿着十万法郎陪嫁搬到桑斯、蒙太奚，或是奥莱昂，替你们把她带走。"

在场只有第奥尼斯、玛尚、才莉和古鄙四个人有头脑，他们意味深长地彼此望了望。

才莉咬着玛尚的耳朵，说道："那可是梨子生了虫，从里头蛀出来啦。"

玛尚回答："干吗让他来参加呢？"

但羡来向古鄙嚷道："对你倒很合适。不过你能有一天收拾得干干净净，讨老人和他干女儿喜欢吗？"

"你要把肚子去挨裙撑子，可是做梦了。"车行老板终于也明白了古鄙的用意。

这句粗俗的打趣引得众人哈哈大笑。古鄙把众人扫了一眼，神气那么凶狠，吓得大家马上止住了笑声。

才莉凑着玛尚耳朵，说："现在当公证人的都唯利是图，第奥尼斯万一为了招揽生意，倒过去帮了于絮尔，又怎么办呢？"

"我相信他是靠得住的，"玛尚向才莉挤了挤那双狡猾的小眼睛，心里还想补上一句，"他有把柄在我手里。"但他终于咽了下去，高声说道：

"我完全赞成第奥尼斯的意见。"

"我也赞成。"才莉嘴里这么说，已经疑心公证人为了利害关系和玛尚串通一起。

"我太太投过票了！"车行老板说着，又呷了一小口饭后酒；他早已酒醉饭饱，脸色都发紫了。

克莱弥埃也说："那很好。"

"那么我饭后就得去走一遭了？"第奥尼斯又追问一遍。

克莱弥埃太太对玛尚太太说："要是第奥尼斯先生的话不错，咱们就应该跟从前一样，每星期晚上去拜访叔叔，完全照第奥尼斯先生的办法做去。"

"嗯，是的，去受他那种招待！"才莉叫起来，"不管怎么样，我们一年也有四万法郎进款，几次三番请他，都被他拒绝了。哼，我们有什么地方比不上他？我虽不会开药方，可是当这个家也不是件容易的事！"

玛尚太太听了，心中有气；她说："我没有四万法郎进款，自然一万也损失不起！"

克莱弥埃太太道："我们是他的小辈，应该侍候他，对他家里的情形也能看得清楚些；表嫂，你将来会感激我们的。"

公证人举起手指放在嘴唇前面："别亏待了于絮尔，特·姚第老头还拿自己的积蓄送给她呢！"

但羡来嚷道："好吧，让我去换一套漂亮衣服。"

古鄙跟着他东家出了车行，说道："刚才你那一套，和巴黎最高明的诉讼代理人台洛希一样厉害。"

"可是他们还跟我计较公费呢！"公证人苦笑了一下。

那些承继人陪着第奥尼斯和他的帮办走出来，个个人带着酒醉饭饱的神气，走到广场上，正遇上晚祷完毕。不出公证人所料，夏伯龙神甫搀着包当丢埃太太的手臂一块儿走着。

玛尚太太指着刚走出教堂的于絮尔和她的干爹，对克莱弥埃太太道："她还拉他去做晚祷呢。"

"咱们跟他说话去。"克莱弥埃太太说着，迎着老人走过去了。

自从在车行里开过会以后，众人脸上都换了一副表情，米诺莱医生看了很诧异，私忖他们为什么装作这样亲热。为了好奇，米诺莱医生让于絮尔跟两个女的见面；她们俩堆着假笑，好不肉麻地向于絮尔行礼。

克莱弥埃太太道："舅舅可允许我们晚上来拜访吗？有时我们怕打搅舅舅；可是我们的孩子好久没来向舅公请安了；我们的女儿也到了年纪，应该认识认识我们亲爱的于絮尔了。"

医生回答："于絮尔的脾气跟她的名字一样，孤僻得很呢[1]。"

"我们来陪陪她，她就随和了。"玛尚太太接着说。这位管家妇还想用俭省的理由遮盖她的用意："并且，叔公，听说叔公的干女儿弹得一手好琴，我们很高兴能够听听。我跟克莱弥埃太太想请于絮尔的老师教我们的孩子；他有了七八个学生，也许学费能便宜些，不超过我们的能力。"

老人说："好吧；我还想替于絮尔请个歌唱教师，那么事情更容易商量了。"

"那么叔公，晚上见，我们带着你的侄孙但羡来一块儿来，他马上就

---

[1] 于絮尔（Ursule）在拉丁文是 Ursus，意思是熊。

要当律师啦。"

"晚上见。"米诺莱回答,他想借此看看这般小人究竟存着什么心。

医生的外甥女和表侄孙女握了握于絮尔的手,装作挺亲热地说了声:"再见。"

"噢!干爹,我心中的欲望都被你猜着了。"于絮尔嚷着,向老人不胜感激地望了一眼。

他说:"因为你嗓子很好。我还想替你找个图画教师和意大利文教师。"他推开家里的铁门,瞧着于絮尔,又道,"一个女子的教育,应当使她出嫁的时候无论什么地位都够得上。"

于絮尔脸红得像樱桃:干爹似乎正想着她所想的那个人。她觉得自己快要把不由自主的,常常想念萨维尼昂的心情,和为了他而竭力要求进修的欲望,告诉老人了;她去坐在一大堆浓密的藤萝底下,远远望去,她好似一朵蓝白相间的花。

她看见老人走过来,想换个题目,不让他再想着那些自己为之出神的念头,便说:"干爹,你瞧你的外甥女和表侄孙女对我多好;她们都是怪和气的。"

老人叫了声:"可怜的孩子!"

他把于絮尔的手放在自己臂上,轻轻拍着,带她走上沿河的平台,在那儿谈话是没有人听见的。

"干吗你要说可怜的孩子?"

"你没看见她们怕你吗?"

"为什么?"

"我信了教,我的承继人都着急了;他们一定认为我的进教是受你的影响,还以为我要剥夺他们的遗产,让你多得些家私……"

"那怎么会呢?……"于絮尔望着她的干爹,很天真地说。

老人抱起孩子,亲了亲她的脸颊:"噢!你是我晚年的安慰。我刚才求上帝让我多活几年,原是为了你,不是为了我。我希望活到能替你找着一个合适的人,把你交托给他为止。我的小天使,你等会儿瞧着米诺莱、克莱弥埃、玛尚在这儿做的戏吧。你是要我活得舒服,活得长久!他们却巴不得我早死!"

于絮尔道:"上帝不许我们憎恨;但要是你说得不错……噢!我也要痛恨他们了。"

蒲奚伐女人站在石级高头,那在花园这边正好是走廊尽处;她喊了声:"吃晚饭了!"

饭厅壁上是用漆描的中国画,还是勒佛罗-勒佛罗遗下的装饰。于絮尔和干爹在这间精致的餐室内吃到饭后点心,治安裁判所的法官来了。医生请他喝一杯自炒、自磨、用一只叫作夏伯太的银壶自煮的莫加、蒲蓬和玛蒂尼葛的混合咖啡;那是只有最亲密的朋友才能受到的款待。

"哎,哪!"篷葛朗抬了抬眼镜,带着俏皮的神气望着老人,"外边可闹得满城风雨了;你一踏进教堂,你那批承继人就起哄啦。你的财产要捐给教会了,要送给穷人了,诸如此类。你刺激了他们,他们发急了。我看见他们在广场上的第一阵骚动,跟热锅上的蚂蚁一样。"

老人嚷道:"于絮尔,我刚才对你怎么说的?我知道你听了会难过,可是也顾不得了;你应当认识认识世道人心,才能提防那些没来由的仇恨。"

"关于这件事,我有句话跟你说。"篷葛朗想借此机会,和老朋友谈谈于絮尔的前途。

满头白发的医生，抓起一顶黑丝绒便帽戴上了；法官怕着凉，也戴着帽子；两人沿着平台踱来踱去，商量用什么方法，才能替于絮尔保全干爹预备给她的财产。第奥尼斯认为照顾于絮尔的遗嘱不能生效的主张，法官是知道的；纳摩镇上的居民太关切米诺莱的承继问题了，不能不引起当地的法家们纷纷议论。篷葛朗认定于絮尔和米诺莱医生根本不算亲戚；但他也感觉到，立法的本意是不允许有非正式的分子羼入家庭的。起草法典的人只想着父母对私生儿女的偏心，没料到旁系尊亲对私生子女的后人也会有感情。显而易见，法律在这方面是有疏漏的。

古鄙、第奥尼斯、但羡来，刚才讲给承继人们听的法理，篷葛朗也和医生说了一遍，又道："在别的国家，于絮尔绝对不用担心；她是合法配偶所生的女儿，她的父亲仅仅是不能承继令岳华朗丁·弥罗埃的遗产。不幸我们的司法界很有才气，喜欢一步一步做推论，揣摩立法的精神。律师们会大谈道德，说法典上的疏漏是由于立法者太老实，没预料到这种情形，但他们至少已经把原则确定了。这场官司必定拖延时日，所费不赀。以才莉那个性格，恐怕直要告到最高法院为止，那时我是不是还在世界上可没有把握了。"

医生嚷道："尽管是理直气壮的官司，也不一定准赢。我已经想到辩诉状上的理由：私生子继承权利的限制应当推广到什么程度？一个大律师的声名，就靠能够打赢下风官司。"

篷葛朗道："婚姻是社会的永久基础，我恐怕推事们为了保护婚姻制度，会把法律的含义尽量推广。"

老人没有说明自己的主意，只是拒绝采用委托赠予的办法。篷葛朗提议用结婚来保障于絮尔的财产，医生却回答说：

"可怜的孩子！我可能再活十五年，那她怎么办呢？"

"那么你打算怎么办呢？"篷葛朗问。

"咱们再考虑，让我再想想吧。"老医生显然是支吾其词。

那时，于絮尔过来说第奥尼斯要找医生谈话。

"第奥尼斯已经上门了！"米诺莱望着法官叫了一声，又回答于絮尔说，"好吧，请他进来。"

"我敢打赌，他是替你的承继人做幌子的；他们和第奥尼斯一块儿在车行里吃饭，一定安排好什么计策了。"

公证人由于絮尔带到花园的尽头。行过礼，无关紧要地说了几句，第奥尼斯要求医生和他单独谈话。于絮尔和篷葛朗便回进客厅。

篷葛朗记着医生说的最后两句话："咱们再考虑，让我再想想吧……"心上想："哼，聪明人老是这一套；有朝一日，冷不防被死神请了去，他们心爱的人儿就受累了。"

专办事务的人对优秀人物的不信任是很显著的，他们承认优秀人物的长处，却不容许他们有短处。但这不信任的心理也许倒是一种褒奖。事务家看到高明的人站在山峰上，便以为他们不会走到平地上来，照顾到在金钱方面能变成大资本、在自然科学方面能变成整个世界的、极细微的小节。这个见解可是错了！一个有感情的人，一个有天才的人，都是巨纤不遗、无所不见的。篷葛朗因为医生不露口风，未免心中怏怏；但为了于絮尔的利益，并且觉得这利益的确受到危险，便打定主意要保护她，不让承继人欺负。篷葛朗又因为没法知道老人和第奥尼斯谈些什么，心里焦急得很。

他打量着于絮尔，暗暗想着："不管于絮尔多么纯洁，至少有一件事，

少女们都是有自己的主张的。让我来试她一下！"他用手扶了扶眼镜，对于絮尔说道："米诺莱－勒佛罗夫妇，很可能替他们的儿子向你说亲。"

可怜的孩子脸色发了白；以她的教养和庄重的性格，她绝不肯去偷听第奥尼斯和老医生的谈话的；但她盘算了一会儿，觉得自己可以出场，如果干爹认为不妥，会向她示意的。医生做书房用的那间中国式水阁，落地长窗外面的百叶窗，还打开在那里。于絮尔灵机一动，走过去关窗。她先向法官告罪，表示要失陪一下。法官微笑着回答：

"你请便吧！请便吧！"

9

初次泄露

于絮尔走到从中国式水阁通往花园的石级上，逗留了一会儿，慢条斯理地关着百叶窗，望着落日。医生正向水阁这里走过来，于絮尔听见他回答第奥尼斯，说着：

"我那些承继人就喜欢我有不动产，希望我接受人家的抵押品，以为那么一来，我的财产更可靠了；他们之间说的话，我都能猜到；也许你是来替他们做说客的吧？告诉你，先生，我的办法绝不更改。我带到这儿来的本金，将来是给承继人的；叫他们放心，别跟我烦。对于这个孩子（他指着干女儿），我自有权衡，另作安排，倘若承继人中有人出来捣乱，我即使死了，也要回到阳间来教他不得安宁！"接着又补充道，"所以，要是希望我借钱给萨维尼昂先生还债，那他只好在牢里白等了。我不会卖掉公债的。"

听到最后两句，于絮尔第一次感到真正的痛苦，她紧把身子和脑袋靠着百叶窗，才不至于倒下去。

"天哪，怎么了？她脸上血色都没有了。饭后这样冲动，对她可能有性命之忧的！"医生嚷着，伸出手来抱住于絮尔，她差不多已经发晕了。

"再见,先生,"他招呼公证人,"我不奉陪了。"

他把干女儿抱进书房,放在一张路易十五式的大沙发上,从药瓶堆里抓了一小瓶依太给她闻。

篷葛朗在旁骇坏了;老医生对他说:"你代我送送客人吧。我要一个人在这里陪她。"

法官把公证人直送到铁门,漫不经意地问了一句:

"于絮尔怎么了?"

"不知道,"第奥尼斯回答,"她站在石级上听我们谈话。包当丢埃家的儿子欠债,关在牢里,因为他不像杜·罗佛侯爵有篷葛朗先生帮忙。我劝医生借钱给包当丢埃还债,医生不答应,于絮尔听了就面无人色,倒下来了……不知她是否爱上了他,或者两人之间有什么……"

"她才不过十五岁,难道就……"篷葛朗打断了第奥尼斯的话。

"她是一八一四年二月生的,再过四个月就十六岁了。"

法官回答:"不会的,她从来没见过这位邻居。大概是病吧?"

"是心病。"公证人接着说。

公证人发觉了这件事很高兴:这样,医生就不可能到最后关头娶于絮尔,来损害他的承继人了。篷葛朗却是全部希望都落了空,因为他久已想替儿子娶于絮尔做媳妇。

他歇了一会儿,说道:"于絮尔要是爱那小伙子可倒霉啦,包当丢埃太太是布勒塔尼人[1],而且把她贵族的门第看得比什么都重。"

"幸亏是这样……"公证人差点儿露出马脚来,急忙改口道,"为包当

---

[1] 布勒塔尼人在法国是以固执出名的。

丢埃家的声望着想，幸亏是这样。"

关于这位好心和老实的法官，我们得说句公道话：从大门口走回客厅的路上，他死了心，不敢再希望有朝一日把于絮尔叫作媳妇了；当然他心里是替儿子惋惜的。篷葛朗本意是等儿子当上署理法官的时候，给他六千法郎一年收入的财产；假定医生再给于絮尔十万法郎陪嫁，这两个青年便是一对珠联璧合的夫妇；他的欧也纳的确是个忠诚可爱的小伙子。或许就因为他过分地称赞欧也纳，引起了米诺莱老人的疑心。

篷葛朗心上想："还是回头去打镇长女儿的主意吧。不过于絮尔即使没有陪嫁，也强似有一百万妆奁的勒佛罗－克莱弥埃小姐。现在得想法让于絮尔嫁给包当丢埃，万一她真爱他的话。"

老医生关上通往藏书室和花园的门，带着干女儿坐在临河的窗下对她说：

"狠心的孩子，你怎么了？我跟你相依为命；没有你的笑容，我怎么过日子呢？"

"萨维尼昂关在牢里啊。"她回答了这句，泪如泉涌，抽抽噎噎地哭了。

老人像父亲那样好不焦急地按着她的脉，想道："这一下没事了。可怜！她和我女人一样神经脆弱。"他去拿了听筒来放在于絮尔胸口，把自己的耳朵凑上去，自言自语地说着："啊，好啦！好啦！"然后又望着她说："我的宝贝，没想到你爱他已经爱到这个地步。但是你得把我看作你自己一样，把你们两人之间的事情统统说给我听。"

于絮尔哭着回答："干爹，我并不爱他，我们从来没说过一句话。可是我一知道这可怜的青年关在牢里，你这个多慈悲的人竟狠着心肠，不肯救他出来……"

"于絮尔，我的小天使，你不爱他，为什么把圣·萨维尼昂的节日和圣·但尼的节日同样画上一个红点呢？来，来，把这桩爱情一五一十都告诉我。"

于絮尔脸上一红，含着眼泪；两人静默了一会儿。

"我是你的父亲，你的朋友，你的母亲，你的医生，你的干爹，这几天对你的疼爱更进了一步，难道你还怕我不成？"

"好！亲爱的干爹，我把心打开来给你看吧。今年五月里，萨维尼昂先生回来看他母亲。以前我从来没留意到他。他最初住到巴黎去的时候，我年纪很小，我可以起誓还看不出一个年轻人跟你们别的男人有什么分别，所知道的只是非常爱你，万万想不到会更爱别人的。萨维尼昂在他母亲生日的前夜，搭了驿车回来，当时我们都不知道。第二天早上七点，我做完祷告，打开窗子让房间换换空气，看见萨维尼昂先生的卧房开着窗，他穿着晨衣正在剃胡子，那种动作可真有风度……我觉得他长得挺好看。他梳理他的黑髭和下巴上的一撮须，我看到他的脖子，又白，又圆……唉，都告诉你吧，我发觉那个多娇嫩的脖子、那张脸和那些美丽的黑头发，跟我在你剃胡子的时候见到的完全不同。当时不知打哪儿来了一阵一阵的热潮，直冲到我的心里、我的喉咙口、我的头里；而且来势猛烈，使我不得不坐下来。我直打哆嗦，站不住了；可是一心只想再看，便提着脚尖瞧，那一下被他看到了，他跟我打趣，用手指送了一个飞吻，后来……"

"后来怎么样？……"

"后来我躲起来了，又害臊，又快活，也弄不清为什么我觉得这种快乐有点儿不好意思。以后每逢他那张年轻的脸在我心中浮现的时候，总有那股使我神魂颠倒、来势多么猛烈的巨潮涌上来。再说，我也极喜欢常常体验到这种情绪，不管它多么猛烈。去望弥撒的路上，有种抑制不住的力

萨维尼昂在他母亲生日的前夜,搭了驿车回来。

量,逼我去瞧扶着母亲的萨维尼昂先生:他走路的姿态,穿的衣服,连靴子踩在石板上的声音,我都觉得美不可言。他身上一切的小地方,戴着多细软的手套的手,都把我迷住了。可是在弥撒祭中间,我还能压制自己,不去想他。从教堂出来,我故意留在后面,让包当丢埃太太先走,那我就能挨在萨维尼昂旁边走出去了。这些小手段使我感到多少兴趣,简直没法形容。回到家里,我转过身去关铁门的时节……"

"蒲冥伐女人呢?"

"噢!我让她到厨房去了,"于絮尔很天真地说,"那时我就看到萨维尼昂站在那儿,望着我出神。我以为他眼中有些惊奇和赞美的表情,便得意极了,恨不得想尽办法让他把我多瞧几回。我觉得以后非讨他喜欢不可了。只要他瞧我一眼,我做的好事就算得了最甜蜜的酬报。从那时起,我就时时刻刻不由自主地想着他。当天晚上,萨维尼昂先生动身了,我没有再看见过他;布尔乔亚街变得空虚得很,似乎他无意中把我的心带走了。"

"事情就是这些吗?"医生问。

"就是这些,干爹。"于絮尔叹了口气,觉得没有更多的事可说,非常遗憾;但当时的悲痛把遗憾的情绪压下去了。

医生把于絮尔抱在膝上,说道:"亲爱的孩子,你转眼就要满十六岁,做大人了。此刻你正在过渡期间,一方面是已经结束的、幸福的童年,一方面是爱情的骚动,使你以后的生活风波很多,因为你神经特别敏锐。"老人又用了一种不胜惆怅的语气往下说:"孩子,你那个感觉就是爱情,是纯洁的、天真的、保持着本来面目的爱情;它是不由自主的,来得很快,像一个贼似的把什么都席卷而去……是的,把什么都席卷而去!那也早在我意料之中。我仔细观察过女性,知道她们之中有一大部分,需要看到许多感情的证明和奇迹以后，才会动心，她们直要打败了才开口，才让步；但也有别的女性，由于一种现在可用磁性液体来解释的共鸣作用，会一见生情。你知道你是取的你姑母的名字。今天我可以告诉你，我当年一看见那可爱的人，根本不知道我们的性格和为人是否相配，就感觉到我会忠实地、专一地爱她。爱情是不是有先见之明，像千里眼那样呢？这问题，我不知怎么解答；因为有多多少少的配偶，以神圣的契约做保障而结合的，以后竟会破裂，终身反目，有如仇敌。两人尽可能在生理上结合得如胶似漆而思想上不能融洽；而也许某些人的生活倒是靠思想的成分多于肉体的成分。相反，性格相投而生理上彼此厌恶的，也往往有之。这两种截然不同的现象，既可以说明许多人生的不幸，更可以证明法律把儿女的婚姻交给父母决定是极聪明的办法；因为上面两种情形常常会蒙蔽一个少女，使她不是受这个幻象的骗，便是受那个幻象的骗。所以我并不埋怨你。你所经历的感觉，不知从何而来而直冲到你心坎和头脑中的情绪，你想念萨维尼昂时的快乐，都是天然的。可是，亲爱的孩子，正如夏伯龙神甫告诉你的，社会要我们把许多天生的嗜好牺牲掉。男女的命运完全不同。我当初可以挑中于絮尔·弥罗埃做我妻子，告诉她我怎么爱她；但做姑娘的爱一个男人而向他求爱，就有亏妇道了；女性不能像我们一样明目张胆地追求她的愿望。所以在你们身上，尤其在你身上，廉耻观念成为一道不可超越的、遮盖你们感情的藩篱。你一再踌躇，不敢对我说出你初恋的感情，足见你宁可受刑，也不愿向萨维尼昂承认……"

"噢！是的。"

"可是，孩子，你还应当进一步，克制你的感情，把它忘掉。"

"为什么？"

"因为，我的小天使，你只应该爱一个将来做你丈夫的男人，而即使萨维尼昂先生会爱你……"

"我还没想到这一步呢。"

"听我说，即使他会爱你，即使他母亲为他而向我提亲，我也要长时期地、仔细地把他考察过后，才能答应。他这次的行为，使所有的家庭都要防他一着，使他和所有的闺女之间有了一道不容易推倒的栅栏。"

于絮尔收了眼泪，露出一副天使般的笑容，说道：

"患难未始于人无益！"

医生听了这句天真的话，一声不出。

"干爹，他做了什么事啊？"

"我的小天使，他两年之内在巴黎欠了十二万法郎的债！还糊涂透顶，让人家关进圣·贝拉奚[1]，年轻人做了这样的笨事，从今以后还有谁瞧得起？一个挥金如土、陷母亲于痛苦与贫穷的人，将来会像你父亲一样，使他妻子伤心死的！"

"你想他能改过吗？"于絮尔问。

"倘若他母亲替他还了债，他就一贫如洗了；生为贵族而没有财产，那可是天底下最难受的刑罚。"

于絮尔呆呆地想了想，抹着眼泪，对干爹说：

"你倘使能救他，干爹，你还是救他吧；帮了他的忙，你可以有权利劝他，责备他……"

---

[1] 至一八二七年止，凡因债务下狱的人都关在圣·贝拉奚监狱，以后又于格里希街另建监狱，囚禁此种被告，故巴尔扎克以后的小说中（如《贝姨》）改称格里希。

"并且,"医生学着于絮尔的声调,"他可以到这儿来,老太太也会来,我们能看到他了,并且……"

"我此刻只为他本人着想。"于絮尔红着脸回答。

"孩子,别再想他了;那简直是做梦!"医生口气很严肃,"包当丢埃太太是甘尔迦罗埃出身,哪怕她一年只有三百法郎生活费,也不会答应萨维尼昂·特·包当丢埃子爵,故海军上将包当丢埃伯爵的侄孙,故舰长包当丢埃子爵的儿子,跟——跟谁?——跟没有财产的于絮尔·弥罗埃结婚;她的父亲不但是军乐队的乐师,而且,我也不能再瞒你了,还是一个大风琴师的私生子!"

她听到这段内幕,哭了:"噢,干爹!你说得不错,我们只有在上帝面前才平等。从此我只在祷告的时候想念他吧。请你把预备给我的钱统统给他。像我这样一个可怜的姑娘,钱有什么用呢?他却关在牢里哪!"

"把你所有的委屈都交给上帝吧,也许他会帮助我们。"

两人静默了一会儿。于絮尔对干爹望都不敢望;等到后来抬起眼睛,看到他憔悴的脸上老泪纵横,她不禁大为激动。儿童的哭是天然的,老人的哭是教人受不住的。

"啊,我的天!你怎么啦?"她扑在老人脚下,吻着他的手,"你不信任我吗?"

"我一向只想满足你的愿望,现在可给你尝到了出世以来第一次深刻的痛苦!我心里和你一样难受。我生平只哭过几回,在我孩子们死的时候和你姑母死的时候。好吧,你要怎么办,我依你就是了。"

于絮尔眼泪还没干,对干爹像闪电似的看了一眼。她笑了。

"咱们上客厅去罢;别忘了,孩子,这些事都得严守秘密。"医生说着,把干女儿留在书房里，自个儿走了。

慈爱的老人看到那圣洁的笑容，心软了，差点儿说出一句暗示有希望的话来安慰他的干女儿。

10

包当丢埃母子

这时,包当丢埃太太陪着本堂神甫,坐在楼下冷冰冰的客堂里,正和她唯一的朋友慈祥的神甫,讲完她的伤心事。她手中拿着几封使她痛苦得无以复加,夏伯龙神甫才看过而还给她的信。方桌上摆着残余的饭后点心,老太太坐在桌旁望着神甫,神甫坐在桌子对面的靠椅上,蜷着身子摸着下巴颏儿,活像一班数学家、教士、舞台上扮用人的角色,为了一个难题而用心思索的神气。

小客堂临街开着两扇窗,四面是漆成灰色的护壁板;室内潮气极重,下面的板壁已经烂了,只靠油漆维持在那里,露出许多几何图形的裂痕。地下的红砖,平日只有独一无二的女仆擦洗,每个座位前面都得放上一块小圆草席;神甫的脚就是踏在这种草席上。浅绿底子深绿花的大马士革窗帘拉上了,百叶窗也关了。桌上点着两支蜡烛,室内只有半明半暗的光线。两个窗洞之间挂着一幅拉都画得极精彩的粉笔肖像,画的是赫赫有名的海军上将包当丢埃。他原是和修弗朗、甘尔迦罗埃、琪乡、西牟士等等相颉颜的人物[1]。壁炉架对面的板壁上，还有包当丢埃子爵的像和子爵夫人的母亲的像，她是一位北罗埃迦出身的甘尔迦罗埃太太。

海军中将甘尔迦罗埃是萨维尼昂的外叔祖，海军上将包当丢埃的孙子包当丢埃伯爵是萨维尼昂的堂兄，他们俩都很有钱。海军中将甘尔迦罗埃住在巴黎，包当丢埃伯爵住着杜斐南省的古堡，古堡就用他的姓氏做名称。伯爵代表包当丢埃家的大房，小房的后代只有萨维尼昂一个。伯爵年纪四十开外，娶了一位有钱的太太，生下三个孩子。据说他承受了几笔遗产之后，每年有六万法郎收入。身为伊才州的议员，他每年都在巴黎过冬；又把维兰勒法令给他的赔偿[2]，赎回了巴黎的包当丢埃府第。海军中将甘尔迦罗埃，最近娶了外甥女特·冯太纳小姐，目的纯粹是要送她遗产。所以萨维尼昂犯的错误，使他失掉了两个有力的奥援。

萨维尼昂少年英俊，倘若进了海军，凭着他的门第和一个中将一个议员的撑腰，也许二十三岁上已经当了上尉；但他母亲不愿意让独养儿子入伍，只在纳摩请夏伯龙神甫的副司祭负责教导，自以为能够教儿子陪她一辈子，非常得意。她想安安分分地替萨维尼昂娶一个哀格勒蒙家的小姐，得一万二千进款的陪嫁；以包当丢埃的姓氏和鲍第埃的产业来说，也够得上攀这门亲。但事情演变的结果，这个规模虽小而很稳妥的、到第二代上可能重振家业的计划竟不能实现。哀格勒蒙府上家道衰落了，最大的一个女儿海仑失踪了，家属也没有理由可解释。

萨维尼昂过着没有空气、没有出路、没有行动的生活，除了一般儿子

---

[1] 修弗朗与琪乡为法国十八世纪时的海军中将；其余诸人均系巴尔扎克创造的海军将领，散见于其他小说。

[2] 一八二五年四月，法国首相维兰勒公布法令，对大革命时期的流亡贵族所受的损失给予赔偿。

对母亲的感情以外，精神上别无养料；他厌倦不堪，终于摆脱了枷锁，不管那枷锁多么温和。他甚至打定主意，永远不住在内地，觉得自己的前途不是在布尔乔亚街，可惜这觉悟来得太晚了些。他二十一岁上离开母亲，到巴黎认亲戚、谋出路去了。

一个没人管束、没人阻拦、一心只想玩儿的青年，仗着包当丢埃的门望和有钱的亲戚，世家旧族没有一处走不进，一看到巴黎生活和纳摩生活的对比，可就凶多吉少了。萨维尼昂以为母亲藏着二十年的私蓄，便把见识巴黎用的盘川，六千法郎，一眨眼就花得精光。这笔钱根本不够他最初六个月的开销，还有数目加倍的账欠着旅馆、裁缝、靴匠、车行、首饰商，以及一切帮年轻人摆阔的商人。他才不过教人知道他的姓名，对于说话的艺术、应对的规矩、穿背心和挑选背心的诀窍、做衣服和打领带的技巧，才不过略窥门径，却已经欠了三万法郎的债，而萨维尼昂实际的成就还在字斟句酌、想向特·赛莱齐夫人诉说爱情的阶段；这位漂亮太太是特·龙葛洛侯爵的妹妹，帝政时代曾经靠着青春年少红过一时的。

像时下的青年一样，像一班在各方面的野心都归结到同一个目标、都要求那种不可能的平等的青年一样，萨维尼昂和一些时髦人物混得很熟。有一天，饭局完毕的时候，萨维尼昂问道：

"告诉我，你们是怎么应付的？你们不见得比我有钱，却没有一点儿心事，日子很过得去，我可是背了一身的债！"

拉斯蒂涅、吕西安·特·吕邦泼雷、玛克辛·特·脱拉伊、爱弥尔·勃隆台，当时的一班花花公子，一齐笑着回答："我们都是这样过来的呀。"

饭局的主人名叫斐诺，是一个想巴结这批哥儿们的暴发户，他说："特·玛赛一开场就有钱，只是个例外；并且，要没有他那本领，"他向

特·玛赛点点头表示敬意,"他的财产反而会把他断送了的。"

"这句话可说到家了。"玛克辛·特·脱拉伊道。

"意思也到家了。"拉斯蒂涅补上一句。

特·玛赛一本正经地告诉萨维尼昂:"朋友,欠债是求经验的资本。正式的大学教育,加上几个专教游艺[1]而你什么也学不到的教师,也要花到六万法郎。即使社会教育的学费贵上一倍,至少它教你懂得了人生,买卖,政治,男人,有时连女人也在内。"

勃隆台在这篇教训后面,套着拉封丹的诗补上一句:"大家以为社会白送的东西,其实是价钱很贵的。"

这些巴黎港湾中本领高强的舵工,说的倒是入情入理的话,但萨维尼昂不去体会,只当是打哈哈。

"朋友,"特·玛赛和他说,"小心点儿,你门第很高,要是不能挣到一笔相当的财产配上你的姓氏,你老来可能进骑兵营去当一名班长的……身首异处的名人,我们见得多了!"

他念着高乃依的诗句,抓着萨维尼昂的手臂,又道:"差不多六年以前,我们亲眼看到一位年轻的哀斯葛里浓伯爵,在上流社会的天堂里挨不上两年!唉!他那生活就像一团烟火。往上飞腾的时候直飞到特·莫弗里原士公爵夫人身边;一跤跌下来,直跌到他的本乡,陪着一个害鼻膜炎的父亲玩两个铜子一把的韦斯脱,拿这种生活来补赎他的过失。我劝你把处境向赛莱齐太太实说,别怕难为情;她会对你大有帮助;倘若不这么办而跟她玩着初恋那种猜谜式的游戏,她一定拿出拉斐尔的圣母派头,假装纯

---

[1] 指音乐、舞蹈、击剑、骑马等等。

洁，教你在温柔乡中大大地花一笔旅费！"

萨维尼昂年纪太轻，只顾着贵族的面子，不敢把经济情形告诉赛莱齐太太。终于到了一个时期，他慌忙失措，不知怎么办了，听了几位朋友教唆，用儿子进攻父母银箱的战术，写信给母亲，说了一大堆有多少到期的借票，被人控告是如何如何丢脸的话。包当丢埃太太当下倾其所有，寄了两万法郎。靠着这笔接济，他才支持到第一年年底。

第二年，他紧盯着赛莱齐太太，赛莱齐太太也当真爱上了他，同时也教育他；他便饮鸩止渴，向高利贷去求救了。朋友之中有位议员，也是他堂兄包当丢埃伯爵的朋友，叫作台·吕卜克司，在他无路可走的当口介绍他去找高勃萨克、奚高奈、巴尔玛[1]。他们把萨维尼昂母亲的产业打听得清清楚楚，所以每次借钱给他都很爽快。靠着高利贷和借票展期这两个办法，他很得意地混了十八个月。可怜的青年既不敢离开赛莱齐夫人，又发疯般爱上了美丽的甘尔迦罗埃伯爵夫人。她一味装作贞节，像一班专等年老的丈夫死掉，把贞操当远期支票，做再醮资本的少妇一样。萨维尼昂不懂有目标的贞操是攻不倒的，只管拿出大富翁的气派追求爱弥丽·特·甘尔迦罗埃：凡是有她在场的跳舞会和戏剧表演，他一次都不错过。

有天晚上，特·玛赛笑着和他说："喂，老弟，凭你那些火药是轰不倒这块岩石的。"

特·玛赛是巴黎时髦社会的领袖，因为同情萨维尼昂，把爱弥丽·特·冯太纳[2]的谜解释给他听，可是白费；直要"患难"那道黯淡的

---

[1] 以上三人都是巴尔扎克创造的放高利贷的人物，散见于其他小说。

[2] 爱弥丽·特·甘尔迦罗埃太太，母家姓冯太纳，为萨维尼昂的外叔祖母。

光和牢狱中的黑暗，才能点醒萨维尼昂。他糊里糊涂签了一张十一万七千法郎的约期票给首饰商；放高利贷的债主不愿露出凶恶的本相，跟首饰商讲妥了，由他出面控告，把萨维尼昂送进了圣·贝拉奚。朋友们先是不知道；后来拉斯蒂涅、特·玛赛、吕西安·特·吕邦泼雷三人听到消息，马上去找萨维尼昂，发觉他一文不名，便每人给了他一千法郎。萨维尼昂的当差被债主买通了，说出他秘密的住址；屋里的东西全部被扣，只剩他随身穿的衣服和戴的几件首饰。三个青年叫了一桌讲究的菜，一边喝着特·玛赛带来的香槟，一边盘问萨维尼昂的家境，表面上是替他的前途打算，实际是要看看他可有出息。

拉斯蒂涅说道："朋友，你有着萨维尼昂·特·包当丢埃这样的姓名，有着一个未来的贵族院议员做堂兄，一个甘尔迦罗埃海军中将做外叔祖，一朝犯了给人送进圣·贝拉奚那样的大错，就该想法快点儿出来。"

特·玛赛嚷道："为什么你瞒着我呢？走长路的马车，一万法郎现款，几封介绍信，都是现成的，满可以送你上德国。什么高勃萨克、奚高奈，还有别的放印子钱的家伙，我们都认得，可能教他们让步的。告诉我听，哪个混蛋带你去饮鸩止渴的？"

"台·吕卜克司。"

三个青年彼此望了望，表示都有同样的感想，同样的疑心，只是不说出来。

特·玛赛又道："把你家里的情形告诉我，把你手里的牌都摊出来。"

萨维尼昂把他的母亲和她头顶上打着大结子的便帽，布尔乔亚街上的小屋子，只有三个临街的窗洞，没有花园，只有院子，院子里只有一口井和一个堆柴的木棚等等，描写了一番；也说出了这所砂石底子、外涂红色三合土的住屋的价值；把鲍第埃田庄也估了一个价；三位花花公子彼此望着，装作思想深刻的神气，念着缪塞新出版的诗剧中的一句话：

"那可惨了！"

"写一封动人的信给你母亲，她会替你还债的。"拉斯蒂涅道。

"不错，可是以后呢？……"特·玛赛问。

吕西安说："倘使你不过手段笨拙，做错了事，政府还能送你进外交界；可是圣·贝拉奚绝不能做大使馆的穿堂。"

拉斯蒂涅说："你太软弱了，应付不了巴黎的生活。"

"你瞧！"特·玛赛把萨维尼昂从头瞧到脚，像马贩子相马一般，"清秀的蓝眼睛长得很好，雪白的脑门模样儿怪不错，乌黑的头发光艳照人，一小撮黑须配着你苍白的脸颊十分调和，身腰又很柔软；一双脚表示你是旧家出身，肩膀和胸脯都很扎实，可并不粗野，并不俗气。教我说来，你是一个黑发美少年。脸是路易十三的一派，不大有血色，鼻子的形状挺好看；你还有一些讨女人喜欢的特点，那是男人们自己说不上来，而跟神气、步伐、说话的声音、一瞥一视、一举一动，多多少少的小地方都有关系的；女人把这些看得很清楚，认为有某种意义，这意义，我们可捉摸不到。朋友，你还不知道你是何等人物呢。只消加上点儿风度，要不了半年，包你教一个富有十万法郎进款的英国女子倾倒；倘若再拿出你有名有分的子爵头衔，那更不成问题了。这种女子，我可爱的干娘杜特莱夫人，一定能在大不列颠地面上替你找到一个；我干娘替有情人撮合的本领可以说天下无双。不过有个先决条件，你得用第一流银行家的手段，把债务拖上三个月。干吗你对我一字不提呢？你若是在巴登温泉，债主会对你恭而敬之，或许还肯效犬马之劳；一朝把你送进了监狱，他们就瞧你不起了。债主跟社会和群众毫无分别，遇到能摆布他们的强者就下跪，遇到绵羊就毫不留情。在某些人眼中，圣·贝拉奚是个女魔，能把年轻人的灵魂烧焦的。好兄弟，要不要我替你出个主意，我可以把告诉小哀斯葛里浓的话跟你说一遍：还债的时候小心点儿，想法留下三年生活费，在内地碰到一个有三万法郎进款的姑娘，马上结婚。安分而有陪嫁的闺女，贪图包当丢埃太太这种头衔的姑娘，三年之内一定能找到。这才是聪明人的办法。来，喝酒吧。我为你干一杯，祝贺你能遇到一个有钱的姑娘！"

探监的钟点到了，三个青年方始和他们以前的朋友告别；在监狱门口，彼此说着："他太懦弱了！他被打倒了！——他还能爬起来吗？"

第二天，萨维尼昂写了一封二十二页的长信，把事情向母亲和盘托出。包当丢埃太太哭了整整一天，然后复了儿子的信，答应救他出狱；接着又写信给包当丢埃和甘尔迦罗埃两位伯爵。

神甫才看过而交还在可怜的母亲手里的，那些沾着泪水的信，是当天早上送到的，使老太太心都碎了。

致特·包当丢埃太太书

1829 年 9 月，巴黎

太太，请你相信，我和甘尔迦罗埃都很关切你的痛苦。你吩咐他做的事，使我很伤心，尤其因为我的家就是令郎的家：我们一向是以萨维尼昂自豪的。倘若他对甘尔迦罗埃多信任一些的话，我们一定把他留在身边，而他也早已有了职位了；但他竟一字不提，可怜的孩子！甘尔迦罗埃拿不出十万法郎：他自己也有债务，还为了我在外面借钱，我完全不知道他的经济情形。他特别焦急的是，萨维尼昂既已被捕，我们就没法再替他活动。假使我这个俊俏的侄孙不是对我抱着那种莫名其妙的痴情，就不至于为了爱情的傲气，把亲属之间应该说的话咽在肚里；那我们可以一边应付这里的事，一边打发他上德国去旅行一次。甘尔迦罗埃可能替他在海军衙门谋一个缺；但为了债务而被监禁以后，甘尔迦罗埃也无能为力了。你还是替萨维尼昂还了债，让他进海军吧；他会显出包当丢埃家的本色，一定成功，他那双美丽的蓝眼睛就有他祖先的英气；那时我们都会帮助他的。

所以，太太，千万不要绝望；你还有些朋友呢，而我就自命为其中最忠诚的一个，在此向你表达我的情意和敬意。

爱弥丽·特·甘尔迦罗埃

致特·包当丢埃太太书

1829 年 8 月，包当丢埃

亲爱的叔母，萨维尼昂荒唐的行为使我又难堪又伤心。我已经有了家室，生着两男一女；我的家私，以我的地位和抱负而论，已经很微薄了，不能再损失十万法郎，从伦巴第人[1]手里去赎出包当丢埃来。你还是卖掉田庄，还了债，住到舍间来吧；我们即使不能一心为您，也绝不会亏待您。您日子一定可以过得很快活；萨维尼昂也早晚能成家，内人一向觉得他挺可爱的。这次的胡闹没有什么大不了，您别难过；我们州里不会有人知道的。富户人家的女儿，这里有的是，都巴

---

[1] 伦巴第人即意大利人，很早在欧洲经营银钱业；此处所言犹今日所谓犹太人。

不得高攀我们呢。

内人和我先向您表示欢迎，希望这计划早日实现，同时请您接受我们至诚的敬意。

吕克－萨维尼昂，特·包当丢埃伯爵

布勒塔尼出身的老太太抹着眼泪，嚷道："堂堂甘尔迦罗埃家的人，想不到会收到这种信！"

夏伯龙神甫说："海军中将并没知道侄孙在监狱里；伯爵夫人自个儿看了你的信，自个儿回复的。"停了一会儿又道，"可是总得打个主意才好，我劝你别出卖庄园。租约快满期了，那还是二十四年以前订的；再过几个月，你可以把租金加到六千法郎一年，还能要一笔等于两年租金的小费。眼前我们向一个规规矩矩的人去借钱，别找镇上那些专做抵押生意的人。你的邻居是个正人君子，温文尔雅，大革命以前见过大人物的。最近还从无神论者一变而为旧教徒。最好你捺着傲气，今晚上去看他；这样的移樽就教，对他必有作用；我劝你把甘尔迦罗埃的门第暂时忘记一下。"

"办不到！"老太太尖着嗓子回答。

"那么做一个和蔼可亲的甘尔迦罗埃吧；等他没有外客的时候去找他，那他只要三厘半利率，或许只要三厘，同时他还能很体贴地帮你忙，你一定会满意的；他会亲自上巴黎恢复萨维尼昂的自由，把他带回来，反正他要上巴黎去卖掉公债。"

"你是说米诺莱那个小家伙吗？"

"那小家伙年纪已经八十三了，"夏伯龙神甫微微一笑地回答，"好太太，拿出一点儿基督徒精神来，别得罪他，他能帮你忙的地方多着呢。"

"堂堂甘尔迦罗埃家的人,想不到会收到这种信!"

"怎么？"

"他身边有个天使，一个最圣洁的姑娘……"

"不错，你是说小于絮尔……那又怎么呢？"

听到这句"那又怎么呢"，可怜的神甫不敢再往下说，老太太尖刻的口气先把他心里的计划给打消了。

"我相信米诺莱医生很有钱。"

"跟我有什么相干？"

"你当初不给儿子安排前程，已经间接造成他今日的不幸；将来你可是得小心行事了！"神甫态度很严厉，"要不要我先去通知你的邻居呢？"

"既然知道我有事找他，他为什么不到这儿来？"

"啊！太太，你去看他，你只要出三厘利息；他来看你，你就得出五厘了。"神甫觉得这个充分的理由可以说服老太太，"倘若你由公证人第奥尼斯和书记玛尚经手出卖鲍第埃田庄，在价钱方面要吃亏一半；他们绝不肯把现钱借给你，存心要趁你为难的时候占你便宜。什么第奥尼斯，什么玛尚，还有镇上一班觊觎你的田庄，知道你儿子关在牢里的有钱的人，我跟他们都没有交情。"

"好，他们知道就知道吧！"老太太举着手臂直嚷，"噢！神甫，你的咖啡都凉了……蒂安纳德！蒂安纳德！"

蒂安纳德是一个年纪上了六十岁的布勒塔尼老婆子，穿着短袄，戴着布勒塔尼便帽，急急忙忙进来，拿神甫的咖啡去重煮。

她看见神甫想端起来喝，便道："神甫，放心，我拿去隔水温一温，味道不会变的。"

"那么，"神甫用他那种带着劝导意味的声音又说，"我先去通知医生，

你等会儿来吧。"

经过一小时的口舌,神甫翻来覆去把理由说了十来遍,老太太方始让步;而这位傲慢的甘尔迦罗埃直听到神甫说出"你不去,将来萨维尼昂会去看他的!"以后,才表示屈服:"那么,还是我自己去的好。"

11

萨维尼昂得救了

钟上正好敲九点,神甫走出嵌在大门中间的小门,奔到医生家的铁门口使劲打铃。他这儿刚由蒂安纳德送出,那儿就由蒲奚伐女人迎进;老奶妈说:"神甫,你来得这么晚!"对门的老用人却说:"太太正在伤心,干吗你老早就走了?"

神甫看见一大堆人挤在医生那间棕绿两色的客厅里;因为第奥尼斯路过玛尚家,已经把老叔的话述了一遍,让几位承继人放心了。

他说:"我相信于絮尔心里有人,这桩爱情将来只会给她痛苦和烦恼;她念头古古怪怪的(一般公证人都用这种字眼来形容多愁善感),一时还嫁不出去呢。因此你们不用多心,尽管对她献点儿小殷勤,好好地侍候你们老叔;他精明透顶,一百个古鄙还斗不过他哩。"公证人这么说着,不知道古鄙这个词儿原是从拉丁文的费北(狐狸)化出来的。

所以,玛尚夫妇、克莱弥埃夫妇、车行老板和但羡来,纳摩的医生和篷葛朗,在医生家凑成了一个热闹而少有的集会。夏伯龙神甫走进客堂,听见钢琴声。于絮尔正在结束贝多芬的《F调交响乐》[1]。孩子自从被干爹

---

[1] 这是指改编为钢琴曲的交响乐。贝多芬的第六、第八两部交响乐都是F大调,作者此处未注明何曲。

提醒之后，心里也讨厌那些承继人：虽是天真、无邪，她也卖弄小手段，有心挑这阕气势雄壮、要经过研究才能了解的音乐，教那班女太太们扫兴。越是美妙的音乐，无知的人越不会欣赏。客厅门一开，一露出夏伯龙神甫那张年高德劭的脸，承继人们便赶紧站起身子，如逢大赦般地嚷着："啊！神甫来了！"

这声叫喊，也在牌桌上引起回声。篷葛朗、纳摩的医生和米诺莱老人正在那里受罪，因为克莱弥埃要讨好舅舅，厚着脸自动和他们凑成一局韦斯脱。于絮尔离开了钢琴。医生也站起来好像是招呼神甫，其实是借此散局。那些承继人在老叔面前把于絮尔的才艺天花乱坠地恭维了一阵，告辞了。

正在关铁门的时候，医生叫了声："朋友们，再见了。"

出了屋子几步路，克莱弥埃太太就对玛尚太太说："嘿！这就是花那么多钱学来的！"

玛尚太太道："我才不花了钱，让我的小阿丽纳在家里敲得震天价响呢。"

克莱弥埃道："她说那是贝多方作的，是个大音乐家，很有名气的。"

"哼，在纳摩才不会出名呢，"克莱弥埃太太回答，"怪不得他叫作什么白多疯。"

玛尚道："我看那是老叔有心不要我们再去；他对小丫头一边指着那本绿面子的书，一边还眨眼睛呢。"

车行老板接口说："他们觉得砰砰訇訇的响声好玩，那的确还是关在家里的好。"

克莱弥埃太太道："篷葛朗先生打牌的兴致真好，亏他受得了那些咒命曲（奏鸣曲）。"

那时，于絮尔走到牌桌旁边坐下，说道："在一般不懂音乐的人面前，我永远弹不好琴的。"

神甫道："富于内心生活的人，感情只能在友好的环境中宣泄。教士在恶魔前面不能祝福，栗树在太肥沃的土地上不能生长；同样，有性灵的音乐家遇到外行会精神不振。在艺术方面，我们的心灵是以周围的心灵做环境的，我们给它们的生命力，是和从它们那儿汲取的生命力相等的。人的感情逃不出这个定理，我们的两句成语也是从这个定理来的，一句是：遇到狼，跟着嗥；一句是：物以类聚。但只有天性温柔而敏感的人，才会像你那样地感到痛苦。"

医生道："所以普通女子的痛苦，对我的小于絮尔可能致命。我离开世界以后，希望你们在她和世俗之间筑起一道墙垣，保护这朵像卡图卢斯[1]诗中说的空谷幽花……"

"于絮尔，那几位太太着实奉承你呢。"篷葛朗微笑着说。

"奉承得有点俗气了。"纳摩的医生批评了一句。

米诺莱老人道："我觉得虚假的奉承总是俗气的。为什么呢？"

神甫说："真诚的情意本身就不俗。"

于絮尔又焦急又好奇地对神甫瞧了一眼，问："你可是在包当丢埃太太家吃晚饭的？"

"是的，可怜的太太伤心得很，说不定今天晚上会来拜访你，米诺莱先生。"

---

[1] 卡图卢斯（公元前84年—公元前47年）为著名的拉丁诗人。

"既然她心里难受,有事找我,应该由我去看她。咱们把这最后一局快些结束吧。"

于絮尔在桌子底下把老人的手按了一按。

法官说:"她儿子太不懂事了,没有监护人,独自住在巴黎是不行的。前一晌听见有人向这里的公证人打听老太太的田庄,我就猜到他要送母亲的命了。"

"你相信他下得了手吗?"于絮尔说着,恶狠狠地向篷葛朗瞪了一眼。篷葛朗私忖道:"唉,可怜她真的爱着他。"

纳摩的医生接口道:"那倒不一定。萨维尼昂天性还是好的,所以会坐牢;坏蛋是从来不会入狱的。"

"诸位,咱们歇了吧,"米诺莱老人大声说,"只要能够使一个可怜的母亲止住眼泪,就该趁早把她止住。"

四位朋友站起来,一同出去了;于絮尔跟到铁门口,看着干爹和神甫敲对面的门。蒂安纳德把他们让了进去,于絮尔却坐在屋子外面的一根界石上,叫蒲奚伐女人陪着。

神甫先走进小客堂,说道:"子爵夫人,米诺莱医生不愿你劳驾上他家去……"

医生接着说:"太太,我是上一个朝代的,不会不知道怎样对待像你这种身份的人物;据神甫说,我还能对太太帮点儿忙,那我真是太高兴了。"

包当丢埃太太虽然接受了神甫的劝告,还是放不下面子;神甫走了以后,甚至想去找纳摩的公证人了;现在看见米诺莱这样体贴,亲自上门,她觉得出乎意外,站起来指着一张椅子,说道:

"先生,请坐,"她神气非常威严,"神甫大概告诉过你了,子爵关在牢里，为了些年轻人的债务，数目是十万法郎……倘若你能借给他，我可以把鲍第埃庄园作抵押。"

"子爵夫人，这一点，我们慢慢再谈；让我先把令郎带回来，如果太太允许我代庖的话。"

"好吧，医生，"老太太点点头，同时望着神甫，意思是说，"你的话不错，他果然是个上流人物。"

于是神甫接着说："太太，你瞧，医生对府上的事非常热心。"

"先生，我们一定很感激你。"包当丢埃太太这句话，显而易见说得很勉强，"你年纪这么大了，还上巴黎去替一个糊涂虫料理他的荒唐事儿……"

"太太，一七七五年，在玛兰尔勃先生和特·蒲风伯爵府上，我很荣幸，跟鼎鼎大名的包当丢埃上将会过一面；蒲风伯爵问他一些旅途的奇闻轶事。太太的尊夫，包当丢埃先生，说不定那回也在座。当时法国海军正烜赫一世，把英国海军顶住了；在那些战役中，包当丢埃舰长也有英勇的表现。一七八三、一七八四两年，大家多么兴奋地等着圣·洛克的消息！我差点儿被派去当军医。令先叔祖甘尔迦罗埃上将那时还在，正坐镇贝尔·波尔号指挥那有名的海战。"

"啊！要是他知道他的外甥曾孙坐牢的话！"

"令郎再过两天就出来啦。"米诺莱老人说着，站起身子。

他向老太太伸出手去，老太太也伸出手来；他拿着恭恭敬敬吻了一下，深深地行着礼，出去了；接着又回进屋子对教士说：

"神甫，可不可以请你向车行订个座儿，我明儿早上就走。"

神甫又坐了半小时左右，说了许多米诺莱医生的好话。米诺莱医生有心讨老太太喜欢，居然成功了。

老太太道："以他的年纪,真是了不起;他把上巴黎去替我孩子料理事情说得那么轻松,好像只有二十五岁。不错,他的确见过上流人物。"

"还是第一流的呢,太太;今日之下,不少贵族院的穷议员,要能娶到他那个有一百万陪嫁的干女儿才高兴咧。啊,倘若萨维尼昂有意思的话,照眼前的时世,恐怕在令郎出了那件事以后,最大的困难还不在你们这方面。"

只因为老太太听得呆住了,神甫才能把话说完。

"亲爱的神甫,你这话可是没见识了。"

"太太,你再想想吧;但愿上帝保佑,使令郎从今以后的行为能博得那老人的青眼!"

包当丢埃太太道:"神甫,要不是你,而是另外一个人跟我这么说……"

"你就跟他绝交了。"夏伯龙神甫笑着说,"希望令郎会告诉你,现在巴黎人是怎么结亲的。你得替萨维尼昂的幸福着想;已经耽误了他的前程,可别再阻止他成家立业。"

"想不到你会跟我说这种话!"

"除了我,还有谁跟你说呢?"神甫说完,站起来急急忙忙告辞了。

他出去看见于絮尔和她的干爹在院子里转来转去。软心的医生被干女儿缠不过了,只能让步:她想出种种理由要跟着上巴黎去。老人招呼神甫叫他过来,央他当夜就去包订班车的前厢,倘若办事处还没关门的话。

第二天傍晚六点半,老人和小姑娘到了巴黎,他当夜就去找公证人商量。那时大局正在动荡。头天晚上,篷葛朗谈话之间和医生说过好几遍,只要报界和宫廷的争执不得解决,除非疯子才会手头留着公债。米诺莱的公证人,认为篷葛朗这种间接的劝告很有道理。米诺莱便把行市都在高峰上的工业股票和公债，统统变了现款，存入银行。公证人劝他把于絮尔名下的证券同时抛出，那是姚第的遗赠，而老人为了孩子的利益也做了投资的。公证人答应托一个极精明的经纪人出面，跟萨维尼昂的债主谈判；但要事情成功，萨维尼昂必须耐着性子在牢里多待几天。

公证人对医生说："这种事不能性急，否则至少吃亏一个八五折；并且你的现款也要等七八天才能拿到。"

于絮尔听说萨维尼昂还得在牢里住一星期，便要求干爹至少让她去探望一次，被老人拒绝了。他们住着小田园街上的一个旅馆，包着几间清静的客房。米诺莱知道干女儿奉教虔诚，只吩咐她不要在他上街办事的时间独自出门。老人带着于絮尔游览巴黎，逛大街，看橱窗，参观铺子里的陈设；但没有一样她看了喜欢或是感兴趣的。

"那么你要什么呢？"老人问她。

"要看看圣·贝拉奚。"她很固执地回答。

于是米诺莱雇了一辆车，带她到钥匙街，叫车子停在那所由修道院改成的监狱外边，正对着它丑恶不堪的门面。灰暗的高墙，所有的窗上都装着铁栅，小小的门洞要低着头才能进去（这也是个可怕的教训！）。区域本身就是一个贫民窟，四面都是冷落的街道，一大幢阴森森的屋子高耸其间，可以说是苦海中的苦海。于絮尔看到这些凄惨的景象，不由得吃了一惊，掉了几滴眼泪。

她说："怎么，年轻人欠了债就得关在牢里？怎么债主比王上势力还要大？那么他是在这里了！"她挨着窗子瞧着，问："在哪儿呢，干爹？"

老人道："于絮尔，你叫我跟着你胡闹了。这样怎么能把他忘掉呢？"

她回答："即使我对他不存希望，难道连关心他也不允许吗？我可以爱着他，永远不嫁人。"

老人嚷道："啊！你偏偏有这么多理由解释你没理由的事。那只能怪我自己，不该把你带来的。"

三天以后，债权人的收据、文书和一切开释萨维尼昂的证件，都给老人拿到了。这笔债务的清算，连代理人的报酬在内，一共花了八万法郎。医生还剩八十万现款，听着公证人的劝告，买了国库存单，免得损失利息。另外他替萨维尼昂留着两万法郎现钞。星期六下午二时，医生亲自去把子爵接出来；子爵已经由母亲来信通知，便很热烈地向医生道谢。

米诺莱说："你应该赶快回去见你母亲。"

萨维尼昂不大好意思地回答，他在牢里还借着钱，随即把三位朋友的访问说了一遍。

老人笑了笑，道："我猜到你还有些零碎债。令堂向我借的十万法郎只用了八万；余下的都在这儿。希望你好好地调度，先生，别忘了以后跟命运相搏的时候，你还需要一笔本钱呢。"

最近一星期，萨维尼昂把他所处的时代仔细想了想。各方面竞争都很剧烈，要想发迹，非埋头苦干不可。非法的路子比光明正大的路需要更大的才具，需要更多的从偷偷摸摸中得来的经验。在交际场中走红，非但不能给你一个立身之本，反而吞掉你许多时间，耗费大宗金钱。母亲把包当丢埃这个姓说得如何了不起，在巴黎却是一文不值。当议员的堂兄包当丢埃伯爵，在贵族院和宫廷前面，不过是个国会里的小角色；要说信用，他自己还嫌不够呢。甘尔迦罗埃上将处处要靠他太太。同时，萨维尼昂见到平民出身的演说家和贵族，也见到小乡绅一跃而为炙手可热的要人。总之，路易十八想照英国的格式创造一个新社会；金钱是这个新社会的轴心，独一无二的敲门砖。从钥匙街到小田野街的路上，萨维尼昂把他的感想在老医生面前大略说了一遍，内容很接近特·玛赛先前的劝告。

他说："我得隐姓埋名，躲上三四年，找一条出路。也许写一部关于政治哲学，或是风俗统计，或是讨论当代重大问题的书，可以使我成名。总之，我一方面要物色一个有相当陪嫁、能让我有候选资格的少女，一方面要不声不响地埋头工作。"

医生仔细端相着年轻人的脸，看出他一本正经，的确是受了挫折，想争一口气。他很赞成这计划。

医生最后又说："朋友，倘若你能把现在已经不时行的世家的身份丢掉，再安分守己，用功三四年，我负责替你找一个贤德的姑娘，一个俊俏，可爱，虔诚，有七八十万陪嫁，能使你快乐、引以为自豪的对象，但是她的高贵只在于内心而不在于门第。"

青年人嚷道："啊！医生，如今只有优秀人物，没有贵族阶级了。"

老人道："你把零星债务还清了，回到这儿来；我去包一个班车的前厢，因为我带着干女儿一起来的。"

傍晚六点，三位旅客到王妃街搭上班车。于絮尔戴着面纱，一言不发。萨维尼昂从前给她的一个飞吻，只是逢场作戏，在于絮尔心中固然像读了一本爱情小说似的大起风波，他却在巴黎欠了一身债，日坐愁城，早已把医生的干女儿忘得干干净净；何况对爱弥丽·特·甘尔迦罗埃的单相思，也不容许他想起曾经和纳摩镇上的一个小姑娘交换过几个眼风。因此，老人叫于絮尔先上车，自己坐在中间把两个青年隔开的时候，萨维尼昂并没认出她是谁。

医生和萨维尼昂道："我要向你交账，文件我都带来了。"

萨维尼昂回答："为了置办内外衣服，我差点儿走不成；那些市侩把什么都拿走了，我现在竟是浪子回家了。"

虽然一老一少之间的谈话非常有趣，萨维尼昂的某些回答也十分风雅，但于絮尔直到天黑不出一声，始终挂着绿色面纱，双手交叉着放在披肩上。

萨维尼昂见她不理不睬，倒反忍不住了，说道："小姐好像不大喜欢巴黎吧？"

"我回到纳摩，觉得很高兴。"她撩起面纱回答，声音有点激动。

虽则天色昏暗，萨维尼昂一看到粗大的辫子，神采奕奕的蓝眼睛，也把她认出来了。

他道："我离开巴黎躲到纳摩来，也不觉得遗憾；因为我又能看到美丽的邻居了。医生，希望你允许我到府上来；我喜欢音乐，还记得听见过于絮尔小姐的琴声。"

医生肃然回答："先生，我可不知道令堂大人是否愿意你跟我这老头儿来往，因为我对这个心疼的孩子是像母亲一样关切的。"

这句很含蓄的话引起萨维尼昂许多念头，他也想起了那么随便飞送的一吻。夜色已深，天气很热，萨维尼昂和医生先睡着了。于絮尔想着许多计划，到半夜才阖上眼睛。她脱下那顶极普通的小草帽，戴着一顶绣花睡帽。不久她的脑袋也倒在干爹的肩上。天刚亮，车子到蒲隆，萨维尼昂先醒了，看见她在车辆颠簸之下头脸不整的情形：睡帽往上翻起，皱作一团；车内的闷热使她两颊绯红，旁边挂着散开的辫子；那在一个非装扮不可的女子会丑态毕露的，但于絮尔倒反显出青春与美貌的光彩。心地纯洁的人睡眠总是甜美的。半开的嘴唇露出一副好看的牙齿；散开的披肩让你在印花纱衫的褶裥底下注意到她可爱的胸部，而并不妨碍她的端庄。总之，这相貌完全表露出她童贞的灵魂多么纯洁,尤其因为没有别的表情困扰,令人看得格外清楚。米莱诺老人接着也醒了,把孩子的头放在车厢一角,让她舒服一些;她一连几夜想着萨维尼昂的不幸,此刻便睡得人事不知,听人摆布了。

老人对萨维尼昂说:"这孩子睡得多甜啊!"

萨维尼昂回答:"你一定很得意的;我看她不但长得美,心也挺好的。"

"噢!一家的欢乐都在她一人身上。便是对亲生女儿,我的感情也不过如此。明年二月五日,她足十六岁了。但愿上帝保佑我多活几年,替她物色一个使她终身快活的丈夫。这回她是第一次到巴黎,我想带她去看戏,她不愿意,因为纳摩的本堂神甫不许她去。我问她:'将来你结了婚,丈夫要带你去,又怎么呢?'她说:'我当然听从他的。万一他叫我做件不好的事而我依了他,将来在上帝面前就得由他负责;所以为了他真正的利益,我一定有勇气拒绝的。'"

清早五点,车到纳摩的时候,于絮尔醒了,发觉自己仪容不整,被萨维尼昂不胜赞美地望着,不由得很难为情。班车在蒲隆停了几分钟,而在蒲隆到纳摩的途中,萨维尼昂已经爱上了于絮尔。她淳朴的心地、俊美的身体、白皙的皮肤、清秀的相貌、迷人的声音,萨维尼昂都细细研究过了;他所听到的声音,便是头天晚上她说的那句简短而意义深长,明明不愿泄露心事而仍不免泄露的话。萨维尼昂还有一种说不出的预感,觉得老医生向他描写的女子,用七八十万陪嫁把她装饰得金光灿烂的人物,就是于絮尔。

他心上想:"再过三四年,她二十岁,我二十七;老头儿说过考验、用功、好好做人的话。嘿!不管他多么精明,早晚会把他的心事告诉我的。"

三位邻居在他们的屋子外面分手了，萨维尼昂临别对于絮尔一往情深地瞧了一眼。包当丢埃太太让儿子睡到中午。医生和于絮尔不管路上辛苦，照旧去望正场弥撒。既然萨维尼昂释放出狱，由医生陪着回家了，镇上一班好事者和那些承继人也就明白医生出门的原因。他们和半个月以前一样，又聚集在广场上议论纷纷。大家很奇怪：弥撒完毕，包当丢埃太太居然招呼米诺莱老人，由老人搀着送回家。原来老太太要请医生和他干女儿当天晚上去吃饭，说除了本堂神甫，并无外客。

米诺莱－勒佛罗道："他大概是带于絮尔去见识见识巴黎的。"

克莱弥埃嚷道："该死！老头儿一步都离不开他的小丫头。"

玛尚说："要包当丢埃太太肯让他搀着走，他们之间一定有了很密切的关系。"

古鄙叫道："你们还没猜到老叔卖了公债，把小包当丢埃赎出来吗？他不接受我东家的提议，倒接受了他小东家的提议！……啊！你们完啦。包当丢埃子爵不会立借据，只会订婚约的了；医生要攀这门亲，自然要拿一笔相当的陪嫁给他的宝贝女儿，只消做丈夫的在婚书上承认产业归妻子就行了。"

肉店老板说："把于絮尔嫁给萨维尼昂，这主意倒是不错。老太太今儿请米诺莱先生吃晚饭，蒂安纳德清早五点就来向我订了牛排。"

第奥尼斯也走到广场上来了，玛尚奔过去说："喂！第奥尼斯，局势越来越好了！……"

"嗯，怎么啦？事情不是很好吗？"公证人回答，"你们老叔卖了公债：包当丢埃太太约我到她家去，立一张十万法郎的借据，拿产业作抵押。"

"对；但要是两个年轻人结了亲呢？"

他们和半个月以前一样,又聚集在广场上议论纷纷。

公证人回答:"你这句话,就像说古鄙要受盘我的事务所。"

古鄙道:"两桩事都不是不可能呀。"

老太太望了弥撒回家,吩咐蒂安纳德叫萨维尼昂来见她。

那幢小屋子,二层楼上共有三间房。包当丢埃太太的和她亡夫的卧室都靠在一边,中间隔着一大间只开一个小窗洞的盥洗室,还有一个公用的小穿堂相连,外面便是楼梯。

另外一间房一向是萨维尼昂住的,窗户像他父亲房内的一样临着街道。房后楼梯道的地位,给萨维尼昂的卧房留出一小间盥洗室,靠天井开着一个小圆窗洞。

老太太的卧房靠着天井,是全家最凄凉的一间;但她日常起居都在楼下的堂屋内;因为有一条甬道直达天井尽头的厨房,所以堂屋兼做了客厅和餐室。故包当丢埃先生的卧房,至今保持着他故世那天的原状,就是少了他这个人。床是包当丢埃太太亲手铺的;上面放着舰长的佩剑,制服,帽子,红的绶带,各种勋章的标识。他临终以前用过的鼻烟壶,喝过水的杯子,连同他的表,祈祷用的经文,都摆在床侧小几上。床头挂着带圣水缸的十字架,十字架高头的壁上有个框子,里头供着包当丢埃先生的白头发,编成一卷。室内还有他看过的报纸,动用的家具,荷兰式的唾盂,挂在壁炉架上面的军用望远镜,零星杂物,式式俱全。他死的时候,寡妇把古老的座钟拨停了,永远指着那个钟点。房间里还能闻到亡人的扑粉[1]和鼻烟的气味。壁炉也保持原状。走进这儿等于看到他的人:所有的东西把他的生活习惯全告诉你了。柄上装着金球的粗大手杖,还在他撂下的老地

---

[1] 十八世纪及十九世纪初期的人,都在假发上扑粉。

方，大麂皮手套也放在那儿附近。哈瓦那城送的一个雕工粗劣而价值三千法郎的黄金花瓶，在半圆桌上闪闪发光。美国独立战争的时候，他先护送一批商船进了哈瓦那港，又跟兵力优越的英国舰队作战，使哈瓦那城没有受到袭击。事后西班牙王[1]给了他一个勋位作酬报。法国政府把他列入晋升司令的名单，给了他圣·路易勋位的红绶带。然后他利用休假的时间结了婚；太太带过来二十万法郎陪嫁。但大革命把升级的事搁浅了，包当丢埃自己也亡命到国外去了。

"母亲在哪儿？"萨维尼昂问蒂安纳德。

"在你父亲房里等着。"女用人回答。

萨维尼昂不由得打了个寒噤。他知道母亲把道德和荣誉看得很重，也知道她为人清白，贵族的成见很深；大概训责一顿是免不了的了。他像上阵打仗似的去见母亲，面无人色，心也乱跳。在百叶窗里透进来的半明半暗的光线中，他看见母亲穿着黑衣服，神色庄严，跟那间亡人的卧室正好是一个情调。

她一看见儿子就站起身来，抓着他的手带到父亲床前，说道："子爵，你的父亲是死在这儿的；他一生清白，到死都没做过一件亏心事。他的英灵就在这儿。看到儿子负债入狱，他在天上一定很伤心。现在不比从前的朝代可以求王上赐一封密诏，把你下在国家监狱，免得你受这番耻辱[2]。你此刻站在听得到你说话的父亲前面。进监以前做的事，你心里有数；你能

---

[1] 哈瓦那为中美洲古巴的首府兼大港，古巴未独立之前，为西班牙殖民地。

[2] 由王上直接下令（所谓密诏）逮捕的人民，都监禁在国家监狱（例如有名的巴士底狱），狱中待遇较优，特别对贵族。且贵族往往要求将子弟幽禁，以免为非作歹，或遇有债务纠纷时暂避，以便与债主磋商条件。

不能对着父亲的英魂和无所不见的上帝发誓，担保你没有做过一件不名誉的事？能不能担保你欠的债只是少年人的荒唐，而并没损害你的荣誉？假定你一生清白的父亲还活着，坐在这张椅子上，要你把所有的行为和盘托出，你敢说他听完以后是不是还会拥抱你？"

"母亲，我可以这样担保。"萨维尼昂很尊敬很郑重地回答。

母亲张开手臂，紧紧地搂着儿子，掉了几滴眼泪。

"好，这些事都不提了。"她说，"归根结底，不过损失了一笔钱，但愿上帝帮我们挣回来。你既然没有玷辱门楣，你就拥抱我吧，我痛苦得够了！"

萨维尼昂把手悬空伸在床高头，说道："亲爱的母亲，我发誓不再给你受这一类的痛苦。我初次铸成的错误，一定要尽力补救。"

"孩子，来吃饭吧。"她一边说，一边走出房间。

假定讲故事也需要遵照戏剧的规律，那么萨维尼昂一回到纳摩，应该在这一小出戏里出场的人物都齐了，序幕部分也在这儿告终了。

12

情人之间的障碍

这出戏是靠一根发条的作用来推动的,那在新旧文学中已经用得俗滥了[1],要不是里头有一个布勒塔尼老太太——甘尔迦罗埃家的小姐,大革命时代的流亡贵族,恐怕谁也不会觉得这个发条在一八二九年代还有什么作用。可是我们得承认:一八二九年代,贵族在政治方面丧失的地盘,在风俗习惯方面略微争回了一些。并且,我们祖父母一辈对于婚姻要门当户对的心理是不会消灭的,它跟文明社会关系极密,又是从家庭观念中来的。就是现在,不论在日内瓦,在维也纳,在纳摩,那心理依旧占着优势,正如当年才莉·勒佛罗不许儿子娶一个私生子的女儿一样。可是一切社会成规都有例外。所以萨维尼昂想教母亲的傲气向于絮尔天生的高贵低头,而母子两人也就立刻开始摩擦了。萨维尼昂才坐上饭桌,母亲便提到甘尔迦罗埃和包当丢埃的来信,她认为他们态度恶劣透了。

萨维尼昂回答说:"母亲,现在没有家庭,只有个人了!贵族之间也

---

[1] 贵族家庭不愿子女与布尔乔亚通婚,由来已久,往往为作家采作故事的关键,所以说那根发条用得太俗滥了。

没有什么休戚相关的情谊。今日之下，人家不问你是否姓包当丢埃，是否勇敢，是否政治家，只问你纳多少税[1]。"

"那么王上呢？"

"王上处于两院之间[2]，仿佛一个男人处于大妇与情妇之间。所以我应当娶一个有钱的姑娘，不管什么家庭出身，只要有一百万陪嫁，教养不坏，就是说受过私塾教育的就行。"

"那是另外一件事了！"老太太回答。

萨维尼昂一听这话，皱了皱眉头。他知道母亲的特性就是有那种顽石一般的，所谓布勒塔尼人的固执；他想在这个微妙的问题上把母亲的意见马上弄清楚。

"那么，"他说，"倘若我爱上一个姑娘，譬如说，像我们邻居的干女儿小于絮尔那样的，你是反对我跟她结婚的了？"

她回答："是的，只要我活着。我死了以后，包当丢埃和甘尔迦罗埃两家的血统和荣誉，就归你一个人负责了。"

"今日之下，倘没有财富的光彩，门第就是虚空的；难道你愿意我为了一个虚空的观念而潦倒一辈子吗？"

"你可以替国家出力，你应当听上帝安排！"

"你要把我的幸福耽搁到你百年之后吗？"

"那只能证明你的不孝罢了。"

"路易十四差点儿娶暴发户玛查冷的侄女。"

---

[1] 纳税的多少暗示财产的多少。

[2] 当时的两院为众议院与贵族院。

"那是玛查冷自己也反对的。"

"还有斯加隆的寡妇呢？"

"别忘了她是特·奥皮涅出身[1]！并且是秘密结婚的。孩子，我已经为日无多，"她侧了侧头说，"等我离开了世界，你要娶谁都可以。"

萨维尼昂素来敬重母亲，爱母亲；他一声不出，但暗中拿出同样固执的脾气，对抗甘尔迦罗埃家的固执脾气，决意非于絮尔不娶；因为一有人反对，情人当然像禁果一般变得更有价值了。

晚祷以后，米诺莱医生带着于絮尔走进那间冷冰冰的客堂，她穿着白跟粉红两色的衣服，一进去就浑身紧张，打了一个寒噤，好似站在法兰西王后面前要求什么恩典似的。自从于絮尔向干爹吐露心事以后，这所小小的屋子便有了宫殿般的规模，老太太的地位也不亚于中古时代平民心目中的公爵夫人。这时候，于絮尔方始很痛苦地看出自己与对方的距离：一个是堂堂子爵，一个是靠善心的医生抚养大的孤女，父亲是军乐师，前意大利剧院的歌唱家，大风琴师的私生子。

"孩子，你怎么啦？"老太太说着，教于絮尔坐在她旁边。

"我惭愧得很，承蒙太太不弃……"

"唉！孩子，"包当丢埃太太用她最尖刻的声调回答，"我知道你的监护人多么喜欢你，我要对他表示好感，因为他替我把浪子带回家了。"

于絮尔满面通红，为了不让自己哭出来，脸都抽搐了；萨维尼昂看了大为不忍，说道："可是，亲爱的母亲，即使你不欠米诺莱骑士什么情分，

---

[1] 斯加隆（1610—1660）为法国诗人，小说家，戏剧家，一六五二年时娶一世家（特·奥皮涅）出身的贫苦的孤女。斯氏故后，寡妇改嫁特·曼德农侯爵；又为路易十四的情妇，旋与之秘密结婚。

我觉得小姐肯光临，我们也很高兴的。"

年轻的贵族意义深长地握着医生的手，又道："先生，我知道你受过圣·米歇勋位，那是法国历史最悠久的荣衔，得到的人，身份跟贵族一样。"

近乎绝望的爱情，几天以来使于絮尔的绝世姿容更多了一种深度，就是大画家在肖像上用来刻画心灵的那种深度。老太太看到于絮尔这样美丽，吃了一惊，不禁怀疑医生的热心帮忙是有计划的了。引起萨维尼昂那句回答的话，她是为了要从老人最心爱的人身上去刺伤老人，而故意说的。米诺莱听见萨维尼昂称他为骑士，不由得微微一笑；他在这种浮夸的措辞中，体会到情人们大胆的程度，无论怎样可笑的事都做得出来。

当过御医的老人回答说："子爵，从前大家为了要得圣·米歇勋位，笑话也不知闹过多少，现在却跟许多别的特权一样，不值钱了。今日之下，这勋位只赏给医生和可怜的艺术家。那些君王把它和圣·拉查勋位合而为一，倒是很好的办法；我记得圣·拉查是个穷光蛋，靠着奇迹而复活的。由此可见，圣·米歇和圣·拉查的勋位对我们的确是个象征。"

这几句回答，又尊严又挖苦；说完以后，室内寂静无声，谁也不愿意开口；等到大家有点儿发僵的时候，有人敲门了。

"啊，咱们的神甫来了。"老太太说着，丢下于絮尔，起身去迎接夏伯龙；那是对于絮尔和老医生都没有的礼数。

老人微微笑着，望望干女儿，望望萨维尼昂。一个胸襟狭窄的人看到老太太这种态度，不免要抱怨或生气的；但米诺莱深于世故，绝不会去触这种暗礁；他跟萨维尼昂谈着查理十世任命包里涅克亲王组阁的事，和这件事所能引起的危机。直过了相当时间，等到提及债务不至于有报复嫌疑的时候，医生才用半正经半说笑的态度，把萨维尼昂被控的文件和公证人的账单，连同付讫的票据，交给老太太。

"这些都经小儿核对过吗？"她对萨维尼昂瞥了一眼，萨维尼昂点点头，"噢！那么是第奥尼斯的事了。"她不胜鄙夷地把文件一推，表示她对这件事跟对金钱一样地瞧不起。

据包当丢埃太太的想法，看轻财富等于抬高贵族的身份，把布尔乔亚的势力一笔勾销。过了一会儿，古鄙奉东家之命，来索取萨维尼昂和米诺莱之间的账目。

"做什么用？"老太太问。

"立借票需要有根据，你们这项债务并没银钱过手。"首席帮办说着，很放肆地在屋子里东张西望。

于絮尔和萨维尼昂，都是第一次跟这个丑八怪照面，当时的感觉像见了癞蛤蟆一样，更可怕的是还有一种不祥的预感。两人对于自己的前途，都看到有个模糊的、无法肯定的景象，非言语所能形容，但可以用斯威登堡信徒告诉医生的精神作用说明。于絮尔肯定这阴险的古鄙将来会对他们不利，不禁浑身战栗；但看到萨维尼昂跟她一样地骚动，便觉得有种说不出的快乐，心也跟着安定了。

古鄙才带上门，萨维尼昂就说："第奥尼斯先生的帮办，长相真难看！"

包当丢埃太太说："这些人长得好看难看，有什么关系？"

本堂神甫接口道："我不埋怨他长得丑，而埋怨他心地坏；他恶毒透了。"

医生虽然想表示亲善，也不由自主地变得严肃和冷淡了。两个情人觉得很拘束。要不是夏伯龙神甫一团和气地在饭桌上提起大家的兴致，医生和他的干女儿简直受不了那局面。吃到饭后点心，米诺莱看见于絮尔脸色发白，便说：

"孩子，倘使你不舒服，只要穿过街就到家了。"

"怎么啦，我的心肝？"老太太问孩子。

"唉！太太，"医生神气很严肃，"她心里冷得很，平日她是看惯笑容的。"

老太太道："医生，这种教育是要不得的。你说是不是，神甫？"

米诺莱朝着一声不出的神甫望了一眼，答道："是的，太太。我的教育使这个纯洁的孩子到社会上没法跟人相处；可是我未死之前，一定要安排妥当，不让她受到冷淡和憎恨。"

"得了吧，干爹！……别说了！我在这儿并不难受。"于絮尔说着，望着包当丢埃太太；她宁可跟包当丢埃太太照面，而不愿意瞧着萨维尼昂，显出她的弦外之音。

萨维尼昂接着对母亲说："我不知道于絮尔小姐是不是难过，我只知道你使我大大地受罪。"

于絮尔听到热情的萨维尼昂被母亲的态度逼出这种话来，不禁脸色变了，向老太太告了罪，站起来挽着干爹的手臂，行过礼，走了。她回到家里，急急忙忙冲进客厅，坐在钢琴旁边，双手捧着头，眼泪簌落落地直淌下来。

医生急得直嚷："狠心的孩子，干吗不把你的感情问题交给我这有经验的人调度呢？……贵族永远不会感激我们布尔乔亚的。他们觉得，我们帮他们忙，是我们应尽的责任。何况老太太还发觉萨维尼昂常常瞧着你，生怕他爱上了你呢。"

于絮尔道："好吧，至少他得救了！可是连你这样的人，她也想加以屈辱！……"

"我去去就来,孩子。"

医生回到包当丢埃家,看见第奥尼斯、篷葛朗和镇长勒佛罗都在那里;法律规定,凡是只有一个公证人的地方,一切文书契约必须有两位见证才能生效。米诺莱把第奥尼斯拉过一边,凑着耳朵嘱咐了一句,然后第奥尼斯当众宣读借据的内容:包当丢埃子爵借到米诺莱医生十万法郎,五厘起息;包当丢埃老太太以全部财产作抵押。听到利率一项,夏伯龙瞧了瞧米诺莱,米诺莱略微点点头,表示没有错。神甫凑在老太太耳畔唧哝了几句,她低声回答:

"我就不愿意欠这种人的情分。"

萨维尼昂对医生道:"先生,家母给了我一个好差事;她负责归还你的钱,可是把感恩两字交给我了。"

神甫接着说:"你第一年就得张罗一万一千法郎,因为除了利息,还有立借据的公费。"

米诺莱听了便告诉公证人:"先生,既然包当丢埃太太母子两位没能力付公费,还是归我代付,你把这笔款子加在借款里头吧。"

公证人在借据上批明了,把总数改作十万零七千法郎。所有的契据都签过字,米诺莱便推说身子疲倦,跟公证人和两个见证同时告退。

那时只有神甫一个人留下,他说:"太太,你干吗要得罪这个心地多好的米诺莱先生呢?他替你在巴黎至少省了两万五千法郎,又那么周到,另外留着两万,给令郎料清他的零碎债务……"

她吸了一撮鼻烟,回答道:"你那个米诺莱狡猾得很,他做的事,他自己心里明白。"

萨维尼昂对神甫说:"家母以为他把我们的田庄并在一起,存心逼我娶他的干女儿，仿佛一个姓包当丢埃的男子，甘尔迦罗埃家的外甥，真会受人强迫，娶一个不愿意娶的人似的。"

一小时以后，萨维尼昂上医生家去了；一班承继人为了好奇，都挤在那里。青年子爵的到场，给大家一个很大的刺激，尤其因为每人的感想各个不同。克莱弥埃和玛尚家的两位小姐，交头接耳，看着于絮尔，于絮尔脸红了。两个做母亲的和但羡来说，古鄙对这桩亲事的看法可能准确的。在场的人都把眼睛盯着医生，医生却并不站起来迎接子爵，只向他点点头，手里照旧拿着骰子缸，他正和篷葛朗先生玩脱里脱拉。医生这副冷淡的神气使所有的人都很奇怪。

他道："于絮尔，我的孩子，弹点儿琴给我们听吧。"

于絮尔一弹琴就不用发慌，便很高兴地扑到乐器前面，翻那堆绿面子的乐谱；承继人们看着只得嘴上叫好，心里叫苦；因为他们认定老叔和包当丢埃母子之间必有什么计谋，特意来探听的，不料这一下既要受罪，又开不得口了。

一支本身很贫乏，但由一个受着深情鼓动的少女演奏的乐曲，比着一支大规模的，由一个熟练的乐队声势浩大地演奏出来的序曲，往往给人更深的印象。无论什么音乐，除了作曲家的思想，还有演奏家的灵魂，能凭着这门艺术独有的伸缩性，使一些并没多大价值的乐句变得有诗情，有深意。这一点，从前帕格尼尼在小提琴上已经证明过了，近来萧邦又在钢琴上加以证实。这位神妙的天才与其说是一个音乐家，不如说是一颗现身说法的灵魂，借着各种乐曲，甚至于几个简单的和弦，来表达他自己。于絮尔以她那种高雅而娇弱的素质，就属于这一派少有的天才，但许模克老人，那个每星期六来教她，而在她游览巴黎的期间每天都给她上一课的老

于絮尔

师，把女学生的才具琢磨得更完满了。于絮尔那晚挑选的《卢梭的幻梦》，是埃洛尔的少作，本身就不无深度可以供演奏家发挥；她再加上在胸中骚动的感情，把题目上的幻梦二字给点明了。由于韵味深长，如梦如幻的演奏，她用自己的心和萨维尼昂的心说话，把一些差不多有形体的思想，像云雾一般地罩着爱人。萨维尼昂坐在钢琴尽头，肘子靠在琴盖上，左手托着头，不胜赞叹地瞧着于絮尔。于絮尔眼睛望着护壁板，好像向一个神秘的世界打着问号。此情此景，怎么能不使一个男人动心呢？真正的情感自有一种磁性作用，何况于絮尔还想泄露自己的内心，好比风骚的女子用装饰来讨人喜欢。艺术之中唯有音乐是用思想跟思想说话的，不需要语言、色彩与形式的帮助；于絮尔便是借了音乐的力量表白她的心，把萨维尼昂引进那个奇妙的世界。天真原来和儿童有一样的魔力，一样能使人入迷；而于絮尔就从来没有像这个时候，像她进入生命新阶段的时候那么天真。

神甫邀萨维尼昂入局玩韦斯脱，把他的梦惊破了。于絮尔继续弹奏。承继人都走了，只剩下但羡来一人，还想探明叔祖、子爵和于絮尔的用意。

少女合上琴盖，过来挨着干爹坐下；萨维尼昂和她说："小姐，你的才艺跟感情一样了不起。你的教师是谁啊？"

医生回答："是个德国人，住在龚第河滨道上，靠近王妃街。要不是因为我们在巴黎的期间，他天天给于絮尔上一课，今天早上他又该到这儿来了。"

于絮尔道："他不但是个大音乐家，还是个天真的可爱的人。"

但羡来高声说道："学费一定很贵吧！"

牌桌上的人彼此望了望，微微一笑。牌局完了，整个晚上都若有所思的医生，瞧着萨维尼昂，带着无可奈何而不胜遗憾的神气。

他说:"先生,你急于来看我的心意,我很感激;可是令堂大人疑心我有些不大高尚的作用,为了免得坐实,我只能要求你今后别再来看我,虽则你的光临使我觉得很荣幸,虽则我也很高兴和你亲近。我要保全名誉,保持清静,所以咱们不得不断绝邻居关系。希望你转达令堂大人,我不请她下星期日赏光到舍间来吃饭,因为我料定她临时会身体不舒服的。"

老人说完,向年轻的子爵伸着手,子爵恭恭敬敬地握着,回答道:"先生,你说得不错。"

接着他告辞了,向于絮尔行礼的时候,不免流露出惆怅多于失望的情绪。

但羡来和子爵同时出门,可是没法搭讪,因为萨维尼昂三脚两步就奔回家了。

两天之内,那些承继人只谈着包当丢埃母子和米诺莱医生的不融洽;他们佩服第奥尼斯料事如神,同时也认为遗产保住了。那时阶级的限制已经打破;醉心平等的风气使所有的人不分高低,使一切都受到威胁,连军队的服从,在法国代表权力的最后一个堡垒也岌岌可危了;除了双方的反感,或者财产的多寡之外,男女的爱情已经没有什么障碍了:在这样一个时代,只有一位布勒塔尼老太太的固执和米诺莱医生的尊严,才会在两个情人之间立下几道关塞;关塞的作用,跟从前一样,不是减弱,而是加强爱情的。在一个热情的男人,越是千辛万苦得来的女子,越是了不起。萨维尼昂明明看到需要斗争,需要努力,也感觉到前途渺茫;仅仅这几点已经使他把于絮尔视同至宝,非征服不可了。万物成长时期的长短原是由自然律支配的,也许我们的感情也受同一规律支配:寿命长的,童年也长!

13

两心相许

　　第二天早上起身的时候，于絮尔和萨维尼昂都转着一个同样的念头。这种默契本来就能促发爱情，何况在这个场合已经是有了爱情的证据，而且是最甜蜜的证据。少女轻轻地揭开窗帘，只露出一个极小的隙缝，刚好能瞧见萨维尼昂的卧房，不料她爱人的脸也伸在对面窗子的拉手高头。窗子既然给了情人们极大的方便，无怪政府要抽窗户税了。于絮尔这样偷觑一下，也算对干爹冷酷的措置表示抗议。然后她放下窗帘，打开窗子，关上百叶窗；这样她可以望见对方而不让对方看见了。当天她到卧房去了七八次，每次都看见年轻的子爵在那里写信，写了撕掉，撕了又写，那准是写给她的了！

　　下一天清早，于絮尔刚醒，蒲奚伐女人就递给她一封信。

致于絮尔小姐

　　小姐，我这一回落到一个全靠你监护人的帮助才能脱身的田地；这样一个青年会教人寒心是毫无问题的。从今以后，我比谁都需要提供更多的保证；所以，小姐，我以诚惶诚恐的态度扑在你脚下，向你吐露我的爱情。这求爱的表示并非由于一时冲动，而是从涉及整个生涯的信念出发的。我因对年轻的外叔祖母甘尔迦罗埃太太的疯魔，弄到身陷囹圄；现在为了你，这些回忆全部消灭了，我心坎中的那个小影被你的小影抹去了：这一点，你不觉得是真诚的表示吗？自从我在蒲隆站上，看到你像儿童一般妩媚的睡态之后，你就占据了我的灵魂，做了它的主宰。除了你，我不愿意娶别的人了，我理想中的妻子应有的优点，你都具备了。以你所受的教育和你高贵的心灵而论，不论怎么高的地位你都可以当之无愧。但我没有把握在你面前把你描写得很准确，我只能爱你。昨天听了你弹琴以后，我想起一些句子，好像就是为你写的：

"天生的动人心魄，悦人眼目；温柔而聪明，风雅而明理；仪态万方，好似经过宫廷生活的陶冶；淳朴浑厚，俨如未经世故的隐士；眼中那朵心灵的火焰，被天使般的贞洁冲淡之下，显得温和了。"

从你身上最细微的地方映现出来的、这颗美妙的灵魂，我完全体会到它的可贵。所以我敢大胆要求，倘若你还没有爱人的话，让我用照顾、用行为，来向你证明我不至于辱没你。这和我的前途有关；请你相信，我要发挥所有的精力，目的不但是要取悦于你，而且是要博得你的敬重，那为我等于普天下人的敬重。我心中既然抱着这个希望，如果你，于絮尔，再允许我在心中把你叫作爱人，那么纳摩便是我的天堂了，最艰苦的事业也只会给我快乐了；我要把那种快乐奉献给你，正如我们把一切都奉献给上帝一样。请你允许我自称为

你的萨维尼昂

于絮尔吻着这封信,用各种疯疯癫癫的举动拿着,念了又念,然后穿上衣服,预备送去给干爹看。

"天哪,我差点儿没做祷告就出去了。"她说着,回进卧房跪在祈祷凳上。

一忽儿以后,她下楼到园子里,找到了干爹,叫他念萨维尼昂的信。两人走到浓密的蔓藤底下,坐在凳上,正对着中国水阁:于絮尔等老人开口,老人却沉吟不语;心焦的孩子只嫌他想的时间太久了。他们俩密谈的结果,终于写成下面一封信,内中一部分想必是医生口述的。

先生,来信向我提亲,我只觉得万分荣幸;但在我的年纪上,再加我的教育给我定下的规矩,我不得不把你的信交给监护人;我全部家属只有他一个人,我既把他当作父亲,同时也当作朋友。他向我提出一些无情的意见,应当作为我对你的答复。

子爵,我是一个可怜的女孩子,将来的资产不但有赖于我干爹的好意,并且还要看他为了消除承继人对我的恶意而采取的没有把握的措施,是否成功。我虽是第四十五团的上尉乐师约瑟·弥罗埃的合法的女儿,约瑟·弥罗埃本人却是个私生子;所以人家尽管毫无理由,仍可能跟一个孤立无助的少女涉讼。先生,资产微薄还不是我最大的不幸。我有很多理由不愿高攀。我为了你,不是为了我,才提出这些意见,那在动了爱情的忠诚的人,往往是认为无足重轻的。可是先生,你也得想到,倘若我不跟你提,别人就可以怀疑我有心使你的热情不顾一切,不顾那些在一般人心目中,尤其在你母亲心目中认为不可克服的障碍。再过四个月,我不过十六岁。也许你会承认,我们都还太年轻，经验不足，没有力量克服生活的穷困；因为我除了特·姚第先生的遗赠之外，别无财产，而单靠这一点做基础的生活势必很清苦。并且我的监护人不愿意我在二十岁以前结婚。这四年是你一生最美好的时期，谁知道这期间命运替我们作何安排呢？别为了一个微贱的姑娘把你的一生蹉跎了。

我亲爱的监护人非但不阻挠我的幸福，还想竭力促成；他还希望他对我为日无多的照顾，能有一个情意不亚于他的人来接替。我把他的理由陈述完了，还得声明一下，你的提议和殷勤的情意，的确使我非常感动。我这个答复所根据的思虑，是一个阅世很深的老年人的思虑；但我向你表示的感激，是出之于一个一片真心的少女。

所以，先生，我的确可以说是

你的仆人于絮尔·弥罗埃

萨维尼昂没有回信。是不是在他母亲那里想办法呢？还是于絮尔的信把他的爱情打消了呢？诸如此类的无从解答的问题不知有多少，把于絮尔折磨得好苦，间接也折磨了老医生；他只要心爱的孩子有一点儿骚动，就觉得难过。于絮尔常常到卧室去张望萨维尼昂的屋子，只看见他坐在桌子前面出神，不时朝她的窗子望一眼。直过了一星期，她才收到萨维尼昂的信，迟迟不复的缘故原来是他的爱情更进了一步。

致于絮尔·弥罗埃小姐

亲爱的于絮尔，我多少是布勒塔尼人，一朝打定了主意，什么都不能使我改变。你的监护人——但愿上帝保佑他多活几年——理由很对；可是难道我就不能爱你吗？我只要知道你是否爱我。请你告诉我，即使只做一个记号也可以；那么这四年便是我一生最幸福的时期了！

我托朋友送了一封信给我的外叔祖，海军中将特·甘尔迦罗埃，求他提拔，介绍我进海军。这位慈祥的老人哀怜我的遭遇，回信说，倘若我要求军阶，即使王上愿意开恩，也受着条例限制；但在多隆学习三个月以后，海军部长就能给我一个舵手长的职位，让我到船上去；等舰队巡逻阿尔及尔的时候（我们不是正和阿尔及尔人作战吗？）出勤一次，再经过一次考试，就能当上候补少尉。目前正在筹备袭击阿尔及尔的战事，将来只要能临阵立功，实授少尉是不成问题的。可是要多少时间，就很难说了。不过为了使海军里头仍旧有一个包当丢埃家的人，当局一定把条例尽量放宽。我明白了，我应该向你干爹提亲；你对他的尊敬，把你在我心中的地位更提高了。所以在答复人家以前，我要跟你的干爹谈一谈；我的前途完全根据他的答复而定。告诉你，不论将来怎么样，不管你是上尉乐师的女儿，还是王上的女儿，你始终是我心上的人。亲爱的于絮尔，那些成见在从前的时代可能把我们分离，现在可没有力量妨碍我们的婚姻了。我献给你的，是我心中全部的爱情；献给你姑丈的，是负责你终身幸福的保证！他才不知道我短时期中对你的深情，已经超过他十五年来对你的爱……好，咱们晚上见。

于絮尔得意扬扬地把信递给老人，说道："干爹，你瞧。"

老人念完了信，嚷道："啊！孩子，我比你更高兴。子爵下了这个决心，等于把他所有的过失都补赎了。"

晚饭以后，萨维尼昂来到医生家里，医生和于絮尔正在临河的平台上，沿着栏杆散步。子爵在巴黎定做的衣服已经送到；动了爱情的青年，少不得把自己收拾得又整齐又大方，尽量烘托出天生的俊美，好像要去见美丽而高傲的甘尔迦罗埃夫人而讨她喜欢似的。可怜的孩子看他走下石阶，迎着他们过来，便立刻抓着干爹的手臂，仿佛站在悬崖高头怕掉下去一般；医生听见她紧张而沉重的呼吸，不由得打了个寒噤。

萨维尼昂握着于絮尔的手，恭恭敬敬吻了一吻。于絮尔随即坐在水阁外面的石级上。医生吩咐她说："孩子，你别过来，让我们谈话。"

萨维尼昂轻轻地问医生："先生，一个海军上校来向你求这位千金小姐，你肯不肯？"

米诺莱微微一笑，道："那我们等得太久了……不用上校，只要上尉就行啦。"

萨维尼昂快活得含着眼泪，非常亲热地握了握老人的手，说道："那么我就动身了，我要去用功读书，六个月之中读完海军学校六年的课程。"

"怎么就动身了？"于絮尔从石阶那边往他们冲过来。

"是的，小姐，为了不辱没你。我越急于出门，表示我越爱你。"

她不胜温柔地望着他："今天是十月三日，过了十九再走吧。"

老人说："对，我们要庆祝圣·萨维尼昂的节。"

"那么再见了，"萨维尼昂说，"这个星期我要留在巴黎办几件事，我要做种种准备，买书籍，买数学上用的仪器，还得请部长帮忙，给我最优越的条件。"

于絮尔和干爹把萨维尼昂直送到铁门口，看他回进屋子，又看他出来，背后跟着蒂安纳德提着一口箱子。

于絮尔问干爹："你既然有钱，干吗要逼他进海军呢？"

医生笑了笑回答："这样下去，我看不久连他欠的债都要我负责了。我没有逼他；可是孩子，一套军服，一个凭军功挣来的十字勋章，可以抹掉一个人多多少少的污点。六年之内他可能当上舰长；我对他的要求也不过如此。"

"但是他可能遇到危险呀。"她说着，脸都白了。

"情人像酒徒一样，自有他的神道保佑的。"医生带着说笑的口气回答。

孩子瞒着干爹，夜里叫蒲奚伐女人帮忙，把她又长又好看的淡黄头发剪下一束，正好编一条辫子。隔了一天，她缠着音乐教师许模克老人，要他监督巴黎的理发匠防止调换，还得赶着下星期日把辫子编好。

萨维尼昂从巴黎回来，告诉医生和他的干女儿说，志愿书已经签了，二十五日要赶到勃兰斯特。医生约他十八日吃晚饭，他在医生家差不多消磨了整整两天。虽是米诺莱叮嘱两个情人的话入情入理，他们在本堂神甫、法官、纳摩的医生和蒲奚伐女人面前，仍不由自主地流露出他们心心相印的感情。

老人说："孩子们，你们得意忘形，不会把快乐藏在心里。"

到了萨维尼昂的本名节，两人先在弥撒祭中彼此瞟了几眼；然后萨维尼昂在于絮尔窥伺之下，穿过街，到她的小园中来了。他们俩差不多是单独相对。老人有心放任，坐在书房里看报。

萨维尼昂道："亲爱的于絮尔，你可愿意使我的节日过得比我在母亲面前更快活，给我一个新生命吗？……"

于絮尔打断了他的话，说道："我知道你要的什么。你瞧，这就是我的答复。"她从围裙口袋里掏出辫子来递给他的时候，快乐得直打哆嗦，"你既然爱我,请你把这个带在身边。这礼物表示我的生命和你的生命连在一起了,但愿它使你逢凶化吉!"

医生见了,对自己说着:"啊!这小丫头!竟给了他一根辫子。她怎么弄起来的?把多美的淡黄头发剪下一把……那不是把我的血都给了他吗?"

萨维尼昂吻着辫子,瞧着于絮尔,掉了一滴眼泪,说道:"临走以前,我要你切实答应我永远不嫁别人,你不会觉得我要求过分吗?"

于絮尔红着脸回答:"你在圣·贝拉冕的时候,我曾经到监狱的墙下徘徊;你要求我的诺言,倘若你还嫌我说得不够,我就再说一遍吧:我永远只爱你一个人,永远只属于你一个人。"

萨维尼昂看见于絮尔半个身子掩在藤萝中间,忍不住把她搂在怀里,在她额上吻了一吻;她轻轻地叫了一声,往凳上倒了下去。萨维尼昂正挨在她身边道歉,医生已经站在他们面前。

他说:"朋友,于絮尔是个极娇嫩的孩子,对她话说得重一点就有危险。你应当把爱情抑制一些才对!唉!要是你爱了她十六年,你单是听到她说话就会满足了。"他这样补充是针对萨维尼昂第二封信里的一句话的。

两天之后,萨维尼昂动身了。虽然他经常来信,于絮尔却害了一种表面上没有原因的病。好比美好的果子被虫蛀一样,她的心受着一个念头侵蚀。胃口没有了,血色也没有了。干爹第一次问她觉得心里怎么样,她说:

"我想看看海景。"

"十二月里可不便带你上海港去。"老人回答。

"那么终有一天能去的了?"她说。

一刮大风,于絮尔就着急;不管干爹、神甫、法官把陆地上的风和海洋上的风分辨得多么清楚,她总以为萨维尼昂遇着飓风。法官送她一张雕版的图片，印着一个全副军装的候补少尉，使她快活了几天。她留心读报，以为萨维尼昂所参加的那次巡逻，报上必有消息。她拼命看库柏[1]的海洋小说，还想学航海的术语。这许多执着一念的表现，在别的女子往往是装出来的，在于絮尔是完全出于自然；甚至萨维尼昂每次来信，她都在梦中先看到而在第二天早上向大家预告的。

这些在医生与神甫都不以为奇的预感第四次发生的时候，她对干爹说："现在我放心了，不管萨维尼昂离得多远，他要受了伤，我一定立刻感觉到。"

老医生左思右想地出神了；法官和神甫看他脸上的表情，认为他一定想着些很痛苦的念头。

他们等于絮尔不在面前的时候，问老人："你怎么啦？"

老医生回答："她将来怎么活下去啊？一朵这样细巧、这样娇嫩的花，遇到感情的打击，是不是抵抗得住呢？"

虽然如此，这个被神甫戏称为"小幻想家"的姑娘，用功得很；她知道学识丰富对一个上流社会的女子多么重要；除了练唱、研究和声与作曲以外，她把余下的时间都用在书本上，那是夏伯龙神甫在她干爹丰富的藏书中挑出来的。她尽管很忙，精神上仍旧很痛苦，只是嘴里不说出来。有时她对萨维尼昂的窗子呆呆地望上半天。星期日望过弥撒，她跟在包当丢埃太太后面，很温柔地瞧着她；虽然老太太心肠冷酷，于絮尔仍因为她是萨维尼昂的母亲而爱着她。她对宗教更热心了，天天早上都去望弥撒，因为她深信自己的梦都是上帝的恩赐。

---

[1] 库柏（1789—1851）为美国小说家，专写冒险小说及印第安人的故事。

老医生眼看相思病给她的伤害，心中很怕，便在于絮尔生日那天，答应带她上多隆去参观舰队远征阿尔及尔的开拔仪式，事先不让萨维尼昂知道。法官和神甫，对这次旅行的目的替医生守着秘密，仿佛只是为了于絮尔的健康出门的，但一班承继人已经为之大惊小怪了。于絮尔和穿着候补少尉军服的萨维尼昂见了面，参观了壮丽的旗舰，舰上的海军上将就是受部长嘱托，特别照顾萨维尼昂的人。然后她听了爱人的劝告，上尼斯去换换空气，沿着地中海滨直到热那亚；到了热那亚，她得到消息，舰队已经安抵阿尔及尔，很顺利地登陆了。

医生本想继续在意大利观光，一方面让于絮尔散散心，一方面也多少能补足她的教育：大艺术家生息的土地，多少不同的文明留下光华的遗迹的土地，本身就有一种魔力，再加风土人情的比较，当然能扩展她的思想。但医生听到国王跟那有名的一八三〇年的国会冲突的消息，不得不赶回法国。干女儿出门一趟，变得生气勃勃，非常健康，还把萨维尼昂服役的那艘军舰，带了一具小巧玲珑的模型回来。

14

于絮尔又做了孤儿

一八三〇年的选举，使米诺莱的承继人都有了立足点。在但羡来和古鄙策划之下，他们在纳摩组成一个委员会，推出一个进步党做枫丹白露区的候选人。玛尚很有力量操纵乡下的选民。车行老板的佃户中间，五个是有选举权的。第奥尼斯也拥有十一票以上。克莱弥埃、玛尚、车行老板和他们的党羽，最初在公证人家集会，以后经常在那儿见面了。米诺莱医生回来的时节，第奥尼斯的沙龙已经变作承继人们的大本营。法官和镇长联合起来抵抗进步党，他们虽有四乡的贵族支援，仍旧被反对派打败；但打败以后，他们反倒更团结了。这样的对抗使纳摩破天荒第一次有了两个党派，而米诺莱的几个承继人居然占了重要地位。正当篷葛朗和夏伯龙神甫把这些情形告诉医生的时候，查理十世已经从朗蒲伊埃宫堡出奔，逃往瑟堡去了。但羡来·米诺莱的政见是追随巴黎的律师公会的；他从纳摩约了十五个朋友，归古鄙率领，由车行老板供给马匹，在七月二十八的夜里赶到巴黎。袭击市政厅的一役，就有古鄙和但羡来带着这批人马参加。事后，但羡来得了荣誉团勋章和枫丹白露助理检察官的职位。古鄙得了七月十字章。第奥尼斯当选为纳摩镇长，接替前任的勒佛罗；镇公所的委员包括副镇长米诺莱-勒佛罗、玛尚、克莱弥埃和第奥尼斯沙龙的全部党羽。篷葛朗靠着儿子的力量才保住原职；那儿子做了墨仑的检察官，和勒佛罗小姐的亲事大概也有希望了。

医生听说三厘公债的行市跌到四十五法郎，便搭着驿车上巴黎，把五十四万法郎买了不记名公债。剩下二十七万左右现款，他用自己的姓名买了同样的证券：这样，外边只知道他每年有一万五千进款。老教授姚第遗赠于絮尔的本金，和九年之间所生的八千法郎利息，都用同样的方式存放；老人又添上一笔小款子，把这份薄产凑成一个整数，让于絮尔有一千四百法郎收益。老妈子蒲奚伐听着主人劝告，也把五千几百法郎积蓄买进公债，每年有三百五十法郎利息。这些跟篷葛朗商量好的，非常合算的调度，因为政局混乱，居然没有一个人知道。

局势大定以后，医生又买下贴邻的一所小屋子，把它拆了，把自己院子的界墙也拆了，另外盖起一间车房一间马房。拿一笔可有一千法郎利息的本金起造下房，在米诺莱所有的承继人眼里简直是发疯。这桩被认为发疯的行为，在老人的生涯中成为一个新时代的起点。那时的车辆马匹，价钱跟白送差不多：医生便从巴黎带了三匹骏马和一辆四轮篷车回来。

一八三〇年十一月初的一个下雨天，老人第一次坐了四轮篷车去望弥撒；他下了车，正在搀扶于絮尔，镇上的人已经全部赶到广场上，为了要瞧瞧医生的车，盘问一下马夫，也为了要把医生的干女儿批评一番：据玛尚、克莱弥埃、车行老板和他们的老婆的意见，老叔的荒唐全是野心勃勃的小姑娘撺掇出来的。

古鄙嚷道："喂，玛尚，有了马车了！你们的遗产去路很大，嗯？"

站在牲口旁边的马夫，是米诺莱车行里一个领班的儿子；车行老板对他说:"加皮洛,你要的工钱大概不少吧?八十四岁的东家用不了多少马蹄铁的了。两匹马花多少钱买的?"

"四千法郎。车子虽是旧货,倒花了两千;可是很漂亮,车轮是把挡[1]的。"

"加皮洛,你那句话怎么说的?"克莱弥埃太太问。

古鄙抢着回答:"他是说白拓。那是英国人行出来的玩意儿。你瞧,外边什么都看不见,样样都包在里头,多漂亮,又不会勾着人的衣衫,套在轴梗头上的那种难看的方铁帽也取消了。"

"什么叫作白拓?"克莱弥埃太太很天真地问。

古鄙道:"怎么!你不想拓些便宜吗?"

"啊!我明白了。"她说。

"嗨!不是的,"古鄙道,"你是个老实人,我不好意思哄你;真名叫作百挡脱,因为梢子藏在里头。"

"对啦,太太,就是这意思。"加皮洛说。古鄙态度一本正经,连马夫也上当了。

克莱弥埃嚷道:"不管怎么样,反正是一辆挺讲究的车;不是财主,谁撑得起这样的场面!"

古鄙道:"小姑娘抖起来啦!她这办法不错,教你们也享享福。喂,米诺莱老头,干吗你不弄几匹好马,买几辆篷车?你不争这口气吗?换了我,要不高车大马,摆摆威风才怪呢!"

玛尚问:"喂,加皮洛,我们的老叔这样铺张,可是小姑娘撺掇的?"

---

[1] 此系马车零件的专门名词,凡是"把挡"的车辆,轴梗不会从轴帽中脱出。

加皮洛回答："不知道；可是她在家里就像东家娘一样。天天有各种各样的教师从巴黎来。听说她还要学画呢。"

克莱弥埃太太道："那我好趁此机会，叫人描张肖像了。"

内地人那时还把画像叫作描像。

"可是教钢琴的德国老头也没有辞掉啊。"玛尚太太说。

"他今儿早上还来上课呢。"加皮洛回答。

"多几条狗也没害处。"克莱弥埃太太这话引得众人哈哈大笑。

古鄙叫道："从今以后，诸位可别想什么遗产啦。于絮尔转眼就是十七岁，越长越漂亮了；青年人都是靠游历训练出来的。小丫头把你们老叔收拾得服服帖帖。每个星期，班车上都有她五六个包裹；什么女裁缝，做帽子的，都到这儿来替她试样，把我的东家娘气坏了。等于絮尔从教堂里出来，你们瞧瞧她脖子里那条披肩吧，货真价实的开司米，值到六百法郎呢。"

古鄙说完，搓着手。他最后几句话对承继人们的作用，便是霹雳打在他们头上也不过如此。

医生家绿颜色的客厅，由巴黎的家具商来换新了。看老人排场这么阔，大家一忽儿说他藏着私蓄，有六万法郎一年收入，一忽儿说挥金如土，只顾讨于絮尔喜欢；他们今天把他说作财主，明天把他叫作荒唐鬼。当地的舆论，总括起来只有一句话："他是个老疯子！"小镇上这种错误的判断，恰好把一班承继人蒙住了，他们绝对没想到萨维尼昂爱上了于絮尔，而这才是医生花钱的真正的动机。他很高兴教干女儿先当惯子爵夫人的角色；并且有了五万法郎进款，老人也尽可把宠爱的孩子装扮一下，让自己看着喜欢。

一八三二年二月，于絮尔足十七岁的那天，早上起来，看见萨维尼昂

La Comédie Humaine

"从今以后,诸位可别想什么遗产啦。"

穿着海军少尉的服装，站在他窗前。

她心里想："咦！怎么我一点都不知道的？"

攻下阿尔及尔的一仗，萨维尼昂立了功，得了十字章；接着他服务的那条军舰在海洋中游弋了几个月，没法和医生通信；而不跟医生商量，他又不愿意退伍。新政府极想在海军中保存一个显赫的姓氏，趁七月政变的机会把萨维尼昂升作少尉。新任少尉请准了半个月的假，从多隆搭驿车赶来祝贺于絮尔的生日，同时也想听听医生的意见。

"他来了呀！"干女儿冲进干爹的卧房，嚷着。

"好吧！他离开海军的理由，我猜到了；现在他可以留在纳摩了。"

"啊！这才是我真正的节日了。"她一边说，一边拥抱干爹。

她上楼做了一个记号，萨维尼昂立即过来；她觉得他比以前出落得更英俊了，要把他欣赏一下。的确，服过兵役的男子，举动，步伐，神色，自有一种坚决与庄重的气概，一种说不出的方正严肃，即使穿着便服，也能教一个眼光肤浅的人看出他是军人；可见男人天生是做领袖的。于絮尔因之更爱萨维尼昂了；她让他搀着手臂在小园中散步，叫他叙述以候补少尉的资格在攻击阿尔及尔一役中所立的功劳，她像小孩子一样地高兴。毫无问题，阿尔及尔是萨维尼昂攻下来的。她说，瞧着萨维尼昂的胸饰，眼前就看到一片血海。医生在房内一边穿衣，一边瞅着他们；然后也走到他们这边来。他对子爵并不完全讲明，只说倘若包当丢埃太太同意子爵和于絮尔的婚事，单凭于絮尔的家私，子爵也不需要再靠军职来维持生活。

"唉！"萨维尼昂回答，"要我母亲让步，还早得很呢。我动身之前，她明知道只要答应我娶于絮尔，我就可以留在她身边；否则只能偶然见面，我还得经常冒着危险；但她仍旧让我走了……"

"可是，萨维尼昂，我们不是从此在一起了吗？"于絮尔抓着他的手，不大耐烦地摇了几摇。

她所谓爱情不过是常常见面，不再分离，绝对想不到更远的地方。当时她那使性的声调、可爱的手势，显得那么天真，把萨维尼昂和医生都感动了。辞职的信发出了；未婚夫的在场给于絮尔的节日添了不少光辉。过了几个月，到五月里，米诺莱医生的家庭生活又像过去一样清静，只多了一个常客。青年子爵不断地上门，很快就被大家看作未来的夫婿，尤其因为望弥撒的时候，散步的时候，萨维尼昂和于絮尔虽则很矜持，仍免不了流露出两心相契的痕迹。第奥尼斯提醒那些承继人，说包当丢埃太太已经欠老头儿三年利息，老头儿从来没讨过。

公证人说："将来老太太一定要让步的，一定会答应儿子攀这门不体面的亲。万一出了这种倒霉事儿，你们老叔就得拿出大部分家当，去做巴齐勒所谓的批驳不倒的理由[1]。"

承继人们猜到老叔太喜欢于絮尔，太不喜欢他们了，绝不会不损害他们的利益而去保障于絮尔的幸福的，所以心里都恨到极点。七月革命以后，他们天天晚上在第奥尼斯家聚会，便在那儿咒骂两个情人；他们没有一晚不想找些对策来阻挠老人的计划，可惜一筹莫展。才莉当然和医生一样，利用公债的跌价，在调动巨额资金的时候占足了便宜；但她是对于絮尔和包当丢埃母子怀恨最深的人。古鄀素来不愿在那些晚会中受罪，可是有天晚上为了要听听在那边所谈的镇上的事，也去了，正碰上才莉怒火中烧，

---

[1] 巴齐勒为博马舍有名的喜剧《赛维尔的理发师》中的歌唱教师，他说（见第四幕第一场）："我觉得一个黄金累累的荷包，永远是一个批驳不倒的理由。"

大发脾气：当天上午她看见医生、于絮尔和萨维尼昂，从郊外坐着马车回来；那种亲密的神气完全说明了他们之间的关系。

她说："倘使在包当丢埃和小丫头没结婚以前，上帝肯把咱们的老叔请回去，我愿意拿出三万法郎。"

古鄙陪着米诺莱夫妇回家，直送到他们的大院子中间；四顾无人，他才说：

"你们可愿意帮我盘进第奥尼斯的事务所？我能够拆散包当丢埃和于絮尔的婚姻。"

"怎么拆散？"大胖老板问。

"你想我这么傻，会把计划告诉你吗？"古鄙回答。

才莉说："那么好啊，你先把他们拆开了，咱们瞧着办。"

"咱们瞧着办！单凭这句话，我才不干这种麻烦事儿呢！萨维尼昂那小子好厉害，可能把我杀了的；我要吃得住他，击剑打枪的本领都得跟他一样才行。你们先帮我把事业弄成了，我绝不失信。"

车行老板回答："你破坏了这头亲事，我准定帮你忙。"

"哼！准定帮忙！我为了要盘进书办勒葛的事务所，不过向你们通融一万五千的小数目，你们考虑了九个月还没答应；现在还要我相信这句话吗？好，将来你们一定得不到遗产，那也是你们活该。"

才莉说："倘若只为了一万五千法郎和勒葛的事务所，那还罢了；可是要替你垫付五万！……"

"我会还你的呀！"古鄙把那勾魂摄魄的眼睛瞅着才莉，才莉也用骄横的目光回答了他一眼。那情形就好比毒蛇遇到了猛兽。

才莉终于说了一句："咱们再等一晌吧。"

古郫心上想:"哼!无毒不丈夫,真要做到这一步才好!"他一边走出一边盘算:"这些家伙,一朝给我抓住了,要不当作柠檬一般挤干才怪!"

萨维尼昂跟医生、神甫、法官往还之下,让他们看出了他纯厚的天性。他对于絮尔的始终不渝、没有一点儿利害打算的爱情,使三位老朋友大为感动,心里已经没法把两个青年分开了。朴素单调的生活,两个爱人对前途的信念,终于使他们的感情近于兄妹之间的友爱。医生往往让于絮尔和萨维尼昂两个人在一起。他已经把这个可爱的青年看准了:他只有在每次来到的时候吻一下于絮尔的手,和她单独相对的时候就不敢向她提出类似的要求,因为他对于这姑娘的纯洁与天真抱着极大的敬意;同时她常常流露的那种极其敏锐的感觉,也使他知道只要话说得重一些,神情冷淡一些,或是从温柔变为粗暴的态度,对她都会有性命之忧。所以两人之间最大胆的举动,也是在晚上当着几位老人的面表现的。这种幽密的快乐的岁月过了两年,除了子爵一再央求母亲许婚而无效以外,别无他事。有时他讲了一个早上,母亲听着他的理由和央求,拿出布勒塔尼人的脾气一声不出,或者干脆拒绝。于絮尔已经到了十九岁,长得一表人才,弹琴唱歌无一不精,才德双全,不需要再进修什么了。她的姿色、风韵、学问,遐迩闻名。有一天,哀格勒蒙侯爵夫人来替她的大儿子向于絮尔求婚,被医生谢绝了。虽则医生、于絮尔、哀格勒蒙太太把这件事严守秘密,六个月以后仍旧被萨维尼昂知道了。看到他们用心这样体贴,他非常感激,就拿这件事作理由去劝母亲,母亲回答说:

"因为哀格勒蒙家愿意降低身份,所以我们也得降低身份吗?"

一八三四年十二月,虔诚慈祥的老人,身体显而易见衰退了。镇上的人看见他从教堂里出来,脸色发黄,面庞瘦小,两眼那么苍白,便议论纷

纷，都说这八十八岁的老头儿死期近了。

"不久事情就有分晓啦。"有人跟那些承继人说。

的确，老人的死像谜一样惹人注意。但医生还存着幻想，不知道自己有病；而于絮尔、萨维尼昂、法官、神甫，为了体贴，都不忍揭穿他的病势；每天晚上来看他的纳摩的医生，也不敢为他开药方。老人不觉得有什么痛苦，只是灯尽油干，慢慢地熄下去。他理智始终很强。像他这种禀赋的老人，肉体受着灵魂控制，到死都能支持的。神甫为了不要加速他的死期，叫他不必再上教堂望弥撒，就在家里做日课；因为老医生奉行教规十分严格，而且越近坟墓，越敬上帝。永恒的光明，渐渐替他把各种难题都解释清楚了。一八三五年年初，于絮尔劝他把车辆马匹卖了，把加皮洛辞退了。

篷葛朗对于絮尔的前途，并不因为米诺莱透露过几句话而放心；有天晚上他跟老朋友提到那个微妙的承继问题，指出米诺莱对于絮尔的监护权必须解除。解除监护以后，于絮尔才有权接受监护人代管财产的清算，才有权持有财产，而别人也可能给她遗产。老人以前虽然和法官商量过，当时听了法官的开场白，并不说出自己替于絮尔安排的秘密，而只采取解除监护权的办法。篷葛朗越是急切地想知道老朋友用什么方法资助于絮尔，老朋友越是对他防得紧。并且，米诺莱的确不敢把利息三万六千的不记名债券交托给法官。

篷葛朗问他："干吗你要跟命运赌博呢？"

医生回答："反正都没有把握，只能拣危险性比较少的一条路。"

篷葛朗把终止监护的手续办得很快，要赶在于絮尔·弥罗埃足二十岁的那天办妥。这个生日是老人过的最后一个节：他准是预感到寿数将尽，所以大事铺张,替于絮尔举行了一个小规模的跳舞会,把第奥尼斯、克莱弥埃、米诺莱、玛尚四家的青年男女都邀请了。舞会以前又摆了一席丰盛的酒:请的客有萨维尼昂、篷葛朗、本堂神甫、两位副司祭、纳摩的医生、许模克、才莉、玛尚太太和克莱弥埃太太。

晚会快完毕的时候,老人和公证人说:"我觉得自己为日无多了,我要把我以监护人身份代于絮尔执管的财产,交还给她。请你明天来立一份清册,免得将来清算财产多纠纷。谢谢上帝!我连一个小钱都没教我的承继人吃亏,我支配的只限于我的息金。于絮尔的亲属会议,由克莱弥埃、玛尚和我的侄子米诺莱参加;我移交代管财产的时候,请他们都到场作证。"

玛尚把这些话听在耳里,在舞会中传开去。四年以来,一忽儿以为有巨产可得,一忽儿以为全无希望的三对夫妇,这一下可皆大欢喜了。

克莱弥埃太太道:"这话就像一个临死的人说的了。"

清早两点,客厅里只剩下萨维尼昂、篷葛朗和夏伯龙三个人;于絮尔送了克莱弥埃和玛尚家的小姐回来,穿着跳舞衣衫十分娇艳,老医生指着她向三位客人说道:

"诸位朋友,我把她交给你们了!再过几天,我不能再保护她了;她没出嫁以前,请你们大家照顾,别让她受人欺侮……我替她很担心呢。"

这些话使听的人非常难过。几天以后,举行了亲属会议,交出了代管财产的清账。账上说明米诺莱医生应当交出一万零六百法郎:包括几年来应付未付的一千四百法郎息金,那是姚第上尉的遗赠所生的利息;还有十五年中积起来的五千法郎,是医生逢年逢节给干女儿的红包。

这种结清账目同时又经过公证的手续,完全是依照法官的建议;因为他很担忧米诺莱医生死后的变化,不幸这个预感竟没有错。于絮尔接受清账的结果，一共有一万零六百的现款和年息一千四的公债。第二天，老人虚弱不堪，不能起床了。他家里的事一向很隐秘，但病重的消息还是传遍全镇，那些承继人就满街乱撞，像一串断了线的念珠。上门来探问病情的玛尚，从于絮尔嘴里知道医生上了床。不幸，纳摩的医生早已说过，只要米诺莱老人躺上床，命就完了。承继人们便冒着严寒，一齐站在街上，广场上，或者自己的屋门口，聚精会神地谈论这桩盼望了多年的大事；一边东张西望，但等本堂神甫把圣体供在内地常用的那种器具内往老医生家里送。

因此，两天以后，夏伯龙神甫带着副司祭和助祭童子，随着高捧十字架的圣器执事，穿过大街的时候，一班承继人立刻跟上去，预备占领屋子，以防走漏，同时也准备去攫取他们假想中的藏金。这批人跪在教会执事后面，并没做祷告，而是虎视眈眈地直瞪着老人，老人看了不由得露出一副狡猾的笑容。神甫掉过头去看到了他们，也就慢慢地念着祷告。车行老板受不了那个不舒服的姿势，第一个站了起来，他的女人也跟着站起；玛尚唯恐才莉夫妇顺手牵羊，拿掉屋子里的什么小玩意儿，便和他们一块儿到客厅去；不久，所有的承继人都在那儿会齐了。

克莱弥埃道："他是个挺规矩的人，不会随便要求临终圣礼的，这一下咱们可以放心了。"

玛尚太太回答："对，咱们每家都能有两万法郎一年的进款啦。"

才莉道："我有这么个念头，他的钱近三年来不再存放，他喜欢把现金藏起来了……"

"准是藏在地窖里吧？"玛尚对克莱弥埃说。

"咱们要找到一点儿什么才好呢。"米诺莱-勒佛罗道。

玛尚太太嚷道:"反正那天他在跳舞会里有过声明,事情已经定局了。"

克莱弥埃道:"咱们到底怎么办呢?平分呢?拍卖呢?拈阄呢?因为咱们都成年啦。"

为了怎么分家的问题,大家七嘴八舌,马上紧张起来。半小时以后,乱哄哄地闹成一片,特别是才莉那个尖嗓子,叫得连院子里和街上都听得见。

"老头儿大概死了吧。"一班挤在街上的闲人说。

吵闹的声音直传到老医生耳朵里,他听见克莱弥埃连吼带嚷地说:"屋子吗,屋子值三万法郎!我来买,我拿出三万法郎!"

才莉声音恶狠狠地回答:"不管值多少,我们都拿得出来。"

夏伯龙神甫替朋友行过临终圣礼,在旁陪着;老人对他说:"神甫,请你想个办法,让我安静一些。我那些承继人,像红衣主教齐美奈斯[1]的一样,可能等不到我死就来翻箱倒箧,我又没养着猴子替我把东西抢回来。你去告诉他们,我要他们统统出去。"

神甫和纳摩的医生下楼,把病人的话给大家说了。两人愤慨之下,还把他们训斥了几句。

纳摩的医生吩咐蒲奚伐女人:"把铁门关起,谁都不让进来;难道一个人连死都不得安宁吗?你再预备一贴芥末膏药,敷在先生脚上。"

承继人中有些是带着孩子来的;本堂神甫一边打发他们,一边说:"你们的老叔并没有死,可能还要活好些时候。他要绝对清静,除了干女儿,身边不要别人。唉,这姑娘的行事才不像你们哪!"

---

[1] 红衣主教齐美奈斯(1436—1517)为西班牙政治家。

"这老东西！"克莱弥埃叫道，"让我来站岗。说不定他们暗中捣鬼，损害我们的利益。"

车行老板早已溜进花园，想跟于絮尔一同看护，教人家留他在屋里帮忙。他蹑手蹑脚地回进来；过道和楼梯上都铺着地毯，靴子踏在上面毫无声响：他直走到老叔房门口，始终没人听见，神甫和纳摩的医生都走了，蒲奚伐女人正在预备芥末膏药。

"人都走了吗？"老人问干女儿。

于絮尔提着脚尖朝院子里望了望。

"都走了；神甫临走亲手把铁门带上了。"

垂死的老人便说："亲爱的孩子，我的命只有几小时，几分钟了。我医生不是白做的，芥末膏药不会把我拖到今天晚上。"他说到这里，被干女儿的啼哭把话打断了。"于絮尔，你别哭；我说的是关于你和萨维尼昂结婚的事。等蒲奚伐拿着膏药上来，你就到书房去，钥匙在这里；你把蒲勒酒柜上的白石面子抬起来，下面有一个信封写着你的名字，你拿来给我看。要不亲眼看见那个信封在你手里，我死了也不放心的。我断了气，你别声张：先把萨维尼昂找来，一同看那封信，你得向我起誓，也得代他起誓，一定要遵照我最后的意志行事。直要萨维尼昂听从了我的话，你们再宣布我死的消息；那时承继人就要开始做他们的戏了。但愿上帝保佑，别让那些野兽来糟蹋你！"

"好吧，干爹。"

车行老板不再往下听了，赶紧提着脚尖下楼，他已经想到小书房的锁是装在藏书室这一边的。从前他听见建筑师和铜匠讨论这事，铜匠认为要预防有人从临河的窗子进来，还是把锁装在藏书室一边为妙，因为小书房主要是夏天纳凉的地方。当下米诺莱被利益冲昏了头,血都到了耳朵里;他用一把小刀把门锁旋下,手脚像贼一样地快。他走进书房,拿了文件,不敢当场开拆,装上了锁,把一切恢复了原状,到饭厅里坐着,只等蒲奚伐送膏药上楼的时候往外溜。他走得非常方便,因为于絮尔觉得贴膏药比干爹的嘱咐更要紧。

"信啊!信啊!"老人用那种快死下来的声音嚷着,"你得听我的话,把钥匙拿去。我一定要看你拿到了信才行。"他这么说着,眼神惊惶不定,蒲奚伐对于絮尔说:

"快快听干爹的话,你要把他急死了。"

于絮尔亲了亲老人的额角,拿着钥匙下楼了;但一忽儿听见蒲奚伐尖着嗓子直嚷,又马上退回来。老人把她瞅了一眼,看她两手空空,猛地从床上坐起,想说话,临了只是好不凄惨地叹了一口气,眼睛里充满着恐怖的表情,死了。可怜的姑娘从来没见过死人,立刻跪在地上,哭作一团。浦奚伐替老人阖上眼睛,把他放倒在床上。老奶妈把死人像她所说的装扮完毕,赶去通知萨维尼昂;但那班承继人早已跟围着看热闹的闲人等在街头,活像一群乌鸦只等一匹马掩埋了,就过来连啄带扒地把死马从泥土中翻出来。当下他们蜂拥而至,和那些猛鸟一样迅速。

15

医生的遗嘱

这时候,车行老板回到自己家里,急于要打开那个神秘的信封,看看里头装的是什么。结果他找出下面几项文件。

给我亲爱的于絮尔·弥罗埃
——我的舅子约瑟·弥罗埃和舅嫂狄娜·葛洛曼的女儿

1830年1月15日,纳摩

我的小天使,我像父亲一般对你的慈爱,你是受之无愧的;我所以会有这种感情,不但因为我受了你父亲之托,并且因为你极像你的姑母于絮尔·弥罗埃:你使我时时刻刻想起她的风韵、聪明、天真和妩媚。但你的父亲是我岳父的私生子,我正式给你遗产可能引起别人争议……

车行老板念到这里,骂了一句:"老狐狸!"

……把你过继为女儿也可能引起诉讼。我又始终不愿和你结了婚而把财产送给你；说不定我还有多年可活，把你的幸福耽误了。而你的幸福迟迟不能实现，只是由于包当丢埃太太活着的缘故。把这些难处郑重考虑过后，我既要给你一份丰厚的家私，让你生活优裕……

——"坏东西！他什么都想到了！"

又要不损害我的承继人……

——"假仁假义！难道他的全部家私不都是我们的吗？"

我决定把十八年的积蓄送给你，那是听了我公证人的指点，不断地放在外面生利的；我的目的是要财富所能给人的幸福，你都能够享受到。没有资产，你的教育和你高尚的思想反而会造成你的不幸。何况对那个爱你的青年，你也应当给他一份丰厚的陪嫁。在紧靠客厅那边的最后一口书柜里，小桌子高头第一排书的最末了一册内（红摩洛哥皮精装的对开本《法学总汇》第三卷），有三张不记名的三厘公债，每张利息是一万二……[1]

车行老板嚷道："他多阴险！上帝可不让我受这样的欺骗。"

---

[1] 按此项公债票面是一百法郎，当时以四十五法郎的市价买进，实付本金五十四万，共购得票面一百二十万的公债，分为三张，利率三厘，故每张可支年息一万二。

你立刻去把证券拿了,还有我临死剩下来的少数积蓄,夹在第三册前面的一本书里,你也收起来。我疼爱的孩子,你得想到能够给你财产是我一生最快乐的事,你非服从我这个意思不可;否则我不得不向上帝求救了。我知道你良心的顾虑最多,所以这封信内附着一份正式的遗嘱,写明这三张债券是送给萨维尼昂·特·包当丢埃先生的。那么,不论由你自己执管,还是由你爱人转手送给你,那笔钱总是你合法的财产了。

你的干爹但尼·米诺莱

跟这封信一起,有一小张贴着印花的官契,上面写着:

遗嘱

立遗嘱人但尼·米诺莱,医学博士,住纳摩镇,身体康健,神志清楚,可以本遗嘱的年月为证。我死后把灵魂交还上帝,并请上帝俯念我真诚悔罪,宽恕我多年的错误。萨维尼昂·特·包当丢埃子爵平日对我感情深厚,我决于遗产内提出年息三万六千法郎的公债相赠,与我所有的承继人无涉。

立遗嘱人但尼·米诺莱亲笔
1831 年 1 月 11 日,纳摩

这些文件,车行老板为了不让一个人知道,特意躲在老婆房内看的。他毫不迟疑,找了一块打火石来;可是上帝给了他两次警告,接连两根火绒都没点上。第三根着了火。他把信和遗嘱都放在壁炉里烧了,还不放心,

La Comédie Humaine

接连两根火绒都没点上。

又拿壁炉里的灰把纸张和封蜡的残余一齐盖没。然后他飞也似的奔往老叔家里，一心只想瞒着老婆，独得三万六千一年的利息；他蠢笨的脑袋也只容得下这个简单明白的念头。一看见老叔的屋子已经被三份终于得手的家庭占领了，他不禁提心吊胆，唯恐那个他只想着阻碍而没考虑过的计划无法实现。

他对玛尚和克莱弥埃说："喂，你们待在这儿干吗？难道让人家来抢劫，把金银宝贝拿走不成？咱们三个既然是承继人，就不能坐在这儿发呆。你，克莱弥埃，马上到第奥尼斯家去报告死亡，叫他来检验。我虽是副镇长，可不能为我老叔填死亡证……你，玛尚，你去找篷葛朗老头，要他来封门。"他又对自己的女人、玛尚太太和克莱弥埃太太说："你们几位应当陪着于絮尔。这样，就不会有走漏了。最要紧是关上铁门，谁都不让出去！"

妇女们觉得这话很对，立刻赶到于絮尔房里。这天性纯洁而已经受着恶意的猜疑的姑娘，淌着眼泪，跪在地上祈祷。米诺莱猜到三个女的不会在于絮尔身边耽久的，又怕两位共同承继人起疑，便奔往藏书室把那本书找到了，打开来，拿了三张证券，又在另外一册内找到三十多张钞票。这大汉虽是个蛮子，偷这些东西的时候，耳朵里也听见一阵钟声，血也在太阳穴里尖声乱叫。天那么冷，可是背上的衬衣都湿透了；两条腿也直打哆嗦，他竟支持不住，倒在客厅里一只小沙发上，仿佛头上挨了几下闷棍。

玛尚一边在街上急急忙忙走，一边和克莱弥埃说："嚄！一得遗产，大胖米诺莱的舌头也灵活了。你听见他说话吗？'你上这儿！你上那儿！'真会调度！"

"不错，那个冬瓜脑袋倒真亏他的，神气有点儿……"

"唷！"玛尚忽然心里一慌，"他女人也在那儿，他们俩在一起未免太多了！事情归你办，我还是赶回去的好。"

车行老板才坐下，已经看见玛尚脸色通红地凑在铁门上；他赶回死人的屋子，跟雪貂一样快。

"嗯！什么事啊？"车行老板一边开门一边问。

"没有什么，我回来看封门的手续。"玛尚说着，把野猫似的眼睛瞪了他一下。

米诺莱回答："我也巴不得早点儿贴上封条，咱们好回家去。"

玛尚道："我看哪，封了门还得派一个人看守才行。蒲奕伐一味帮着小丫头，什么事都做得出来。咱们叫古鄙来吧。"

车行老板说："你找他吗？他会把好菜吃光，给你一个空锅子。"

玛尚又道："封门的事，一小时以内就能办妥；今晚还要守灵，那就让咱们的女人看守吧。明儿中午下葬。清点财产总得一个星期以后。"

大个子微微笑了笑，说："咱们先叫小丫头滚蛋，再托镇公所的鼓手[1]来看门。"

"好啊！"玛尚叫道，"这件事你去办，你是米诺莱家属的领袖。"

米诺莱便道："诸位先生，诸位太太，大家都到客厅里来，不是请你们吃饭，而是要办封存手续，保护全部的权益。"

接着他把自己的女人拉过一边，把玛尚对于絮尔的主张告诉她。妇女们久已恨透了小丫头，巴不得出一口气，听到赶她出去的话，就表示热烈赞成。

---

[1] 当时内地市镇，遇有要事即由鼓手击鼓游街，向市民传布。

篷葛朗来了；才莉和玛尚太太请他以老医生的朋友资格，要求于絮尔离开屋子；篷葛朗大为愤慨，说道：

"你们要把她撵出屋子，撵出她的父亲，她的干爹，她的恩人，她的监护人的屋子，你们自己去撵吧！全靠她心胸高尚，你们才得了遗产；你们现在去抓着她的肩膀，当着全镇的面把她撵到街上去罢！你们以为她会偷你们的东西？贴上封条，托一个人看守：那是你们的权利。先告诉你们，我绝不封她的房间；她是在自己家里，她房里所有的东西都是属于她的；我要把她的权利告诉她，叫她把自己的东西都收到房间里去……"篷葛朗老头听见承继人一阵嘀咕，便补上一句："当着你们的面就是了。"

一班妇女听着篷葛朗这篇怒气冲冲的言论，呆住了。克莱弥埃对车行老板和女太太们说了声："嗯？"

"没见过这样的法官！"车行老板嚷着。

于絮尔坐在一张小椅子上，昏昏沉沉的，仰着头，辫子都散了，歇一会儿，哭一声。她两眼浑浊，眼皮虚肿，那种身心衰弱的情形，除了承继人，便是最狠心的人也会觉得可怜的。

"啊！篷葛朗先生，过了我的生日，想不到就是死亡和丧事。"她像心灵高尚的人一样，自然而然流露出这种意味深长的话。"你是知道他的为人的，二十年工夫对我没有一句急躁的话！"她又叫道，"他真是我的妈妈，好妈妈。"

想到这儿，她又两行眼泪直挂下来，夹着抽抽噎噎的哭声；最后她直挺挺地倒在椅子上。

法官听见承继人们上楼了，便说："孩子，你要哭他，日子长呢；可是收拾东西的时间只有这一忽儿工夫，你把屋子里所有属于你的东西都归到房里来。那些承继人逼我贴封条了……"

于絮尔气愤交加地直跳起来："啊！他们要拿，都拿去罢。最宝贵的东西，我都在这里了。"她说着拍了拍胸脯。

"什么呀？"车行老板紧跟着问，他和玛尚两个一齐在房门口露出一张凶恶的脸。

"就是说关于他的德行、生活、说话的回忆，还有他圣洁的心灵的形象。"她做了一个美丽的手势，眼睛和脸颊都闪闪发光。

于絮尔那一下的动作，把胸褡里头的钥匙震落了，玛尚像猫一般窜过去，捡了起来，嚷着："哎，你还有一把钥匙呢！"

她红了红脸，说："那是他书房的钥匙，他临死的时候要我上书房去的。"

米诺莱和玛尚彼此狞笑了一会儿，又瞧着法官，眼中带着恶毒的猜疑的神气；那在玛尚是无意的，在车行老板是有心的。于絮尔一见之下，猜到他们的用意，不由得站起身子，脸色发白，好似浑身的血都流完了，眼中像霹雳一般射出一道斫伤她自己元气的火光，声音哽咽着说道：

"啊！篷葛朗先生，这房里的东西都是干爹好意送给我的，他们要拿尽管拿吧；我身上只有这几件衣服，我走出房间，从此不进来了。"

于絮尔说着，走进干爹的卧室，不管别人怎么央求，再也不肯离开；因为那些承继人对自己的行为也觉得有些惭愧了。于絮尔吩咐蒲奚伐女人到老驿站旅馆定下两间房，以后再在镇上找个地方和她同住。她回到房里拿了祈祷用的经文，和本堂神甫、副司祭、萨维尼昂，几乎整夜都在一块儿守灵：她不是祷告，便是哀泣。萨维尼昂等母亲睡下就过来，一声不响地跪在于絮尔身旁，于絮尔对他凄然笑了笑，感谢他这样至诚地来分担她的忧苦。

篷葛朗捧了一个大包裹交给于絮尔，说道："孩子，你姑丈的一个女承继人，把你所有的更换衣服从五斗柜里拿出来了；因为你的东西要启封以后才能拿，而启封还要等好几天。为了保护你的权益，我把你的卧房也给封了。"

于絮尔迎上去握着他的手，答说："谢谢你，先生。你再瞧他一眼：不是很像睡熟的样子吗？"

老人的脸色像一朵不久就要枯萎的鲜花，凡是临死没有痛苦的人都是这样的。

法官凑着于絮尔的耳朵问："他临终没有私下给你什么东西吗？"

"没有，他只提到一封信……"

"好吧！那一定能找到的。"篷葛朗接着说，"他们要求贴封条，对你倒是很有利的。"

天刚亮，于絮尔和这所屋子告别了：她在这儿度过了幸福的童年，尤其那间卧房是她爱情的发源地，使她特别留恋，便是在极度忧伤的心境之下，也不免对着这个安静而甜蜜的住所掉了几滴惋惜的眼泪。她最后一次把屋内的窗子和萨维尼昂的脸轮流瞧了一会儿，走出大门到客店去；蒲奚伐提着包裹跟着，慈祥的保护人篷葛朗挽着她的手臂。可见老人尽管用心周密，事实证明还是多疑的法学家料得不错。不久这法官就要看到于絮尔两手空空，被那班承继人欺负了。

第二天傍晚，全镇的人都来送丧。听到承继人们对付养女的手段，绝大多数的人觉得应该的：那是遗产攸关，非同小可；老头儿一向藏头露尾；于絮尔可能自以为有什么名分，承继人这么办不过是保护自己的财产；何况于絮尔在老人生前盛气凌人，老叔对待承继人也像玩冰球戏的时候对待野狗似的。但羡来·米诺莱，据嫉妒车行老板的人说，当了助理检察官并无成就，也回家来送丧。于絮尔不能到场，躺在床上发着神经性的高热，一半由于受了承继人们的侮辱，一半由于过度的哀伤。

有几个承继人指着萨维尼昂，说道："嘿！看他虚情假意地哭成这样！"但萨维尼昂为了医生的死，的确非常悲伤。

古鄙回答："他应该不应该哭，还是问题。别忙着开心，财产还没启封呢。"

米诺莱心里有数，说道："噢！你老是大惊小怪地吓我们。"

灵柩正要从教堂发引，送往墓园的当口，古鄙碰到一件大为失意的事：他想挽着但羡来的手臂同行，遭了拒绝；助理法官这个举动，等于当着纳摩全镇的面不认古鄙是老伙计了。

古鄙私忖道："嗯，耐着点儿吧，我此刻是没法出气了。"他那颗冰冷的心，却像海绵一般在胸中涨大起来。

16

两个敌人

    检察官是孤儿的法定监护人；清点遗产之前，检察官先得委托篷葛朗做代表，办这手续需要相当时间。关于米诺莱的遗产，大家纷纷议论了十天之久；终于继承开始了[1]，一切都按照法律程序严格执行。公证人第奥尼斯正是得其所哉，进账不少；古鄙也趁此机会兴风作浪。遗产的数目既然很可观，办案的手续自然很繁复。办过第一道手续，照例得吃一顿。公证人、帮办、承继人、见证，都喝着家藏的名酒。

    在内地，尤其在小城市里，居民都是住的自己的房产，要借房子不是件容易的事。所以盘进什么铺子的人，差不多老是连屋子一起买下的。检察官托治安法官篷葛朗照料孤儿的权益，法官觉得要于絮尔能搬出旅馆，只有劝她自己买房。在大街和横跨运河的桥相交的地段，正好有一所小屋子：进门是一个过道，底层只有一间餐室，临街开着两扇窗；餐室后面是厨房；从厨房的玻璃门出去，有一个三丈见方的院子。一座狭小的楼梯，

---

[1] "继承开始"为欧美法律的专门名词，大抵遗产继承因被继承人之死开始，在一定期间之内应开具遗产清册呈报法院。

临河有几个小窗洞取光。二层楼有三间房，顶上还有两间阁楼。屋价是六千法郎。篷葛朗向蒲奚伐女人借了两千法郎积蓄，先交付一部分屋价，余下的再分期拨清。

于絮尔要买进干爹的藏书；篷葛朗看到屋子的进深正好摆得下书架，教人把二楼的两间房前后打通。因为萨维尼昂和篷葛朗把那些管打扫、油漆和装修的工人催得很紧，于絮尔到三月底居然能离开旅馆，搬进这所难看的屋子了；但她的卧室仍旧和承继人把她赶出来的那间一模一样；法官启封的时候，把她原有的家具都搬了来。蒲奚伐睡在于絮尔卧房的顶上一层，只要小主人拉着床头的铃，她立刻可以下来。派作藏书室用的房间，底层的堂屋和厨房，都还空着，只粉刷了一道，糊了花纸；专等干爹的遗物拍卖的时候去买家具来布置。

法官和神甫虽然深知于絮尔的性格，还是替她担心，认为从老医生给她过惯的高雅富足的生活，过渡到这个清贫简陋的生活，未免太突兀了。萨维尼昂为之伤心透了，好几次暗中贴钱给工匠和家具商，一定要让于絮尔至少在房间内部，不觉得以前和现在的卧室有什么分别。但只要瞧着萨维尼昂就心里快活的姑娘，对一切都安之若素。两位老朋友看着更加感动了；除了过去的事实证明以外，她又再度证实只有感情方面的痛苦才会给她打击。她为了干爹的故世，悲痛之极，根本不觉得自己的处境有了变化，虽然这变化使她的亲事又多添了一重障碍。萨维尼昂鉴于她生活清苦，大为不乐；而她看到萨维尼昂的不乐，又觉得十分难过，甚至搬进新屋那天，她早上望了弥撒出来，附在他耳边说：

"没有耐性，爱情是不会成功的；咱们等着吧！"

等到老医生的人欠和欠人的账结出了，玛尚受着古郿撺掇，要包当丢埃太太把到期的借款立刻还清。古鄙因为暗中恨着米诺莱，便改变方针去投靠玛尚，以为跟这个放高利贷的精明人打交道，或许比跟谨慎小心的才莉容易得手。老太太接到催告的公事，要她在二十四时以内把十二万九千五百十七法郎五十五生丁付给承继人，还得从催告之日起另付利息，否则就要扣押不动产；老太太吓坏了。另外借钱来还债根本不可能。萨维尼昂到枫丹白露去请教一位诉讼代理人。

诉讼代理人说："你碰到了一批不肯和解的坏蛋，一定要狠狠地逼你，吞掉你鲍第埃的产业。你还是把法院的拍卖改做自己出售吧，还能省一笔手续费。"

这个坏消息使布勒塔尼老太太大受打击；儿子很婉转地表示，假使母亲在米诺莱医生在世的时候赞成了他的婚事，老医生一定会把财产送给于絮尔的丈夫：今日之下，他们早已家道富裕，不至于艰难到这个地步了。这番理由，说的时候固然没有责备的意味，但跟不久就要倾家的念头同样伤透了老太太的心。于絮尔寒热刚退，受的承继人的气才不过平了些，听到这件祸事，不禁失魂落魄，呆住了。没有能力帮助爱人，对一般坚贞贤淑的女子，的确是最残酷的痛苦。

"我本想买我干爹的屋子，现在买你母亲的吧。"她和萨维尼昂说。

"怎么可能呢？你还没成年，要出卖公债必须经过一番手续，那又是检察官不会同意的。并且我们也不预备和债权人对抗。一个旧家崩溃，全镇的人看了都高兴。那些布尔乔亚很像一群抢骨头的狗。幸亏我还剩一万法郎，在料理这桩倒霉事的期间，可以养活母亲。你干爹的遗产没有清点完毕，篷葛朗先生还希望替你找到一点儿什么。看你两手空空，他和我都觉得奇怪透了。医生对他，对我，屡次提起替你安排了一个美好的前程，

所以我们对现在这个情形简直莫名其妙。"

她说："噢，只要能把干爹的藏书和家具买下来，不让它们散失或是落在不相干的人手里，我对自己的命运也满足了。"

"可是你想承买的东西，谁知那些卑鄙的承继人标什么价钱呢？"

从蒙太奚到枫丹白露，大家议论纷纷，只谈着米诺莱的承继人和他们正在搜寻的百万藏金。但屋子启封以后，经过无微不至的检查，仍是一无所获。包当丢埃家欠的十二万九千的债；年息一万五的三厘公债，合到三十八万本金，因为行市已经涨到七十六法郎；估作四万法郎的屋子，再加屋内的漂亮家具，财产总数大概有六十万。那在众人眼里，为数也不算太少，大可安慰的了。但米诺莱心里着急得很。因为蒲奚伐女人和萨维尼昂，跟法官一样始终认为必有遗嘱，每一道手续办完，总得问篷葛朗搜查的结果如何。篷葛朗有时在经纪人和承继人们走出去的当口叫起来："我简直弄不明白了！"在许多肤浅的人眼中，每个承继人得到二十万法郎，在内地已经是一笔很大的家私，也就不再追问医生在日单凭一万五的岁收，怎么能对付那种排场的；因为借给包当丢埃的款子，利息分文未取。这问题，只有篷葛朗、萨维尼昂和本堂神甫三个人，为了于絮尔的权益才想到；他们在言语之间表示这疑问的时候，好几次使车行老板脸都变色了。

财产清理完毕的那天，篷葛朗说道："要说搜寻，也搜寻到家了；他们找的是藏金，我找的是资助包当丢埃先生的遗嘱。壁炉里的灰也撩拨过了，白石台面也掀起来了，软底鞋也摸过了，床架子也用签子戳过了，褥子抖过了，盖被和压脚毯都用针刺过，鸭绒被翻过身，文件一张张地看过，抽斗一只只地寻过，连地窖里的泥土也翻掘了，而我还在旁边鼓励他们这样翻箱倒箧地搜查呢。"

"那么你看是怎么回事？"神甫问。

"遗嘱一定是被不知哪个承继人毁掉了。"

"还有公债呢？"

"甭提啦！像玛尚和克莱弥埃那么阴刁、那么狡猾、那么贪心的人，知道他们干的什么事！到手二十万遗产的米诺莱，他那份家私又是怎么来的？据说他快要把车行的执照、牌号、住宅，全部出让，值到三十五万法郎！……你听听这数目吧！而他投资在田产方面的三万多收入还没计算在内。想到咱们的老医生，真是可叹啊！"

萨维尼昂道："遗嘱也许藏在书架里吧？"

"所以，于絮尔想收买藏书，我没有劝阻。要不然，让她把仅有的一笔现款，花在她永远不会打开的书本上，不是发疯吗？"

镇上的人原来以为遍寻无着的现金都饱了干女儿的私囊；等到确实知道她全部财产不过一千四百法郎年息和一些零星杂物，大家就一致注意医生的屋子和家具了。有的认为必有大批钞票藏在家具里；有的猜老头儿把钞票夹在书里。拍卖的时候，承继人们用了古古怪怪的方法来防范。第奥尼斯担任公卖人的职司，每次拿起一件东西来喊价，总得声明一句：承继人只卖家具，不卖家具里头隐藏的东西。交货之前，他们又像做贼的一样，翻来覆去地看上半天，拿手指弹着听声音，或者把手伸进去掏摸；临了，看着人家把东西搬走时的眼神，活像一个做父亲的目送独养儿子上印度。

蒲奚伐女人参观了第一道清点程序回来，垂头丧气地说道："啊！小姐，我下回不去了。篷葛朗先生说得不错，你看到那种场面是受不住的。东西都摔在地上。人到处乱跑，像街上一样，把最漂亮的家具都随便糟蹋，当梯子用，里里外外搅得一塌糊涂，便是母鸡要找它的小鸡也不容易了，

把最漂亮的家具都随便糟蹋，里里外外搅得一塌糊涂……

真像火烧过了一样。院子里堆满杂物，五斗柜都打开着，里头全空了！噢！可怜的老人家，还是死了的好，要不然，看到这次拍卖也会气死的。"

篷葛朗受于絮尔委托，代买她干爹心爱的家具，拿来装饰她的小屋子；但拍卖藏书的时候，篷葛朗绝不露面。他比那些承继人更乖巧，猜到他们贪得无厌，会把书价抬得太高的，便委托墨仑一个做旧货生意而已经来买过几批东西的人，专程到纳摩来。承继人们因为不放心，把书一部一部地出卖。三千册书没有一册不经过检查，察看，提着封面封底拼命抖动，看有没有夹在中间的纸张掉下来；书面书底，里封衬页，都严密查过。于絮尔拍进的东西，一共要付六千五百法郎左右，等于她在遗产中应当收进的款项的一半。书架交出之前，先从巴黎请了一个以识得暗机关出名的细木工专家来仔细检查。等到法官盼咐把书架和图书送往弥罗埃小姐家里，几个承继人又莫名其妙地害怕起来，直到以后看见于絮尔跟从前一样清苦，才算放心。

米诺莱买了老叔的屋子，价钱被其余两位承继人抬到五万，认为车行老板存心想在墙壁中得到什么藏金。协议书上还为此添加保留的条款。遗产清算完毕以后半个月，米诺莱把车行和牲口，一起卖给一个富农的儿子，自己搬进老叔的屋子；又为了装修和买家具，花了一大笔钱。可见米诺莱是自愿住在于絮尔近边，只和她隔着几步路的。

限期清偿的通知送达萨维尼昂母子的那天，米诺莱在第奥尼斯家里说道："希望这两个臭乡绅早点儿滚蛋！以后咱们再撵走别的。"

古鄙回答说："老婆子是十四代贵族之后，不愿意看着自己落魄的；她会上布勒塔尼去养老，到那边去替儿子娶个媳妇。"

当天早上替篷葛朗立了买契的[1]公证人说:"我看不会的;于絮尔才买了李加寡妇的屋子。"

"该死的小丫头只想跟我们捣乱!"车行老板冒冒失失地嚷着。

古鄙看见那蠢笨的大汉做了一个气恼的姿势,觉得很奇怪,问道:"她住在纳摩跟你有什么相干?"

米诺莱的脸红得像罂粟花,回答说:"你不知道我儿子糊涂透顶,爱上了于絮尔。我愿意出三百法郎,叫她离开纳摩。"

单看这第一阵冲动,谁都懂得于絮尔尽管贫穷、隐忍,也要使有钱的米诺莱大不安宁了。米诺莱先是忙于清算遗产、出盘车行;接着又有许多意外的事需要奔走;为了买进医生的屋子和种种细节,又不免跟才莉争论;才莉为了儿子的前途,一心只想过体面生活。米诺莱这样地忙来忙去,和平时那种安静的生活大不相同,自然没有工夫想到他的受害人。可是,到五月中旬,搬进布尔乔亚街几天以后,他有一次散步回来,听见钢琴声,又看见蒲奚伐女人像守护宝物的神龙一般坐在窗口,便突然之间听到有一个讨厌的声音,在自己心里叫起来。

像车行老板那种性格的人,为什么一见于絮尔会立刻觉得受不了呢?于絮尔根本没疑心他偷过她什么东西。安于患难的那种伟大的精神,怎么会使他想要把姑娘赶出纳摩呢?而这念头又怎么会带着仇恨与疯狂的意味?要解答这些问题,恐怕直要写一篇道德论文才行。也许失主在米诺莱近边住上一天,米诺莱就一天不敢自信为三万六千存息的合法持有人?也许米诺莱的被害人一日不去,米诺莱就一日不放心,隐隐约约地以为自己

---

[1] 于絮尔尚未成年,不能自行置产,篷葛朗为法定保护人检察官的代表,故代于絮尔出面买进房屋。

犯的案子必有机会被人识破？也许这个浑浑噩噩、近乎蛮子而从来没犯过法的人，看到于絮尔就觉得良心不安？也许因为米诺莱的家私远过于合法所得，所以他的内疚把他鞭挞得特别厉害？没有问题，他是把良心的骚动归咎于于絮尔一个人的，满以为只要于絮尔不在眼前，他的骚扰不宁的情绪就会消灭。再说，或许罪恶本身也要求圆满，作恶也要求有个结果：第一下伤了人，就会跃跃欲试地再来一下，致人死命。或许谋财与害命必然是相连的。米诺莱下手盗窃的时候，接二连三的事来得太快了，他完全没有加以思索，他的念头是事后才有的。可是，倘若你们能把这个人的相貌举动想象得非常真切，就不难懂得思想对他的作用是多么可怕了。何况良心的责备比思想还要深一层，引起内疚的那种情感，和爱情一样无法掩藏，而且是很专制的。米诺莱劫夺财产的行为没有经过考虑，现在见到这蒙在鼓里的被害人而自己心里觉得难堪的时候，也同样不假思索地想把她赶出纳摩了。米诺莱既然是个蠢汉，做事从来不想到后果，便受着贪心鼓动，一步一步往险路上走，好似一只野兽完全不想到猎人的狡黠，只倚仗自己的蛮力和行动的迅速。不久，一班在公证人第奥尼斯家聚会的有钱的布尔乔亚，发现这素来无忧无虑的家伙，态度举动都变了。

　　米诺莱是决意把那惊人的举动瞒着老婆的，所以老婆对人说："不知道米诺莱怎么回事，老是魂不守舍的！"

　　关于米诺莱的烦闷，各人有各人的解释；因为他有了心事，表现在脸上的倒的确很像烦闷。有的说是因为他一无所事的缘故；有的说是从忙碌突然一变而为清闲的缘故。一方面，米诺莱正在打算破坏于絮尔的生活；另一方面，蒲奚伐女人没有一天不跟于絮尔提起她应有的财产，没有一天不把于絮尔清寒的境况，和老主人替于絮尔安排的生活做比较，那是他生前亲口告诉她蒲奚伐的。

她说:"还有一点,当然我这么说不是为了贪财;可是像先生那样好心的人,怎么会一点儿小东西都不留给我呢?"

"你有了我,还不够吗?"于絮尔这样回答,不让蒲奚伐女人在这个问题上再讲下去。

于絮尔不愿意让金钱的念头玷污她亲切的、凄凉的、甜蜜的回忆,那是跟老医生的那张高贵的脸分不开的。小客堂里挂着于絮尔的绘画教师替老人画的速写像。于絮尔凭着新鲜活泼的想象,看到这幅速写等于永远看到她怀念不已的干爹,尤其屋子里到处都摆着老人心爱的家具:俗称为公爵夫人式的大沙发,书房里的家具,玩脱里脱拉的用具,还有干爹送的那架钢琴。和于絮尔做伴的两个老朋友,夏伯龙神甫和篷葛朗先生——她愿意接待的客人也只有这两个——在那些因为她悼念深切而差不多有了生命的遗物中间,他们仿佛是她过去生活的两个生动的纪念品;而她是用受过干爹祝福的爱情,把现在和过去连在一起的。不知不觉减淡下来的惆怅的情绪,不久使她的岁月染上一种色调,把室内所有的东西结合在一片说不出的和谐中间:例如那种纤尘不染的清洁,极其对称的陈设,萨维尼昂每天送来的鲜花,几件高雅的小玩意儿,还有她的生活习惯反映在周围的事物上,而使居处显得可爱的,那股和平恬静的气息。吃过早饭,望过弥撒,她继续练琴、练唱;然后坐在临街的窗下刺绣。萨维尼昂不问晴雨,每天出外散步,下午四点回来,看到窗子半开着,便坐在外边的窗槛上,和于絮尔谈上半小时。晚上,神甫和法官来看她;但她从来不愿意萨维尼昂和他们一起来。包当丢埃太太听了儿子的话,想叫于絮尔跟他们同住,于絮尔没有接受。她和蒲奚伐两人日子过得很俭省:每个月全部开支不超过六十法郎。老奶妈不怕辛苦，洗衣服、烫衣服，样样都做。一星期只举火两次，留下饭菜吃冷的；因为于絮尔要每年省下七百法郎拔还屋价。这种谨严的操守、谦虚的态度，在享用奢豪、予取予求的生活之后，甘心过着清苦的日子，博得了某些人士的称赏。于絮尔受到大家的尊敬，没有一句闲言闲语牵涉到她。承继人们欲望满足了，也还她一个公道。萨维尼昂看到这么年轻的姑娘有这等刚强的性格，大为佩服。包当丢埃太太望过弥撒出来，不时和她说几句温存的话，请她吃了两次饭，亲自来接她。即使这还不能算幸福，至少日子过得很安静。篷葛朗拿出当年诉讼代理人的手段，把包当丢埃家的债务纠纷圆满解决了；这件事却触怒了米诺莱，使他对于絮尔的潜伏的怨恨，急转直下地爆发了。

等到遗产的事全部料清，治安法官却不过于絮尔的情，就来办理包当丢埃家的债务案子，答应于絮尔帮助包当丢埃母子渡过难关。但他因为老太太阻挠于絮尔的幸福，心里很气，到她家里去的时候，毫不隐瞒他这次帮忙完全是看在弥罗埃小姐面上。他在枫丹白露挑了一个从前在自己手下当帮办的，做包当丢埃的诉讼代理人；撤销限期清偿的手续仍旧由他亲自主持。他要利用申请撤销与玛尚再度催告之间的一段时间，续订年租六千法郎的赁田契约，叫佃户拿出一笔小租，再预缴本期租约的最后一年田租。从此，韦斯脱牌局恢复了，地点是在包当丢埃家里，入局的除了法官，便是本堂神甫、萨维尼昂和由篷葛朗与夏伯龙每晚接送的于絮尔。六月中，篷葛朗把玛尚控告包当丢埃的案子撤销了，立即签订新租约，年租六千法郎，限期十八年；又教佃户付了三万二千法郎小租。当天晚上，趁这件事还没透露风声，篷葛朗就去找才莉，知道她手头的现款没处存放，问她愿不愿意出二十万法郎买下鲍第埃的产业。

米诺莱道:"只要包当丢埃一家搬出纳摩,我立刻成交。"

"为什么?"法官问。

"我们希望镇上不要再有贵族。"

"我好像听老太太说过,一朝事情解决了,凭她剩下的一些钱,只能搬到布勒塔尼去住。她还说要出卖屋子呢。"

米诺莱道:"就卖给我吧。"

才莉道:"你的口气倒像是当家的。你要两所屋子干吗?"

法官接着说:"倘若你们今天晚上对鲍第埃的事不作决定,我们的租约就会有人知道,三天以内又要受到控告,而我一心想办妥的这桩清算的事就不成功了。所以我马上要到墨仑去,我有几个相熟的庄稼人,闭着眼睛都会把鲍第埃买下来的。这样,你们在罗佛地区买进三厘利息田产的机会,可就错过了。"

才莉道:"既然你有主顾,干吗来找我们呢?"

"因为你们有现款,不比我那些老主顾,要几天工夫才能张罗十二万九千法郎。我不愿意事情拖泥带水的。"

"叫她离开纳摩,我立刻拿出这笔钱来。"米诺莱又说了一遍。

"你知道我不能约束包当丢埃他们的意志,"蓬葛朗回答,"可是我断定他们将来不会留在纳摩的。"

米诺莱听了这句肯定的话,又被才莉在臂弯上推了一下,便答应拿出现钱来,替包当丢埃家还清欠老医生的债。接着大家到第奥尼斯的事务所去立契,踌躇满志的法官又叫米诺莱接受新订的赁田契上的条件;那时米诺莱夫妇才发觉损失了最后一年租金,可是太晚了。六月底,蓬葛朗把决算确认证书和余下的款子十二万九千法郎,交给包当丢埃太太,劝她买五厘公债，每年可以有六千法郎利息。萨维尼昂的一万法郎也买了同样的债券。老太太清算的结果，非但收入没有损失，反而多了两千法郎；母子两人也就在纳摩住下去了。

米诺莱以为受了骗，仿佛法官是知道于絮尔住在纳摩会使他受不了的；米诺莱气愤交加，越发把于絮尔恨如切齿。这就开始了那幕隐蔽的，但后果非常可怕的戏剧；这戏剧骨子里只是两种感情的斗争：一种感情驱使米诺莱把于絮尔逐出纳摩，另外一种感情使于絮尔鼓足勇气忍受迫害，迫害的原因在某一时期内简直无从猜测。这是一个离奇古怪的局面，以前多多少少的事都是往这个局面发展，替它作准备，作序幕的。

17

内地人的恶毒

　　米诺莱太太从丈夫那儿得了一笔礼物：一套银器和一套餐具，大约值到两万法郎。她每逢星期日必定大摆筵席，因为那天当助理检察官的儿子总得带几个枫丹白露的朋友到家里来。为那些丰盛的酒席，才莉特意从巴黎定几样稀罕的菜，使公证人第奥尼斯也不得不学她的气派。古鄙直到七月底，前任车行老板过了一个月布尔乔亚生活之后，才受到邀请；在此以前，米诺莱一家都避之唯恐不及，认为他是无赖，有伤他们体面的。古鄙对于这种有心的遗忘已经不痛快了，还得对但羡来尊称为"您"。因为但羡来自从进了衙门，便是在家里也摆出俨然和傲慢的神气。

　　古鄙问助理检察官："那么您是把埃斯丹忘了，专心爱弥罗埃小姐了？"

　　检察官回答："先生，第一，埃斯丹已经死了。其次，我从来没想到什么于絮尔。"

　　"啊，啊！米诺莱老头，你以前跟我怎么说的？"古鄙很不客气地嚷着。

　　米诺莱扯的谎被这么一个可怕的人当面揭穿，差点儿惊惶失措；幸亏那天请古鄙吃饭是有计划的，因为想起古鄙以前的提议，说他能破坏于絮尔和萨维尼昂的婚事。米诺莱便一言不答，拉着古鄙走到园子的尽里头。

他说："朋友，你转眼就是二十八了，还没走上成家立业的路。我希望你好，因为你是我儿子的老朋友。听我说，倘使你能够教弥罗埃小姐嫁给你——她也有五万法郎财产呢——我可以起誓，帮你在奥莱昂盘进一个公证人的事务所。"

古鄙回答："奥莱昂不行，那边我不容易出头；还是蒙太奚……"

米诺莱抢着道："不要蒙太奚，桑斯倒还……"

"桑斯就桑斯！"那奇丑无比的帮办回答，"那儿有个总主教；热心宗教的地方，我不讨厌：只要拿出一副假仁假义的面孔，就容易有生路。何况那姑娘是个热心的教徒，到那边一定有发展。"

"当然，必须等我们表妹出嫁的时候，我才拿出十万法郎来；我要帮助她，表示我对老叔的敬意。"

"为什么不连带酬谢酬谢我呢？"古鄙的神气很阴险，他疑心米诺莱这件事必定别有用意，"你在罗佛古堡四周能买进两万四收入的一大块田产，方方正正，不跟别人的田交错，不是全靠我通风报信吗？既然洛昂运河对岸，你还有草原和磨坊，那块田还能增加一万六千收入。喂，老头儿，你可愿意跟我真心相见？"

"怎么不愿意！"

"告诉你，为了要你知道我的厉害，我正在替玛尚安排，准备把罗佛全部买下来：猎场，花园，森林，后备猎场，统统在内。"

"你敢？"才莉闯过来嚷着。

古鄙像毒蛇似的把她瞪了一眼，说："哼！只要我高兴，明天玛尚花二十万就把那些都买下了。"

"你走开，我跟他谈得很好呢……"大个子米诺莱抓着才莉的胳膊，把她推走了，回过来对古鄙道："我们这一晌事情太多，没想到你；可是我相信你的友谊一定会帮我们买进罗佛的。"

古鄙很狡猾地说："不错，罗佛从前是侯爵的封邑；到你手里，一年就有五万法郎收入，产业本身值到二百万以上。"

"那时，咱们的助理检察官不是娶一个法兰西元帅的女儿，便是娶一个旧世家的独养女儿，能够帮他升调到巴黎去。"车行老板说着，打开他的大鼻烟壶，送到古鄙面前。

古鄙吸了烟，弹着手指，嚷道："那么咱们是不是真心相见呢？"

米诺莱握着古鄙的手，回答："君子一言为定！"

也算米诺莱运气，古鄙像一切机灵的人一样，以为米诺莱看见他捧出玛尚来跟他作对，才把于絮尔的亲事做借口，跟他讲和。

他心上想："那句谎话不是他想出来的，分明是才莉教的。好吧！丢开玛尚。不出三年，我可以当选做桑斯的议员了。"他看见篷葛朗到对门去打韦斯脱，便奔到街上，对他说：

"亲爱的篷葛朗先生，你对于絮尔·弥罗埃很热心，不会不关切她的前途。现在有一头亲事在这里：对方是个公证人，将来在一个首府的城里开业。三年之内，他保证当选为议员，立婚书的时候就能给妻子十万法郎。"

篷葛朗冷冷地答道："于絮尔的前途比这个好多呢。包当丢埃太太自从家中出事以后，身体比以前差多了，从昨天起她又老了许多，这样郁郁闷闷下去是活不久的；萨维尼昂一年还有六千法郎收入，于絮尔有四万现款，我将来替他们用玛尚那种办法存放，可是规规矩矩的；要不了十年，他们也能有一份小小的家私了。"

"那么萨维尼昂真是胡闹了，放着好好的亲事不要！像罗佛小姐那样的独养女儿，叔父叔母给她留着两份丰厚的遗产，包管萨维尼昂一说就成。"

"拉封丹说得好：有了爱情就忘了谨慎。"篷葛朗为了好奇，又追问一句，"可是你说的那公证人是谁呢？因为……"

"就是我呀。"古鄙回答；法官听着打了一个寒噤。

"是你？……"篷葛朗说着，并不隐藏他要为之作呕的神气。

"不错！先生，就是小弟。"古鄙眼中全是怨毒、憎恨和挑战的意味。

于絮尔在小客堂里坐在包当丢埃太太身旁，篷葛朗一进去就问她："有个公证人向你求婚，预备拿出十万法郎，你可愿意吗？"

于絮尔和萨维尼昂都浑身一震，你望着我，我望着你：于絮尔带着笑容，萨维尼昂也不敢露出不安的神色。

"我不能自己做主的。"于絮尔回答，同时避着老太太的眼睛向萨维尼昂伸出手去。

"我问都没问你，就回绝了。"

包当丢埃太太道："为什么？孩子，我觉得公证人这一行挺不错呢。"

于絮尔答道："我宁可过着清寒的日子。跟可能的遭遇相比，我这生活已经很富足了。有老奶妈照料，我不用担什么心事；我喜欢眼前的生活，才不想拿这个生活去换一个渺茫的前途呢。"

第二天，邮局送出两封匿名信，在两个人心里下了两剂毒药：一封给包当丢埃太太，一封给于絮尔。老太太收到的信是这样的：

你爱你的儿子，要攀一头门第相当的亲事，可是你放任他迷着一个没有财产而野心很大的女孩子，让一个军乐师的女儿于絮尔在你家里出入！其实你很可以娶罗佛小姐做媳妇，她的两位长亲，龙葛洛侯爵和罗佛骑士，每人都有三万法郎进款，因为不愿意留给挥霍成性的老疯子罗佛先生，有心等侄女出嫁的时候送她一笔陪嫁。格莱芒蒂·杜·罗佛小姐的姑母是赛莱齐太太，她的独养儿子最近在阿尔及尔阵亡了，将来一定会过继内侄女的。写这封信的人无非为了你们的好，他知道罗佛家对萨维尼昂很有意思。

以下是于絮尔收到的信：

亲爱的于絮尔，纳摩镇上有一个崇拜你的青年，每次看到你在窗下工作，不能不感到一股热情，因此他知道自己的爱情是终身不变的。这青年有的是刚强的意志、百折不回的毅力；希望你接受他的爱情，因为他用意纯洁，很谦卑地向你求婚，目的是要你幸福。他目前的财产已经很可观，但比着你做了他妻子以后的财产，还不过是个小数目。有朝一日，你能以部长夫人的身份出入宫廷，成为全国第一流的太太。他每天看到你，可是你看不到他；你只要把蒲奚伐种的石竹摆一盆在窗口上，他就会登门拜见。

于絮尔把信烧了，没有告诉萨维尼昂。两天以后，她又收到一封信：

亲爱的于絮尔，一个爱你胜过爱自己生命的人写信给你，你不应当置之不理。你以为能嫁萨维尼昂，真是大错特错了。这桩婚姻不会成功的。包当丢埃太太不会再接见你了；她虽是有病，今天早上还是

步行到罗佛去,为萨维尼昂向罗佛小姐求婚。萨维尼昂早晚要让步的。他有什么理由反对呢?罗佛小姐的两位长亲,决定在婚书上保证把财产送给她,总数有六万法郎一年的收入。

这封信使于絮尔尝到了嫉妒的滋味,那是她从来没受过的痛苦,为之心都碎了;而在一个性格这样复杂、这样易于感受的人身上,一朝有了妒忌的心,她的现在、未来,甚至于过去,都变成了灰色。她一收到这封不祥的信,就坐在老医生的大沙发上,眼睛望着空中,堕入痛苦的幻想。一刹那之间,她觉得美好和热烈的生气一变而为死亡的凉意。而且她的感觉比这个还要可怕;古怪的天才约翰·保尔,在他的杰作中描写一批死人,因为发觉没有上帝而惊醒过来[1];于絮尔的情形就跟这个一样。蒲奚伐催她吃饭催了四次,只看见她把面包拿起来放下去,没能送到嘴里。奶妈想说句埋怨的话,于絮尔却做了一个手势,把她喝阻了,素来很温和的口气居然变得很专横。蒲奚伐凑着门上的玻璃暗中觑视,只见她忽而满面通红,好像发着高热,忽而脸色发紫,仿佛热过一阵又打着寒噤。这情形到四点左右越发严重:她时时刻刻站起身子,看萨维尼昂是不是来了,而萨维尼昂竟是不来。嫉妒与怀疑使她忘了情人的羞怯。至此为止,于絮尔绝不肯流露出什么举动,让人猜到她的热情的;那时却戴了帽子,披了小围巾,冲到过道里预备上街去接萨维尼昂了;但是羞怯的心理并没完全消灭,她又回进小客厅,哭了。晚上神甫来的时候,可怜的奶妈在门口拦着他,

---

[1] 德国作家约翰·保尔·李赫忒(1763—1825)在《梦》中描写死人们从坟墓里出来,叫道:"噢,基督!难道没有上帝吗?"基督回答:"没有上帝。"

说道：

"啊！神甫，不知道小姐是怎么回事，她……"

"我知道了。"神甫凄然回答，不让惊慌的奶妈再往下说。

于是夏伯龙把于絮尔不敢查问的事说了出来：包当丢埃太太上罗佛家吃饭去了。

"萨维尼昂呢？"

"也去了。"

于絮尔浑身一震；夏伯龙神甫像触电一般也跟着打了个寒噤，心里很难过，久久不能消逝。

"所以咱们今晚不到她家里去了，"神甫说，"并且，孩子，你最好不必再去。老太太以后接待你的态度，会伤害你的自尊心的。我们已经把她劝得动心了，肯提到你的婚事了；不知道哪儿来的一阵风，使她突然之间又变了主意。"

于絮尔声调很坚决地说："我准备听天由命，把什么事都看作意料之内。遭到这种患难而知道自己并没有得罪上帝，就是大大的安慰了。"

"好孩子，你得逆来顺受，不要随便去猜测天意。"

"我不愿意疑心包当丢埃先生的人格，冤枉他……"

"干吗不叫他萨维尼昂了？"神甫觉得于絮尔的口吻有些气愤。

她哭着说："对，我不愿意疑心我亲爱的萨维尼昂，"说到这里竟号啕大哭了，"好朋友，我心里还认为他的品格和出身一样高尚。他不但亲口说过只爱我一个人，并且还有事实证明，因为他对我非常体贴，甚至拿出牺牲精神来克制他的热情。最近篷葛朗先生和我说起有个公证人提亲，我伸出手去让他握着，这是我破题儿第一遭的举动，我可以向你发誓。固然，他开场是和我取笑,隔着街送了我一个飞吻;但从此以后,他的感情没有越出最严格的范围,那是你知道的。除了那个只有天使看得见的一角之外,你把我的心都看得明明白白,我可以告诉你:他的感情使我精神上得到许多好处,它使我甘于贫苦,减轻了我身遭大丧的悲痛,这丧事表现在我孝服上的,远过于我心中的。噢!那是不应该的。我心中的爱情的确超过我对干爹的感激,所以上帝给了我报应。有什么办法!我自命为萨维尼昂的妻子;我太得意了,也许上帝便是惩罚我的骄傲。你刚才说得好,我们的行动只应该把上帝做中心和归宿的。"

神甫看见她惨白的脸上淌着眼泪,不由得很感动。可怜的姑娘以前越是十拿九稳,这一下越是失望得厉害。

她接着说:"可是一旦回到了做孤儿的地位,我自然能恢复做孤儿的心情。我不能做我爱人的绊脚石!他待在这里有什么出息?我是什么人,敢对他存着奢望?何况我对他的友情那么深厚,尽可以把我的幸福和希望完全牺牲!……你知道,我常常责备自己把我的幸福建筑在别人的坟墓上面,明知道要等那位老太太死了,我的美梦才能实现。如果有个女子能够使萨维尼昂有钱、有福,我所有的一些财产正好作为我马上进修道院的捐献。天上没有两个主宰,女人的心中也不应当有两次爱情。修道的生活倒也很能吸引我。"

"他总不能让母亲一个人到罗佛去啊。"好心的神甫声气柔和地说着。

"咱们不谈了吧,神甫。今天晚上我要写信给他,还他自由,能够把这堂屋的窗关起来,我也很高兴。"

于是她把匿名信的事告诉神甫,声明她不愿意追究那个不相识的情人。

神甫叫道:"哎!包当丢埃太太也收到了一封匿名信,才上罗佛去的。

我看，准有些恶毒的人在阴损你。"

"为什么呢？我和萨维尼昂又没得罪过人，跟地方上的利害冲突也早完了。"

"不管它，孩子；既然一阵狂风把我们的聚会吹散了，趁此机会整理整理咱们老朋友的藏书也好。现在都堆在那儿，让我和篷葛朗两人理起来，我们还想在里头细细找一找呢。你应当信托上帝；同时也别忘了，我和法官始终是你忠实的朋友。"

"这已经了不起了。"她说着，把神甫直送到过道外边的门口，像窝里的鸟儿一样往外探了探头，还希望能看到萨维尼昂。

米诺莱和古鄙刚从草原上散步回家，走过这儿停下来；米诺莱对于絮尔说：

"怎么啦，表妹？——咱们终究是表亲，是不是？——你好像变了。"

古鄙瞅着于絮尔，火辣辣的目光把她吓了一跳。她一言不答，回进去了。

"她脾气犟得很。"米诺莱对神甫说。

"弥罗埃小姐不站在大门口跟男人说话是不错的；她年纪还太轻……"

古鄙道："哦！你不知道她情人倒不少呢。"

神甫马上行了礼，急急忙忙向布尔乔亚街走去。

古鄙对米诺莱道："行啦，药性发作了，她已经面无人色；不到半个月，准会离开这儿。你等着瞧吧。"

古鄙脸上的狞笑，和约瑟·勃里杜画的歌德的靡菲斯特一样，有种恶魔式的表情；米诺莱看着害怕了，嚷道："的确，跟你做不得冤家，还是交朋友的好。"

"当然啰，她要不嫁给我，我就教她郁郁闷闷的不得好死。"

"好，小家伙，你干就是了；我送你一笔资本到巴黎去当公证人。那时你可以娶一个有钱的女人了……"

古鄙听了很奇怪，问："可怜的姑娘！她什么地方得罪了你呢？"

米诺莱用了一个粗野的字儿，意思是说："我看见她就讨厌！"

"等下星期一，你看我怎么收拾她！"古鄙说着，打量着车行老板的脸。

第二天，老婆子蒲奚伐上萨维尼昂家，送给他一封信，说道："不知道我那姑娘跟你说些什么；她今儿早上简直像死人一样。"

从这封写给萨维尼昂的信上，谁都想象得出于絮尔隔天夜里所受的痛苦。

亲爱的萨维尼昂，听说你母亲要你娶罗佛小姐，也许她这么办是对的。你面前摆着两条路：一方面是近乎贫苦的生活，一方面是富裕的生活；一方面是你自己选择的妻子，一方面是适合社会惯例的妻子；一方面是服从你的母亲，一方面是根据你自己的选择，因为我还自认为被你选中的。萨维尼昂，如果你要有所决定，我要你完全自由地决定，不受一点儿约束：我允许你收回过去的话，那是你对你自己说的，不是对我说的；你发那个心愿的时间，我永远忘不了，而且和那天以后的许多日子一样，在我记忆中是极纯洁的、甜蜜的，这个回忆就够我一辈子消受了。假使你一定要守约，从今以后就有一个可怕的、不祥的念头，破坏我的幸福。清苦的生活，今天你是欣然接受的，但你将来可能想到，倘若遵守了社会的惯例，你的处境会变成另一个样子。你把这种念头说出来吧，等于把我宣告死刑；不说出来吧，只要你额

第二天,老婆子蒲奚伐上萨维尼昂家,送给他一封信。

上有一丝半丝皱痕，我就会多心。亲爱的萨维尼昂，我在世界上最爱的就是你。我可以那样爱你，因为干爹虽则有些妒忌，仍旧和我说："孩子，你爱他吧！你们俩迟早会结合的。"上巴黎去的时候，我爱着你，可不存什么希望，单单那感情已经使我满足了。我不知道现在我是否能再回到那个境界，但我一定努力去做。眼前我们之间是什么关系呢？还不是兄妹而已？好，咱们就至此为止吧。你尽管去娶那个有福的姑娘，她可以使你们的姓氏得到应有的光彩，而我是，照你母亲说来，要减少它的光彩的。你从此再也不会听到我的消息。社会的舆论一定赞成你。我，我永远不会责备你，我永远爱你。即此告别！

"你等一等！"萨维尼昂说着，做手势叫蒲奚伐坐下。他立刻写了一个字条：

亲爱的于絮尔，来信使我非常难过，因为你自己找了许多不必要的痛苦，而且破天荒第一次，我们俩的心居然不一致了。你没有嫁过来，只因为我不得母亲同意不能结婚。有了八千法郎进款，在洛昂河边找一所小屋子住下，难道这不是一份产业吗？我们早打算过，叫蒲奚伐当家，我们一年能积蓄五千法郎。当初在你姑丈的园子里，你有天晚上答应做我的未婚妻，所以我们中间共同的约束，你不能片面解除。昨天我清清楚楚告诉罗佛先生，即使我是自由之身，也不愿意从一个不认识的少女手里得一份家私！我母亲不愿再接待你了，我没福气看到你每晚光临了。可是靠着窗口和你立谈几分钟的快乐，请你不要加以剥夺……我今晚来看你。世界上无论什么都不能使我们分离。

"快走吧,老妈妈。不能让她多操一分钟的心……"

萨维尼昂为了要打于絮尔窗下过,每天都出去散步。当天下午四点,他散步回来,发觉情人经过了意外的风浪,脸色有点儿苍白。

她说:"至此为止,我似乎还没体会到和你相见的乐趣。"

萨维尼昂微笑着答道:"你曾经告诉我,因为你每句话我都记得;你说'没有耐心,爱情就不会成功。我等着就是了!'好孩子,难道你现在把爱情和信心分开了吗?……好啦,咱们的误会消释了。你一向以为我爱你不及你爱我。我可曾疑心过你?"他说着,递给她一束野花,扎束的款式显出他的确是一片至诚。

"你没有理由可疑心我啊,"接着她声音很慌乱地补上一句,"并且你还有所不知。"

她已经通知邮局,一切信件都不收。但萨维尼昂走了,她目送他从布尔乔亚街拐进大街以后,过了一会儿,不知由于什么妖术,她竟在大沙发上看到一张字条,写着:"小心点儿!受到轻慢的爱人比老虎还凶猛。"萨维尼昂虽是一再央求,于絮尔为谨慎起见,仍不愿意把那个使她提心吊胆的秘密告诉萨维尼昂,于絮尔以为爱情破裂了而结果仍旧见到爱人,当然感到说不出的快乐;唯有这快乐才能使她把刚才为之毛骨悚然的恐怖暂时忘掉。等待一桩渺茫的灾难,谁都觉得是不堪忍受的毒刑。因为不知道灾难究竟是怎么样的,痛苦的范围似乎更大了;凡是不可知的事,我们心中都觉得它无穷无极。对于于絮尔,那简直是最大的痛苦。她听到一点儿声响,心就直跳;便是寂静无声,她也害怕,甚至疑心墙壁也在那里捉弄她。临了,她的恬静的睡眠也受到打扰。古鄙不知道她身心像花一般娇嫩,只凭着他作恶的本性,找到了一种把她摧残,致她死命的毒药。

下一天平静无事。于絮尔弹琴弹得很晚,上床的时候差不多放心了,同时也瞌睡得厉害。半夜光景,一支单簧管、一支双簧管、一支长笛、一只唧筒号、一只伸缩号、一支低音笛、一支银笛、一块三角铁,合奏齐鸣,把于絮尔惊醒了。所有的街坊都扑在窗口张望。可怜的孩子看到街上挤着一大堆人已经骇坏了,再听到一个男人用嘶哑的声音嚷着:"于絮尔·弥罗埃!这是你情人送给你的!"更好像当胸挨了一棍。

第二天是星期日,镇上谣诼纷纷;于絮尔进教堂出教堂,都有大群的人在广场上争着注意她,用令人难堪的神气打量她。大家对那个半夜音乐会七嘴八舌,各人有各人的猜测。于絮尔半死不活地回到家里,从此不出门了;神甫劝她在自己屋里做晚祷。一进门,她在铺着地砖的过道中,看见门底下塞着一封信;她捡起来,为了想弄清底细,又把它念了。像下面那样可怕的字条,她看了有什么感觉,哪怕最麻木的人也不难猜想到。

你还是俯首帖耳,做我的妻子吧:既有钱财,又受疼爱。我非要你不可。即使你活着不为我所有,你死了还是我的。你的苦难都是你的拒绝招来的,并且苦难将来还不限于你一个人。

爱你而你必有一日归他所有的人上

事情真奇怪:正当这个温柔和顺的牺牲者,被人当作残花败叶一般作践的时节,玛尚、第奥尼斯、克莱弥埃家的几位小姐,反倒羡慕于絮尔的遭遇。

她们说:"她好福气。大家都在关心她,讨她喜欢,为了她你争我夺!听说那半夜音乐会好听得很!还有一个唧筒号呢!"

"什么叫作唧筒？"

"一种新时行的乐器。瞧，有这么大。"安日丽纳·克莱弥埃向巴眉拉·玛尚解释。

萨维尼昂一早就上枫丹白露去打听，是谁把当地军营里的音乐师请出来的；但每种乐器都有两个乐师，没法知道到纳摩去的到底是哪一个。上校下令，从今以后，乐师不得他许可不准为私人演奏。萨维尼昂跟于絮尔的法定监护人检察官谈了谈，说明这一类的捣乱对一个如此娇弱如此敏感的姑娘，影响如何严重，要求检察官运用职权，追究那次奏乐会的主使人。三天以后，半夜时分又有三架小提琴、一支横笛、一架吉他、一支双簧管，来了一次音乐会。这一回，奏乐的人是往蒙太奚方面溜走的，那儿正好有个过路的戏班子驻扎。两个曲子之间，有一个人用着刺耳的、喝醉了酒的声音叫道：

"这是送给军乐师弥罗埃的女儿的！"

于絮尔父亲的职业，米诺莱老医生一向讳莫如深，瞒着人，这一下却在纳摩镇上变得家喻户晓了。

事后，萨维尼昂并不上蒙太奚去；当天他收到一封从巴黎寄来的匿名信，恐吓他说：

你决计娶不成于絮尔的。你要留她一条命，就得趁早退让；人家对她的爱情比你深得多；他为了讨她喜欢，已经改行做音乐师了；他宁可置于絮尔于死地，也不让于絮尔落在你手里。

这时，纳摩的医生一天要到于絮尔家出诊三次：她受了这些暗算，生命都有危险了。温柔的少女觉得自己被一双毒手推入泥洼,却取着殉难者的态度:一声不出,眼睛望着天,哭也不哭了,只等人家来打击;同时她做着热烈的祈祷,希望一死以求解脱。

篷葛朗先生和本堂神甫,尽量抽出时间来陪她。她和他们说:"我不能下楼,倒觉得很高兴;要不然,他会到客厅里来的,而他平时祝福我的那种眼神,我已经不配领受了!你们想他会疑心我吗?"

篷葛朗道:"萨维尼昂要是查不出主犯,预备请巴黎的警察局来侦缉。"

她回答:"那些人也该知道已经伤了我的命,可以安静些了。"

神甫、篷葛朗、萨维尼昂作着种种猜测和假定,搅糊涂了。萨维尼昂、蒂安纳德、蒲奚伐女人和两个忠于本堂神甫的人,一边刺探,一边戒备了一星期;可是古鄙绝对不露痕迹,所有的奸计都是他一个人策划的。在朋友中间,篷葛朗第一个以为那主犯看着自己的成绩害怕了。于絮尔苍白的脸色和衰弱的身体,已经跟害痨病的英国少女一样。大家的照顾松懈了。匿名信和半夜音乐会都不来了。萨维尼昂认为那些鬼蜮伎俩的中止,一定是检察官的暗中采访发生了作用;他把于絮尔、他母亲和他自己收到的信都呈了上去。可是休战的时期并不久。正当医生把于絮尔神经性的寒热止住,她重新打起精神的时候,七月中旬的某一天早上,于絮尔的窗外竟挂着一座软梯。据夜里赶班车的马夫说,他经过的当口,有个矮小的男人正从梯子上往下爬;马夫很想停下来;无奈于絮尔的屋子正在桥堍的转角上,而牲口一下桥又往前猛冲,直冲出镇外一大段路。

第奥尼斯的沙龙里传出一种意见,认为玩这些手段的是罗佛侯爵;他那时处境艰难到极点,有些约期票落在玛尚手中;倘若女儿马上嫁了萨维尼昂,罗佛古堡就不至于被债权人扣押。大家又说,凡是使于絮尔出丑和受辱的事，包当丢埃太太看了心里都高兴的。但事实上，老太太看到年纪轻轻的姑娘快死下来，倒反软心了。夏伯龙为了最后那个毒计，难过至极，病倒在床上，几天不能出门。可怜的于絮尔，受着这一下卑鄙的打击，复病了。她从邮局收到神甫一封信，因为邮局认得神甫的笔迹，把信送给了于絮尔：

> 孩子，你还是离开纳摩，免得再受那些不相识的敌人暗算。萨维尼昂的性命说不定也会有危险。这些事，等到我能来看你的时候再细谈。

下面的署名是：你的忠诚的夏伯龙。

气得发疯一般的萨维尼昂赶去见神甫，可怜的神甫看到有人把他的笔迹和签字学得一模一样，骇坏了，把信念了又念；他根本没有写信，即使写了也不会交给邮局寄的。这个凶狠的手段加重了于絮尔的病，萨维尼昂不得不带着捏造的神甫的信，再去向检察官求救。

他对检察官说："这明明是件谋杀案，所用的手段是法律没有料到的，被害人却是一个由法律委托你保护的孤儿。"

检察官回答："如果你有什么制裁的办法，我一定采用；我可想不出！那个躲在幕后的恶棍，说的话倒是不错：还是把弥罗埃小姐送到这儿来，托圣体修院的女修士们照料。一方面我通知枫丹白露的警察局长，准你携带武器，保护自己。我亲自去过罗佛，罗佛先生对于外边猜疑他的话非常愤慨，那也难怪他。我的助理的父亲米诺莱，要买他的古堡，正在谈判。罗佛小姐决定嫁给一个有钱的波兰伯爵。我上罗佛去的那天，罗佛先生正

要离开乡下,免得为了债务而受拘押。"

但羡来被上司询问之下,不敢把心中的意见说出来:他猜到那是古鄙干的。只有古鄙,做事才会在法网周围绕来绕去而不堕入法网。那时古鄙看到自己逍遥法外,事情做得又隐秘又成功,胆子愈来愈大了。这阴险的帮办唆使玛尚控告罗佛侯爵,玛尚不知是计,听了他的话;古鄙的目的却是要逼侯爵把剩下的田产卖给米诺莱。古鄙跟桑斯城内的一个公证人,对于受盘事务所的问题初步谈了一下;然后决定使出最后一着棋子,把于絮尔弄上手。他想学某些巴黎青年的榜样,用强抢的手段,人财两得。仗着他替米诺莱、玛尚、克莱弥埃都出过力,又有纳摩镇长第奥尼斯做后援,便是闹出事来也不难收拾。因此他决意拉下面具,以为于絮尔已经被他折磨得那么衰弱,绝对抵抗不了的了。

但是冒险做这个丑恶的把戏之前,他觉得应当趁着陪米诺莱签订合同以后初次上罗佛去的机会,先跟米诺莱谈一谈。那时米诺莱刚接到儿子的一封密书:他对于絮尔事件先要打听一些消息,再亲自陪检察官到纳摩来,把于絮尔送往修道院,免得再受侮辱。助理检察官说,万一迫害于絮尔的人是他们的朋友,希望父亲劝劝他;因为法院即使不能惩罚,至少能调查明白,把事情记在账上的。

米诺莱已经实现了一大愿望。罗佛是迦蒂南区域最美的古堡之一,从今以后他做定了罗佛的主人翁,还在猎场四周集中了几块良田美产,每年有四万多法郎收入。所以这大汉尽可把古鄙一脚踢开。他预备住到乡下去,那就不会再想到于絮尔而心里不舒服了。

他一边在罗佛的平台上踱来踱去,一边对古鄙说:"喂,小家伙,别再跟我表妹为难了!"

"嗯？……"古鄢简直猜不透米诺莱这种古怪的行为；原来一个人的愚蠢也有莫测高深的地方。

"噢！我不是无情无义的人；这座六十万还盖不起来的古堡，你帮我花二十八万就买下了，还有附属的田庄，猎场，后备猎场，花园，森林……哦！这样吧……我给你一成佣金，两万法郎；你拿这笔钱可以在纳摩盘进一个书办的事务所。我再担保你跟克莱弥埃家攀亲，娶那个顶大的姑娘。"

"就是说'唧筒'的那个吗？"

米诺莱回答："不管这些，我表妹给她三万法郎陪嫁是真的。小家伙，你瞧，你是生来做书办的，好比我是生来做车行老板的：一个人总不能离开他的本行。"

古鄢一跤从云端里直跌下来，答道："好吧，这儿有的是契纸，你签一张两万法郎的约期票给我，我好拿了现款去谈判。"

米诺莱瞒着老婆的那部分公债，正好有半年的息金一万八千法郎可以收进；他以为这么一来，就把古鄢给打发了，便签了约期票。古鄢眼看布尔乔亚街上那个低能的大胖奸雄得意忘形，架子十足，便和他说了声再会，用那副只有暴发的糊涂蛋见了不会发抖的目光，把他瞪了一眼。他却是站在平台上，居高临下地眺望着园林，眺望着那座路易十三式宫堡的壮丽的屋顶。

他看见古鄢走回去了，嚷道："怎么，你不等我啦？"

"你会碰到我的，老爹！"未来的书办回答；他心里又想报复，又想把大胖米诺莱变化多端、莫名其妙的行为，摸清底细。

La Comédie Humaine

18

两方面的报复

自从最恶毒的诬蔑毁坏了于絮尔的名节以后,于絮尔就害着一种无法解释的、从精神方面来的病,很快地到了九死一生的阶段。脸色白得像死人一般,难得又轻又慢地说几句话,睁着柔和而没有神采的眼睛,浑身上下,连脑门在内,都显出她心里转着一个悲痛的念头。每个时代的人都认为处女头上有一顶贞洁的花冠;于絮尔以为这个理想的冠冕掉下了。在静寂中、在空间,她仿佛听到不干不净的闲话、不怀好意的议论、街头巷尾嘻嘻哈哈的笑声。这个担子她是负不起的;她把清白一词也看得太重了,受了这种伤害是活不下去的。她不再怨叹,嘴角上堆着一副痛苦的笑容,眼睛常常望着天,好像是把人间的横暴告诉上帝。

古鄙回到纳摩那天,于絮尔由蒲奚伐和医生两人扶着,从卧房走到了楼下。那是为了一桩大事。包当丢埃太太要来看她,安慰她,因为知道她受的侮辱虽不及克拉利斯·哈罗那么残酷[1],也已经命在旦夕了。上一天夜

---

[1] 英国十八世纪李查逊的小说中,克拉利斯·哈罗,被浪子勒佛雷斯诱致失身,旋即后悔,终于贫病潦倒而死。

里，萨维尼昂口口声声说要自杀，布勒塔尼老太太也为之屈服了。同时她觉得以自己的身份而论，应当鼓励一个这样纯洁的姑娘，给她添些勇气；而她亲自去看于絮尔，还能把镇上的居民所造成的损害抵消一部分。她的意见，当然比众人的意见影响大得多，能叫人感觉到贵族的力量。于絮尔从夏伯龙神甫嘴里一知道这个消息，病况就突然好转，连绝望的纳摩医生也觉得有了希望，他原来已经说要请几位巴黎最有名的医师来会诊了。众人把于絮尔安顿在她干爹的大沙发上。像她那种性质的美貌，在丧服与痛苦之中倒反胜过平日快乐的时候。萨维尼昂搀着他母亲一进门，年轻的病人脸上立刻有了血色。

"孩子，你别站起来，"老太太带着命令的口吻说，"不管我自己病成怎样，虚弱到怎样，我还是要来，把我对最近这些事的感想告诉你：我认为你是迦蒂南地区最圣洁最可爱的姑娘，你的品德足以促成一个世家子弟的幸福。"

于絮尔先是答不出话来，只吻着萨维尼昂母亲的干枯的手，掉了几滴眼泪在上面。

"啊！太太，"她有气无力地说，"倘若没有早先的许愿给我鼓励，我绝不敢有那么大的胆子，妄想高攀的；我没有什么家世门第，只有一片深情；可是人家竟毁坏我的名节，把我和我所爱的人永远拆散了……我不愿……"于絮尔说到这里，声调沉痛，使在座的人听了都很难过，"我不愿意声名受了污辱再嫁人，不管嫁的是谁。我的爱情太过分了……在我现在这情形之下可以老实说了：我爱一个男人差不多跟爱上帝一样。所以上帝……"

"得啦，得啦，孩子，别毁谤上帝！"老太太鼓足了勇气又道，"算了吧，我的儿，那些下流无耻的恶作剧，谁也不会信以为真，你何必这样夸张?我向你担保,你一定能活下去,而且会幸福的。"

"你会幸福的!"萨维尼昂跪在于絮尔面前,吻着她的手,"我母亲已经把你叫作'我的儿'了。"

医生过来按了按病人的脉搏,说道:"好啦好啦,过分的快乐对她也是危险的。"

这时,古鄙看见过道的门半开着,便进来推开小客厅的门,伸出一张原来就丑恶,再加一路上想着报复的念头而格外紧张的脸。

"包当丢埃先生!"古鄙的声音好似一条在洞里受着威逼的毒蛇。

"什么事?"萨维尼昂站起来问。

"有句话跟你说。"

萨维尼昂走进过道,古鄙把他拉到小天井里。

"你爱于絮尔,你也看重贵族的荣誉:倘若你用于絮尔的生命和你的荣誉起誓,等会儿我告诉你的话,你只做没听见,那么我就可以把人家迫害于絮尔小姐的原因告诉你。"

"我能不能教那些迫害停止呢?"

"能。"

"我能报复吗?"

"对主使的人,行;对他的工具,不行。"

"为什么?"

"因为……那工具就是我……"

萨维尼昂脸色变了。

古鄙接着说:"我刚才看见于絮尔……"

"什么于絮尔?"萨维尼昂把眼睛瞪着古鄙。

"哦，弥罗埃小姐，"古鄙听着萨维尼昂的口气，不得不装作恭敬的样子，"我预备拼着命补赎我的罪过。我已经后悔不及……你即使杀了我，不管是用决斗或是用别的方式，你拿了我的血也不见得愿意喝，你要中毒的。"

萨维尼昂听着这家伙非常冷静的理由，心里又急于知道下文，也就把一腔怒火压住了；他目不转睛地瞪着古鄙，那个不成形的驼子把头低了下去。

"谁指使你的？"萨维尼昂问。

"你能不能起誓啊？"

"你要人家把你轻轻放过吗？"

"我要你和弥罗埃小姐饶了我。"

"她会饶你，我可不行。"

"至少你可以忘记吧？"

根据利害关系的打算，力量可真大！这一对势不两立的仇人，只因为心里都想报仇，竟会一同站在天井里，面对面地谈着话。

"我可以饶你，可是忘不了。"

"那么咱们不谈了。"古鄙冷冷地回答。

萨维尼昂忍不住了，一巴掌打过去，在院子里声音很响。古鄙差点儿被打倒，萨维尼昂自己也身子晃了一晃。

"这是我自作自受，"古鄙道，"我太傻了。我还以为你是个君子。谁知给了你一些便宜，你就滥用……现在你可落在我掌心里了！"古鄙说着把萨维尼昂恶狠狠地瞅了一眼。

"你是个杀人的凶手！"

"也不见得比人家手里的刀子罪名更大。"古鄙回答。

"请你原谅我吧。"萨维尼昂说。

"你的仇报过了吗？"古鄙的口气挖苦得厉害，"是不是这样就算了？"

"咱们彼此都原谅了吧，忘了吧。"萨维尼昂回答。

"一言为定吗？"古鄙伸出手来。

"一言为定，"萨维尼昂为了爱于絮尔，不能不忍着这口气，"可是你说呀，谁支持你的？"

古鄙好像眼睛望着两个秤盘，一个盘里是萨维尼昂的巴掌，一个盘里是对米诺莱的仇恨。他沉吟了一会儿，然后听见一句话在耳朵里响着："我帮你当公证人！"便回答道：

"原谅了，忘记了，是不是？好，先生，咱们扯直了吧。"他握了握萨维尼昂的手。

"到底是谁迫害于絮尔的？"

"米诺莱！他恨不得要她的命……不知道为什么；可是咱们一定能打听出来。你千万别牵连我，他要对我起了疑心，我就没法帮忙了。以后我非但不再攻击于絮尔，还要保护她；非但不帮助米诺莱，还要尽量破坏他的计划。只要我活着，不使他倾家荡产，不教他死无葬身之地才怪！我要把他踩在脚下，踏在他的尸首上跳舞，拿他的骨头雕一副骨牌玩儿！明天，纳摩，枫丹白露，罗佛，到处墙上会有红铅笔写着：米诺莱是贼！嘿！该死的东西！我要教他粉骨碎身！现在我把秘密告诉了你，咱们是联盟了；哦，倘使你愿意，我可以去跪在弥罗埃小姐面前，对她说我恨我自己不该利令智昏，险些儿送了她的性命，求她原谅。她听了这话可以舒服些。法官和本堂神甫都在这儿，有这两位证人也够了；可是篷葛朗先生一定得答应我不妨害我的前程。因为我此刻也有一个前程啦。"

萨维尼昂听着这个内幕消息，呆住了；他说了声"等一等"，便走进客厅说道："于絮尔，我的孩子，使你受那么多苦难的人，看了他的成绩痛心疾首，懊悔了，愿意当着这几位先生的面向你道歉，条件是要大家绝口不提。"

"怎么！是古鄙？"神甫、法官、医生，一齐嚷着。

"替他保守秘密要紧。"于絮尔把手指放在嘴边。

古鄙听到于絮尔的话，看到她的手势，为之感动了。

他语气很坚决地说道："小姐，现在我愿意全镇的人都听见我向你承认，我为了利令智昏所犯的罪恶，是正人君子所不齿的。我在这里说的话，我会到处讲给人家听，我后悔做了那些混账事儿，但说不定也提早了你的幸福，"古鄙站起身子，带着俏皮的意味说，"因为我看见包当丢埃太太到这儿来了……"

神甫道："好极了，古鄙；小姐原谅你了；可是你得永远记着，你差点儿做了杀人犯。"

古鄙朝着法官说："篷葛朗先生，今晚我要跟勒葛先生商量盘进他事务所的问题，希望我这次赔了罪，你不至于瞧不起我；我将来把申请书送往检察署和司法部的时候，还得请你帮衬一下[1]。"

法官一边思索一边点头。古鄙出门找勒葛去了，那是纳摩两个书办事务所中比较肥的一个。余下的几位留在于絮尔身边，整个黄昏都在那里想

---

[1] 法国司法制度，凡一切经办法律事务的人，如公证人、诉讼代理人、律师、书办、执达吏等等的事务所，全国有一定的限额；具备各该职位资格之人，除出资盘进原有的事务所之外，仍须经各辖区的检察署及巴黎的司法部审核其资格、履历、人品，经批准后方得开业。

法要使她的心绪和从前一样的安定、平静；而她自从古郾赔罪以后，心绪已经不同了。

篷葛朗道："这件事，镇上的人都会知道的。"

本堂神甫说："孩子，你瞧，上帝并没跟你作对。"

米诺莱很晚才从罗佛回来，夜饭也吃得迟了。九点左右，日光将尽，他吃饱了饭在中国水阁里歇着，坐在老婆身边，和她筹划但羡来的前途。但羡来自从进了司法衙门，变得本分了，办事很努力，大有希望补枫丹白露检察官的缺，据说原任检察官要升调到墨仑去了。眼前得替他攀一门亲，挑一个清寒的老贵族的女儿，那么但羡来就能想法调往巴黎。也许他们还能够使他当选为枫丹白露的议员，因为才莉已经同意春夏两季住罗佛，冬天住枫丹白露。米诺莱暗中十分高兴，觉得样样都很顺利，也就把于絮尔忘了；殊不知他当初傻头傻脑发动的那出戏，正发展到惊心动魄的阶段。

加皮洛进来通报说："包当丢埃先生要见你。"

"请他进来。"才莉回答。

黄昏的阴影，使才莉没有发觉米诺莱突然之间变了脸色；可是米诺莱一听见从前医生安放藏书的游廊里，响起萨维尼昂靴子的声音，就打着寒噤，全身的血流得很快，隐隐约约地觉得大祸临门了。萨维尼昂帽子也没脱，拿着手杖，双手抱在胸前，一动不动地站在这对夫妇前面。

"米诺莱先生，米诺莱太太，我来请问你们，你们为什么要用卑鄙手段跟一个姑娘捣乱？纳摩镇上个个人都知道这姑娘是我的未婚妻；你们为什么要破坏她的名誉？为什么要致她死命？为什么要教她受古郾这种人的侮辱？……请你们回答我。"

才莉道："这倒奇了，萨维尼昂先生，那件事我们都莫名其妙，怎么来问我们？我从来没把于絮尔放在心上。自从米诺莱叔叔死了以后，我早把她丢在九霄云外，也没向古郎提过她一个字；像古郎那样的坏蛋，我连小猫小狗的事也不会托他的。哎！米诺莱，你怎么不回答呀？你竟听让人家羞辱，把这种不名誉的事套在你头上吗？一个人有了王府一般的古堡，周围还有四万八收入的田产，想不到会没出息到这个地步！站出来行不行？你真是个脓包！"

"我不懂先生的意思。"米诺莱终于尖着嗓子回答。他调门很高，所以更容易听出他声音发抖。"我有什么理由去害那个小姑娘？或许我对古郎说过，我讨厌她住在纳摩；但羡来把她看上了，我却不愿意儿子娶她；就是这么回事。"

"古郎全告诉我了，米诺莱先生。"

大家静默了一会儿，虽然时间很短，但非常紧张：三个人你打量着我，我打量着你。才莉看见高个子丈夫的大胖脸抽搐了一下。

萨维尼昂接着说："尽管你们是些虫蚁，我还是要彰明昭著地报复的，而且我有我的办法。弥罗埃小姐所受的侮辱，我不跟你这个六十七岁的人算账，我找你的儿子算账。只要小米诺莱先生踏进纳摩镇，我就找他决斗；他非和我交手不可，他也不会退缩的！要不然他就丢尽脸面，到处见不得人！倘若他不到纳摩来，我会上枫丹白露去！他躲不了的。你想丧尽廉耻，把一个孤苦伶仃的女孩子损害了名誉，就此算了吗？"

米诺莱道："古郎的诬蔑可不……不是……"

"要不要我叫你们两个人对质？"萨维尼昂打断了他的话，"告诉你，别把事情张扬出去！只让你、我、古郎三个人知道；还是这样的好，一切等上帝在我们决斗的时候解决。我向你儿子挑战，还抬高了他的身份呢。"

"没这么容易！"才莉叫道，"嘿！你以为我肯让但羡来跟你，跟一个当过水手、靠击剑打枪吃饭的人决斗吗？你要是和米诺莱过不去，米诺莱在这里，你找米诺莱决斗就是了！可是我的儿子，你也承认他是不相干的，怎么要他负责？……别忙，还有我呢，我要你先试试老娘的手段！嗨，米诺莱，你老是这样发呆吗？你明明在自己家里，倒让人家在你老婆面前连帽子也不脱！我的小少爷，你先替我开步走！区区烧炭匠，在家也是主人翁。我不懂你说了一大堆废话是什么意思；趁早替我走出去；要是敢碰一碰但羡来，我一定来找你，找你跟你那个傻丫头于絮尔。"

接着她一个劲儿打铃叫用人。

萨维尼昂不在乎才莉的叫嚷，临走又重复一句："别忘了我告诉你们的话！"这句话好比在米诺莱夫妇的头顶上挂着一把剑。

"嗨！米诺莱，"才莉和她丈夫说，"你倒解释给我听听！一个年轻人，不会无事端端闯进一个布尔乔亚家里稀里哗啦地乱嚷，要跟人家的儿子拼命的。"

"那是混账的古鄙捣蛋；我许过他一个愿，他要是帮我廉价买进了罗佛，我就出钱帮他当公证人。事后我给他一成佣金，出了一张两万法郎的约期票，他准是嫌少了。"

"可是他有什么理由组织半夜音乐会，干许多下流事儿，侮辱于絮尔呢？"

"他要娶她做老婆。"

"他？娶一个不名一文的姑娘？算了吧！哼，米诺莱，你跟我胡扯！凭你这么蠢，就没本领教人相信你的胡扯，小子！其中必有缘故，非要你说出来不可。"

"没有什么可说的。"

"没有什么？我可知道你是骗我；咱们走着瞧吧！"

"别跟我闹，好不好？"

"我教古鄙那个黑心鬼出场，你会占了便宜才怪！"

"随你，你要怎么办就怎么办吧。"

"当然我要怎么办就怎么办！第一我不许人家碰但羡来；他要有什么三长两短，哼，我拼着上断头台，什么都做得出。啊！但羡来！……怎么，你还是这样不死不活吗？"

米诺莱和他女人这样地开始一吵架，自然精神上会有无数的烦恼。这一下，那笨贼才发觉自己内心的斗争和跟于絮尔的斗争，因为做错了事而规模扩大了；又添上一个可怕的敌人，把事情弄得更加复杂。下一天，他出去找古鄙想用金钱把他收买过来，看见各处墙上都写着：米诺莱是贼！遇到的人都向他表示同情，问他这匿名揭帖是谁写的；因为他一向没有头脑，所以众人听他支吾其词，倒也原谅他的。一般蠢汉依靠他们的弱点，总比聪明人依靠他们的才气占到更多便宜。一个大人物和命运挣扎，大家是袖手旁观的；快要破产的杂货商却有人争着垫本。你道为什么？因为你庇护一个傻瓜，你会觉得自己了不起；只能和一个天才并肩，你就会不高兴。假定一个聪明人像米诺莱那样神色慌张，答非所问，那就完了。各处墙上那几个泄愤的字，虽然被才莉带着仆役抹掉了，但始终印在米诺莱的良心上。古鄙前天晚上已经和书办谈妥条件，临时却厚着脸推翻了。

"亲爱的勒葛，你瞧，我尽有力量盘下第奥尼斯的事务所，也有力量帮你把事务所让给别人。你那份契约作废了吧，至多不过损失两张官契。哪，我赔你七十生丁。"

勒葛怕古鄙怕得厉害，一句抱怨的话都不敢说。纳摩镇上不久都知道，米诺莱向第奥尼斯作了保，帮古鄙受盘事务所。未来的公证人写信给萨维尼昂，把自己所说的关于米诺莱的话否认了，又说公证人的职位不允许他和人决斗，最高法院有此规定，而他又是守法的人。同时他要对方从今以后待他客客气气，因为他踢蹴[1]的本领十分高强，萨维尼昂倘若胆敢挑战，他保证踢断萨维尼昂的腿。

纳摩墙上的红字不再出现了。但米诺莱夫妇之间的争吵并没停止。萨维尼昂沉着脸，一声不响。出了这些事以后十天，玛尚家的大小姐和未来公证人的亲事，已经在到处传扬了。女的相貌奇丑，有八万法郎陪嫁；男的身体畸形，有一个事务所；大概这门亲事会成功的，而且也是天生一对、地造一双。

有一次，古鄙半夜里从玛尚家出来，两个陌生人把他当街揪住，用棍子打了一顿，逃掉了。古鄙对这件事绝口不提；当时有个老婆子从窗洞里望了望，认得是古鄙，古鄙却始终否认。

治安法官把这些说大不大、说小不小的事推敲了一番，看出古鄙对米诺莱有着莫名其妙的势力，决意要找出它的原因来。

---

[1] 踢蹴系一种以脚互踢互蹴的搏斗。

19

托梦

尽管小镇上的舆论承认于絮尔的清白毫无问题,于絮尔的健康仍是恢复得很慢。在身体虚脱而心灵与智慧非常活跃的情形之下,好些怪事都在她身上出现;怪事的后果十分严重,它的性质也值得科学界研究,假如把这些事交给科学界的话。包当丢埃太太来过以后十天,于絮尔得了一个梦,梦的内容和经过情形,性质都跟阴魂出现一样。

于絮尔梦见她的干爹,故世的米诺莱医生,向她招手;她穿好了衣服,在黑暗中跟着走,一径走进布尔乔亚街的屋子,屋内一切都和干爹死的那天一样。老人身上的衣服也是他故世前一天穿的;脸色白白的,行动没有一点儿声响,可是他说的话,于絮尔完全能听到,虽则声音很轻,像远处传来的回声。老医生把干女儿直带到中国书房,叫她揭起蒲勒小木器上的白石面子,那是她在干爹死的那天揭过的;但干爹要她拿的信,这一回的确压在白石底下。她拆开信来念了,把那份给萨维尼昂的遗嘱也念了。

于絮尔事后和神甫说:"上面写的字儿都是明晃晃的,笔画像太阳的光线一般,刺得我眼睛都痛了。"

她望着干爹表示感谢,看见干爹没血色的嘴唇边上挂着一副慈祥的笑容。接着,他用很轻可是很清楚的声音,叫于絮尔看米诺莱怎样在过道中偷听,怎样撬锁,怎样取那包文件。然后老人伸出右手抓着干女儿,拖她跟着米诺莱到车行去。于絮尔穿过市镇,走进车行从前才莉住的房间;到了那儿,老医生又教她看米诺莱拆开信来看了,烧了。

于絮尔说:"米诺莱直用到第三根火绒才点着火,把文件烧了,用壁炉里的灰盖起来。然后,干爹把我带回家,看见米诺莱-勒佛罗先生溜进藏书室,在《法学总汇》第三册内拿了三张公债,每张利息一万二;还有平时用剩的钞票,他也拿了。干爹和我说:'最近跟你捣乱,把你送到坟墓旁边的,就是他;可是上帝的意思要你幸福。你还不会死呢,一定会嫁给萨维尼昂的!倘若你爱我,爱萨维尼昂,你就应当向我侄子讨回你的财产。你得发誓,一定要这么办!'"

于絮尔连气都透不过来,看见干爹的阴魂像救世主显容一样放着金光,精神上更受不住,所以干爹要求什么,她就答应什么,但求噩梦快快停止。她惊醒过来的时候,发觉自己站在卧室中央,面对着干爹的肖像,那是她害病以后拿到楼上来的。她重新上床,大大骚动了一阵,方始睡着;早上醒来,她完全记得这个古怪的梦境,可是不敢告诉人。凭她卓越的见识和狷介的性情,她觉得做了一个以经济利益为因果的梦,自己的品格未免有问题;认为那准是蒲奚伐在她睡觉以前常常和她讲的话引起的,说什么干爹对她必有赠予,她做奶妈的绝对相信这一点等等。但同样的梦又来了一次,情形更严重,使于絮尔觉得分外可怕。第二次梦里,干爹把冰冷的手放在她肩膀上,给她一种剧烈的痛苦,一种说不出的感觉,还说:"死人的话非听不可!"声音像是从坟墓中出来的。

于絮尔又补上一句:"他那双往上翻的凹进去的眼睛,还流着泪呢。"

第三次，阴魂拉着她的长辫子，教她看米诺莱和古郿两人谈话，听见米诺莱答应送古郿钱，只要他能把于絮尔带往桑斯。经过了这一下，于絮尔决意把三场梦都告诉夏伯龙神甫。

有天晚上她问："神甫，你可相信死人会显形吗？"

"孩子，教内教外的历史、近代的历史，关于这一点都屡次证明过；但教会从来不把这个作为信条；至于科学界，法国的科学界，是加以嘲笑的。"

"你的意思怎么样？"

"孩子，上帝是全能的。"

"干爹可曾和你谈过这一类的事？"

"常常谈的。对于这些问题，他后来意见完全改变了。他和我讲过不知多少次，巴黎有一个女的，听见你在纳摩为干爹祈祷，看见你在历本上把圣·萨维尼昂的本名节点了一个红点做标记，你干爹的皈依宗教就是从那天起的。"

于絮尔尖着嗓子叫起来，把神甫吓了一跳；她想起干爹回到纳摩，看出她的心事，把历本拿走的情形。

她道："既然这样，我的梦境大概也是真的了。干爹在我面前显形，像耶稣对门徒显形一样。他身体裹在一层金光里头，还讲话呢！我想请你做一台弥撒使他灵魂安息，还得求上帝帮助，让他停止托梦，免得我难受。"

于是她详详细细地说出三场梦，肯定梦中的情形都千真万确，自己的动作也很自由，的确是游魂出去，在姑丈的指挥之下行动非常方便。神甫素来知道于絮尔诚实不欺，他觉得特别奇怪的是，于絮尔把才莉从前在车行里的卧室说得一点不错，那是于絮尔非但没去过，也从来没听人讲过的。

于絮尔问:"这些奇怪的梦怎么会来的?我干爹的见解又是怎么样的?"

"孩子,你干爹是根据假定出发的。他先认为可能有一个心灵的世界,一个思想的世界。假如思想是人类独有的创造,假如思想并不消灭而有它们独特的生命,那么它们也必有形体;但那种形体是我们身体上的知觉接触不到的,只有我们内在的知觉在某种情形之下才能体验到。因此你可能被干爹的思想包裹了,也可能是你把他的面貌加在他的思想之上。另一方面,倘若米诺莱真做了那些事,那些事就会蜕变为思想;因为一切行动都是许多思想的结果。倘若思想果真在一个心灵世界中活动的话,一朝你的精神进了心灵世界,就可能看见那些思想。这一类的现象,并不比记忆更奇怪,而记忆的现象就和植物的香味同样的出奇,同样的不可解;也许植物的香味就是植物的思想。"

"天哪!你把世界扩大了。可是怎么能听见一个死了的人说话,看见他走路、活动呢?⋯⋯"

夏伯龙神甫回答:"瑞典的斯威登堡,曾经确实证明他和死人有过来往。来,跟我到藏书室去,念一念在都鲁士斩首的赫赫有名的特·蒙莫朗西公爵的传记。他当然不是一个捏造事实的人;他的传记里头有一件事很像你的遭遇,并且也是一百年前的加唐经历过的。"

于絮尔和神甫走到楼上,神甫找出一册小小的十二开本的书,一六六六年在巴黎印的《亨利·特·蒙莫朗西传》,作者是当时认识公爵的一个教士。

神甫把书翻到一七五页和一七六页,交给于絮尔:"你念吧。这一段是你干爹常看的;哦,书里还有他的鼻烟屑子呢。"

"啊!这就叫作人亡物在!"于絮尔说着,接过书来念了:

波里华之围是很出名的战役,因为损失了几员司令:阵亡的两位大将,一个是在城下受伤的特·于克塞尔侯爵,一个是头部中弹的特·包德侯爵。他阵亡那天,正要升为法兰西元帅。特·蒙莫朗西公爵睡在营帐里,听见一个很像侯爵的声音和他告别,把他惊醒了。他和侯爵既是近亲,感情又极密,便以为这幻觉是心里太关切侯爵的缘故;公爵素来宿在营内,深夜办公的辛苦使他一翻身又睡着了,根本不以为意。不料刚一睡去,同样的声音又来打扰他,梦中见到的阴魂使他又醒过来,同时还清清楚楚听到阴魂没隐灭以前说的几个字。于是公爵回想起来:有一天,他和侯爵一同听哲学家比太讲到灵魂和肉体分离的事,当时两人约定,谁要先死而可能的话,就来向另外一个人告别。想到这一点,他不禁担心梦兆或许竟是事实,立刻打发人到离开很远的侯爵的营部去。去的人还没回来,王上已经派着几个能安慰他的人来报告凶讯了。

这件事,我听见特·蒙莫朗西公爵讲过好几次,情节的奇妙与真实性,我认为是值得公之于世的;至于原因,只能由学者去讨论了。

"那么,我该怎么办呢?"于絮尔问。

神甫回答:"孩子,事情重大,而且与你利益攸关,应当严守秘密。现在你把托梦的事告诉了我,大概不会再做这种梦了。你身体已经相当壮健,能够上教堂了,明儿你先去谢谢上帝,再求他使你干爹灵魂安息。你放心,你的秘密交在一个最谨慎的人手里。"

"你可不知道我临睡的时候多么恐怖!干爹瞅着我的眼神才可怕呢!最近一次梦里,他还扯着我的衣衫,把我瞧得特别长久。我醒来,脸上都是眼泪。"

"放心,他不会再来了。"

神甫立刻上米诺莱家,要他在中国书房里和他单独谈话。

"这儿不会有人听见吗?"神甫问米诺莱。

"不会的。"

于是神甫目光很温和,可是很留神地望着米诺莱的脸,说道:"先生,你应该知道我的为人;我要和你谈些严重的、非同小可的、只和你一人有关的事;请你相信,我是绝对保守秘密的,但我不能不来告诉你。你老叔在世的时候,这儿,"神甫指着安放那家具的地位,"曾经摆着一口白石面子的蒲勒小酒柜(米诺莱脸色发白了),桌面底下,你老叔放着一封给他干女儿的信……"

神甫把米诺莱的行事讲给米诺莱自己听,一点细节都不删掉。退休的车行老板听到两根火绒没点着,觉得头发根都在头皮底下乱抽。

教士叙述完了,米诺莱声音哽塞着说:"这种笑话,谁编出来的?"

"死人亲口说的!"

这句回答使米诺莱微微打了个寒噤,原来他也梦见了医生。

"啊,神甫,上帝为我显出这些奇迹,真是抬举我了。"米诺莱因为感觉到危险,居然说出平生仅有的一句风趣话。

"上帝的所作所为都是很自然的。"神甫回答。

米诺莱定了定神,说道:"你那见神见鬼的玩意儿,吓不倒我。"

"亲爱的先生,我不是来吓你的,因为我对谁也不会提到这件事。真相只有你一个人知道。那是你和上帝的交涉。"

"神甫,你相信我会做出这种可怕的欺诈的事吗?"

"我只相信人家向我承认而表示忏悔的罪恶。"教士的口气像使徒一般。

"罪恶？……"米诺莱嚷道。

"后果极可怕的罪恶。"

"为什么？"

"因为它逃过了人间的法网。凡是不在现世补赎的罪恶，都得在他世界补赎。无辜的人吃的亏，都由上帝亲自报复的。"

"你相信上帝会管这些小事吗？"

"假如上帝不能把大千世界一览无余，像你看一个地方的风景似的，他就不成其为上帝了。"

"神甫，你能保证这许多细节只是从我老叔那儿知道的吗？"

"你的老叔向于絮尔托了三次梦，一遍又一遍地告诉她。她被这些噩梦打扰得受不住了，才私下讲给我听，她还觉得荒唐透顶，绝对不愿意告诉人。因此你在这方面尽可安心。"

"可是，夏伯龙先生，我本来很安心哪。"

"但愿如此，"老教士回答，"我也觉得这些梦中的暗示很荒唐，但琐碎的情节太奇怪了，所以我认为还是应当通知你。你是一个规矩人，家私都是清清白白挣来的，想必不愿意加上一些贼赃。你头脑简单，良心上一有疙瘩，你是受不住的。不管是最文明的人还是最野蛮的人，大家都有一个公道的观念；凡是不照社会成规得来的财产，我们不可能心安理得地享受；因为组织完美的社会，原是根据上帝给世界规定的格式建立起来的。在这一点上，可以说社会发源于神明。人不能自己得到什么思想，或是发明什么范型，他只是模仿天地之间到处存在、永远存在的种种关系。由此推演的结果，你可知道吗？没有一个重罪囚徒上断头台之前，不受着一股神秘的力量压迫而坦白招供的,因为他不能把罪恶的秘密隐藏到死。所以,亲爱的米诺莱先生,只要你心里平安,我现在回去也很高兴了。"

米诺莱呆在那儿,连送客都忘了。等到他以为四下无人的时候,便像多血质的人一样暴跳如雷,说了许多诅咒上帝的话,用最肮脏的字眼骂于絮尔。

他的老婆送了神甫,提着脚尖回进来,问:"哎!她触犯了你什么呀?"

米诺莱盛怒之下,又被老婆问个不休,破天荒第一次把她打了,直到她横在地下,米诺莱才把女人抱起,好不羞愧地放上床去。接着,他害了一场小病:医生替他放了两次血。病后,每个人都发觉米诺莱变了。他常常一个人散步,走在街上心事重重。像他那样脑子里从来装不下两个念头的人,居然听人说话的时候会显得心不在焉。有天晚上,法官因为包当丢埃家又有了经常的牌局,正要接于絮尔同去,在大街上被米诺莱拦住了。

"篷葛朗先生,我有些要紧事儿跟我表妹谈,"米诺莱抓着法官的手臂说,"我很高兴你能参加,帮她出点儿主意。"

两人进去,于絮尔正在用功,一看见米诺莱,便很威严很冷淡地站起身子。

法官道:"孩子,米诺莱先生有事和你商量。我还顺便提一句,别忘了把你的公债票给我;我要上巴黎,可以替你和蒲奚伐领这一期的利息。"

米诺莱道:"表妹,我叔叔一向给你过惯舒服日子,不像现在这么清苦。"

于絮尔回答:"一个人钱不多,也可以把日子过得很快乐的。"

"我相信金钱能促成你的幸福,"米诺莱接着说,"我特意来送你一笔财产,纪念我叔叔。"

米诺莱常常一个人散步,走在街上心事重重。

"要纪念他,你早先有的是办法,"于絮尔口气很严厉,"你尽可把屋子原封不动地卖给我;而你把屋价抬得那么高,无非希望在里头找到藏金……"

米诺莱显而易见心中受着压迫,说道:"噢,倘若一年有一万二的收入,你攀亲的条件就好得多啦。"

"我没有这样的收入。"

"我送给你好不好?条件只要你把这笔款子在布勒塔尼,包当丢埃太太的家乡,买一块田产;那么包当丢埃太太一定赞成你和她儿子结婚了……"

于絮尔回答米诺莱先生:"我没有权利得这样大的一份财产,而且也不能受你的。我跟你谈不上亲戚,更谈不上友谊。我受的毁谤已经够了,不想再教人说我坏话。我凭什么得这笔财产呢?你又凭什么送我这样一份礼呢?我有权向你提出这些问题,别人可以有各式各样的答案:有人会觉得是赔偿什么损失,我可不愿意接受赔偿。你叔叔给我的教育,从来没培养我卑鄙的心思。人与人的授受,只能限于朋友之间;我不能对你有什么感情,将来我不会感激你的,可是我也不愿意做一个忘恩负义的人。"

"你拒绝吗?"米诺莱从来没想到有人会推掉一笔财产。

"是的,我拒绝。"于絮尔重复了一遍。

诉讼代理人出身的法官把眼睛盯着米诺莱,问:"可是你干吗要送这样一笔钱给小姐呢?你心里总有个主意吧,是不是有个主意呢?"

"我的意思是要打发她离开纳摩,免得我儿子再跟我烦;他爱上了她,想娶她。"

"那么,好!咱们再谈,"法官抬了抬眼镜,"让我们考虑一下。"

他把米诺莱送到家里,一路上说他关心但羡来的前途很有理由,又把于絮尔的一口回绝略微批评了几句,答应慢慢地劝她。米诺莱回进了屋子,篷葛朗立刻上车行借了老板的车马,赶到枫丹白露找助理检察官。人家说但羡来在县长府上有应酬,篷葛朗听了十分高兴,就转往那儿。但羡来正陪着检察官太太、县长太太和军营里的上校打韦斯脱。

篷葛朗对但羡来说道:"我来报告你一个好消息,你爱你的表姑母于絮尔·弥罗埃,现在你父亲不反对你和她结婚了。"

但羡来笑着嚷道:"我爱于絮尔·弥罗埃?哪里来的话?这姑娘,我在先叔祖米诺莱医生家见过几回,的确长得很漂亮,可是对宗教太热心了。再说,即使我跟大家一样赞她好看,可从来没有为这个毫无刺激性的、淡黄头发的姑娘动过心。"但羡来说着,向县长太太微微一笑;县长太太是一个——照上一世纪的说法——火辣辣的棕发女子。"亲爱的篷葛朗先生,你这话真是从何而来?大家知道,我父亲在罗佛古堡四周的田产每年有四万八收入,他是个拥有封邑的地主了;大家也知道我有四万八千个不可动摇的理由,不会爱上一个由检察署监护的女孩子。我娶一个不登大雅的姑娘,不要被这些太太们笑死吗?"

"你从来没有为了于絮尔跟你父亲找麻烦吗?"

"从来没有。"

检察官在旁听着;篷葛朗把他拉到一个窗洞底下,说道:"检察官,你听到了吧?"接着又和他谈了一会儿话。

一小时以后,篷葛朗回到纳摩于絮尔家里,打发蒲奚伐女人去请米诺莱马上过来。

米诺莱一进门,篷葛朗就说:"小姐……"

"接受了？……"米诺莱抢着问。

"噢，还没有呢，"法官回答，摸了摸眼镜，"小姐为了你儿子的事，心上有些顾虑；这一类的痴情，使她吃过很大的亏；要花多少代价才能求得一个太平无事，她知道得太清楚了。你敢担保你的儿子的确害了相思病，你除了免得咱们的于絮尔再受什么麻烦，并无别的用意，你能这样发誓吗？"

"噢！我马上发誓。"

"得了吧，米诺莱老头！"法官把手从裤袋里伸出来，往米诺莱肩上一拍，把他吓了一跳，"别这么随随便便，赌这种口是心非的咒啊。"

"怎么口是心非？"

"要不是你口是心非，便是你儿子口是心非：一忽儿以前，他在枫丹白露县长家里，当着检察官和另外四个人的面，发誓说他从来没想到他的表姑母于絮尔·弥罗埃。可见你送她这么一笔大款子是别有理由了？我看出你是信口开河，所以亲自上枫丹白露走了一遭。"

米诺莱看到自己弄巧成拙，不由得呆住了。

"可是，篷葛朗先生，送一笔钱给一个亲戚，成全她的美满姻缘，找些理由来免得她谦让，也没有什么不对啊。"

米诺莱急中生智，居然想出了一个还说得过去的理由。但他说完了，满头大汗，赶紧抹了抹脑门。

于絮尔回答："我为什么拒绝，你已经知道；请你不必再来了。包当丢埃先生并没和我说明理由，只是对你抱着轻蔑的心理，甚至还恨你，所以我不便接见你。幸福就是我的财产，我可以老实说，用不着脸红；因此我绝对不愿意幸福受到损害,包当丢埃先生只等我成年了[1]就和我结婚。"

"俗语说钱可通神,原来这句话是靠不住的。"大汉米诺莱望着法官说。他被法官那副冷眼旁观的目光瞧着,觉得很窘。

他站起身来,出去了;但外边的空气和小客厅里的一样使他透不过气来。

"无论如何,总得有个了局才好。"他一路回家一路自言自语。

"孩子,你的公债呢?"法官问。他看见于絮尔遇到这样一件古怪的事而态度仍旧很镇静,觉得很惊奇。

于絮尔把自己的和蒲奚伐的公债券拿来的时候,法官迈着大步在室内走来走去。

他问:"那蠢汉存的什么心,你可想得出吗?"

于絮尔回答:"简直说不上来。"

篷葛朗好不诧异地望了她一眼。

他说:"那么咱们都是一样想法了。哦,两份公债的号码,应该记下来,也许我会丢失:凡事不可不防。"

篷葛朗亲自把两张公债的号码写在一张卡纸上。

"再会,孩子;我要出门两天;第三天是我开庭的日子,一定回来。"

当天晚上,于絮尔又得了一个梦,经过情形怪极了。她的床似乎摆在纳摩的公墓上,姑丈的墓穴就在她床脚下。白石的墓盖——上面刻的字看得很清楚——像纪念册的封面一般掀起来,把她照耀得眼睛都花了。于絮尔吓得尖声大叫,墓穴里的医生却是慢慢地抬起身子。她先看见黄黄的脑

---

[1] 于絮儿此时21岁,已成年,作者此处有误。——编者注

袋,闪闪发光的白发,四周有一圈光轮围着。光秃的脑门底下,一双眼睛好比两道阳光;医生抬起身子的那个动作,仿佛有一股很大的力量把他拉着。于絮尔心惊肉跳,不住地发抖,身体像一件火烧的衣服,而且,据她事后说,似乎另外有一个她在身体里头骚动。

她说:"干爹,求求你吧!"

干爹回答:"还想求吗?太晚了。(可怜的孩子把这个梦告诉神甫的时候,说那声音就是一种死人的声音。)他受了警告,置之不理。他儿子的命马上要完了。倘若他不在几天之内全部招认,把赃款全部退回,他儿子就要死于非命。你把这个去告诉他吧!"

幽灵指着一行在围墙上发亮的数字,好像是用火写的,说道:"这便是他的判决书!"

老人重新躺进墓穴的时候,于絮尔听见石盖落下去的声音,接着又听见远远地有一阵奇怪的声音,好像是人马杂沓的喧闹。

第二天,于絮尔筋疲力尽,没法起床。她叫奶妈立刻去请夏伯龙神甫,陪他到家里来。神甫做完弥撒就来了,听着于絮尔说的梦境,不以为奇:他已经肯定盗窃遗产是千真万确的事,不再研究为什么小幻想家有这些古怪的梦兆。夏伯龙急急忙忙从于絮尔家出来,赶到米诺莱家。

"哎哟,神甫,"才莉对他说,"我丈夫脾气坏透了,不知道是怎么回事。他一向跟孩子一样无忧无虑;最近两个月却教人认不得了。你看我性情这么和顺,他居然会大发脾气打我,那不是完全变了个人吗?你要找他,就得到山岩底下去找。他整天待在那儿,不知道干什么!"

那是一八三六年九月,神甫冒着暑气过了运河,望见米诺莱坐在一块岩石下面,便抄一条小路过去。

教士走到罪人前面，说道："米诺莱先生，你烦恼得很。你既然很痛苦，我就有照顾你的责任。可惜我这次来又要加增你的恐怖了。于絮尔昨天夜里得了一个可怕的梦。你的叔叔掀起墓盖，预言府上要遭到不幸。当然我不是来恐吓你的，但你该知道他的话是否……"

"真的，神甫，我到处不得安宁，便是坐在这些岩石下面也不行……我不想知道另外一个世界上的事。"

"好吧，先生，我去了；我这么大热天赶来不是为了好玩。"教士一边说一边抹着额上的汗。

"他说些什么呢，那老头儿？"米诺莱问。

"说你的儿子有性命之忧。倘若他说的关于过去的事只有你心里明白，那么你我都没法知道的事，教人听了简直要发抖。你还是退还吧，别为了一点儿黄金断送你的灵魂。"

"退还什么呢？"

"退还老医生留给于絮尔的家私。我现在知道了，你拿了三张公债。你先跟可怜的姑娘捣乱，临了又想送她一份财产；你一再扯谎，把自己搅昏了，路越走越错。你手段笨拙，吃了同党古鄙的亏，被他耻笑。你赶快吧。有些聪明的、眼光敏锐的人，于絮尔的朋友们，暗中在注意你。你还是退赃吧！你儿子也许还没受到危险；并且即使救不了儿子，至少能救你的灵魂，救你的名誉。像咱们这样的社会，像这样的一个小镇上，大家你盯着我，我盯着你，没人知道的事，也能被猜到的；你以为能够把不义之财瞒着人吗？得了吧，朋友，一个清白的人不会让我说这么多话的。"

米诺莱嚷道："见鬼！我不懂为什么你们都跟我过不去。还是这些岩石好，它们不跟我烦。"

"再见了，先生，反正我通知过你了，于絮尔和我，都没告诉过一个人。可是小心点儿，另外有一个人盯着你呢。但愿上帝可怜你！"

神甫走了几步，回头把米诺莱瞧了一下，看见他两只手捧着脑袋，因为他觉得脑袋重甸甸的累赘得很。米诺莱神志有些糊涂了。他先留着三份公债，不知道怎么办：既不敢去收利息，怕人注意；又不愿意卖掉；只想找个办法过户。他这样一个笨伯，居然像做什么金融小说一般，假想许多情节，关键总脱离不了那几张该死的公债过户的事。在这个可怕的局面中，他想对妻子和盘托出，向她要个主意。当家的本领那么高强的才莉，一定能替他解决这个难题的。三厘公债的市价已经到八十法郎，要退还的话，包括医生临死用剩下来的款子，总数将近一百万！没有一点儿证据落在人家手里而要退还一百万！……那可不是件小事。因此从九月到十月初，米诺莱始终受着良心责备而始终迟疑不决。镇上的人都很奇怪他怎么瘦下去了。

20

决斗

那时又出了一件可怕的事,使米诺莱不得不赶快向才莉吐实:挂在他们头顶上的那把无形的剑,开始动作了。十月中旬,米诺莱夫妇收到儿子但羡来的一封信:

亲爱的母亲,暑假以后我没有回家,第一是因为检察官不在这儿,我不能离职;其次我知道包当丢埃先生等在纳摩,预备向我挑衅。大概他报仇的计划老是这样拖延下去,觉得不耐烦了,便亲自到枫丹白露来,还约了他一个巴黎朋友,和驻在此地的骑兵营营长,特·苏朗日子爵。他由这两位陪着,客客气气地来看我,说我父亲确实是侮辱他未婚妻弥罗埃的主使人;他向我提出的证据是古鄙当着几个证人的招认以及我父亲的行事:我父亲先是翻悔前言,答应古鄙干那些下流事儿的酬报不肯照给;然后给了古鄙盘进书办事务所的本钱,又害怕起来,再在第奥尼斯面前替古鄙作保,终于拿出钱来让古鄙当了公证人。包当丢埃子爵既不能跟一个六十七岁的老人决斗,又非代于絮尔报仇不可,便正式要我赔偿名誉。这个主意是经过他郑重考虑,不能动摇的。倘若我拒绝决斗,他就要在交际场中,当着几个与我前程最有关系的人,把我大大羞辱一顿,逼我非决斗不可,否则我的前程就完了。没骨气的人在法国是没人瞧得起的。何况他要我赔偿名誉的理由,自有一班有声望的人替他解释。他说他并不愿意走这种极端的路。据陪他同来的证人们的意见,我最聪明的办法莫如按照体面人物的习惯来应付这决斗,免得把于絮尔·弥罗埃牵在里头。其次,为了不要在国内张扬,我们可以带着证人到最近的边境上去。要解决这件事,这才是上策。子爵说他的姓氏比我的财产宝贵十倍,他将来的幸福,使他在那场性命出入的决斗中比我冒着更大的危险。他要我挑选证人商量这些问题。双方的证人昨天已经见过面,他们一致认为我应当赔偿他的名誉。所以不出八天,我要同两个朋友到日内瓦去了。包当丢埃先生带着特·苏朗日和特·脱拉伊先生也上那儿。我们决定用手枪作武器,决斗其余的条件也已谈妥;双方各发三枪,然后,不论结果如何,事情就算完了。为了免得这件丑事传出去——因为我没法替父亲的行为辩护——我直到最后一刻才写信给你。我不愿意来看你,怕你意气用事,失了体统。我既然想在社会上露头角,就得依照社会的惯例行事,一个子爵的儿子有十个理由要决斗,一个车行老板的儿子就有一百个理由接受。动身那天,我夜里经过纳摩,再来和你们告别。

看完这封信,才莉和米诺莱大吵一场,结果是米诺莱承认了偷盗,说出当时的情形和近来到处盯着他的怪现象,便是睡梦之中也逃避不了。但一百万巨款对于才莉的诱惑力,不下于对当初的米诺莱。

"一个子爵的儿子有十个理由要决斗,一个车行老板的儿子就有一百个理由接受。"

才莉一句都不埋怨丈夫胡闹，只对他说："放心，一切都在我身上。咱们不用拿出钱去，但羡来也不用去决斗。"

才莉裹上披肩，戴上帽子，拿着儿子的信奔去见于絮尔；时间快到中午，只有于絮尔一个人在屋里。

才莉·米诺莱虽然非常镇定，被于絮尔冷冷地瞅了一眼不禁为之一震；但她埋怨自己不该这样心虚，便装着随便的口吻说道："喂，弥罗埃小姐，可不可以请你念念这封信，把你的意见告诉我？"她说完把代理检察官的信递给于絮尔。

于絮尔念着信，感觉到无数相反的情绪；她看出萨维尼昂多么爱她，把未婚妻的荣誉看得多重；但她的宗教观念和慈悲心都很强，即使是最狠毒的敌人，她也不愿意教他受苦或是送命。

"太太，你放心，我一定阻止这场决斗；可是请你把信留在这儿。"

"哎，我的小天使，咱们还有更好的办法。你听我说。我们陆续在罗佛四周买的田产，有四万八千收入，罗佛本身又是一所行宫。我们再给但羡来利息两万四的公债，他一年的收入就有七万二。你得承认，这样有钱的丈夫是不多的。你很有野心，那也是应该的，"才莉看见于絮尔做了一个否认的手势，急忙补上一句，"现在我为但羡来向你求婚；那么你可以保留你干爹的姓，表示纪念他。但羡来是个漂亮哥儿，你亲眼看见的；他在枫丹白露很走红，不久就要升作检察官。加上你的应酬功夫，他一定能调往巴黎。到了巴黎，我们给你一所漂亮屋子，你可以大出风头，成为一个角色；凭着七万两千收入，薪水在外，你和但羡来准是上流社会中顶儿尖儿的人物。你跟朋友们商量一下，看他们怎么说。"

"我只消问我自己的心就得了。"

"哎哟！你的意思是指萨维尼昂那个小白脸吗？哼！他那个姓，那些翘在空中像两只钩子般的须，那一头黑头发，要你花多少代价啊！他真有出息！拿七千法郎收入来开销一个家，跟一个两年之内在巴黎欠债欠到十万法郎的男人，你日子才好过呢。你还不懂呢，孩子，天底下的男人都差不多；不是我夸口，我的但羡来就抵得上王太子。"

"太太，你把令郎此时此刻所冒的危险都给忘了；只因为包当丢埃先生不愿拂逆我的意思，这件事才能挽回。要是他知道你对我提出这种可耻的条件，令郎的危险还能避免吗？告诉你，太太，我凭着像你所说的区区薄产，将来我的日子比你向我炫耀的荣华富贵快乐得多。米诺莱先生为了现在还没揭晓，而早晚会水落石出的理由，用下流无耻的手段迫害我，同时把我和包当丢埃先生之间的感情揭穿了，那我也不怕人家知道，因为他母亲将来一定会同意的。所以我应当告诉你，这名正言顺、各方面都认可的感情，便是我整个的生命。不管怎样光华灿烂、登峰造极的前程，都不能动摇我的心。我的爱情是绝对不翻悔、不改变的。一心想着萨维尼昂而再去嫁一个别的男人，那在我是犯了不可饶恕的罪孽。太太，你既然逼着我，我还可以进一步告诉你：即使我不爱包当丢埃先生，也不能和令郎同甘共苦。萨维尼昂固然欠过债，你也替但羡来先生还过不少。要两个人能心无芥蒂地相处，全靠彼此的性情脾气有某些相同的地方和某些不同的地方：这一点我们都谈不到。我对他不会有妻子对丈夫应有的容忍，他不久也会觉得我是个累赘。你不必再多想这头亲事了，我非但高攀不上你们，而且拒绝了也不会伤你们的心；你们有了那许多优越的条件，还怕找不到比我长得更俏、门第更高、更有钱的姑娘吗？"

才莉道："那么，孩子，你能赌咒不让两个青年出门，不让他们去决斗吗？"

"我可以预料，那是包当丢埃先生为我做的最大的牺牲了；但我做新娘的花冠不能由一双血污的手来除下。"

"那么多谢你了，表妹，祝你将来幸福。"

于絮尔答道："太太，我祝你替令郎安排的远大的前程，能够实现。"

这句回答直刺到做母亲的心里：于絮尔最近一次梦中听到的预言，突然回到才莉的脑子里来。她站在那儿，把小眼睛直盯着于絮尔的脸，盯着那么白皙、那么纯洁、穿着孝服显得那么俊美的脸；因为于絮尔已经站起身子，预备把那位自称为的表嫂送走。

才莉问："难道你相信梦兆吗？"

"我做梦的时候太痛苦了，不能不信。"

才莉说："那么……"

于絮尔听见本堂神甫的脚声，便向米诺莱太太行着礼，说道："再见，太太。"

神甫发现米诺莱太太在于絮尔家里，大为惊奇。退休的车行老板娘又瘦又打皱的脸上，露出一副忧急的表情；神甫不由得瞧瞧这个，瞧瞧那个，把两人打量了一番。

才莉问神甫："你相信阴魂会出现吗？"

神甫微笑着回答："你相信本金会生利吗？"

才莉心上想："这些人坏透了，故意卖弄玄虚，吓唬我们。老教士、老法官，还有萨维尼昂那小子，都是串通了的。压根儿就没有什么梦，好比我掌心里没有长什么头发一样。"

她冷冷地行了两个礼，走了。

"萨维尼昂为什么到枫丹白露去,我知道了。"于絮尔和神甫说着,把决斗的事告诉了他,还请神甫帮着劝阻萨维尼昂。

"米诺莱太太可是为她儿子向你求婚?"

"是的。"

"米诺莱大概把犯罪的事讲给老婆听了。"神甫补上一句。

这时法官来了。他一向知道才莉恨于絮尔,听到才莉刚才那种行动和建议,便望着神甫,意思之间是说:"咱们出去一会儿,我有话跟你谈,别让于絮尔听见。"

法官对于絮尔说道:"你拒绝八万法郎进款和纳摩第一个公子哥儿的亲事,萨维尼昂会知道的。"

于絮尔回答:"难道这算得上牺牲吗?一个人真爱的时候谈得上牺牲两字吗?拒绝一个咱们都瞧不起的男人的儿子,有什么可称赞的?别人尽可把心中的嫌恶当作德行,可是由姚第先生、夏伯龙神甫、米诺莱医生教育出来的姑娘,不能存这个心!"她说着望了望医生的肖像。

篷葛朗拿着于絮尔的手亲了一下。

篷葛朗和神甫走到街上,问神甫:"米诺莱太太刚才的来意,你知道没有?"

"什么来意?"教士望着篷葛朗,假装不懂。

"她想借此退还赃款。"

"难道你以为……?"神甫问。

"我不是以为,而是肯定的;嗨,你瞧!"

法官说着,指着米诺莱:米诺莱正向他们这边过来,预备回家;两位老朋友却从于絮尔那儿走出,往着大街的上手方面踱过去。

"以前出庭重罪法庭的时节,我自然有机会看到许多人受着良心责备的例子,但从来没见过这样的情形!一个无忧无虑的人,精壮结实,脸孔紧绷绷的像鼓一般,怎么会变得毫无血色,腮帮上的皮肉那么软绵绵的?眼睛四周的黑圈是怎么来的?像乡下人那样健旺的精神怎么会不见的?你可曾想到这个人脑门上会有皱纹吗?这大汉会担心事吗?唉!他终于良心出现了!受良心责备的现象,我是熟悉的,正如你神甫熟悉一个人忏悔的现象。我过去所看到的都是等待受刑,或者就要去受刑,以便跟社会清账的人:他们不是听天由命,便是存着报复的心;可是眼前这个例子,是罪孽没有补赎的内疚,纯粹的内疚,只管抓着罪人的心一片片地扯。"

法官拦住了米诺莱,说道:"弥罗埃小姐回绝了令郎的亲事,你还没知道吧?"

神甫接着说:"可是你放心,令郎和包当丢埃先生的决斗,弥罗埃小姐会阻止的。"

"啊!那么我女人办的交涉成功了,"米诺莱道,"我很高兴;要不然我就没有命啦。"

"的确,你改变得真厉害,叫人认不得了。"法官说。

米诺莱瞧瞧篷葛朗,瞧瞧神甫,疑心神甫泄露了秘密;但夏伯龙面不改色,安详之中带些凄凉的神气,叫犯罪的米诺莱放了心。

法官接着又说:"我觉得更奇怪的是,照理你该心满意足了。你做了罗佛古堡的主人翁,又把鲍第埃和你所有的农庄、磨坊、草原,跟罗佛并在一起。加上公债,你每年一共有十万法郎收入了。"

"公债我是没有的。"米诺莱抢着说。

"嘿!"法官叫了一声,"这也跟令郎对于絮尔的爱情一样,一忽儿瞧

一个无忧无虑的人，怎么会变得毫无血色，腮帮上的皮肉那么软绵绵的？

她不起,一忽儿向她求婚。你先恨不得送她性命,然后又想娶她做媳妇,亲爱的先生,你准是心中有事……"

米诺莱想回答,支吾了一会儿,只说了句:"法官先生,你真好笑。再见了,两位。"他慢吞吞地走进布尔乔亚街。

"他明明偷了咱们于絮尔的财产!可是哪里去找证据呢?"

神甫说:"但愿上帝……"

法官接着道:"上帝使我们心里有种感觉,这感觉已经清清楚楚表现在这个家伙身上;可是大家把这个叫作猜测,而人间的法律是不答应我们单凭猜测的。"

夏伯龙神甫不愧为教士,听了这话竟一声不出。

21

最容易偷的东西原来是最难偷的

在这个情形之下,夏伯龙神甫常常不由自主地想到两件事:第一是那桩差不多已经由米诺莱招认的窃案,第二是因为于絮尔的清贫而耽搁下来的婚事。老太太暗中早已向忏悔师承认,不应该在医生活着的时候不同意儿子的亲事。第二天,他做了弥撒,走下神坛,忽然心中有个念头闪过,清楚有力,像一句话一般。他示意于絮尔,教她等一会儿;然后他早饭也没吃,就到了于絮尔家里。

神甫说:"你梦里听见干爹说的,当初夹公债和钞票的两本书,我想看一看。"

于絮尔和神甫到楼上藏书室里,把《法学总汇》第三卷找了出来。老人一打开就很惊异地发觉,那些不像封面那样硬朗的书页上,还留着夹过公债票的印子。在另外一册的两页对开纸中间,又看到长时期夹过一包文件的痕迹,书也不大合得拢了。

蒲奚伐女人看见法官在街上过,便嚷道:"篷葛朗先生,你上来吧!"

篷葛朗上楼的时候,因为于絮尔在粘在外封反面的彩色衬页上,看见有米诺莱医生亲笔写的三个号码,神甫正戴上眼镜预备细看。

神甫说："怎么回事？咱们的医生是爱惜版本的，怎么肯把衬页随便涂抹！呦！原来是三个数目字，前面还有个数目，开头写着一个 M，后面一个数目，开头写着一个 U。"

篷葛朗嚷道："你说什么？让我瞧瞧。看到这样天理昭彰的事，那般无神论者还不睁开眼来吗？我相信，人间的法律是从天地间无所不在的、神明的旨意发展出来的。"他搂着于絮尔，吻了吻她的前额：

"噢！孩子，你从此可以快乐了，有钱了，而且是经我的手！"

"你怎么啦？"神甫问。

蒲奚伐女人抓着法官的蓝外套，嚷道："噢，亲爱的先生！你这么说，我真要拥抱你啦。"

神甫道："你得把话讲明，别让我们空欢喜。"

于絮尔猜到要告人家刑事官司了，便说："倘若我的财富要拿别人的痛苦去换，那我……"

法官打断了她的话，说道："你可想想，你要使咱们的萨维尼昂多么快活啊。"

"你这是疯了！"神甫道。

"才不疯呢，亲爱的神甫，你听我说；公债票以一个字母为一组，二十六个字母就有二十六组，每个号码之前必有它本组的字母；但是不记名的债券既没有抬头人，自然也没有字母；因此你们看到的号码，证明他老人家把款子存进国库的那天，把一张利息一万五而有 M 打头的债券，三张只有号码没有字母的不记名债券，和于絮尔·弥罗埃的债券，都记了号码。于絮尔那张的号码是二三五三四，你们瞧，那和利息一万五那张是连号。这两张既是连号，可见书上写的数字便是同一天上买的五张债券的号码，老人家为了防遗失而记下来的。我曾经劝他把于絮尔的财产买不记名债券，结果他在同一天上把资金分作三份：一份买了他自己名下的，一份买了预备给于絮尔的，一份买了于絮尔本人名下的。我要上第奥尼斯那儿查查遗产清册；假定他自己名下的债券是 M 二三五三三，那我们就可肯定，他同一天上托同一个经纪人作了三笔交易：第一是一张本人名下的；第二是把历年的积蓄买了三张不记名的，只有号码，并无字母；第三是他干女儿原有的资金。经纪人的过户册子将来便是铁证。啊！米诺莱，你再狡猾也逃不出我手掌了。诸位，这才痛快呢！"

法官走了；神甫、蒲奚伐和于絮尔，看到上帝安排这种路由来把清白无辜的人带上胜利的路，都大为叹服。

夏伯龙神甫叫道："这里头就有上帝的神力。"

"他会不会吃苦呀？"于絮尔问。

蒲奚伐女人嚷道："啊！小姐，我恨不得送根绳子去，教人把他吊死呢。"

古鄙已经被第奥尼斯指定为继任人；法官装着不大在意的神气走进事务所，说道："我要在米诺莱的遗产案卷里找些材料。"

"什么呢？"古鄙问。

"老头儿可曾留下一张或是几张三厘公债？"

"他有一张三厘公债，票面利息一万五，这个项目当时还是我亲自记下的。"

法官道："你查查清册吧。"

古鄙拿起一个文件夹，翻了一会儿，找出正本来查到了，念道："又一件：公债票一纸……对啦，你瞧，……M 二三五三三。"

"一小时以内,请你把清册上这一节给我抄下来,我等着用。"

"做什么用呢?"古郿问。

法官沉着脸,瞪着第奥尼斯的后任,说:"你要不要做公证人?"

"还用说吗?"古郿嚷道,"我受了那么多气,才能叫人尊我一声大师傅[1]。法官先生,你可以相信我:一个叫作古郿的可怜巴巴的首席帮办,跟纳摩的公证人,玛尚小姐的丈夫,约翰-赛白斯蒂安·古郿大师傅,绝不能相提并论。他们俩根本不相干,干脆是两个人!你不瞧瞧我吗?"

篷葛朗这才注意到古郿的装束:戴着白领带,穿一件白得耀眼的衬衫,缀着红宝石纽扣;一件红丝绒背心,上身的黑呢外套和下身的黑呢裤,都是在巴黎定做的。脚上套着一双漂亮皮靴。梳得整整齐齐、压得四平八稳的头发,还散出香味来。总而言之,他是脱胎换骨了。

"你的确变了一个人。"篷葛朗道。

"品格和外表都变了,先生!有了事务所,人就安分啦;再说,清洁也是跟着财产来的……"

"哦!品格和外表都变了!"法官抬了抬眼镜,说。

"先生,你想一个有三十万进款的人会做民主党吗?从今以后,你得把我看作正人君子,周到,谨慎,"他看见自己老婆进来,便补上一句,"又是个挺爱妻子的丈夫。你看我变得多厉害,甚至觉得我的表嫂克莱弥埃很有风趣了,我还栽培她呢;她的女儿也不再说什么唧筒了。昨天她还用错字儿,可是我绝不宣传,虽则那笑话很有意思;我当场还指点她来着。所

---

[1] 法国习惯,凡艺术家、作家、律师、诉讼代理人、公证人,一律被人尊称为 Maître;但公证人与诉讼代理人在中文内不能冠以大字表示尊重,如"大"律师之例,亦不能如艺术家之可尊为大师,故暂译为大师傅。

以我真的变了一个人，以后绝不让主顾们干什么缺德事儿。"

篷葛朗催他说："快点儿。我一个钟点之内等你的抄件，这样，古鄙公证人也能把首席帮办做的坏事补救一部分。"

法官向纳摩的医生借了车马，带着于絮尔的公债票、两本可作物证的书和遗产清册的抄件，径奔枫丹白露去找检察官。篷葛朗毫不费事地指出，三张公债票被某个承继人偷了去，接着又指出偷的人就是米诺莱。

检察官说："怪不得他有那种行动。"

为谨慎起见，检察官马上做了一个公事给国库，要求把三份公债停止过户；又派治安法官去调查公债的金额，调查是否已经转让。

篷葛朗上巴黎办事去了。检察官写了一封客客气气的信，请米诺莱太太到检察署来。才莉担忧儿子决斗的事，接到信便穿起衣衫，吩咐套马，盛装艳服地上枫丹白露。检察官的办法非常简单，可是厉害得很。他把夫妻俩隔离以后，尽可以利用一般人对法院的畏惧，探明真相。才莉在办公室里看到检察官，听到下面一番露骨的话，吓坏了。

"太太，米诺莱医生遗产中的盗窃案，本署已经找到线索；我相信你并非同谋；但倘使把你所知道的情形完全说出来，你可以免得丈夫上重罪法庭。事情的可怕不仅仅在于你丈夫将来要判罪，还有你儿子的撤职和性命出入的危险都应当避免。再过几分钟就来不及了，宪兵已经套好牲口，逮捕状马上要发到纳摩去了。"

才莉当场晕倒。一醒过来，她全部招认了。接着，检察官轻而易举地解释给她听，说她已经有了通同的罪名；但为了保全她的丈夫和儿子，他做检察官的决意小心行事。

他说："我现在不是用法官的身份对你。受害人不曾提起控诉，盗窃的事也没张扬出去,可是太太,你丈夫犯的罪非常严重,遇到一个不像我这么好说话的法官,事情就大了。在目前的情形之下,你不能不受拘留……"他看见才莉快晕过去了,便道,"噢!拘留在我家里,行动相当自由。别忘了我要严格执行的话,就得签发拘票,开始侦查;可是此刻我站在弥罗埃小姐的监护人地位上办事,为了保障她的利益,不得不做些让步。"

才莉叫了声:"啊!"

"你给丈夫写封信去……"检察官教才莉就在他的办公桌上照他的话写下来:

> 朋友,我彼浦(被捕)了,把事清(情)全说了。我们叔叔在波(被)你消灰(毁)的遗竹(嘱)上,送给卜打多哀(包当丢埃)先生的那些公责(债)票,你快快拿出来,因为见斥(检察)官以今(已经)通知国厍(库),定(停)止过户。

检察官看到别字连篇,微微笑着,说道:"这样,你可以免得他狡赖;他赖了就糟了。咱们必须把退赃的事办得稳妥。你住在我家里,内人一定尽量减少你的难堪;我还劝你:一句话也别说,也别露出难过的样子。"

助理检察官的母亲招认了,被软禁了以后,检察官把但羡来找来,把他父亲偷盗公债,暗中损害于絮尔而又显然损害共同承继人的情由,一层一节和他说了,把他母亲写的信也给他看了。但羡来立刻要求亲自上纳摩去教父亲退赃。

检察官道:"情形很严重。因为遗嘱已经毁掉,事情一张扬,玛尚和克莱弥埃两个承继人,你那些亲戚,就会出来干涉。我已经有充分的证据对付你父亲。你母亲经过这一番,也该明白她的责任了,我把她交给你。在她面前,我要装作是因为你讨情才释放的。你陪她一同上纳摩,把那些棘手的事好好解决。你对谁都不用害怕。篷葛朗先生那样地关心弥罗埃小姐,绝不会泄露秘密的。"

才莉和但羡来马上动身回纳摩。三小时以后,检察官收到下面一封信;其中的别字都由作者改正了,免得一个遭难的人再受大家耻笑。

致枫丹白露法院检察官

先生,上帝对我们不像您那么宽容,我们遭了无可补救的祸事。车子到纳摩的大桥边上,脱了缰绳。内人坐在车厢后部,身边没有仆役相陪;牲口急于回马房,小儿怕它们乱冲,不让马夫离座,自己下车扣好了缰绳。他正要回身上车,两匹马突然发起性来。小儿没来得及把身子紧靠桥栏,车子的踏脚已经勾着他的腿;他倒在地上,身子被后轮碾过了。现在我派专差上巴黎去请最好的外科医生,顺便送上这封信,那是小儿在痛苦之中要我写的,声明使他回家的那件事,我们完全遵照您的意思去办。

您的措施,我到死都感激不尽,并且我绝不辜负您的信任。

法朗梭阿·米诺莱

这桩惨事使纳摩镇上的居民大吃一惊,好些人拥在米诺莱家的铁门前面;萨维尼昂这才知道,他的冤仇已经由一双比他更有威力的手报复了。他立刻赶往于絮尔家里。神甫和于絮尔两人都是惊骇甚于诧异。第二天,但羡来经过初步包扎以后,巴黎的内外科医生一致认为两条腿都需要割掉。米诺莱垂头丧气,面无人色,由神甫陪着到于絮尔家里来;篷葛朗和萨维尼昂两个正好在座。

米诺莱对于絮尔说:"我对你真是罪孽深重;但我的过失即使不能全部挽救,也有一部分可以补赎。我们夫妇决定把罗佛的田产全部赠送给你,不管我们儿子的命能不能保全。"

这句话说到后半段,米诺莱眼泪簌落落地直淌下来。

神甫说:"亲爱的于絮尔,相信我的话,这笔赠予,你可以而且应该接受一部分。"

"你肯不肯原谅我们?"那大汉诚惶诚恐地说着,跪在不胜惊异的于絮尔前面,"几个钟点以内,就要由救主医院的外科主任动手术了;可是我不相信人间的医学,只相信全能的上帝了!倘若你原谅我们,恳求上帝留我们儿子一条命,他就有勇气忍受这个痛苦,并且我相信一定能保住他的性命。"

"咱们大家一起上教堂去!"于絮尔站起来说。

不料她刚站起身子,忽然大叫一声,倒在椅上发晕了。醒来的时候,她看见所有的朋友,除了忙着去请医生的米诺莱之外,都在那里等她一句话。而这句话,众人听了都心惊胆战。

她说:"我才看见干爹站在门口对我做手势,表示没希望了。"

动过手术的下一天,但羡来果真死了,他受不了高热度和开刀以后的反应。除了母爱别无感情的米诺莱太太,在儿子下葬以后发了疯;丈夫把她送往勃朗希医生的疗养院,到一八四一年才死。

过了三个月,一八三七年正月,在包当丢埃太太同意之下,于絮尔和萨维尼昂结了婚。米诺莱在婚书上声明,把罗佛的田产和利息两万四的公债,送给弥罗埃小姐做陪嫁;他自己只留着叔叔的屋子和六千法郎收入。他变成纳摩最慈悲最热心宗教的人,当了本区教会的财务董事,到处救济穷人。

"穷人代替了我的孩子。"他说。

有些地方的习惯,橡树是用人工修剪的;所以路旁往往有些颜色变白,似乎受过雷劈的老橡树,还在那里发出嫩芽,树身空了一半,只等人家把它一斧砍下来;你要见过这种树,你就对那个开过车行的老头儿有个观念了:他满头白发,背也驼了,人也瘦了,当地的老乡邻休想再找出本书开场的时节,他等着儿子的那种痴骏而快活的神气。他吸鼻烟的手势也不同了;除了肉体,他身上好像多了些什么。他处处使人感觉到,上帝给了他很深的烙印,把他作为一个可怕的榜样。这老人从前是痛恨叔叔的干女儿的,如今却像米诺莱医生一样,所有的感情都集中在于絮尔身上,甚至他自告奋勇,替于絮尔经管罗佛的产业。

包当丢埃夫妇在巴黎圣·日耳曼区买了一所华丽的屋子,每年在那儿住五个月。包当丢埃老太太把纳摩的屋子捐给慈善会的女修士办义务小学,自己搬到罗佛去了。蒲奚伐女人当了门房领班。以前赶杜格兰班车的加皮洛,年纪已经六十岁,娶了蒲奚伐。蒲奚伐除了丰厚的工资,一年还有一千两百法郎利息。加皮洛的儿子做了包当丢埃先生的马夫。

你们在天野大道上可以看到一辆车身很低、轻巧玲珑、叫作蜗牛的小马车,车厢内部糊的是蓝镶边的灰色绸;里头坐着一个淡黄头发、年轻俊俏的女子,无数的头发卷儿像树叶般裹着她的脸,露出一双无限温柔的眼睛,像雁来红似的通明雪亮;她把身子微微靠在一个美貌的青年身上。假如你们看了艳羡,可别忘了这一对受上帝宠爱的漂亮夫妻,是预先付了苦难的代价的。这两个情侣一般的男女,大概就是包当丢埃子爵和他的太太;除了他们,巴黎再也找不出同样的一对。

特·莱斯多拉特伯爵夫人最近提到他们,说:"我眼里看到的,这是最圆满的幸福了。"

所以,你们对这两个快乐的孩子不应该妒羡而应该祝福;你们都不妨去找一个于絮尔·弥罗埃,找一个由三位老人和世界上最好的母亲——患难,教育出来的姑娘。

古鄙对人非常热心,肯帮忙,名副其实地被认为纳摩最有风趣的人物,在本地极受敬重;但他的报应是在孩子身上,他们个个都长得奇丑,又是佝偻病,又是脑水肿。他的前任第奥尼斯,在议院里老当益壮,可以说是替国会增光的人物,极受王上赏识;宫中每次举行跳舞会,王上都看见有第奥尼斯太太在场。她把蒂勒黎盛会的特色和宫廷中伟大的场面,讲给纳摩的居民听。王上既然很得人心,第奥尼斯太太也就高踞着纳摩的宝座。

篷葛朗升了墨仑法院院长;他的儿子快要升作检察官了,做人也很正派。

克莱弥埃太太老是说些天下无双的妙语;没有 G 字结尾的字,她总得加个 G,据说那是她笔尖不好,常常把墨水掉下来的缘故。她女儿出嫁的前夜,她做母亲的来了一篇训话,结束的时候说:"做个主妇应当整天忙乱(忙碌),对每样事情都得像猫头鹰般睁着眼睛。"古鄙把表嫂那些七颠八倒的话搜集起来,编成一部《克莱弥埃语录》。

去年冬天,包当丢埃子爵夫人服侍了病中的神甫,说道:"夏伯龙神甫故世了,我们真是不胜悲痛。下葬的时候,一乡的人都来送丧。纳摩人算是有福气的,这位圣徒的后任是圣·朗日地方的本堂神甫,也是一个德

高望重的教士。"

一八四一年七月　巴黎

一九五五年四月　译

图书在版编目（CIP）数据

人间喜剧 . 第二卷 , 欧也妮·葛朗台　于絮尔·弥罗埃 /（法）巴尔扎克著 ; 傅雷译 . -- 南京 : 江苏凤凰文艺出版社 , 2022.4
ISBN 978-7-5594-5872-8

Ⅰ . ①人… Ⅱ . ①巴… ②傅… Ⅲ . ①长篇小说 – 小说集 – 法国 – 近代 Ⅳ . ① I565.44

中国版本图书馆 CIP 数据核字 (2021) 第 082065 号

人间喜剧 第二卷 欧也妮·葛朗台 于絮尔·弥罗埃

[法] 巴尔扎克 著　傅雷 译

责任编辑	王　青
特约编辑	张媛媛　袁艺舒　郝晨宇　许明珠　蒋慧
装帧设计	墨白空间·陈威伸
出版发行	江苏凤凰文艺出版社
	南京市中央路 165 号，邮编：210009
网　　址	http://www.jswenyi.com
印　　刷	南京爱德印刷有限公司
开　　本	720 毫米 ×1000 毫米　1/16
印　　张	234
字　　数	4409 千字
版　　次	2022 年 4 月第 1 版
印　　次	2022 年 4 月第 1 次印刷
书　　号	ISBN 978-7-5594-5872-8
定　　价	1280.00 元（全六卷）

江苏凤凰文艺版图书凡印刷、装订错误，可向出版社调换，联系电话 025 – 83280257